ATRIUM

AF216626

ANNE HOLT IM ATRIUM VERLAG

Die Hanne Wilhelmsen Reihe
Blinde Göttin · *Selig sind die Dürstenden* · *Das einzige Kind* ·
Im Zeichen des Löwen · *Das achte Gebot* · *Das letzte Mahl* ·
Die Wahrheit dahinter · *Der norwegische Gast* · *Ein kalter Fall* ·
In Staub und Asche

Die Selma Falck Reihe
Ein Grab für zwei · *Ein notwendiger Tod* · *Eine Idee von Mord*

ANNE HOLT ist mit zehn Millionen verkauften Büchern weltweit
eine der erfolgreichsten Krimiautorinnen Skandinaviens. Sie ist
ehemalige Justizministerin Norwegens, Anwältin, Journalistin, TV-
Nachrichtenredakteurin und Moderatorin. Zu großem Ruhm als
Autorin gelangte sie mit den zwei Krimiserien um Hanne Wilhelmsen und um Inger Johanne Vik (verfilmt als »Modus. Der Mörder
in uns«). Ihre neueste Serie dreht sich um die Juristin Selma Falck.
Im Atrium Verlag sind die Krimiserien um Hanne Wilhelmsen und
Selma Falck erhältlich.

GABRIELE HAEFS übersetzt seit über fünfundzwanzig Jahren u. a.
aus dem Norwegischen, Dänischen und Schwedischen. Sie wurde
mit dem Gustav-Heinemann-Friedenspreis und der Königlich Norwegischen Verdienstmedaille ausgezeichnet. Zu den von ihr übertra-
genen Autor:innen zählen neben Anne Holt unter anderem Jostein
Gaarder und Camilla Grebe.

ANNE HOLT

EIN KALTER FALL

HANNE WILHELMSENS NEUNTER FALL

Aus dem Norwegischen von Gabriele Haefs

Atrium Verlag · Zürich

Die deutsche Erstausgabe erschien 2017 im Piper Verlag, München.

This translation has originally been published with the financial support of
NORLA, Norwegian Literature Abroad

Taschenbuchausgabe
1. Auflage 2024
© Atrium Verlag AG, Zürich, 2024
Alle Rechte vorbehalten
Copyright © Anne Holt 2015
Die Originalausgabe erschien 2015 unter dem Titel *Offline* bei
Cappelens Forlag, Oslo.
Für die vorliegende Ausgabe wurde die deutsche Übersetzung
von der Übersetzerin überarbeitet.
Published by agreement with Salomonsson Agency
Umschlaggestaltung: zero-media.net, München
Umschlagmotiv: Arcangel Images / Ewa Kalinowska,
Shabby vintage grain Struktur: FinePic®, München
Satz: Pinkuin Satz und Datentechnik, Berlin
Druck und Bindung: GGP Media GmbH, Pößneck
Printed in Germany
ISBN 978-3-03882-147-2

www.atrium-verlag.com
www.facebook.com/atriumverlag
www.instagram.com/atriumverlag

Für Kristenn und Kari, in Dankbarkeit

KAPITEL 1

Eine Brieftaube flog über Oslo.

Der Besitzer nannte seinen Täuberich »Oberst«, weil der Vogel drei sternförmige Flecken auf der Brust hatte. Der Oberst war ein kleiner, kräftiger Vogel und fast zwölf Jahre alt. Alter und Erfahrung hatten ihn selbstsicher gemacht, aber auch sehr vorsichtig. Er flog niedrig, um Raubvögeln zu entgehen. Hellwach durchschnitt er die Luft, kam vom Fjord herein und flog zwischen den Rathaustürmen weiter, ehe er ein wenig nach Osten abdrehte.

Dort stand die Ruine eines Hochhauses. Der Oberst setzte zur Landung an.

Er war schon weit geflogen.

Das Heimweh bohrte in der breiten grauen Brust mit den Ehrenzeichen, die so schön und so deutlich waren, dass der Oberst seinen Besitzer mehr gekostet hatte, als sein Stammbaum hätte erwarten lassen, als er damals als kleiner Federwuschel gekauft worden war. Seine Eltern waren schlichte Arbeitstiere. Liebevolle Pflege und große Erwartungen hatten den Oberst dennoch zum Champion gemacht. Es war eine der meistprämierten Brieftauben Nordeuropas, die jetzt ganz oben auf einem vor knapp drei Jahren an einem Julitag zerstörten Hochhaus saß.

Der Oberst wollte nach Hause. Er wollte zu Ingelill, die seit über zehn Jahren seine Gefährtin war. Er wollte seinen Besitzer zur Fütterungszeit heranpfeifen und dazu das beruhigende Gurren der anderen Brieftauben hören. Der kleine graue Vogel mit den scharfen Augen fühlte sich zu dem Taubenschlag im Apfelgarten hingezogen, zu dem Nistkasten, in dem Ingelill wartete. Den Weg dorthin kannte er genau. Es war jetzt nicht mehr weit. Minuten nur, wenn er nur endlich wieder in die Luft käme.

Hoch oben unter der kalten Aprilsonne flog ein Raubvogel. Er war noch so jung, dass er ab und zu aus den Wäldern im Norden der Stadt hereinkam, um sich an den trägen Türkentauben in den Parks der Stadt gütlich zu tun. Er entdeckte den Oberst in dem Moment, in dem der alte graue Vogel die Flügel ausschüttelte und sich an einer Brustfeder zupfte, ehe er abhob.

Der Habicht ließ sich fallen.

Ein magerer Mann stand vor der Absperrung um die Gebäuderuine und beschattete die Augen mit der Hand, um besser sehen zu können. Ein Habichtvogel, wie er sah. Ein Sperber, da war er sich sicher, auch wenn die hier unten in der Innenstadt ein seltener Anblick waren. Der Mann blieb stehen. Der Sperber mit seinen kürzeren, kräftigen Flügeln machte eigentlich nicht auf diese Weise Jagd auf seine Beute. Er brauchte Hügellandschaft, um sich verstecken zu können. Der Sperber war eher Meuchelmörder denn Jagdflieger.

Nun stürzte der Vogel jählings auf etwas zu, das der Mann nicht erkennen konnte. So, wie er dastand, noch immer mit der Hand über den Augen, merkte er, wie ihm sein eigener strenger Körpergeruch in der Nase brannte. Er hatte sich seit einer Woche nicht mehr gewaschen. Es war ihm noch immer peinlich, so unrein zu sein, selbst nach all den Jahren im hektischen Wechsel zwischen Rausch und Herbergen und der Kirchlichen Stadtmission.

Vor Jahren hatte er alles über Vögel gewusst. Damals hieß er Lars Johan Austad und trug eine Militäruniform. Jetzt wurde er nur *Schuh* genannt, wenn sich ein seltenes Mal überhaupt jemand die Mühe machte, ihn beim Namen zu nennen. Er hatte schlimme Füße und trug fast immer zu große Schuhe.

Bestimmt hatte der Sperber eine Taube geschlagen, dachte er, als eine kleine Wolke aus grauen Federn über dem Rand des Daches dort oben aufstob. Schuh mochte Tauben. Sie waren eine gute Gesellschaft, vor allem im Sommer, wenn er meistens im Freien schlief.

Er ließ den Arm sinken und ging los. Ein schöner Tod, dachte er, als er, die Hände tief in die Taschen geschoben, in Richtung Karl Johans gate schlurfte. Im einen Moment genießt man die Aussicht. Im nächsten wird man für einen anderen zum Mittagessen.

Lars Johan Austad wünschte sich insgeheim dasselbe Schicksal. Er fröstelte in der Aprilkälte, als er den Schatten des Finanzministeriums erreichte, und merkte, dass es an der Zeit war, sich etwas zu essen zu besorgen. Es war Mittagszeit, und vom Rathaus her konnte er das Glockenspiel hören.

Eine Messingglocke bimmelte schrill.

»Komm doch, Oberst, puiiit!«

Das Pfeifen ließ die anderen Tauben unruhig gurren. Es ging auf den Abend zu, die Fütterungszeit war längst vorüber.

»Oberst! Puiiit!«

»Ich glaube, du solltest für heute Schluss machen.«

Eine schmächtige ältere Frau kam über die Schieferplatten zwischen den noch immer schmutzig braun auf dem Rasen vor dem Taubenschlag liegenden Schneeflecken.

»Oberst!«, wiederholte er dennoch und pfiff noch einmal, ehe er die kleine Glocke schwenkte.

Die Frau legte ihm vorsichtig den Arm um die Schulter.

»Komm jetzt, Gunnar. Der Oberst findet den Weg auch ohne dass du lockst, das weißt du doch.«

»Er müsste schon längst hier sein«, jammerte der Mann und trat steif von einem Fuß auf den anderen. »Der Oberst müsste schon seit vielen Stunden hier sein.«

»Er verspätet sich eben«, tröstete die Frau. »Du wirst sehen, morgen früh, wenn du aufwachst, sitzt er im Kasten. Bei Ingelill. Der Oberst lässt seine Ingelill nicht im Stich, das kannst du dir doch denken. Komm jetzt. Ich habe Tee gekocht. Und Scones gebacken. Deine Lieblingssorte.«

»Will nicht, Mama. Will nicht!«

Sie lächelte und ignorierte seinen Protest. Behutsam nahm sie ihn bei der Hand und zog ihn in Richtung Haus. Er trottete widerwillig hinter ihr her.

»Du hast morgen Geburtstag«, sagte die Frau. »Fünfunddreißig Jahre. Wo ist die Zeit geblieben, Gunnar?«

»Der Oberst«, wimmerte der Mann. »Dem muss was passiert sein!«

»Nicht doch. Komm jetzt. Ich habe einen Tortenboden gebacken. Morgen kannst du mir beim Verzieren helfen. Mit Sahne und Erdbeeren und Kerzen.«

»Der Oberst ...«

»Wo ist nur die Zeit geblieben«, wiederholte sie, vor allem an sich selbst gerichtet, und öffnete die Haustür, ehe sie ihren Sohn in die Wärme schob.

KAPITEL 2

Die Zeit bewegte sich in einer Schleife.

Er hatte sich so verändert. Vielleicht lag es an den zusätzlichen Kilos, die ihn seltsamerweise kleiner wirken ließen als seine zweihundertzwei Zentimeter. Die breiten Schultern hingen schlaff herunter. Der Gürtel spannte unter dem Hängebauch. Gesicht und Schädel waren glatt rasiert.

»Hanne«, sagte er.

»Billy T.«, antwortete sie nach einigen Sekunden. Ohne Anstalten zu machen, mit dem Rollstuhl die Türöffnung freizugeben und ihn einzulassen. »Lange nicht mehr gesehen.«

Billy T. legte den Arm an den Türrahmen, lehnte sich dagegen und verbarg sein Gesicht hinter seiner riesigen Pranke.

»Elf Jahre«, murmelte er.

Draußen im Treppenhaus fiel eine Tür ins Schloss. Von der Nachbarwohnung bewegten sich energische Schritte in Richtung Fahrstuhl. Sie wurden langsamer, als sie sich Hanne Wilhelmsens Wohnungstür und dem riesigen Mann näherten, dessen Haltung leicht als drohend gedeutet werden konnte.

»Alles in Ordnung hier?«, rief eine tiefe Männerstimme.

»Wie bist du da unten reingekommen?«, fragte Hanne, ohne dem Nachbarn zu antworten. »Die Gegensprechanlage, wir haben ... «

»Großer Gott«, stöhnte Billy T. und ließ die Hand vor seinem Gesicht sinken. »Ich war länger bei der Polizei als du. Ein verdammtes Scheißhaustürschloss! Du hättest mich ja nicht reingelassen, wenn ich geklingelt hätte, so, wie du mich jedes verfluchte Mal abgewiesen hast, wenn ich Kontakt zu dir aufnehmen wollte.«

»He«, sagte der Nachbar mit schroffer Stimme und versuchte, sich zwischen Billy T. und den Rollstuhl zu drängen, er war fast genauso groß wie Hannes alter Kollege. »Frau Wilhelmsen scheint nicht gerade begeistert von diesem Wiedersehen mit Ihnen zu sein.«

Billy T. sah sie fragend an. Sie gab keine Antwort.

Elf Jahre.

Und drei Monate.

Plus einige Tage.

»Oder was?«, fragte der Nachbar irritiert und legte eine Hand auf Billy T.s Brustkasten, um ihn weiter auf den Gang hinauszudrücken.

»Stimmt«, entgegnete Hanne endlich. »Ich habe kein Interesse. Wäre nett, wenn du ihn rausbringen könntest.«

»Hanne ...«

Billy T. schob die Hand des Mannes fort und fiel auf die Knie. Der Nachbar trat einen Schritt zurück. Vor Erstaunen darüber, den riesigen Mann knien und mit gefalteten Händen flehen zu sehen, konnte er nur noch glotzen.

»Hanne. Bitte. Ich brauche Hilfe.«

Sie gab keine Antwort. Versuchte wegzuschauen, aber sein Blick hielt ihren jetzt fest. Er hatte Husky-Augen, genau wie in ihrer Erinnerung, ein braunes und ein blaues. Es waren seine Augen, vor denen sie sich am meisten fürchtete. So wenig sonst an dieser Gestalt erinnerte an den Mann, der Billy T. einmal gewesen war. Die Jeansjacke mit dem Teddyfutter war zu klein, und ein großer Fleck, vermutlich Ketchup, verunzierte die eine Brusttasche. In beiden Mundwinkeln klebten schwarze Tabakränder, das Gesicht war aufgedunsen und winterbleich.

Sein blau-brauner Blick aber war unverändert. Nur wenige Zentimeter von ihren unbrauchbaren Beinen entfernt starrten die vielen vergessenen Jahre sie an. Drängten sich auf. Sie wehrte sich dagegen und merkte, dass sie aufgehört hatte zu atmen.

»Kommen Sie schon«, sagte jetzt der Nachbar, so laut, dass Hanne zusammenzuckte. »Sie sind hier unerwünscht, das hören Sie doch. Wenn Sie jetzt nicht mitkommen, muss ich die Polizei anrufen.«

Billy T. reagierte nicht. Er hatte die Hände noch immer gefaltet. Das Gesicht noch immer zu ihr erhoben. Hanne schwieg. Ein Krankenwagen näherte sich draußen in der Kruses gate, und durch das Fenster am Ende des Ganges fegte ein blaues blinkendes Licht über die eine Wand, dann verblasste es, und der Lärm verklang.

Wieder wurde es still.

Endlich erhob sich Billy T. Steif, mit einem leisen Stöhnen. Er wischte sich die Knie seiner Hose ab und versuchte, die enge Jacke gerade zu ziehen. Dann ging er wortlos in Richtung Fahrstuhl. Der Nachbar lächelte Hanne selbstsicher zu und folgte ihm.

Sie blieb sitzen und blickte den beiden nach. Billy T. Sie sah nur ihn. Lautlos ließ sie die Räder ihres Rollstuhls ins Treppenhaus hinausrollen.

»Billy T.«, sagte sie, als er gerade auf den Fahrstuhlknopf drückte.

Er drehte sich um.

»Ja?«

»Du kennst Ida noch gar nicht.«

»Nein.«

Er fuhr sich mit der Hand über den Schädel und lächelte

zaghaft. »Aber ich habe gehört, dass du ... dass ihr ein Kind bekommen habt. Wie alt ist sie jetzt?«

»Zehn. Wird im Sommer elf.«

Die Fahrstuhltür öffnete sich mit einem Pling. Billy T. blieb stehen, obwohl ihm der Nachbar auffordernd zuwinkte.

»Sie ist jetzt sicher in der Schule«, sagte er.

»Ja.«

»Wollen wir?«, fragte der Nachbar auffordernd und stellte einen Fuß in den Fahrstuhl, damit sich die Tür nicht schloss.

»Ich brauche Hilfe, Hanne. Ich brauche Hilfe bei etwas, das ...« Billy T. schnappte nach Luft und schien mit den Tränen zu ringen. »Es geht um Linus. Erinnerst du dich an Linus, Hanne? Meinen Jungen? Weißt du noch ...«

Er riss sich zusammen und schüttelte den Kopf. Zuckte mit den Schultern und machte einen Schritt in den Fahrstuhl.

»Komm«, hörte er hinter sich und blieb stehen.

»Was?«

Er wandte sich um. Hanne war nicht mehr zu sehen. Aber ihre Tür stand offen, die Wohnungstür lud ihn ein, und er war sicher, dass er sich nicht verhört hatte.

»Schönen Tag noch«, murmelte er dem Nachbarn zu und ging zögernd, fast ängstlich, zu Hannes Wohnung zurück.

Symbolischerweise lagen die Räumlichkeiten des ISAN, des Islamischen Zentralrates in Norwegen, gleich neben der amerikanisch-lutherischen Kirche in Frogner. In einer von Oslos besten Wohngegenden hatte die stetig wachsende und immer einflussreichere Organisation zwei Wohnungen in der Gimle terrasse aufgekauft und zu einem beeindruckenden Büro zusammengelegt. Anwohnerproteste und politisches Hin und Her hatten das Vorhaben verkompliziert, aber inzwischen lag die Einweihung schon eine Weile zurück, und die meisten Nachbarn waren zufrieden. Anlässlich des fünfjährigen Jubiläums des ISAN war eine Dame, die zwei Stock höher wohnte, vom Norwegischen Rundfunk interviewt worden. Sie hatte erklärt, sie freue sich, weil im Büro nicht gekocht werde, wie sie vorher befürchtet hatte. Die Organisation hatte zudem auf eigene Kosten die gemeinschaftlich genutzten Flächen renovieren lassen, was dringend nötig gewesen war. Und die achtzig Jahre alte Dame betonte auch, dass ihre Muslime sich anständig anzogen. Keiner von ihnen sah aus wie dieser Mullah Krekar, weder Turban noch Kaftane hatten in dem respektablen Wohnhaus ihren Einzug gehalten.

Diagonal gegenüber, auf der anderen Seite der Kreuzung, lag die amerikanische Kirche, die aus der Vogelperspektive aussah wie eine ziemlich rundliche Topfblume. Sie war vor allem aus Beton. Die heftige Explosion richtete deshalb nur begrenzten Schaden an.

Das Haus, in dem der ISAN sein Büro hatte, kam nicht so glimpflich davon.

Als man danach an diesem eiskalten und verregneten Morgen die gesamte Umgebung absuchte und mehrere Hundert Zeugen befragt wurden, berichteten mehrere von einer für diese elegante Gegend ungewöhnlichen Beobachtung.

Ein junger Mann, gekleidet in »traditioneller islamischer Kleidung«, hatte sich dem Büro des ISAN genähert. Er trug eine Tasche. Die Tasche wurde immer größer, je mehr Tage nach der Explosion vergingen, die Kleidung immer ausgefallener. Einige Zeugen meinten, er habe einen Turban getragen, andere wollten unter den lockeren Gewändern etwas wie ein Maschinengewehr gesehen haben. Wieder andere glaubten, zwei Gestalten beobachtet zu haben, und drei Zeugen schilderten eine ganze Bande fremdartiger Vögel in den Minuten vor dem großen Knall.

Es war schwer zu sagen. Die Bombenexplosion war so gewaltig gewesen, dass die Identifizierung der Toten alles andere als einfach war.

Aber auf Grundlage der vielen Informationen von den Angehörigen der Hausbewohner und den zahlreichen Mitgliedern des ISAN konnte die Polizei noch am selben Abend die ungefähre Anzahl der Toten bekannt geben. Oder der Vermissten, wie die meisten korrekterweise genannt wurden.

In den Räumlichkeiten des ISAN hatten sich sechzehn Menschen aufgehalten. Außerdem war ein unglückseliger Postbote ebenfalls verschwunden. Von den Nachbarn aus den Wohnungen über den ISAN-Büros war nur die alte Dame zu Hause gewesen. Als sie gefunden wurde, hingen noch alle Körperteile am Rumpf, ihre Brust jedoch war von zahllosen Glassplittern durchbohrt worden, und eine Türklinke steckte vier Zentimeter tief in ihrer Schläfe. Drei Fußgänger auf der Gimle terrasse und zwei in der Fritzners gate waren ebenfalls ums Leben gekommen, konnten aber identifiziert werden und erhielten wenige Tage später eine anständige Beerdigung. Eine Frau aus der tschechischen Botschaft ein Stück weiter die Straße hinunter hatte sich auf dem Weg zu einem frühen Mittagessen befunden. Auch sie hatte nicht überlebt.

Zusätzlich zu den vermutlich dreiundzwanzig Todesopfern gab es acht mehr oder minder schwer Verletzte. Unter ihnen der amerikanische Pastor der Kirche schräg gegenüber, der mit dem kleinen Jack Russel seiner Frau unterwegs gewesen war. Der Hund war sofort tot, der Pastor erlitt Gesichtsverletzungen, die ihm mehrere plastische Operationen einbringen würden. Die wenigsten interessierten sich in den kommenden Tagen für die materiellen Schäden, aber die waren gewaltig.

Die Bombe explodierte am Dienstag, dem 8. April 2014, um 10.57 Uhr.

Hanne Wilhelmsen schaute auf ihre Armbanduhr, die drei Minuten vor elf zeigte.

»Was zum ... «

»Was war das, verdammt?«, brüllte Billy T.

Er legte die Hände auf den großen Couchtisch aus getöntem Glas. Der zitterte noch immer. Ein riesiges Fenster zur Kruses gate war diagonal geborsten, ein scharfer Riss verlief von einer Ecke zur anderen.

»Nicht schon wieder«, flüsterte Hanne, rollte zu dem Fenster und schaute vorsichtig hinaus. »Das kann doch keine ... «

»Eine Bombe? Nein ... «

Billy T. erhob sich von dem tiefen Sofa und machte sich an seinem Handy zu schaffen.

»Bei *VG* steht nichts online«, murmelte er und ging ans Fenster.

»Das Internet ist schnell«, sagte Hanne säuerlich. »Aber nicht blitzschnell.«

»Gasexplosion? Unglück?«

Hanne fuhr zurück zum Glastisch und griff nach der Fernbedienung. Ein riesiger, schwach gebogener Flachbildschirm tauchte hinter einer Holzvertäfelung auf, die sich lautlos nach oben und in die Wand zurückzog. Nach einigen Sekunden erschien die Website von Twitter.

»Twitter? Bist ... bist du bei Twitter, Hanne?«

»Nur als anonymer Eierkopf. Ich twittere niemals selbst. Aber es ist das schnellste Medium der Welt, und in solchen Augenblicken ... Schau mal.«

Sie deutete mit der Fernbedienung auf den Bildschirm.

Die drei letzten Tweets handelten von dem Knall. Hanne drückte auf *Refresh*. Sieben Mitteilungen. Noch ein Tastendruck. Elf Mitteilungen. Sie fing an zu scrollen. Bald tauchte ein

Hashtag auf, und sie fuhr mit dem Cursor zu *#osloexpl*, um mehr zu erfahren.

»Da«, sagte sie und ließ die Hand mit der Fernbedienung langsam auf ihren Oberschenkel sinken. »Oh, verdammt.«

Billy T. fuhr sich mit beiden Händen über den Schädel.

»Scheiße«, sagte er leise. »Das ISAN-Büro. Kreuzung Fritzners gate und Gimle terrasse. Wieder so ein verdammter Tempelritter?«

Hanne gab keine Antwort, sie war in den anwachsenden Strom von Mitteilungen vertieft. Viele wirkten reichlich verwirrt. Einige behaupteten, es handle sich um einen misslungenen Überfall auf die amerikanische Kirche. Einzelne Mitteilungen waren in einer Sprache, die Hanne für Tschechisch hielt, als ihr einfiel, dass die tschechische Botschaft in der Nachbarschaft des ISAN-Büros lag.

»Aber gerade der ISAN kann doch eigentlich niemandem Angst machen«, meinte Billy T. entsetzt. »Die sind doch norwegischer als ich. Und sie wollen mit allen und jedem zusammenarbeiten. Außerdem ist ihr zweiter Vorstand eine Frau, ganz ohne Kopftuch.«

»In den alten Tagen wärst du hingerannt«, stellte Hanne trocken fest und schaltete den norwegischen Rundfunk ein. Aber der *NRK* hatte bisher noch nichts zu bieten, er sendete eine Wiederholung von Reportagen aus der norwegischen Provinz.

»Gerannt?«

»Die Gimle terrasse ist nur ein paar Hundert Meter von hier entfernt. Du könntest vor der Polizei dort sein. Vor den Rettungswagen.«

»Ich bin nicht mehr bei der Polizei. Ich dachte, wenigstens das hättest du mitgekriegt.«

»Billy T.«

Ihre Stimme klang resigniert, und sie drehte den Stuhl zu ihm um.

»Das war ein gewaltiger Knall. Es kann Verletzte geben. Wenn ich nicht in diesem Stuhl säße, wäre ich schon fast dort. Da gibt es Menschen, die Hilfe brauchen.«

Er starrte sie an, kniff die Augen zusammen und biss sich auf die Unterlippe.

»Komm danach zurück«, sagte sie ruhig. »Dann können wir weiterreden. Ich lass dich rein, versprochen.«

Jetzt war Billy T. schon aus der Tür. Er rannte die Treppe hinunter und war bereits außer Atem, als er die Straße erreichte.

Als Billy T. bei der Gabels gate die Bygdøy allé im Zickzack zwischen den Autos überquerte, die im Chaos nach der Explosion nur schrittweise vorankamen, ging ihm die Luft aus. Widerwillig drosselte er sein Tempo. Seine Lunge brannte, und er hatte heftiges Seitenstechen. Er griff sich an die Milz und schob sich durch die Menschenmenge, die sich auf dem breiten Bürgersteig versammelt hatte. Leute stiegen zögernd aus ihren stehenden Autos. Zwei Taxifahrer stritten sich lauthals mitten auf der Straße, alle wirkten vollkommen verwirrt. Niemand wusste genau, was geschehen war. Die meisten schauten in den Himmel, als glaubten sie an eine Flugzeugexplosion. Eine ältere Frau weinte und wurde von einem Anzugträger mittleren Alters ungeschickt getröstet, der alle fünf Sekunden auf die Uhr sah. Die Sirenen waren immer lauter zu hören.

Billy T. bereute es sofort. Er hatte an einem Tatort nichts zu suchen. Es war nur eine Frage von Minuten, dann würden Polizei, Krankenwagen und Löschfahrzeuge vor dem ISAN-Büro eintreffen und mehr als genug damit zu tun haben, die Schaulustigen zurückzuhalten. Da brauchte er sich nicht auch noch aufzudrängen. Er war nutzlos, wie schon seit vielen Jahren.

Er verlangsamte seine Schritte.

Ein junger Mann kam auf dem Bürgersteig auf ihn zugelaufen, eng an die braune Klinkermauer gepresst. Er hatte einen dunkleren Teint, und unter seiner abgenutzten offenen Windjacke trug er ein militärgrünes Qamis. Die Hose darunter war zu lang, und an den verschlissenen Turnschuhen war ein Schnürsenkel aufgegangen. Der ungepflegte Bart des jungen Mannes reichte bis über die Wangenknochen hinauf und breitete sich zudem auf seinem Hals aus.

Er war der einzige Mensch in der Bygdøy allé, der sich von der Explosionsstätte entfernte.

Billy T. war seit fast fünf Jahren nicht mehr bei der Polizei. Statt das Ergebnis der drei Disziplinaruntersuchungen abzuwarten, die er sich in den letzten vier Monaten seiner Laufbahn eingebrockt hatte, hatte er im Juni 2009 seine Kündigung eingereicht, um einem Rauswurf zuvorzukommen.

Das Problem war jedoch, dass er nie aufgehört hatte, Polizist zu sein.

Rasch musterte er die Umgebung. Und ehe der Mann auch nur einen weiteren Schritt gemacht hatte, wusste Billy T., wie viele Menschen auf dem Bürgersteig standen, welche Autos verbotenerweise zwischen den Kastanienbäumen schräg auf dem Bordstein parkten und welche im Verkehr auf der Straße feststeckten. Er hatte außerdem das Tempo und damit die künftige Position aller beweglichen Elemente im Umkreis von hundert Metern berechnet. Ohne weiter nachdenken zu müssen, machte er einen großen Schritt nach links.

»He, du.«

Der Mann starrte ihn an. Er war jetzt vielleicht acht Meter von Billy T. entfernt auf der Höhe einer Frau mit Kinderwagen, die stehen geblieben war, um dem lautstarken Gespräch einer Gruppe älterer Frauen zuzuhören, das jetzt abrupt verstummte.

»Du, ja!«

Billy T. ging mit energischen Schritten auf den Jungen zu, bereit, ihm den Weg abzuschneiden, falls er losrennen wollte.

»Ich?« Der junge Mann blieb stehen und schlug sich auf die Brust. »Meinen Sie mich?«

»Ja. Wo willst du hin? Was hast du ... Aber ... Shazad? Bist du das?«

Der Blick des Mannes flackerte. Billy T. hatte ihn jetzt erreicht. In ihrer Nähe wurden immer mehr Menschen auf sie aufmerksam.

»Ich glaube, ich muss weiter«, sagte Shazad gepresst.

»Wohin willst du?«

»Nach Hause. Das ist hier gerade kein guter Ort für mich.«

»Ich finde«, erklärte Billy T. leise, »dass du dich jetzt am besten an mich halten solltest. Komm.«

Er legte einen Arm um die schmalen Schultern des Jungen, der einen Kopf kleiner war als er. Dann drehte er den Frauen entschlossen den Rücken zu und ging in Richtung Gabels gate los. Die Ampel blinkte jetzt nur noch gelb, als ob sie vor dem nicht mehr regelbaren Verkehr kapituliert hätte.

»Den da sollte sich mal die Polizei vorknöpfen«, rief ein Mann in Designerjeans und enger Lederjacke. »He! Sie da! Die Mistkerle haben halb Frogner in die Luft gesprengt.«

Aus dem rechten Augenwinkel sah Billy T. drei Männer seitlich auf sie zulaufen. Sie waren aus einem Fotoladen an der Ecke gekommen, und einer hielt ein Kamerastativ in der Hand.

»Halt!«, schrie die Lederjacke und wurde schneller.

Der Lärm der Sirenen war jetzt ohrenbetäubend. Billy T. registrierte zwei uniformierte Motorradfahrer auf der gegenüberliegenden Straßenseite und wusste nicht, ob er erleichtert oder besorgt sein sollte. Shazad, der sich immer enger an ihn gedrückt hatte, ergriff die Flucht, indem er plötzlich stehen blieb, unter

Billy T.s Arm durchtauchte und losrannte. Als das erste Motorrad den Zebrastreifen erreichte und beschleunigte, weil sich eine fünfzig Meter lange Lücke zwischen den Autos offenbarte, war Shazad schon auf der Straße.

Der Polizist versuchte, sein Motorrad herumzuwerfen. Das schwere Zweirad schlingerte, kippte um und rutschte auf der Seite weiter. Billy T. stand wie erstarrt. Er brachte keinen Laut über die Lippen. Nur der Lärm der Sirenen war zu hören, als das Vorderrad des Motorrades Shazads Beine dicht oberhalb der Knöchel traf. Sein Körper wurde hochgeschleudert und landete vier Meter weiter auf der Motorhaube eines BMW.

Langsam ging Billy T. dorthin.

Shazad lag auf dem Bauch, die Arme ausgestreckt, wie um die Motorhaube zu umarmen. Sein Blick aber war starr auf etwas oben am Himmel gerichtet. Seine Füße hingen in einem unnatürlichen Winkel von den Beinen.

Eine stark übergewichtige Frau mit stahlgrauen Haaren kam mit kurzen Schritten und pfeifendem Atem angelaufen. »Ich bin Ärztin«, schrie sie und stieß alle beiseite. »Ich bin Ärztin.«

Drei Meter vom Auto entfernt blieb sie stehen.

Billy T. hätte der Leiche am liebsten die Augen geschlossen. Er holte tief Luft und murmelte etwas, das niemand hörte.

»Billy T.«, sagte jemand hinter ihm. »Was machst du denn hier?«

Der Polizist hatte das Visier hochgeschoben. Sein Kollege saß ein Stück entfernt auf dem Boden, die Knie angezogen und den Helm als Stütze im Kreuz. Sein Gesicht war schmerzverzerrt, er schien den Unfall aber unversehrt überstanden zu haben.

»Gundersen.« Billy T. nickte, ohne ihm die Hand zu reichen.

»Was ist passiert? Wer zum Teufel ist ... was haben wir denn hier?«

Der Polizist zeigte auf eine Ausbeulung unter dem Jabador.

»Hier haben wir Shazad Beheshdi.«

»Was? Ich hatte eher das hier gemeint.«

Gundersen griff nach einem Zipfel des Jabador, der im Reißverschluss der Windjacke festklemmte. Er musste die Handschuhe ausziehen und beide Hände zu Hilfe nehmen, um ihn loszureißen.

»Wir sollten vielleicht nicht zu viel durcheinanderbringen«, sagte Billy T. leise. »Und zuerst ein paar Fotos machen?«

»Was ist das hier?« Gundersen zog ein Plastikspielzeug aus den weiten Gewändern. »Darth Vader«, antwortete er selbst und musterte die Figur genauer. »Ich muss schon sagen. Ein Scheißspielzeug.«

Die Figur war vielleicht fünfundzwanzig Zentimeter groß und überaus aufwendig gestaltet. Die Schalttafel über der Brust war bis ins kleinste Detail nachempfunden, und als Billy T. sich vorbeugte, glaubte er zu sehen, dass man die Schalter ein- und ausknipsen konnte. In der rechten Hand hielt Darth Vader ein Lichtschwert. Das war allerdings zerbrochen.

»Was ist denn passiert?«, fragte Billy T., ohne den Blick von der Figur zu nehmen.

»Das weißt du besser als ich. Hast du gesagt, du kennst den Typen? Warum ist er auf die Straße …«

»Ich meine dahinten. Gimle terrasse.«

»Explosion. Ganz schön heftig. Angeblich beim ISAN. Ziemlich chaotisch das Ganze. Kannst du …«

Er unterbrach sich und reichte Billy T. die Figur.

»Krogvold ist zwar ein bisschen mitgenommen.« Er nickte zu seinem Kollegen hinüber, der sich jetzt vom Asphalt erhoben hatte und offenbar prüfte, ob noch alle seine Knochen intakt waren. »Aber er kann sich um das hier kümmern. Kannst du ihm helfen? Ich muss sehen, dass ich weiterkomme. Da vorn ist offenbar in jeder Hinsicht die Hölle los.«

Zögernd nahm Billy T. das Spielzeug an.

»Ich kann ja nicht viel tun. Ich habe kein Funkgerät, und wir müssten wohl ...«

Aber Gundersen hörte ihn schon nicht mehr. Er saß bereits wieder auf seinem Motorrad und bellte Krogvold einen kurzen Befehl zu, dann ließ er den Motor an.

Billy T. starrte noch immer auf die dunkle Figur.

Es war kein Spielzeug, das wusste er. Es war ein Sammlerstück, und es wäre sehr wertvoll gewesen, wenn das rote Lichtschwert nicht zerbrochen wäre. Früher, vor vielen Jahren, hatte er auch so einen Darth Vader gekauft. Dieselbe Haltung. Die gleichen Schalter auf der Brustplatte. Der gleiche schwarze, gewellte Umhang.

Krogvold kam näher. Billy T. kehrte ihm für einen Moment den Rücken zu. Seine Jeansjacke war eng, er musste sich eine neue besorgen, aber immerhin konnte er die Figur in die Achselhöhle unter das Teddyfutter quetschen.

Ohne zu grüßen, ohne abzuwarten, ohne noch mit irgendwem zu sprechen, ging er ruhig los. Hinter sich konnte er hören, wie der Polizist den Umstehenden befahl, größere Distanz zu halten. Das Funkgerät knisterte, als er einen Rettungswagen herbeirief, und Billy T. beschleunigte seine Schritte. Erst als er den Frognervei auf Höhe der Kruses gate erreicht hatte, blieb er stehen. Vorsichtig zog er die Figur hervor. Er hatte unterwegs den Arm an den Körper gepresst, um Darth Vader nicht noch mehr zu beschädigen, und abgesehen von dem zerbrochenen Lichtschwert war die Figur unversehrt.

Der Helm konnte abgenommen werden, stellte Billy T. fest.

Genau wie bei der Darth-Vader-Figur, die er vor langer Zeit gekauft hatte.

Seine Zunge prickelte unangenehm, als er die Figur schließlich umdrehte. Billy T. versuchte zu schlucken, aber auf einen Schlag wurde ihm schlecht.

In den Sockelboden war ein Name eingeritzt.

Mit kindlichen Buchstaben und einer Nagelschere, Billy T. wusste noch, wie wütend er gewesen war, als der wertvolle Sammlergegenstand aus der Originalverpackung genommen und ruiniert worden war, von einem Jungen, dem er streng befohlen hatte, dieses viel zu schöne Geschenk nur zur Ansicht in ein Regal zu stellen.

Linus Bakken, stand da in Krakelschrift.

Billy T. klemmte sich Darth Vader wieder unter den Arm. Er hob den Blick und wandte sich nach Westen. Eine dicke schwarze Rauchsäule stieg gen Himmel, ehe sie sich mit einer immer tiefer hängenden Wolkendecke verband.

Das Teelicht war heruntergebrannt, und der schmale Rußfaden, der sich zur Decke hinschlängelte, veranlasste Hanne Wilhelmsen, sich vorzubeugen und zwei Finger um den qualmenden Docht zu pressen.

»Du kommst sehr spät«, sagte sie zu Billy T.

»Ja.«

»Tee? Ein Bier?«

»Nichts, danke. Ich habe das hier.«

Er deutete müde auf eine Flasche Cola light und ließ sich in einen Sessel fallen.

Der Fernseher lief lautlos. Hanne ließ den Bildschirm nicht aus den Augen. Die Bilder von der Gimle terrasse waren entsetzlich. Obwohl die Presse offenbar zurückgedrängt worden war, als die Polizei den Ort der Explosion abriegelte, tauchten immer neue Szenen auf, die in den Minuten des vollständigen Chaos mit Smartphones aufgenommen worden waren. Viele Schaulustige waren so dicht an das ISAN-Büro herangelangt, dass die Fernsehanstalten Leichen und Körperteile unkenntlich machen mussten.

»Hast du etwas tun können?«

»Wie?«

»Da.«

Sie nickte zum Bildschirm hinüber.

»Nein. So weit bin ich nicht gekommen.«

Er schüttelte den Kopf und sah sich in dem eleganten Zimmer um. Es war so frisch renoviert, dass vom Boden noch der Duft von frischem Holz aufstieg.

»Tolle Bude«, murmelte er. »Ich wusste ja, dass sie ganz schön was hermacht, aber jetzt ist sie wirklich irre. Nefis hat ja Kohle, aber was hat der Spaß hier eigentlich gekostet?«

Hanne griff nach der Fernbedienung und stellte den Ton an. Einige Experten für das gesamte Spektrum von Bomben bis Extremismus waren jetzt mit ernster Miene im Studio versammelt. Hanne seufzte resigniert, als sie sah, dass auch Kari Thue eingeladen worden war, als einzige Frau in der Runde.

»Die Frau leidet doch an Verfolgungswahn«, sagte Billy T. und öffnete die wütend zischende Flasche. »Total verrückt. Aber wenn sich wirklich herausstellen sollte, dass Muslime auf ihre eigenen Leute einen Anschlag verübt haben, dann ist das natürlich Wasser auf die Mühlen solcher Leute. Jedenfalls ist das im Moment die Theorie. Arme Teufel. Immer sollen die an allem schuld sein. Als es die Regierung und die Arbeiterjugend erwischt hat, dachten ja auch alle, die wären es gewesen, bis dann dieser jämmerliche Kotzbrocken aus dem Villenviertel gefasst wurde. Und jetzt, wenn sich der Angriff gegen Muslime richtet, sollen schon wieder sie die Täter sein.«

Hanne gab keine Antwort. Sie hatte sieben Jahre zuvor das zweifelhafte Vergnügen gehabt, einige dramatische Tage in Finse in Kari Thues fanatisch antiislamischer Gesellschaft zu verbringen. Der Zug, in dem sie beide unterwegs gewesen waren, war beim Tunnel durch Finsenuten entgleist. Dann wurden zwei Menschen ermordet, als sie allesamt im Hotel 1222 festsaßen, und Hannes Antipathie gegen die kleine Krähe war so stark gewesen, dass sie die Frau anfangs und zu Unrecht für eine Doppelmörderin gehalten hatte.

»Noch weiß niemand etwas«, sagte sie. »Es gibt nur Spekulationen. Das war voriges Mal auch in den ersten Stunden so, und das ist immer dumm. Du weißt schon, alle Möglichkeiten offenhalten, sich nicht auf eine Theorie versteifen, das ist die Devise. Deshalb waren wir so ... unschlagbar, du und ich.«

Sie lächelte ihn an. Zum ersten Mal seit mehr als elf Jahren. Nicht strahlend, nicht einmal sonderlich freundlich. Aber sie lächelte. Er grinste zurück.

»Das waren Zeiten.«

Sie nickte kurz, und das Lächeln verschwand.

»Du brauchst Hilfe, hast du gesagt. Etwas mit Linus. Ich begreife ja nicht, wie ich dir überhaupt bei irgendwas helfen kann, es sei denn, du benötigst Geld. Allzu viel habe ich zwar auch nicht, aber ich kann mit Nefis sprechen. Sie hat, wie du eben bemerkt hast, genug Kohle.«

Er kniff die Augen zusammen und drehte mit wütenden Bewegungen den Verschluss auf seine Flasche.

»Wofür hältst du mich, verdammt noch mal? Ich komm ja wohl nicht her und demütige mich vor Gott und der Welt ...«, die Colaflasche zeigte zur Nachbarwohnung hinüber, »... weil ich dich um Geld anhauen will! Oder schlimmer noch, *deine Frau* um Geld anhauen!«

Sie zuckte gleichgültig mit den Schultern. Dann stellte sie den Fernseher wieder leiser. Billy T. starrte sie an, als suchte er etwas, während sie, statt ihn anzusehen, offenbar die Sendung verfolgte.

Nicht nur er hatte sich im Laufe der Jahre verändert. Hannes Haare waren grau geworden, vor allem an den Schläfen. Sie trug sie schulterlang mit einem schiefen Pony, der ihr immer wieder über das eine Auge fiel. Vor dem schicksalhaften Tag kurz nach Weihnachten 2002, als sie eine Hütte in Nordmarka gestürmt hatte und dort von einem verbrecherischen Polizisten angeschossen worden war, hatte sie immer Gewichtsprobleme gehabt. Jetzt war sie schlank, fast mager. Ihr Nasenrücken wirkte schärfer als früher, ihre Wangenknochen höher. Ihre Hände waren sehnig und schmal, die Adern zeichneten sich unter der dünnen Haut deutlich ab. Die toten Beine waren dünn wie Pfeifenreiniger.

Sogar die Augen waren verändert, fand er. Auch wenn sie noch immer eisblau waren, mit demselben markanten schwarzen Ring um die Iris. Billy T. konnte nicht genau festmachen, was sich an ihren Augen verändert hatte, bis Hanne ihm plötzlich ins Gesicht starrte und sagte: »Na gut. Wenn du nicht um Geld bitten willst, was willst du dann?«

Er erstarrte.

Sie hatten ihre Ausbildung zusammen absolviert und waren Kollegen gewesen, Hanne Wilhelmsen und Billy T. Sie waren befreundet gewesen, mehr als nur befreundet, einmal fast sogar ein Paar. Eines Nachts war sie ihm nähergekommen, als das jemals irgendeinem anderen Menschen gelungen war. Aber sie hatte ihn auch oft abgewiesen. Verletzt. Hatte sich verschlossen, war weggelaufen und hatte ihn mit Schweigen und Geheimniskrämerei in den Wahnsinn getrieben.

Aber sie war ihm nie mit Kälte begegnet. Niemals hatte sie ihn dermaßen verhöhnt.

Er schlug die Augen nieder.

»Was ist eigentlich mit dir passiert?«, fragte er, als er sicher war, dass seine Stimme wieder trug.

»Mit mir? Ich bin angeschossen worden. Mein Rückgrat wurde zerstört. Ich habe den Dienst quittieren müssen. *Water under the bridge.*«

»Ich versteh das einfach nicht. Nach all den Jahren. Allem, was wir hatten. Und dann einfach ...« Er versuchte, mit den Fingern zu schnippen, aber das gelang ihm nicht ganz. »Wupps«, sagte er deshalb. »Wupps, und schon war ich einfach aus deinem Leben gestrichen. Ohne Erklärung. Ohne auch nur irgendeinen Vorwurf zu hören, der es mir vielleicht ein bisschen leichter gemacht hätte ...«

»Billy T.!«

Ihre Stimme war so scharf, dass er verstummte.

»Du hast ein Problem mit Linus«, sagte sie etwas sanfter, ohne den Bildschirm aus den Augen zu lassen. »Ich schlage vor, du erzählst mir, worum es geht. Dann kann ich den naheliegenden Schluss ziehen: Ich kann dir nicht helfen. Und du kannst wieder gehen. Ich würde mir eigentlich gern diese Sendung ansehen.«

»Die werden rund um die Uhr berichten. Jede Menge Wiederholungen.«

»Da hast du recht.«

»Etwas stimmt nicht mit Linus.«

Hanne griff nach ihrer Brille und setzte sie auf. Sie warf noch einen Blick auf den Fernseher, dann wandte sie sich Billy T. zu und musterte ihn über den Brillenrand hinweg.

»Ist er krank?«, fragte sie.

»Nein.«

»Wie alt ist er inzwischen? Zwanzig, einundzwanzig?«

»Zweiundzwanzig.«

»Und es geht ihm nicht gut?«

»Nein. Doch ... Das ist vielleicht das Problem. Er würde dir sicher sagen, dass es ihm noch nie so gut gegangen ist. Falls er überhaupt antwortete. Zu mir hat er im vergangenen halben Jahr kaum ein Wort gesagt.«

»Was macht er denn so?«

»Er will den Schulabschluss nachholen. Er hat damals die Schule einfach abgebrochen. Hat nur Unsinn getrieben.«

»Hat Iris sich das bieten lassen?«

»Grete. Seine Mutter heißt Grete.«

»Fünf Kinder mit fünf verschiedenen Frauen, Billy T. Da kannst du mir kaum einen Vorwurf machen, dass ich sie nach all den Jahren nicht mehr auseinanderhalten kann.«

»Sechs«, murmelte er.

»Sechs? Kinder? Hast du mit Tone-Marit noch eines bekommen?«

»Nein. Mit Tone-Marit habe ich nur Jenny. Wir haben uns in dem Sommer getrennt, nachdem du ...«

Er deutete mit einem Nicken auf den Rollstuhl.

»Niclas habe ich mit ... einer anderen.«

Wieder glaubte er, die Andeutung eines Lächelns zu sehen. Dann schüttelte sie kurz den Kopf.

»An Linus erinnere ich mich«, sagte sie nach einer Pause und ohne sich nach der Mutter seines sechsten Kindes zu erkundigen. »Er war ein feiner kleiner Bursche. Ich bin auch überzeugt davon, dass er sich zusammenreißt. Dass er die Schule fertig macht, um ...«

»Er ist ein anderer geworden, Hanne.«

»Menschen verändern sich. Vor allem in dem Alter.«

»Nicht so wie ...«

»Es ist schon halb elf, Billy T. Als die Bombe hochgegangen ist, habe ich gesagt, du könntest *später* zurückkommen. Nicht in der Nacht. Und jetzt ist es für mich Nacht. Nach dem, was du bisher erzählt hast, kann ich wohl kaum etwas für Linus tun. Es klingt eigentlich auch nicht so, als ob er überhaupt Hilfe brauchte. Was meint der Junge denn selbst?«

»Wie gesagt, er ist nicht gerade gesprächig. Meine Güte, Hanne! Weißt du noch, wie er immer drauflosgeplappert hat? Unaufhaltsam, er …«

»Hammo!« Ein schlankes Mädchen war in der Tür erschienen. Hannes Tochter war relativ groß für ihre zehn Jahre. »Ich kann nicht schlafen. Glaubst du, es gibt noch eine Explosion?«

»Ida«, sagte Hanne. »Komm her.«

Die Kleine lief barfuß durch das Zimmer. Flink und geschmeidig kletterte sie auf Hannes Schoß.

»Hallo«, sagte sie ernst und starrte Billy T. mit den größten, braunsten Augen an, die er jemals gesehen hatte. »Ich heiße Ida Wilhelmsen.«

»Hallo. Ich heiße Billy T. und bin ein Freund von …«

»Billy T. und ich waren vor sehr langer Zeit zusammen bei der Polizei«, unterbrach ihn Hanne. »Aber jetzt wollte er gerade gehen.«

Sie küsste Ida auf den Scheitel und streichelte ihre Wange.

»Du musst versuchen zu schlafen, Herzchen. Morgen ist Schule. Es gibt keine Explosion mehr. Geh wieder ins Bett, dann komm ich gleich und sag noch mal Gute Nacht. Okay?«

Ida lief zurück zur Tür und verschwand so schnell irgendwo in der Wohnung, wie sie aufgetaucht war. Billy T. glaubte, ihren Duft noch wahrnehmen zu können, den Duft nach Kind und Bettwäsche und vielleicht Shampoo.

»Reizendes Mädchen«, sagte er.

»Ja. Sie ähnelt Nefis. Da haben wir Glück gehabt.«

»Wie hat sie dich genannt? Hammo? Warum das? Und warum hat sie nur deinen Nachnamen?«

Hanne warf demonstrativ einen Blick auf ihre Armbanduhr.

»Du findest selbst zur Tür, ja?«

Er blieb sitzen.

Sie drehte den Rollstuhl zum Bildschirm um.

»Warum bist du hergekommen?«, fragte sie so leise, dass er nicht sicher war, ob er sie richtig verstanden hatte.

»Wie gesagt, ich mache mir Sorgen um Linus, dass er in irgendwas hineingerutscht sein könnte und ...«

»Nein«, fiel sie ihm ein wenig lauter ins Wort. »Warum bist du hergekommen? Gerade zu mir? Nach all diesen Jahren, warum um alles in der Welt bittest du ausgerechnet mich um Hilfe?«

Billy T. erhob sich langsam. Er steckte die halb leere Colaflasche in die Jackentasche.

»Ich glaube, Linus ist in irgendeine kriminelle Szene hineingeraten«, stieß er laut hervor, in der Angst, abermals unterbrochen zu werden. »Ich will nicht zur Polizei. Ich habe auch keine konkreten Anhaltspunkte. Aber ich brauche Hilfe beim Nachdenken. Beim Überlegen. Ich brauche Hilfe von einem Menschen mit Polizeierfahrung. Der aber nicht bei der Polizei arbeitet. Der nichts mit der Polizei zu tun hat. Du hast zu niemandem dort mehr Kontakt, wenn ich das richtig verstanden habe. Außerdem hast du Linus früher gekannt. Damals, als alles noch ...« Er zuckte mit den Schultern. »*Whatever.* Ich bin ziemlich verzweifelt und dachte, es wäre eine gute Idee. Hab ja jetzt kapiert, dass das ein Irrtum war.«

»Ja. Das war ein Irrtum.«

Er zuckte abermals mit den Schultern und ging auf die Tür zu.

»Das war ein Irrtum«, wiederholte sie etwas lauter, und er blieb stehen und drehte sich um.

»Ja«, antwortete er gereizt. »Das hast du schon gesagt.«

»Nicht nur, weil ich dir nicht helfen kann.«

»Na gut. Von mir aus. Ich habe geschnallt, dass das ein Schuss in den Ofen war.« Er hob resigniert die Hand und schaute sich in dem riesigen Wohnzimmer um. »Verdammt, Hanne. Du hast dich aus freien Stücken in diesem kackfeinen Gefängnis verbarrikadiert. Du hast alle alten Freunde fallen lassen. Du verlässt diese Wohnung kaum, nach dem wenigen zu urteilen, was ich in diesen elf Jahren über dich gehört habe. Du arbeitest nicht. Du …«

»Falsch.«

»Falsch?«

»Ja. Ich arbeite jetzt wieder.«

»Was?«

In seinem Gesicht kämpften Skepsis und Unglauben miteinander.

»Ja«, wiederholte sie. »Ich arbeite jetzt wieder.«

»Du? Du warst doch heute Morgen zu Hause, und … wo … wo um alles in der Welt arbeitest du denn?«

»Bei der Polizei«, antwortete Hanne Wilhelmsen. »Ich arbeite wieder für die Osloer Polizei, Billy T., und ich kann dir nicht helfen.«

Die Osloer Polizeidirektorin Silje Sørensen warf eine leere Dose zuckerfreies Red Bull in den Papierkorb, dann ging sie zum Fenster und lehnte die Stirn an die Fensterscheibe. Ihr Atem ließ die Scheibe leicht beschlagen. Draußen war es dunkel, und das Wetter war noch schlechter geworden. Im Laufe der Jahre fiel es ihr immer schwerer, auf den Frühling warten zu müssen. Der April war am schlimmsten. Große nasse Schneeflocken fielen dicht an dicht und bedeckten jetzt den frühlingsgrünen Rasen vor dem Gefängnis.

»Es ist nach Mitternacht«, sagte ihr Stellvertreter, als er ohne anzuklopfen ihr Zimmer betrat. »Irgendwer von uns kann doch nach Hause gehen.«

»Geh du. Ich bin wirklich nicht müde.«

»Vielen Dank. Ich wollte dich aber vorher noch kurz auf den aktuellen Stand bringen.«

Silje Sørensen drehte sich um. Håkon Sand, einer ihrer drei Stellvertreter und zugleich der Leiter der Kriminalabteilung, gähnte ausgiebig und unternahm dabei gar nicht den Versuch, es zu verbergen.

»Ganz schön schwieriger Fall, und das jetzt schon«, sagte er, während er energisch den Kopf schüttelte. »Du hast deinen Posten doch erst vor vier Wochen angetreten, oder?«

»Fünf«, entgegnete sie knapp, ging zu ihrem Bürostuhl und setzte sich. »Und ja. Ganz schön schwieriger Fall.«

»Bisher bestätigte Todesfälle«, sagte er mit demonstrativ sachlicher Stimme, »zehn. Dazu kommen dreizehn Vermisste, die vermutlich tot sind. Eine Zahl, die noch steigen kann, aber das ist wenig wahrscheinlich. Außerdem ...«

»Das weiß ich schon seit mehreren Stunden, Håkon. Wenn du nicht mehr berichten kannst, dann geh besser gleich nach Hause.«

»Muhammad Awad.«

»Was?«

»Es gibt Hinweise darauf, dass hinter der Bombe ein junger Mann namens Muhammad Awad steckt.« Er fischte eine Tabakdose aus der rechten Vordertasche seiner Hose. Sein regelmäßiger Konsum hatte einen deutlichen Ring in den Jeansstoff geprägt. »Ohne dass wir deshalb viel mehr darüber wüssten, wer er ist.«

Silje Sørensen beugte sich vor, legte die Unterarme auf den

Schreibtisch und faltete die Hände. Sie schaute ihn mit ausdrucksloser Miene an.

»Muhammad Awad«, wiederholte Håkon und schob seinen Priem mit der Zunge zurecht. »Dreiundzwanzig Jahre alt. Hier geboren, seine Eltern kommen aus dem Sudan. Flüchtlinge. Seit 1988 in Norwegen. Als Muhammad geboren wurde, war seinen Eltern gerade eine Wohnung in Groruddalen zugewiesen worden, und dort wuchs der Junge mit drei älteren und zwei jüngeren Geschwistern auf. Allesamt Mädchen.«

Wieder gähnte Håkon Sand so nachdrücklich, dass ihm die Tränen kamen. Er schnappte sich eine Tasse vom Schreibtisch und warf einen kurzen Blick hinein, ehe er sich den Rest des zimmertemperierten Kaffees einverleibte, ohne auch nur eine Miene zu verziehen.

»Die Mädels machen sich gut. Die beiden ältesten studieren. Mit den jüngeren gibt es auch keine Probleme. Der Vater hat eine Tankstelle in Furuset, und die Mutter ist Hausfrau.«

Die Polizeidirektorin schwieg noch immer.

»Auch Muhammad war zuerst ein braver Junge«, fuhr Håkon Sand fort und massierte sich den Nacken. »Lange. Hat die Gesamtschule mit ziemlich guten Noten beendet. Das ist jetzt vier Jahre her, und wir wissen nicht so genau, was er seitdem gemacht hat. Aber wir haben Grund zu der Annahme, dass er einen Radikalisierungsprozess durchlaufen hat.«

»Sind Leute aus dem Sudan nicht oft Christen? Oder haben eine Stammesreligion?«

»Aber Silje. Fast achtzig Prozent sind Muslime. Das ist eine islamische Republik.«

»Was sagt der PST?«

»Der Sicherheitsdienst sagt das, was ich dir gerade erzähle. Wir haben Glück gehabt.«

»Glück?«

»Der PST hatte ihn schon auf dem Schirm. Die haben ein kleines Dossier über den Kerl, wie bei vielen Typen seines Schlages.«

»Und das sind ... «

Die Polizeidirektorin machte eine fragende Handbewegung.

»Wie meinst du das?«, fragte Håkon Sand.

»Typen seines Schlages. Was sind das denn für welche?«

Er zuckte kurz mit den Schultern.

»Zuwandererkinder. Kriegen hierzulande alle Möglichkeiten. Radikalisieren sich trotzdem. Beißen die Hand, die sie füttert, um das mal so zu sagen.«

»Wie du das geschildert hast, haben diesem Jungen wohl eher seine Eltern zu essen gegeben. Aber sprich weiter.«

»Wie du weißt, wird die Identifizierungsarbeit am Tatort Zeit brauchen.« Er spuckte eine Tabakflocke auf den Handrücken, dann redete er weiter: »Aber es gibt auch noch andere Spuren. Die amerikanische Kirche schräg gegenüber hat Überwachungskameras, die auf die Straße gerichtet sind, zwei davon sind leider außer Betrieb. Aber sie haben eine gerade hier ... «

Ohne zu fragen, zog er das eingeschaltete MacBook auf dem Schreibtisch der Polizeidirektorin zu sich herum. Nach einem kurzen Tastendruck drehte er das MacBook wieder um und beugte sich zu Silje vor. Der Bildschirm zeigte eine Luftaufnahme von Frogner.

»Da«, sagte er und deutete auf einen Punkt am Nordbogen der Kirchmauer. »Und wie durch ein Wunder wurde sie durch die Explosion nicht ausgeschaltet. Sie zeigt leicht nach Westen und nimmt den Verkehr auf der Westseite der Gimle terrasse und dem Anfang der Fritzners gate auf.«

»Komisches Gebäude, diese Kirche. Sieht aus wie ein Weihnachtsbaum.«

»Und da liegt ein 7-Eleven«, fuhr Håkon Sand unbeirrt fort und zeigte auf eine Stelle in der Bygdøy allé. »Die haben ja bekanntlich auch Kameras. Der vorläufige Vergleich der Aufnahmen beider Kameras ergab nur eine Gemeinsamkeit.«

»Muhammad Awad, vermute ich mal.«

»Genau. Er wurde um zwanzig vor elf im 7-Eleven-Kiosk gesehen. Eine Viertelstunde danach, nur Minuten vor der Explosion, spaziert er hier ...«, Håkon Sands Finger folgte der Gimle terrasse nach Osten und dann der Fritzners gate, »... und hier. Vermutlich ist er von der Bygdøy allé durch die Thomas Heftyes gate gegangen.«

»Dafür braucht er keine Viertelstunde. Das sind höchstens vier, fünf Minuten.«

»Stimmt. Seh ich auch so. Aber er war jedenfalls, kurz bevor die Bombe hochging, in der Nähe, und seitdem ist er verschwunden.«

»Wann haben wir angefangen, ihn zu suchen?«

»Gegen fünf Uhr heute Nachmittag. Bis jetzt haben wir den Namen und auch den Verdacht unter Verschluss gehalten. Es ist aber sicher nur eine Frage der Zeit, bis das an die Öffentlichkeit dringt. Früher oder später wird die Familie irgendwem erzählen, dass wir unbedingt ihren Jungen finden wollen.«

»Er könnte also eine Art ... Selbstmordattentäter sein, meinst du? Der mit einer Bombe unter dem Arm durch Frogner schlendert, mal kurz im 7-Eleven eine Limo trinkt und sich und den ISAN dann gen Himmel sprengt?«

»Er hat eine Flasche Wasser gekauft.«

»Na dann.«

Silje Sørensen blies die Wangen auf und ließ die Luft dann langsam entweichen.

»Das ist alles, was wir haben, Silje. Vorerst.«

»Es ist immerhin etwas.«

»Wir stehen noch am Anfang der Ermittlungen.«

»Wir sind verdammt spät dran, das sind wir.«

Jetzt gähnte sie selbst, verbarg aber den Mund mit ihrer schmalen Hand, an der ein großer Diamant im Licht der Schreibtischlampe funkelte. Danach ließ sie sich im Sessel zurücksinken und schloss die Augen.

»Gehört er irgendeiner Gruppe an?«, murmelte sie.

»Davon weiß der PST nichts. Er hat irgendeine vage Verbindung zur *Umma des Propheten*, durch einen Jugendfreund aus Furuset, aber er ist nicht als vollwertiges Mitglied registriert, oder wie immer das heißen mag.«

»*Umma des Propheten*«, sagte sie resigniert.

»Die spinnen doch.«

»Wer sind *die*?«

»Jetzt hör auf, Silje.«

Håkon presste die Hände ins Kreuz und lehnte sich ein wenig zurück.

»Du bist einfach zu empfindlich. Nach all den Jahren musst du mich doch gut genug kennen, um zu wissen, dass ich kein Rassist bin. Im Gegenteil, ich habe in aller Bescheidenheit die ganze Zeit über aktiv versucht, andere ethnische Gruppen als uns Bleichgesichter zur Polizei zu holen. Meine Kinder haben viele Freunde aus muslimischen Familien. Reizende Kinder, gut im Fußball und in der Schule und was weiß ich noch alles. Die gehen bei uns zu Hause ein und aus. Also hör schon auf.«

»Ich finde es nicht gut, *die* zu sagen.«

»Ich meine doch die, die nichts taugen, Silje! Genauso wie ich die verdammten Dealer nicht leiden kann, die Pädowichser und den gewalttätigen Pöbel, egal, aus welcher Ecke der Welt die nun kommen. So stören mich auch die jungen Männer, die das große

Los gezogen haben, weil ihre Eltern es nach Norwegen geschafft und ihnen Möglichkeiten gegeben haben, die sie selbst niemals hatten, und die uns dann mit ihrem religiösen Gegeifer ihren Hass vor den Latz knallen.«

»Deine Sprache ziemt sich aber gar nicht für einen stellvertretenden Polizeidirektor.«

»Scheiß doch drauf. Das muss ich jetzt nicht haben.«

Håkon Sand lief zur Tür und wäre fast über die Kante eines dicken Teppichs gestolpert, der viel mehr gekostet hatte, als die öffentlichen Budgets zuließen. Er blieb stehen und schaute sich wütend im Raum um, als merke er erst jetzt, mehrere Wochen nachdem Oslos neue Polizeidirektorin in das zweitoberste Stockwerk von Grønlandsleiret 44a gezogen war, dass das Büro ein wenig zu sehr wie ein Showroom wirkte.

»Hast du das alles selbst gekauft?«

»Ja.«

Er schüttelte kurz den Kopf.

»Manche haben's wirklich gut. Geerbtes Geld und den Posten der Polizeidirektorin. *Polizeidirektorin.* Obwohl du erst vor drei Jahren deinen Master in Rechtswissenschaft gemacht hast. Ich geh nach Hause, wenn du nichts dagegen hast. Komme in ein paar Stunden wieder.«

Er machte auf dem Absatz kehrt.

»Wie lange kennen wir uns schon?«, fragte sie seinen Rücken.

»Was?«

»Du und ich. Wie lange kennen wir uns schon?«

»Äh ... fünfzehn Jahre?«

»Achtzehn. Wir haben uns kennengelernt, als ich hier in den Dienst eingetreten hin und du ein Polizist warst, der nebenbei Jura studierte. Und seit über elf Jahren sind wir befreundet. Seit Hanne Wilhelmsen angeschossen wurde und ihr, du und Karen und Billy T., versucht habt, eine Art Arbeitsgemeinschaft zusammenzutrommeln, um eine Bresche in die Mauer zu schlagen, mit der sie sich umgeben hatte.«

»Na gut.«

»Weißt du, wie oft du schon betont hast, dass ich zufällig reich bin?«

»Nein. Bis morgen früh ...«, er blickte kurz auf eine prachtvolle Wanduhr mit einem Zifferblatt aus polierter und geflämmter Eiche, »um sieben.«

»Jede Woche einmal. Mindestens. Einmal pro Woche in über elf Jahren. Eine Spitze hier, ein sarkastischer Spruch da. Und es ist schlimmer geworden, Håkon. Du bist schlimmer geworden, seit ich einen Posten bekommen habe, den du mehr verdient zu haben glaubst als ich. Weil du ein juristisches Staatsexamen hast und nicht nur einen ›Master der Rechtswissenschaft‹?« Ihre Finger malten Anführungszeichen in die Luft. »Weil du älter bist als ich? Weil du ein Mann bist?«

Håkon Sand zuckte mit den Schultern und legte die Hand auf die Türklinke.

»Ich hab das falsche Geschlecht. Das hab ich schon begriffen, als ich mich beworben habe. Und wenn du jetzt ...«, er fuhr sich langsam mit der rechten Hand über das Gesicht, »... aus mir zusätzlich zu dem Rassisten auch noch einen Antifeministen machen willst, möchte ich dich daran erinnern, dass ich seit fast einem Vierteljahrhundert mit einer Frau verheiratet bin, die jetzt Richterin beim Obersten Gericht sein könnte, wenn sie nicht wegen meiner Stellung für befangen gehalten worden wäre. Das weist doch nicht gerade darauf hin, dass ich etwas dagegen habe, wenn ihr Karriere macht.«

»Aber dir eine andere Stellung zu suchen, damit Karen Richterin werden könnte, ist dir nicht in den Sinn gekommen?«

»Jesus, Silje, jetzt bist du wirklich gemein. Ich bleibe bei dem, was ich gesagt habe. Bis morgen.«

Håkon Sand wollte jetzt endgültig gehen, doch in dem Moment erschien ein Mann von Mitte dreißig in der Tür. Er trug einen Nadelstreifenanzug, ein kreideweißes Hemd und einen so straff sitzenden Schlips, dass man meinen könnte, er wäre erst vor einer Stunde gebunden worden.

»Mach mal den Fernseher an«, sagte der Mann und strich sich mit einer nervösen, fast femininen Handbewegung die üppige Mähne nach hinten. »Jetzt haben sie ein Video an *TV 2* geschickt.«

»Wer denn?«

Silje griff zu einer Fernbedienung und schaltete einen Fernseher in der Ecke ein, einen großen Bang & Olufsen, der auf einem schwarz lackierten Untersatz stand. Dann wiederholte sie ihre Frage.

»Wer denn?«

Ihr Sekretär gab keine Antwort. Stattdessen riss er ihr die Fernbedienung aus den Händen und drückte auf einen Knopf.

»*... Namen, der Barmherzige, der Gnadenreiche.*«

Ein ernster Mann mit Takke auf dem Kopf und einem Schal vor dem Gesicht blinzelte.

»Norwegisch«, sagte Håkon Sand leise. »Er spricht Norwegisch.«

»*Allahu akbar*«, sagte der Mann auf dem Bildschirm.

Das Bild wurde für einen Moment schwarz, dann war ein tiefernster Moderator in einem Studio zu sehen.

»Dieses Video ist vor zwanzig Minuten bei uns eingetroffen. Es wurde selbstverständlich sofort der Polizei ausgehändigt, aber wir hier bei *TV 2* halten es für unsere Pflicht, jedes Detail, das wir in einem dermaßen schwerwiegenden Fall in Erfahrung bringen können, an unsere Zuschauer weiterzugeben.«

»Verdammt«, flüsterte der stellvertretende Polizeidirektor.

»Mist«, sagte die Polizeidirektorin. »Ist das ein Bekennervideo?«

»Ja«, antwortete der Sekretär. »Bisher haben wir noch keine Ahnung, wer dieser Mann ist. Aber der PST-Chef bittet um eine Besprechung. Soll ich darauf bestehen, dass die hier im Haus stattfindet?«

»Ja. Was hat er eigentlich gesagt?«

Sie zeigte auf den Bildschirm.

»Wenn ich es richtig verstanden habe, übernehmen die die Verantwortung für die Explosion. Die *Wahre Umma des Propheten*. Von dieser Organisation habe ich noch nie gehört. Um ehrlich zu sein, verstehe ich diese ganzen Konflikte unter den Muslimen ohnehin nicht.« Er wischte sich ein unsichtbares Staubkorn von der linken Schulter. »Das ist nicht negativ gemeint, das nun wirklich nicht, aber es ist doch wirklich unbegreiflich, was diese Menschen so alles treiben.«

Jetzt riss er die Augen auf, als wäre er von seiner eigenen Bemerkung geschockt.

»Aber dazu darf ich mir natürlich keine Meinung erlauben. Die Besprechung findet also hier statt. Ich gebe das sofort weiter.«

»Die *Wahre Umma des Propheten*«, murmelte Håkon Sand und schlug die Hände vors Gesicht. »Was zum Teufel ist das denn?« Er schob sich den feuchten Priem höher unter die Oberlippe. »Schmeißt sie raus, so seh ich das. Kopf über Arsch. Raus.«

Aber das sagte er so leise, dass niemand sonst ihn hörte.

KAPITEL 3

Linus gab sich offenbar alle Mühe, nicht gehört zu werden. Jedenfalls schlich er sich am Garderobenschrank in dem engen Flur vorbei, ohne seine Jacke herauszuholen. Vorsichtig öffnete und schloss er die Wohnungstür, ohne zu bemerken, dass sein Vater ihn aus seinem eigenen Zimmer heraus beobachtete und dabei ein Auge an den Türspalt presste.

Billy T. ließ eineinhalb Minuten verstreichen. Vermutlich würde Linus die Treppe nehmen, der Fahrstuhl polterte, und es war nach zwei Uhr nachts.

Dann streifte er blitzschnell in der Diele seine Turnschuhe über und nahm die Jeansjacke von einem Nagel neben dem Schrank. Er überzeugte sich davon, dass er die Schlüssel in der Jackentasche hatte, und lief aus der Wohnung.

Die nächtliche Kälte schlug ihm entgegen, als er aus dem Haus kam. Die Meteorologen hatten für das Wochenende Frühling verheißen, aber die Wettergottheiten hatten offenbar beschlossen, sich vorher noch einmal querzustellen.

Die Temperatur lag jedenfalls unter null, mindestens drei Grad. So dünn, wie Linus angezogen war, wollte er offenbar nicht weit. Der feuchte Schnee, der am Vorabend gefallen war, war jetzt harsch. Er erzählte ihm, in welche Richtung Linus unterwegs war und dass er lief. Billy T. trabte die gut sichtbaren Abdrücke entlang und schaute abwechselnd zu Boden und in die Nacht vor sich.

An der Ecke der Wohnblocks angekommen, sah er, dass Linus jetzt langsamer ging. Billy T. drosselte sein Tempo ebenfalls, und als er sich dem Refstadvei näherte, blieb er ganz stehen. Er beobachtete, wie Linus die Treppen zu dem Plateau vor der Bibliothek und dem kleinen Chinarestaurant hochlief. Billy T. wartete, bis der Junge nicht mehr zu sehen war, ehe er die Verfolgung wieder aufnahm. Sein Sohn überquerte jetzt gerade den Parkplatz vor dem REMA-Supermarkt. Offenbar wollte Linus die Brücke über die Schnellstraße nehmen. Er fror, das konnte Billy T. sehen, der Junge bohrte die Hände in die engen Hosentaschen und zog die Schultern bis an die Ohren hoch. Dadurch wurde er so langsam, dass Billy T. mehrere Male stehen bleiben musste, um nicht zu dicht an ihn heranzukommen.

Der Junge blickte sich kein einziges Mal um.

Auf der anderen Seite des Trondheimsvei ging er weiter in Richtung Årvoll. Billy T. folgte ihm im Abstand von etwa hundertfünfzig Metern.

Er wusste noch immer nicht, ob Linus von seiner Mutter hinausgeworfen worden war, als er vor einigen Monaten plötzlich in der Tür gestanden hatte und in die heruntergekommene Dreizimmerwohnung seines Vaters einziehen wollte. Da der Sohn, jedenfalls auf dem Papier, erwachsen war, hatte Billy T. sich nicht die Mühe gemacht, deshalb Kontakt zu Grete aufzunehmen. Aus seiner Sicht hatte jegliche Notwendigkeit, mit ihr zu sprechen, am achtzehnten Geburtstag des Jungen geendet. Wenn sie sich ihrerseits wegen ihres Sohnes Sorgen gemacht hätte, hätte sie ja wohl von sich aus angerufen.

Linus hatte als Erklärung nur gemurmelt, dass er den neuen Mann seiner Mutter nicht ausstehen könne. Das mochte der Wahrheit entsprechen. Oder auch nicht. Billy T. war es ziemlich egal. Anfangs hatte er sich auf eine seltsame Weise gefreut, dass

Linus bei ihm wohnen wollte, und sich in den ersten Wochen alle Mühe gegeben, um das Zusammenleben angenehm zu gestalten. Er hatte gekocht und geputzt und einen neuen Fernseher und eine PlayStation gekauft, in der Hoffnung, das alte Gefühl von Zusammengehörigkeit wieder ein wenig aufleben zu lassen.

Aber Linus hatte meistens in seinem Zimmer gesessen. Wenn er überhaupt zu Hause gewesen war. Häufig schützte er die Schule vor. Gruppenarbeit, antwortete er mürrisch, wenn Billy T. ein seltenes Mal fragte, wo er hinging. Dass Linus den Schulabschluss machen wollte, schien jedenfalls zu stimmen. Wenn er bisweilen doch mit seinem Vater zusammen essen mochte, hatte er die Schulbücher neben dem Teller liegen und blickte kaum auf, wenn er um Nachschlag bat.

Die Veränderung des Jungen hatte wohl schon eingesetzt, ehe er bei Billy T. eingezogen war. Linus trug zwar noch immer Baggy Jeans und eine Militärjacke mit Löchern in den Ärmeln, aber er hatte sich die Haare kurz schneiden lassen. Mit den Wochen und Monaten tauschte er auch seine hoffnungslos jugendliche Kleidung aus. Ein dunkelblauer, halblanger Mantel war sein einziger Weihnachtswunsch gewesen, und Billy T. war zu Ferner Jacobsen gegangen und hatte viel zu viel Geld ausgegeben, um Linus eine Freude zu machen. Das war allerdings gelungen: Sein Sohn hatte sich für den Boss-Mantel mit einer schlaffen Umarmung und einem schiefen Lächeln bedankt.

Er lächelte nur dann. Wenn er etwas wollte. Oder etwas bekam. Ein Hemd. Sogar einen Schlips. Er bat oft um Geld fürs Kino oder eine Busfahrkarte. Letzteres hatte Billy T. erstaunt. Linus hatte seine ganze Jugendzeit über eine Monatskarte gehabt.

In dieser Nacht ging er zu Fuß, und er trug eine feine blaue Hose und einen passenden Pullover mit Zopfmuster. Allerdings schien er immer ärger zu frieren, jetzt trabte er wieder dahin, weiterhin mit den Händen in den Taschen. Und fast hätte er das Gleichgewicht verloren.

Aber er blickte sich nicht um.

Billy T. ließ die Entfernung zwischen ihnen kleiner werden.

Sie folgten für einige Hundert Meter dem Årvollvei. Zwei Taxis fuhren an ihnen vorbei. Ein angetrunkener Mann mit einem Hund veranlasste Linus, bei Årvoll gård den Bürgersteig kurz zu verlassen. Im Übrigen hielt er sich mit einer Zielstrebigkeit auf der rechten Straßenseite, die Billy T. zu der Überlegung brachte, ob sie vielleicht doch einen weiteren Weg vor sich haben könnten. Doch da bog der Junge nach rechts ab und lief über den Rødbergvei. Etwa ein Dutzend heruntergekommener niedriger Wohnblocks umstand aufgeweichte, halb verschneite Grünflächen. Beim zweiten Block rannte Linus so schnell über die Straße, dass Billy T. jäh stehen blieb aus Angst, entdeckt zu werden. Er befand sich jetzt nur fünfzig Meter hinter seinem Sohn, und er duckte sich rasch hinter einen Mazda, der halb auf dem Bürgersteig im Parkverbot stand.

Sowie Linus hinter dem Gebäude verschwunden war, lief Billy T. weiter. Er überquerte die Straße, und im Schutz eines grünen Abfallcontainers hatte er freien Blick auf den ersten der drei Eingänge des Rødbergvei 2.

Linus schien zu zögern, jedenfalls blieb er eine Weile auf einer kleinen Betontreppe stehen. Er trat nervös von einem Fuß auf den anderen, doch dann hob er die Hand zum Klingelschild. Billy T. kniff die Augen zusammen und beugte sich hinter dem Abfallcontainer ein wenig vor.

Die zweite Klingelknopf von unten. Links.

»Die zweite von unten links«, murmelte er vor sich hin. Das Geräusch des Türsummers erklang. Linus öffnete die Tür und ging ins Haus. Billy T. zählte bis zwanzig, dann lief er hin. Dicht an der Mauer näherte er sich der Tür, die sich hinter seinem Sohn geschlossen hatte.

»Die zweite Wohnung von unten links«, flüsterte er und beugte sich zu den Klingeln vor.

Ein Adrenalinstoß jagte durch seinen Leib, als er den kleinen Zettel sah, den irgendwer mit Klebeband befestigt hatte. Der Zettel war handgeschrieben, aber leicht zu lesen. Billy T. schluckte. Ihm war beinahe übel, und er versuchte, ruhig zu atmen.

Linus konnte gute Gründe haben, mitten in der Woche nachts jemanden zu besuchen. Bestimmt tausend gute Gründe.

Das Problem war nur, dass Billy T. kein einziger einfiel, als er sah, wer dort wohnte.

Genau das hatte er befürchtet. Während der letzten Wochen war seine vage Unruhe zur Besorgnis geworden. Und als er nur wenige Minuten nach der Explosion Linus' kostbaren Darth Vader bei einem toten Muslim in Frogner gefunden hatte, war seine tiefe Angst erwacht.

Jetzt wurde ihm eiskalt, und er versuchte vergeblich, die enge Jacke fester um sich zusammenzuziehen, als er losrannte.

»Was bedeutet eigentlich ›ein kalter Fall‹, Hammo?«

Ida Wilhelmsen, zehneinhalb Jahre alt, lag hellwach in dem Doppelbett ihrer Eltern auf dem Rücken.

»Das ist einfach eine Übersetzung aus dem Englischen«, murmelte Hanne und drehte sich zum dritten Mal innerhalb einer Minute um. »*Cold case*. Jetzt musst du schlafen.«

»Kann nicht. Können wir nicht einfach aufstehen?«

»Es ist halb drei, Ida. In ein paar Stunden hast du Schule. Wenn du jetzt nicht bald einschläfst, musst du zurück in dein eigenes Bett. Ich bin todmüde.«

»Aber was bedeutet das? Und warum willst du nie von damals

erzählen, als du bei der Polizei gearbeitet hast? Das stell ich mir so spannend vor. Hast du Diebe gefangen?«

Hanne konnte sich ein Lächeln nicht verkneifen, als ihre Tochter ihr Gesicht ganz dicht an ihres heranschob. Das schwache blaue Licht des Breitbandrouters am Fenster ließ Idas Augen funkeln.

»Nein, ich kann mich jedenfalls nicht daran erinnern«, sagte Hanne. »Ich hatte immer schlimmere Fälle.«

»Was denn? Terroristen? Solche wie die mit der Bombe heute? Mord und so?« Die Kleine setzte sich abrupt auf. »Hast du Mörder gefangen, Hammo?«

Hanne schnappte sich ein Kissen und legte es sich über den Kopf. »Wir müssen schlafen«, sagte sie mit halb erstickter Stimme.

»Was?«

»Ida.«

Hanne riss das Kissen weg, stöhnte demonstrativ auf und zog sich mit den Armen an der Kopfstütze hoch, bis sie saß. Ida beugte sich zum Nachttisch hinüber und schaltete die Lampe ein.

»Jetzt kann ich jedenfalls nicht schlafen«, klagte sie. »Hast du wirklich Mörder gefangen, Hammo? Und was sind das für kalte Fälle, an denen du arbeitest? Geht es da auch um Mörder?«

»Unter anderem. Vor allem Mord, glaube ich. Und um verschwundene Personen. Und noch andere Sachen. Bei der Polizei reden wir übrigens von Tötungsdelikten. Nicht von Mord.«

»Aber musst du ... musst du dann mit Mördern sprechen? Dich mit denen treffen, meine ich?«

Ida sah jetzt wirklich verängstigt aus. »Das darfst du nicht. Weiß Mama davon?«

»Natürlich«, entgegnete Hanne resigniert. »Und für dich

wird sich nichts ändern, das habe ich dir doch gesagt. Ich werde fast ausschließlich zu Hause arbeiten. Während du in der Schule bist. *Cold Cases* sind alte Fälle, die die Polizei nicht aufklären konnte. Es ist vor allem Papierarbeit, und natürlich werde ich auch am Computer sitzen. Aber hierher wird kein Mörder kommen.« Sie legte die Hand auf Idas schmalen Oberschenkel. »Das kann ich dir versprechen.«

»Der, der heute Abend da war, hat aber ausgesehen wie ein Mörder.«

»Findest du?«

»So ein bisschen schmuddelig und mit ganz unheimlichem Blick.«

»Na ja ...« Hanne nahm sich ein Kissen, klopfte es zurecht und legte es neben sich. »Er ist aber kein Mörder. Ich kenne ihn zwar nicht mehr, aber früher war er immer sehr lieb. Und jetzt leg dich hin. Sofort.«

Ihre Stimme hatte einen Ton angenommen, der die Zehnjährige veranlasste, den Kopf auf das Kissen zu legen und die Decke bis ans Kinn zu ziehen.

»Kann das Licht an bleiben?«, flüsterte sie.

»Wenn du es runterdimmst. Gute Nacht.«

Das Licht wurde gedämpft. Ein schwachrosa Schimmer legte sich über das große Schlafzimmer. Hanne kehrte ihrer Tochter den Rücken zu und schloss die Augen. Alles, was sie nun vor sich sah, war Billy T.s blau-brauner Blick. Sie öffnete die Augen wieder.

»Marry fehlt mir«, flüsterte Ida ins Halbdunkel hinein.

»Das geht uns allen so. Aber sie war müde und alt, und jetzt ist sie tot. Schlaf.«

»Mama fehlt mir.«

»Ida!«

»Aber das tut sie.«

»Sie kommt am Freitag nach Hause, du Dussel. Und jetzt schläfst du, sonst werde ich böse.«

»Nacht.«

Hanne versuchte, an etwas anderes zu denken. Oder an nichts. Sie bemühte sich, ihre Gedanken eigene Wege gehen zu lassen. Vorwärts in der Zeit, nicht rückwärts. Träume statt Albträume.

Als sie spürte, wie sie wegnickte, flüsterte Ida viel zu laut: »Wo die Polizeidirektorin persönlich dich zurückhaben will, musst du doch sehr gut gewesen sein.«

»Ich war die Allerbeste«, seufzte Hanne Wilhelmsen und war eingeschlafen.

»Aber mein Lieber, weißt du nicht mehr, wie gut sie war?«

Die Polizeidirektorin hob die Hände. Håkon Sand griff sich an den Kopf und verdrehte die Augen.

»Gut, ja. Sie war sautüchtig. *Best of all.* Und am Ende knallverrückt. Eigen und schwierig und der starrköpfigste Mensch, der mir jemals begegnet ist.«

»Sie war die Beste, Håkon. Und sie will das hier doch auch.«

Es war inzwischen fünf Uhr morgens, und Håkon Sand war so frisch geduscht, dass sich auf seinem Uniformhemd feuchte Flecken abzeichneten. Auf Befehl der Polizeidirektorin war er doch nicht nach Hause gefahren, sondern hatte anderthalb Stunden auf einem Diwan verbracht, sich dann zurechtgemacht und eine ebenfalls anbefohlene Uniform angelegt. Noch mit zweiundfünfzig Jahren hatte er eine beneidenswerte Mähne, die jetzt klatschnass und glatt nach hinten gekämmt war.

»Und mit wem hast du das eigentlich abgesprochen? Warum habe ich kein Wort darüber erfahren? Es geht hier doch trotz allem um ...«

Er unterbrach sich und stand mit offenem Mund und hängenden Schultern vor ihr.

»Hanne Wilhelmsen«, vollendete Silje seinen Satz. »Früher einmal eine deiner besten Freundinnen. Wenn ich mich nicht irre, war sie so wenig verrückt, dass du mit deiner Familie nur wenige Tage, ehe sie angeschossen wurde, bei ihr Weihnachten gefeiert hast.«

»Und damals habe ich sie zum letzten Mal gesehen. Weißt du, wie oft ich versucht habe, sie im Krankenhaus zu besuchen? Und dann in der Reha in Sunnaas? Zu Hause? Weißt du ...«

»Hör auf, Håkon. Dafür haben wir keine Zeit. Die Terroraktion verlangt unsere volle Aufmerksamkeit, okay?«

»Aber ...«

»Hör auf, hab ich gesagt. Es heißt, dass der neue Justizminister mit dem Gedanken spielt, eine nationale *Cold Case*-Gruppe einzurichten. Eine gute Idee, finde ich. Und da ich zwei Posten verschieben kann, wollte ich versuchen, dem Minister mit einer Zweipersonengruppe hier im Haus zuvorzukommen. Das ist erst einmal ein Versuch. Für ein Jahr. Und den Versuch ist es wert. Hanne ist mir dann als Erste eingefallen. Dass sie ihre polizeilichen Instinkte nicht eingebüßt hat, hat sie doch bei dieser Geschichte oben in Finse bewiesen. Und zu meiner Überraschung hat sie zugesagt.«

Håkon ließ sich langsam in einen Besuchersessel sinken. Er lehnte sich zurück und schüttelte den Kopf.

»Sie war nicht einmal bei Harry Marrys Beerdigung«, sagte er leise. »Ich habe die Todesanzeige aus purem Zufall gesehen und bin hingegangen. Nefis war da, die Kleine war da, es war ... schön, sie zu sehen. Hannes Tochter, die ich noch gar nicht kannte. Hübsches Kind. Hat schrecklich geweint. Ich hab mich unsichtbar gemacht und mich ganz nach hinten gesetzt. Aber

Hanne ...«, er sprang auf und holte tief Luft, »... sie war nicht einmal dort. Auf der Beerdigung ihrer eigenen Haushälterin, die Hanne mehr geliebt hat, als es eigentlich überhaupt möglich ist. Und so eine willst du wiederbeschäftigen?«

Silje öffnete den Mund zu einer Antwort, wurde aber von einem wütenden Klopfen an der Tür unterbrochen. Der Sekretär, noch immer tadellos gekleidet, obwohl er nun seit zweiundzwanzig Stunden ohne Pause arbeitete, kam hereingestürzt.

»Sie haben den Mann auf dem Video identifiziert«, sagte er so laut, dass seine Stimme ein wenig schrill klang. »Den von ... äh ... der *Wahren Umma des Propheten*. Der PST-Chef will die Besprechung vorziehen. Er kommt in einer halben Stunde, zusammen mit der Polizeipräsidentin. Die ist auf ...«, er zeigte auf das Telefon der Polizeidirektorin, »Leitung 5. Geh lieber sofort ran.«

Er wollte es sofort tun.

Schon früher hatte Billy T. mit dem Gedanken gespielt, sich das Zimmer seines Sohnes genauer anzusehen, aber die über zwei Jahrzehnte, in denen er als Ermittler fremdes Eigentum durchwühlt hatte, hatten in ihm einen tiefen Widerwillen gegen private Schnüffeleien verankert. Wie er von seinen Kindern immer verlangt hatte, seine Privatsphäre zu respektieren, so hatte er auch die ihre nicht verletzt.

Jetzt aber war die Zeit reif.

Den Entschluss hatte er getroffen, als er von Årvoll in denselben Spuren zurückgelaufen war, die er nur wenige Minuten zuvor in den Schnee getreten hatte. Zu Hause waren ihm dann aber doch Zweifel gekommen.

Er kochte sich eine große Kanne Kaffee und setzte sich mit der dringenden Hoffnung ins Wohnzimmer, dass Linus bald zurückkommen würde. Dass dieser Sohn mit dem breiten, liebevollen Grinsen, von dem Billy T. fürchtete, das er es nie wieder sehen würde, zur Tür hereinkäme. Er sollte sich setzen und um eine Tasse Kaffee bitten. Von seiner nächtlichen Wanderung erzählen, eine Erklärung liefern, vielleicht etwas verlegen von einer Frau berichten, die er kennengelernt hatte. Oder von einem Mann. Das hätte Billy T. nun wirklich rein gar nichts ausgemacht. Linus sollte über die Besorgnis seines Vaters angesichts der Adresse, die er aufgesucht hatte, lachen, der Namenszettel neben der Klingel im Rødbergvei 2 stammte noch vom Vormieter. So könnten sie dann dasitzen, Billy T. und Linus, und zusehen, wie das Morgenlicht zu ihnen beiden in die kleine heruntergekommene Wohnung hereinkroch.

Aber Linus ließ sich nicht blicken.

Und jetzt würde Billy T. es tun.

Jetzt sofort.

Er erhob sich mit einer Entschlossenheit, die er nicht verspürte. Stellte seine Kaffeetasse in die Küche. Wusch sich gründlich die Hände, ohne zu wissen, warum, und dann marschierte er geradewegs in Linus' Zimmer. Eine Nachttischlampe brannte neben dem schmalen Bett in der Ecke. Billy T. hatte angeboten, ein Doppelbett zu kaufen, aber Linus fand das Zimmer zu eng. Das Bett war gemacht. Die Vorhänge geschlossen. Auf dem Schreibtisch, einem alten hölzernen Schultisch, den Billy T. einmal auf einem Flohmarkt gefunden und instand gesetzt hatte, lagen ein Federmäppchen und ein Schulbuch. Geschichte, nahm Billy T. an, nachdem er einen Blick auf den Einband geworfen hatte. Oder Sozialkunde, keines dieser Fächer war jemals seine Stärke gewesen. Das Einzige, was wirklich bewies, dass hier jemand wohnte und es sich nicht um ein zeitweise vermietetes Zimmer handelte, war Linus' Steinsammlung. Die meisten Steine lagen in einer Kiste in der Ecke beim Schrank, aber sechs besonders schöne Halbedelsteine waren auf dem Deckel ausgelegt.

Vor allem war das Zimmer leer, dachte Billy T. jetzt. Nicht nur seelenlos durch den auffälligen Mangel an persönlichen Habseligkeiten, sondern einfach leer. Der Junge verbrachte hier drinnen viel Zeit, aber nicht einmal ein schmutziger Teller oder eine Kaffeetasse standen irgendwo herum. Keine Zeitschriften oder Magazine. Alles war aufgeräumt und sauber. Billy T. hatte seinen Sohn noch nie mit Staubsauger oder Putzeimer gesehen, aber offenbar erledigte er die Hausarbeit, wenn sein Vater bei der Arbeit war.

Auf dem Nachttisch stand ein geschlossener Laptop. In dem kleinen Regal über dem Schreibtisch waren mehrere Bücher untergebracht. Allesamt Schulbücher. Neben dem Schreibtisch stand die alte Kommode, die Billy T. schon als Kind gehabt hatte. Er zögerte einen Moment, ehe er die oberste Schublade aufzog. Mit einer gewissen Mühe, denn sein Großvater hatte die Kommode gezimmert, und die Schubladen hatten sich noch nie leicht bewegen lassen.

Überrascht hob er die obersten Boxershorts an. Die waren frisch gebügelt. Sorgsam zusammengefaltet lagen sie auf einem der drei ordentlichen Unterwäschestapel. Billy T. hatte noch nie eine gebügelte Unterhose gesehen. Nicht einmal beim Militär. Behutsam ließ er die Fingerspitzen über die Kleidungsstücke wandern, ehe er die widerspenstige Schublade wieder schloss und die nächste öffnete. Dort lag nur ein Buch. Sonst nichts. Es war grün, und der Titel war golden umrahmt.

Der Koran.

Billy T. merkte, dass seine Hände zitterten, als er das Buch vorsichtig hochhob. Er schlug es auf, und sein Blick fiel auf das Eröffnungsgebet.

Im Namen Allahs, des Gnädigen, des Barmherzigen.
Aller Preis gehört Allah, dem Herrn der Welten,
Dem Gnädigen, dem Barmherzigen,
Dem Meister des Gerichtstages.
Dir allein dienen wir und zu Dir allein flehen wir um Hilfe.
Führe uns auf den geraden Weg,
Den Weg derer, denen Du Gnade erwiesen hast, die nicht
Dein Missfallen erregt haben und die nicht irregegangen sind.

Das Gebet war mit gelbem Textmarker unterstrichen. Hinter die beiden letzten Zeilen hatte jemand in Klammern ein dickes fettes Ausrufezeichen gesetzt.

Billy T. ließ den Koran zu Boden fallen und brach in Tränen aus.

Das war ihm seit elf Jahren, drei Monaten und einigen Tagen nicht mehr passiert.

Die Taube, die Gunnar aus Korsvoll »Pu der Bär« nannte, war schon über elf Jahre alt. Pu war der kleine Bruder des toten Oberst. Der Mann, der ihn in einem Käfig über die Felsen trug, begriff nicht, wozu es gut sein sollte, Vögeln Namen zu geben. Eigentlich war er überhaupt kein Tierfreund, aber ihm war schon klar, dass es nett sein konnte, einen Hund oder vielleicht auch eine Katze im Haus zu haben. Da war es sinnvoll, sie rufen zu können. Pferden konnte man zur Not auch einen Namen geben, auch wenn die im Stall standen, doch dieses winzige Federvieh »Pu der Bär« zu nennen, so etwas Schwachsinniges hatte er nur selten gehört.

Aber der erwachsene Sohn seiner Schwester war ja auch schwachsinnig, im wahrsten Sinne des Wortes. Der Junge, oder der Mann, der er eigentlich war, trotz seines stark begrenzten Verstandes, tat ihm natürlich leid. Er war ja nur knapp mit dem

Leben davongekommen damals, als er als Halbwüchsiger brutal zusammengeschlagen und ausgeraubt worden war, von einigen Jugendlichen, die niemals gefasst werden konnten. Verdammte Ausländer natürlich, das hatte sein armer Neffe immerhin registriert.

»Im einen Moment bist du mittendrin«, murmelte er, während er vorsichtig über den glatten Felsen stieg. »Und im nächsten bist du weit weg.«

Er blieb stehen.

Jetzt hatte er sein Ziel erreicht. Es wurde mittlerweile hell. Der Fjord lag ruhig vor ihm in einem grauen Dunst, sodass hinter den Felseninseln und Schären von Stauper Himmel und Erde miteinander verschmolzen.

Der Mann ging in die Hocke und öffnete den Käfig. Vorsichtig griff er nach dem Vogel. Ein wenig ängstlich, falls das Viech zupicken würde, überzeugte er sich davon, dass der Ring mit dem winzigen Behälter noch immer fest an Pus Fuß saß. Dann richtete er sich wieder auf, hob die Hände in die Luft und ließ den Vogel nach Hause fliegen.

Zu dem Idioten.

»Idiot!«

Der junge Polizist beschimpfte sich selbst mit zusammengebissenen Zähnen.

»Idiot!«

Henrik Holme schlug sich dreimal mit der flachen Hand auf die rechte Wange, dann hämmerte er sich mit der Faust auf die Stirn. Er stand unschlüssig vor einem roten Klinkerhaus in Frogner.

Es war wieder passiert.

Als Oslo am 22. Juli 2011 von einer der schrecklichsten Tragödien der Stadt getroffen wurde, wurde Henrik Holme als frisch ausgebildeter Polizist losgeschickt, um einen Unfall zu untersuchen, dem offenbar ein kleiner Junge bei sich zu Hause zum Opfer gefallen war. Der Fall war interessant und tragisch gewesen, aber damals wäre Henrik lieber auf die Explosion in der Osloer Innenstadt angesetzt worden. Als nun knapp drei Jahre später ein neuer Terroranschlag die Stadt traf, wurde Henrik Holme ein weiteres Mal an den Spielfeldrand verbannt, um als eine Art Verbindungsmann zwischen der Polizeidirektorin und einer Frau zu dienen, über die er nur absolut wilde Gerüchte gehört hatte. Und die nicht das Geringste mit den dramatischen Ereignissen in ihrer Nachbarschaft zu tun hatte.

Er hätte protestieren können. Hätte sich weigern sollen, aber die Polizeidirektorin hatte sich nun einmal für ihn entschieden.

»Mist«, flüsterte er und starrte nach Nordwesten, wo er noch immer, fast vierundzwanzig Stunden nach der Explosion, glaubte, eine Rauchsäule erahnen zu können.

Er sog die raue Morgenluft tief in seine Lunge und hob den Zeigefinger zu der Klingel mit dem Namenszug »Wilhelmsen«.

Noch immer zögerte er. Sein Finger schien sich zu weigern. Vielleicht war es Silje Sørensens Lächeln, was ihn zurückhielt, er konnte sich gar zu gut daran erinnern. Vier Tage zuvor hatte er im Besuchersessel in ihrem Büro gesessen, und sie hatte ihren kurzen Vortrag folgendermaßen beendet: »Sie ist ein wenig ... anspruchsvoll, die gute Hanne Wilhelmsen. Aber sie ist ungeheuer tüchtig. Sie ist ganz anders als alle anderen. Aber das bist du ja auch, Henrik. Und da werdet ihr euch schon verstehen.«

Dann hatte sie gelächelt. Auf eine seltsame Weise. Vielleicht unfreiwillig, als ob sie es witzig fände, gerade ihn zu dieser Verrückten zu schicken, ohne das zugeben zu wollen.

Dieses Lächeln ließ ihm seither keine Ruhe.

Er legte seinen Zeigefinger auf den Klingelknopf und drückte energisch darauf.

Hanne Wilhelmsen drückte mit dem Daumen auf die Fernbedienung und zappte sich zum *NRK* durch. Dort war offenbar nach einer langen Nacht mit ununterbrochenen Sendungen Wachablösung gewesen, was Moderatoren und Interviewpartner betraf. Der neue Moderator trug einen dunklen Anzug und redete mit drei anderen ebenso düster gewandeten Männern.

In diesem Moment klingelte es an der Tür.

Hanne verzog keine Miene. Sie erwartete niemanden. Wenn sie niemanden erwartete, und sie erwartete nur äußerst selten jemanden, öffnete sie nicht.

Könnten Sie uns kurz zusammenfassen, sagte der Moderator soeben, *was die* Wahre Umma des Propheten *von anderen muslimischen Gruppierungen in Norwegen unterscheidet? Bisher ist diese Organisation nirgendwo in Erscheinung getreten. Ist denn überhaupt irgendetwas über diese Gruppe bekannt?*

Wieder wurde geklingelt.

Hanne griff nach ihrer Kaffeetasse und trank den letzten Rest. Er war nur noch lauwarm. Gereizt stellte sie die Tasse wieder auf den Tisch und griff zu ihrem iPhone. Sie klickte den Knopf für die Kamera an der Türklingel an und warf verwundert einen Blick auf das Bild.

Sie hatte den Mann noch nie gesehen.

Er war relativ jung und hatte blonde, zu kurz geschorene Haare. Als er in die Kamera starrte, ließ die Weitwinkelaufnahme seine Nase riesig groß wirken.

Polizeiuniform, sah Hanne, und plötzlich fiel ihr ein, dass sie eben doch jemanden erwartete. Das vertraute Unbehagen brach über sie herein, eine leichte Übelkeit und plötzliche Gliederschmerzen. Hinter ihren Augen setzten Stiche ein, und sie nahm ihre Brille ab.

Nach der Explosion des Vortages und dem überraschenden Besuch von Billy T. hatte sie die Verabredung glatt vergessen. Die elende Nacht mit der ungewöhnlich unruhigen Ida hatte sie zudem Kraft gekostet, und sie merkte, dass die Panik nach ihr griff. Zwei Wochen zuvor hatte sie drei Tage gebraucht, um sich auf die Begegnung mit ihrer alten Freundin Silje Sørensen vorzubereiten. Und jetzt stand hier ein Mann, den sie noch nie gesehen hatte.

Hanne blieb stocksteif sitzen und hielt den Atem an, um den Schwindel zu vertreiben.

»Geh weg«, flüsterte sie schließlich.

Sie schaute noch einmal auf die App. Er stand noch immer vor der Tür.

Abermals erklang von der Wohnungstür her dieses aufdringliche Geräusch.

Soeben erhalten wir eine Mitteilung des PST, hörte sie aus dem Fernseher. *Der Vertreter für die* Wahre Umma des Propheten, *der sich zu dem Terrorangriff in Frogner bekannt hat, ist identifiziert. Wir erfahren zudem, dass nach einem Treffen zwischen den Spitzen des PST, der Osloer Polizei und der Polizeidirektorin heute Morgen die Bereitschaft bei der Polizei noch verstärkt wird. Und jetzt weiter zu ...*

Der Polizist war offenbar die Treppen hochgelaufen, denn nun klingelte er oben an der Tür.

Er war so lange nicht mehr gelaufen. Wirklich gelaufen, mit Joggingschuhen und Trainingskleidung. Ohne ein anderes Ziel als dem, einfach richtig müde zu werden. Dazu brauchte er nicht lange. Billy T. hatte noch nicht einmal die Bussperre bei Lofthus erreicht, als er nicht mehr konnte. Mit etwas gutem Willen durfte er behaupten, einen Kilometer gelaufen zu sein. Seine Lunge brannte, und seine Oberschenkel schmerzten. Er hatte gehofft, durch das Laufen klar im Kopf zu werden. Doch stattdessen verspürte er einen stechenden Schmerz im Nacken und blieb stehen.

Linus war in der Nacht nicht nach Hause gekommen.

Nachdem er das Zimmer seines Sohnes durchsucht hatte, war Billy T. in einem Sessel im Wohnzimmer im Halbdunkel einfach sitzen geblieben. Er hatte noch vier Tassen Kaffee getrunken und gewartet. Nicht gelesen. Nicht ferngesehen. Er hatte einfach gewartet.

Seine Entschlossenheit, endlich eine Konfrontation mit Linus zu wagen, war verblasst, als das Tageslicht hereindämmerte. In den vergangenen Wochen hatte er es vermieden, den Jungen zu oft zu fragen, was er denn mache, aus Respekt vor Linus' Privatleben. Und mit einer ständig wachsenden Furcht davor, was er wohl trieb. In dieser Nacht, als er begriffen hatte, dass Linus vielleicht in etwas viel Schlimmeres verwickelt war als alles, was Billy T. sich überhaupt vorstellen konnte, hatte er auch begriffen, dass er etwas unternehmen musste.

Aber sein Sohn war ja nicht nach Hause gekommen.

Es war kurz nach acht, als Billy T. versuchte, auf einen Lauf von knapp neunhundert Metern Dehnübungen folgen zu lassen, während sein rechter Fuß auf einer ramponierten Bank stand. Dabei kam er sich in der viel zu engen Stretchhose und dem neongrünen Nike-Trikot immer lächerlicher vor. Als er gerade beschloss, wieder nach Hause zu gehen, fing er den Blick eines Joggers auf, der aus der Gegenrichtung kam. Der Mann kam ihm irgendwie bekannt vor. Ein großer, kräftiger und ziemlich athletischer Mann mittleren Alters.

»Billy T.! Na, so was! Lange nicht mehr gesehen.«

Billy T. griff nach der hingestreckten Hand.

»Yngvar?«, sagte er vorsichtig. »Himmel, du bist aber jetzt wirklich in Form.«

»Musste sein.«

»Ja ...« Billy T. ließ seine Hand los. »Mein Beileid«, murmelte er, als ihm einfiel, dass der andere zum zweiten Mal Witwer geworden war.

Er schaute mit zusammengekniffenen Augen nach Grefsenkollen hinauf, wo die Wolkendecke so tief hing, dass er den Gipfel nicht sehen konnte.

»Danke«, antwortete sein Kollege aus den frühen Neunzigerjahren. »Das ist ja eine Weile her.«

»Geht es ...«

Weiter kam er nicht.

»Ja«, entgegnete der Mann. »Es geht so einigermaßen. Ich muss schließlich an unsere Kleine denken. Ich muss mich doch am Leben erhalten. Hab angefangen zu trainieren und so. Laufe sogar zur Arbeit, obwohl es ganz schön weit ist.«

»Mm«, sagte Billy T. und nickte.

Er wollte gehen, aber wenn er jetzt nach Hause lief, würde er dies in Gesellschaft des offenbar viel fitteren Kollegen tun müssen.

»Bist du noch immer bei der Kripo?«, fragte er deshalb.

Yngvar schüttelte den Kopf und wischte sich mit dem Ärmel den Schweiß von der Stirn.

»Ich hatte genug«, erklärte er energisch. »Von dem ganzen Scheiß, dem 22. Juli und dem Tod meiner Frau und ... ich hatte genug. Du hast doch auch aufgehört? Wachgesellschaft, habe ich gehört?«

»Ja. Guter Job. Gute Bezahlung. Sehr wenig Scheiß. Und du?«

»Ich bin auf der Wache von Stovner«, antwortete Yngvar und zeigte vage nach Norden. »Koordiniere eine vorbeugende Maßnahme für Jugendliche aus Einwandererfamilien.«

»Meine Güte«, sagte Billy T. und versuchte noch einmal, den Gipfel von Grefsenkollen zu erspähen. Er schluckte so laut, dass er es selbst hören konnte.

»Das ist durchaus spannend«, entgegnete Yngvar. »Klassische Kriminalität zu verhindern ist das eine, aber jetzt haben wir ja diese Radikalisierung unter jungen Muslimen zu bedenken. Nicht gerade unaktuell nach den gestrigen Ereignissen. Sogar scheinbar gut integrierte junge Norweger konvertieren plötzlich innerhalb weniger Monate ... «

»Schon klar. Sicher. Dann wünsche ich dir alles Gute. Nett, dich getroffen zu haben.«

Billy T. machte einige vorsichtige Schritte auf der Stelle, während er den Kopf hin und her bewegte, wie zur Vorbereitung auf einen Spurt.

»Aber du ... « Yngvar legte Billy T. die Hand auf die Schulter. »Du könntest dir nicht vorstellen, demnächst mal mit meinen Jungs zu reden? Du bist doch genau der Typ, den sie bewundern, weißt du. Erinnerst du dich ... «

Er unterbrach sich. Zwei Streifenwagen kamen den Årrundvei hoch. Ohne Sirene und ziemlich langsam. Als sie sich der Schranke näherten, die für alle anderen Fahrzeuge außer dem Bus die Straße sperrte, fuhr der vordere Wagen auf den Mons Søviks plass und blieb stehen. Der zweite folgte ihm in geringem Abstand.

Dann wurde in beiden Wagen das Blaulicht eingeschaltet.

Yngvar schnitt eine missbilligende Grimasse, ehe er zu einer Wasserflasche griff, die er sich mit einem Lederriemen auf den Rücken geschnallt hatte.

Die Türen des einen Wagens wurden geöffnet. Auf jeder Seite stieg ein uniformierter Polizist aus. Yngvar ging auf die beiden zu. Billy T. blieb stehen. Der Anblick der Wasserflasche hatte ihn unerträglich durstig gemacht.

Der Polizist sah den früheren Kripoermittler gar nicht erst an. Mit ausdrucksloser Miene steuerte er auf Billy T. zu und blieb erst einen Meter vor ihm entfernt stehen.

»Du musst mit uns kommen«, sagte er leise. »Sofort. Es tut mir leid. Es tut mir wirklich leid, Billy T.«

»Tut mir leid, dass es etwas gedauert hat«, sagte Hanne Wilhelmsen, als sie die Tür öffnete. »Deine Rangabzeichen sitzen falsch.«

»Was?«

Henrik Holmes Adamsapfel hüpfte auf und ab, als ob er sich aus dem Staub machen wollte. Der Polizist blickte verwirrt auf seine Schultern.

»Wieso falsch?«

»Vergiss es. Du bist Henrik Holme, nehme ich an.«

»Ja.« Er hob eine blasse, schweißnasse Hand, war aber irritiert, weil Hanne im Rollstuhl saß, und ließ die Hand blitzschnell wieder sinken.

»Komm rein«, sagte sie und fuhr in Richtung Wohnzimmer. »Und mach die Tür hinter dir zu.«

Henrik Holme wusste nicht genau, wie er sich verhalten sollte. Er starrte seine Füße an. In Uniform sollte man ja niemals auf Socken laufen. Ein großes Schuhregal stand gebieterisch vor ihm, und die eleganten Böden sahen neu und hell aus.

»Kommst du?«

Ihre Stimme schien von weit her zu kommen.

»Ja«, rief er. »Ich wollte nur ... «

»Zieh die Schuhe aus, auch wenn du in Uniform bist. Der Boden ist neu. Ich sag's auch nicht weiter.«

Henrik Holme atmete erleichtert auf und öffnete gewissenhaft die Schnürsenkel, ehe er seine Füße befreite. Er rieb mit dem Daumen einen Fleck vom linken Absatz und stellte die Schuhe dann ordentlich ins Regal, ehe er die Schnürsenkel zu vier parallelen und genau gleich langen Linien zurechtzog. Dann hängte er seinen Uniformrock auf einen Kleiderbügel im Garderobenschrank, griff sich die große Aktentasche, die er vom Polizeigebäude mitgebracht hatte, und ging mit so energischen Schritten, wie er das ohne Schuhe vermochte, ins Wohnzimmer.

»Hier ist es aber schön«, sagte er beeindruckt.

»Einen kleinen Moment noch.«

Henrik hatte so große Fernseher bisher nur im Elektrogeschäft gesehen. Dieser hier musste mindestens siebzig Zoll messen. Er selbst besaß nur einen alten Bildröhrenapparat, den er von seiner Großmutter geerbt hatte und der so riesig und klobig war, dass in seinem Zimmer kaum noch für etwas anderes Platz blieb.

»Nachrichten?«, fragte er und wurde wieder rot; die beiden Moderatoren, die in die Kamera sprachen, und das Logo des *NRK* machten die Frage doch ziemlich überflüssig.

Die magere Frau im Rollstuhl gab deshalb auch keine Antwort.

Auf dem Bildschirm wurde jetzt zu einer Pressekonferenz übergeschaltet. Henrik erkannte die drei Personen ganz vorn in einem von Presseleuten und Fotografen überfüllten Raum sofort.

Polizeidirektorin Silje Sørensen wirkte so klein. Fast verloren, fand Henrik jetzt, wie sie da zwischen dem PST-Chef, einem kräftigen Mann mit roten Haaren und Bart, und der Polizeipräsidentin Caroline Bae saß. Caroline Bae wog zweifellos über hundert Kilo, aber da sie fast einen Meter neunzig maß und zudem »gesichtshübsch« war, wie Henriks Mutter es nennen würde, erschien sie wie eine stattliche Amazone.

Die Osloer Polizeidirektorin war zierlich und wirkte zerbrechlich.

Bis sie den Mund öffnete.

»Wir werden uns diesmal relativ kurz fassen«, sagte sie so laut und energisch, dass ein Tontechniker blitzschnell die Hand ausstreckte und das Mikrofon weiter von ihr wegzog. »Aber für heute Nachmittag ist eine etwas längere Pressekonferenz geplant. Ich möchte Sie schon jetzt auf Folgendes aufmerksam machen: Die Polizei kennt die Identität des Mannes, der gestern Abend ein Video an *TV 2* geschickt hat, auf dem er im Namen einer bisher unbekannten Organisation namens *Wahre Umma des Propheten* die Verantwortung für den gestrigen Terrorangriff übernahm. Wir werden seinen Namen jedoch vorerst nicht bekannt geben. Ich versichere Ihnen ... «

Die Aktentasche war schwer. Henrik musterte abermals das frisch verlegte Parkett. Die Tasche konnte schmutzig sein, denn sie hatte im Kofferraum des Streifenwagens gelegen, der ihn von der Wache nach Frogner gebracht hatte. Statt sie abzustellen, ließ er sie also zwischen seiner rechten und seiner linken Hand hin- und herwandern.

»... und ich will zudem klarstellen, dass wir in alle Richtungen ermitteln und ... «

Hanne Wilhelmsen hatte ihm noch immer keinen Stuhl angeboten.

Es ärgerte Henrik, dass der Rollstuhl ihn dermaßen aus dem Konzept gebracht hatte. Er wusste doch, dass sie gelähmt war. Der Vorfall mit den Schüssen, die sie fast das Leben gekostet und dazu gebracht hatten, sich vollständig zurückzuziehen, war allen bei der Osloer Polizei bekannt.

Ihr Rollstuhl war klein und leicht und hatte große, schräg stehende Räder. Das Gefährt ähnelte denen, die er vom Behindertensport her kannte. Gerüchten zufolge verließ sie fast nie das Haus, aber das Wohnzimmer war groß genug für eine Runde Basketball.

Eigentlich war Hanne Wilhelmsen ziemlich hübsch, obwohl sie alt war. Fünfzig Jahre bestimmt. So alt wie seine Mutter. Vielleicht älter, auch wenn ihre Haare noch nicht ganz ergraut waren.

Ihre Schultern waren so schmal.

Sie saß so still da.

Henrik versuchte, sich so viel Luft, wie er nur konnte, in die Lunge zu pressen, um den einsetzenden Schluckauf zu unterdrücken. Vielleicht könnte er auf die Toilette gehen. Etwas trinken.

»... alles andere als eine amateurhafte Sprengladung. Im Gegenteil. Wir reden hier also nicht von einer großen Bombe, die zum Beispiel mit einem Auto gebracht worden ist.«

Silje Sørensen führte bei der Pressekonferenz noch immer das Wort.

»Die bisherigen Ermittlungen weisen auf eine kompakte, professionell gebaute Bombe hin, die vor der Explosion im betreffenden Gebäude montiert wurde. Aus Rücksicht auf die laufenden Ermittlungen können wir derzeit jedoch nicht mehr sagen.«

Lautes Stimmengewirr folgte. Obwohl die Polizeidirektorin sich unmissverständlich Stille ausbedungen hatte, bis alle drei am Tisch ihre Berichte abgegeben hätten, wurde sie sofort mit Fragen in allen Sprachen der Welt bombardiert.

Hanne Wilhelmsen schaltete den Fernseher aus.

»Möchtest du ein Glas Wasser?«, fragte sie, ohne ihn anzusehen.

»Ja, bitte.«

»Die Gläser stehen im Schrank über dem Spülbecken. Und in der Küche gibt es einen Wasser- und einen Eiswürfelspender.«

Sie zeigte mit einem langen, dünnen Zeigefinger an ihm vorbei.

»Weißt du, was ich seltsam finde?«, fragte er, während er

abermals den Aktenkoffer von der einen in die andere Hand wechselte.

»Nein? Kannst du für mich auch ein Glas holen?«

»Dass diese Bande da ... *Hicks* ... die Kompetenz besitzt, eine professionelle Bombe zu bauen ...«

»Welche Bande?«

»Die *Wahre Umma des Propheten*.«

Hanne Wilhelmsen zuckte mit den Schultern und fuhr zum Esstisch.

»Wir wissen zu wenig, um irgendetwas über ihre eventuelle Kompetenz sagen zu können«, erklärte sie gleichgültig. »Holst du jetzt das Wasser?«

Henrik merkte, dass er wieder rot wurde. Mit seiner freien Hand tippte er kurz seinen Nasenflügel dreimal an. Da er nicht wusste, wohin er seine Aktentasche stellen sollte, nahm er sie mit in die Richtung, die Hanne Wilhelmsen ihm gewiesen hatte.

»Ich kann das Wasser auch selbst holen«, sagte sie. »Stell deine Tasche hierhin. Und setz dich.«

Er drehte sich um und war sicher, dass sie lächelte, als sie die Hand auf einen großen Tisch vor dem Fenster legte, noch immer, ohne ihn anzusehen.

»Äh ... ja. Natürlich.«

Erst jetzt bemerkte er, dass die Fensterscheibe in einer diagonalen Linie gesprungen war. Die Explosion, natürlich, sie hatte sich ja nur einige Hundert Meter entfernt ereignet. Er stellte die Aktentasche vorsichtig auf die Tischplatte. Als von Hanne kein Widerspruch kam, setzte er sich.

»Verstehst du«, sagte er, als sie mit zwei Glas Wasser zwischen den Oberschenkeln zurückkehrte, »wenn hier von einer kompakten Bombe die Rede ist, kann es sich eigentlich nur um zwei Typen handeln. Es gibt einerseits Ladungen mit hochexplosiven

Stoffen, die sich in Hochgeschwindigkeit verteilen, oder es gibt thermobare ... «

»Hier«, fiel sie ihm ins Wort und stellte ein Glas vor ihm auf den Tisch.

»Verschlüsse«, murmelte er und gab sich alle Mühe, den Aktenkoffer zu öffnen. »Wie praktisch. Wenn man also im Rollstuhl sitzt. *Hick.* «

»Ich sitze ja nicht nur aus Jux in diesem Stuhl. Und ich begreife nicht, warum die Unterlagen nicht einfach mit einem Kurier geschickt werden konnten. «

»Äh ... ich soll dich ja gewissermaßen auch informieren. Und dir vielleicht behilflich sein, falls ... «

»*Feel free.* Her mit den Informationen. «

Sie schob einen leeren Stuhl beiseite und bugsierte ihren Rollstuhl ihm gegenüber.

»Woher weißt du so viel über Sprengstoff? «

»Ich weiß über ziemlich viel so einiges. «

Abermals spürte er, wie von seinem Hals her die Röte aufstieg. In Flecken, das wusste er, ziemlich dunklen. Er öffnete den Aktenkoffer und zog einen grünen Umschlag mit einem ziemlich dicken Packen Unterlagen heraus.

»Vermisste «, sagte er. »Von 1996. «

Er schluckte einen erneuten Hicker hinunter.

Hanne Wilhelmsen musterte den dicken Umschlag erst einmal. Dann zog sie ihn zu sich heran und hob ihn mit beiden Händen hoch. An ihre Nase.

»Riechst du daran? « Er musste einfach fragen.

Sie gab jedoch keine Antwort. Ihre Augen waren geschlossen. Sie schnupperte doch tatsächlich an diesem alten Fall. Da es eine neue Kopie war und nicht die Originalakte, konnte sie allerdings kaum einen besonderen Geruch verströmen. Plötzlich schlug

Hanne mit dem Umschlag auf die Tischplatte. Ein Knall, bei dem er so heftig zusammenfuhr, dass er fast rückwärts mit dem Stuhl umgekippt wäre.

»Was ... was machst du da?«, stammelte er, als er das Gleichgewicht zurückerlangt hatte.

»Pst.«

»Aber ...«

»Pst.«

Er hielt die Klappe. In seinen Ohren vernahm er ein unangenehmes Sausen, wie immer, wenn er unter Stress stand.

»Da siehst du's«, sagte sie endlich. »Dein Schluckauf ist verschwunden.«

Jetzt hatte sie einen Laptop hervorgezaubert, und Henrik ertappte sich dabei, dass er die Finger unter der Tischplatte herumwandern ließ, auf der Suche nach einer Schublade. Er fand nichts. Sie tippte etwas, hinter dem Bildschirm verborgen.

»Vermisst«, sagte sie tonlos und fing an, in den Unterlagen zu blättern.

»Ja. Junges Mädchen. Karina Knoph. Siebzehn Jahre alt, als sie auf dem Heimweg von der Schule verschwand.«

»Nachmittags also.«

»Ja. Sie ging auf die Gemeinschaftsschule Foss. Die liegt in Grünerløkka.«

Hanne musterte ihn über ihren Brillenrand hinweg.

Ihr Blick war vielleicht nicht spöttisch, aber doch so vorwurfsvoll, dass sein verdammter Adamsapfel wieder Amok lief. Blitzschnell berührte er dreimal seinen Nasenflügel, dann klemmte er beide Hände zwischen die Oberschenkel.

»Du weißt das natürlich. Sie war so ein ...« Er feuchtete sich die Lippen an. »So ein eher künstlerischer Typ, glaube ich.«

»Warum glaubst du das?«

»Äh ... da liegen Bilder bei. Sie hat blaue Haare.«

Hanne Wilhelmsen vertiefte sich in die Unterlagen. Einige betrachtete sie länger, an anderen blätterte sie rasch vorbei. Einzelne Bögen markierte sie mit gelben Klebezetteln, die ebenfalls aus dem Nirgendwo aufgetaucht waren. Vielleicht hat sie unter dem Stuhl eine Art Regalfach, dachte er und musste sich zusammenreißen, um sich nicht zu bücken und nachzusehen.

Ab und zu hob sie den Blick von den Papieren und schaute auf ihren Laptop. Jedes Mal nur einige Sekunden. Er wünschte, er könnte den Bildschirm sehen.

»Weißt du«, sagte sie plötzlich und nahm die Brille ab, ehe sie sich zurücklehnte, »ich kann mich an diesen Fall erinnern.«

»Ach?«

»Ich hatte selbst nie damit zu tun. Aber er hat einiges Aufsehen erregt, das weiß ich noch. Das ist bei verschwundenen jungen Mädchen ja immer so.«

»Jedenfalls, wenn sie norwegischer Herkunft sind«, rutschte es ihm heraus, und er bat rasch um Entschuldigung.

»Keine Ursache. Das ist eine ziemlich korrekte Feststellung. Hast du dich mit diesem Fall vertraut gemacht?«

Er nickte und schluckte.

»Und was meinst du?«

Jetzt hatte sie die Arme vor der Brust verschränkt. Sie musterte ihn skeptisch aus zusammengekniffenen Augen wie eine Prüferin einen nervösen Examenskandidaten.

»Was ich meine? Also nein ...«

»Doch.«

Henrik befreite seine Hände aus ihrer Gefangenschaft zwischen seinen Oberschenkeln und fing an, mit allen zehn Fingern auf die Tischplatte zu trommeln.

»Die Ermittlung ist schon vom ersten Tag an schiefgelaufen«, sagte er eilig. »Aus irgendeinem Grund hatte sich die Polizei in den Kopf gesetzt, ihr Vater sei in ihr Verschwinden verwickelt.«

Hanne nickte kurz. Jetzt kniff sie die Augen nicht mehr zusammen, während sie ihm ins Gesicht sah. Es war unmöglich, den Blick abzuwenden. Erst jetzt fielen ihm ihre Augen auf. Sie waren leuchtend hellblau, zwei mit Gletscherwasser gefüllte Murmeln. Ein kohlschwarzer Kreis um die Iris bannte das Wasser und ließ sie unwirklich aussehen.

»Sie hatten kein besonders gutes Verhältnis«, fuhr er fort. »Der Vater war Fußballtrainer in den obersten Ligen. Deshalb zogen sie oft um. Als Karina gerade auf der Foss-Schule angefangen hatte, hätte die Familie eigentlich wieder umziehen sollen, der Vater hatte den Posten als Trainer in Sandefjord angenommen. Karina weigerte sich aber. Sie spielte jetzt in einer Band, sie hatten sogar schon einige Auftritte. Außerdem ...« Er beugte sich ein wenig vor, aber seine Hand erstarrte in ihrer Bewegung in Richtung der Dokumente. »Darf ich?«

»Aber sicher.«

»Hier«, sagte er, jetzt eifriger, griff nach den Unterlagen und blätterte zu einem Foto in A4-Größe. »Sie sieht nicht gerade aus wie ein Sportsmädel, was?«

Hanne warf einen Blick auf das Foto einer jungen Frau mit blauen, zu hoch sitzenden Zöpfchen gebundenen Haaren, einem Piercing im linken Nasenloch und ein wenig zu viel Schminke um die Augen.

»Cyan«, sagte sie.

Henrik lächelte, zum ersten Mal, seit er hier war.

»Ja, sie hat Ähnlichkeit mit der Comicfigur. Aber *Nemi* erscheint erst seit 1997, und Cyan taucht darin, glaube ich, erst noch später auf.«

Wieder fingen seine Finger an zu trommeln.

»Lass das«, sagte Hanne. »Was hast du dir sonst noch überlegt?«

»Der Konflikt mit dem Vater stand vom ersten Moment an im Mittelpunkt. Die Polizei hat zunächst kaum etwas unternommen. Die Mutter hat zwar schon nachmittags angefangen, sich Sorgen zu machen, aber da Karina und ihr Vater sich morgens heftig gestritten hatten, wurde sie erst gegen neun Uhr abends vermisst gemeldet.« Er schob die Hände unter seine Oberschenkel und schluckte. »Da sie schon siebzehn war, kam erst nach zwei Tagen Schwung in die Ermittlungen. Und der Trainer, ihr Vater, hat auf unsere Kollegen wohl einen ziemlich miesen Eindruck gemacht. Für mich sieht es jedenfalls so aus, als hätten sie den Blick gleich auf ihn gerichtet und dann nie mehr weitergeforscht.«

»Dumm.«

»Ja.«

»Das passiert zu oft.«

»Ja.«

Er nickte eifrig und streckte die Hand nach anderen Unterlagen aus.

»Oh shit«, sagte Hanne und beugte sich plötzlich zu ihrem Laptop hinüber.

»Was ist los?«, fragte er, bekam aber keine Antwort.

Über eine Minute las Hanne irgendeinen Text. Sie scrollte weiter, las weiter. Henrik wäre gern aufgestanden und auf ihre Seite hinübergegangen, um zu sehen, was der Bildschirm anzeigte, aber das wagte er nicht. Also blieb er sitzen und ließ seinen Blick durch das riesige Wohnzimmer wandern, während er sich zwang, nicht die Hände unter den Oberschenkeln hervorzuziehen und wieder zu trommeln.

»Du musst gehen«, sagte Hanne plötzlich.

»Aber wir müssen doch noch ...«

»Tut mir leid. Das hier ist wichtiger.«

»Aber wir haben nicht einmal ...«

Er ließ seinen Blick von dem Aktenkoffer, in dem drei weitere *Cold Cases* ungeöffnet lagen, zu den Unterlagen zwischen ihnen wandern.

»Ein Polizist wurde in Verbindung mit der Bombe festgenommen«, sagte sie.

»Ein ... ein Polizist?«

»Ja. Genauer gesagt, ein ehemaliger Polizist. Ein ehemaliger Polizist, den ich kenne.«

»Haben die schon den Namen veröffentlicht? Das wäre aber ...«

»Nein. Aber sie haben ihn beschrieben. Viele Jahre bei der Unruhe-Patrouille, später Ermittler in der Gewaltsektion. Außerdem haben sie sein Alter angegeben. Alle, die in den Neunzigerjahren in Oslo bei der Polizei waren, verstehen sofort, von wem hier die Rede ist.« Sie holte tief Atem und atmete dann langsam aus. »Und jetzt musst du gehen.«

Mit einem Klicken klappte sie den Laptop zu und entfernte sich langsam vom Tisch.

»Lass die Ordner hier«, murmelte sie so leise, dass er sie fast nicht gehört hätte, dann hob sie die Stimme und fügte hinzu: »Du findest selbst zur Tür.«

Billy T. kam sich vor wie in einem der ewigen Albträume, in denen er durch ein immer enger werdendes Labyrinth irrte, ohne je den Ausgang zu finden. Die Hauptkommissarin, die ihm gegenübersaß, war offenbar neu in Oslo. Sie war gut über vierzig, aber Billy T. war ihr noch nie begegnet. Sein Mund war wie ausgedörrt, obwohl er sich mehrfach aus der großen Kanne Wasser nachschenkte, welche die Hauptkommissarin Anita Havenes ihm hingestellt hatte.

»Darth Vader«, wiederholte sie zum sicher fünften Mal in einer halben Stunde. »Der Tote hatte also ein Spielzeug unter der Jacke.«

Billy T. schüttelte verzweifelt den Kopf.

»Das war kein Spielzeug. Das war ein Sammlerstück, das habe ich doch schon gesagt.«

»Das ist ja wohl dasselbe.«

»Nein.«

»Na gut.«

Die Frau, die jetzt den Kopf schräg legte und ihn unter schweren Augenlidern anstarrte, ließ ihre Fingerspitzen langsam über ihre Lippen gleiten, von denen der Lippenstift beinahe vollständig verschwunden war.

»Haben Sie das Ding deshalb gestohlen? Weil ein Sammlerstück einen viel größeren Wert hat als ein Spielzeug?«

Billy T. ließ sich auf dem Stuhl zurücksinken.

»Ich habe nichts gestohlen«, sagte er tonlos. »Wir können bis morgen hier sitzen. Sie können mir immer wieder dieselben Fragen stellen. Jede Frage ein kleines bisschen abwandeln. Mich müde machen, mich dazu bringen, mich in Widersprüche zu verwickeln. Bald habe ich das Wasser ausgetrunken, und Sie werden mich lange auf neues warten lassen.« Er betete in Gedanken darum, dass er selbstsicherer wirkte, als er sich fühlte. »Es wird trotzdem nichts dabei herauskommen. Ich habe nichts gestohlen.«

Ihr Gesicht verzog sich zu einem raschen Lächeln. Vielleicht hatte sie einen besonderen Sinn für Humor und fand es komisch, dass er in seiner synthetischen Trainingskleidung schwitzte wie ein Schwein.

»Wenn Sie meinen«, entgegnete sie. »Kollege Gundersen sieht das allerdings anders. Er behauptet, dass Sie da standen, an der Kreuzung Gabels gate und Bygdøy allé, mit diesem Darth Vader in der Hand und neben einem BMW, der mit einem toten Muslim verziert war. Einem von ziemlich vielen toten Muslimen am gestrigen Tag, wenn ich das hinzufügen darf. So vielen, dass es von großer Bedeutung ist, genau zu erfahren, was dort geschehen ist. Und zwar ganz genau. Was also ist passiert?«

»Wie gesagt ...« Billy T. widerstand der Versuchung, sein Glas noch einmal zu füllen. Stattdessen hob er die Hand an den Hals und massierte die Muskeln unter dem linken Schlüsselbein. »Ich war rein zufällig in der Gegend. Hatte gerade eine alte Freundin besucht. Hanne Wilhelmsen.«

Obwohl er den Namen nun zum vierten Mal erwähnte, schien die Hauptkommissarin erneut zu erstarren. Sie wollte gerade etwas sagen, als Billy T. die Stimme hob und hinzufügte: »Das lässt sich doch verdammt einfach überprüfen. Ruft sie doch mal kurz an! Ruft sie an und fragt, ob ich gestern Morgen bei ihr war, als es geknallt hat. Ihr eines Fenster ist gesprungen, wie ich nun schon mehrmals gesagt habe. Sie hat doch so eine Art Beraterinnenjob hier im Haus, da dürfte es ja ganz einfach sein, das zu klären.«

Sein Blick hielt den ihren fest.

So nahe an der Wahrheit bleiben wie möglich.

Was er hier hörte, war die Stimme seines Vaters, der in Billy T.s Leben nach Gutdünken gekommen und gegangen war. Und der ihm so viel über das Lavieren in den Grenzgewässern des Lebens beigebracht hatte, dass es an ein Wunder grenzte, dass Billy T. bei der Polizei und nicht auf der anderen Seite gelandet war.

»Als es geknallt hat, meinte Hanne, ich solle hinlaufen und sehen, ob ich helfen könnte.«

»Ein ziemlich blöder Vorschlag«, sagte Havenes.

»Sehe ich auch so. Aber in dem Moment kam es uns wie eine gute Idee vor.«

»Und dann?«

Er stöhnte demonstrativ. Holte Atem und berichtete erneut.

»Dann bin ich zur Bygdøy allé hinuntergelaufen. Da habe ich einen jungen dunklen und offenbar muslimischen Mann auf mich zukommen sehen. Nachdem ich bei Hanne Twitter-Meldungen gelesen hatte, wusste ich, dass es eine schwere Explosion gewesen war, und ich wollte ihn dort weghaben.«

»Weil er Muslim war.«

Sie sah ihn mit schlecht verhohlener Skepsis an.

»Ja.«

»Oder weil Sie ihn kannten?«

Diese Frage war neu.

Billy T. hob das Glas, so ruhig er konnte. Er trank den Rest des Wassers und musterte dann das Glas, das er in seiner Hand rotieren ließ.

»Nein.«

Er schaute Hauptkommissarin Havenes an.

»Nein?«, fragte sie. »Aber Gundersen behauptet, Sie hätten den Namen des Mannes genannt.«

»Den hatte er mir eben gesagt.«

»In den Sekunden, in denen Sie von der einen Seite der Bygdøy allé auf die andere gegangen sind? Gleich nach einer heftigen Explosion und bei dem Chaos, das in der Umgebung herrschte, haben Sie sich einander also vorgestellt?«

»Ja. Er hieß Shazad Beheshdi.«

Sie kniff die Augen zusammen.

»Sie scheinen sich exotische Namen ja leicht merken zu können.«

»Ich kann mir alle Namen merken. Ist eine wichtige Eigenschaft für einen Polizisten.«

»Was Sie aber nicht mehr sind.«

»Nein. Aber ich habe, wie Sie sicher wissen ...«, Billy T. beugte sich vor und legte die Faust auf einen dünnen, ungeöffneten Ordner auf ihrer Seite des Tisches, »... sechs Kinder. Fünf davon Jungs. Allesamt in Groruddalen aufgewachsen. Nirgendwo in Norwegen ist der Bevölkerungsanteil mit Migrationshintergrund so hoch. Was Sie sicher ebenfalls wissen. Meine Söhne haben Fußball gespielt. Sie waren im Kindergarten. In der Schule. Mein Jüngster ist erst sieben und wohnt in Veitvet.« Er ließ sich zurücksinken und verschränkte die Hände im Nacken. »Und deshalb bin ich das gewöhnt, was Sie exotische Namen nennen.«

Die Schweißringe unter seinen Armen waren so groß, dass sie sich auf dem Rücken vermutlich begegneten. Im Stillen dankte er allen Gottheiten, an die er nicht glaubte, dass er beim Joggen festgenommen worden war. Sein strenger Körpergeruch wäre sonst ein überdeutlicher Hinweis auf Stress gewesen.

»Darth Vader«, sagte sie noch einmal.

Jetzt hatte er keine Lust mehr. Sie war ausdauernd, das musste er ihr lassen, aber mehr nicht. Sie hatte den dilettantischsten Fehler überhaupt gemacht, als sie endlich zur Vernehmung erschienen war. Sie hatte ihm ihre Verachtung gezeigt.

Ob es an seiner riesigen Gestalt lag, die obendrein geschmacklos gekleidet und übel riechend war, oder an seinem Ruf als hemmungslosester Regelbrecher des Polizeibezirks, wusste er nicht. Vermutlich an beidem. Dennoch hätte sie ihre Empfindungen verbergen müssen. Mehr lächeln. Freundlicher sein. Ihm eine Cola und etwas zu essen anbieten, wie er das selbst immer getan hatte.

»Dilettantisch«, murmelte er.

»Was?«

»Ich habe Sie als dilettantisch bezeichnet.«

»Das habe ich gehört. Ich habe mir auch Ihre Behauptung gemerkt, Sie hätten die Figur auf die Motorhaube gelegt. Neben den Leichnam.« Sie sprach langsam und monoton, als läse sie etwas vor, das sie im Grunde kein bisschen interessierte. »Und obwohl Kollege Gundersen Sie gebeten hatte, dem Kollegen Krogvold zu helfen, sind Sie weggegangen. Sie sind zum Frognervei gelaufen, mit der Straßenbahn zum Nationaltheater und mit der U-Bahn nach Sinsen gefahren und dann nach Hause gegangen.«

Zum ersten Mal musste sie einen Blick in ihre Notizen werfen.

»Nach Refstadsvingen«, fügte sie hinzu.

Er nickte.

»Dann habe ich nur noch zwei Fragen.«

Billy T. lief ein kalter Schauer das Rückgrat hinunter. Er versuchte, das zu verbergen, indem er nach dem leeren Glas griff. Aber die Kanne war ebenfalls leer, da die Hauptkommissarin sich den Rest des Wassers eingeschenkt hatte, deshalb stellte er sie rasch wieder hin, beugte sich vor und stützte die Ellbogen auf den Tisch.

»Und die lauten?«

»Erstens muss ich sagen, dass ich es schon ein wenig komisch finde, dass niemand hier im Haus weiß, wie Sie mit Nachnamen heißen.«

»Ich bin Billy T. Das reicht.«

»Alle Ihre Kinder tragen die Namen ihrer Mütter, auch da geben Sie nichts preis.«

»Sie haben gesagt, Sie hätten zwei Fragen?«

Havenes ignorierte den Einwand. Sie sah Billy T. nicht einmal mehr an, sondern konzentrierte sich auf einen Punkt neben seinem Kopf, als ob jemand hinter ihm stünde.

»Aber alle haben einen Nachnamen. Auch Sie. Sie hatten einen Vater. Er hieß Thorvald. Das ist also das T in Billy T.«

Billy T. versuchte, still zu sitzen. Er verlagerte sein Gewicht auf seine Unterarme und starrte die Frau an, auch wenn sie seinen Blick nicht erwiderte.

»Kaum eine große Leistung, das zu ermitteln«, entgegnete er. »Das Passamt ist nur drei Stockwerke tiefer.«

»Was ich erstens wissen möchte«, sagte sie unbeeindruckt, »ist, ob Sie jemals in den Räumlichkeiten des ISAN waren.«

»Ich? Nein.«

»Niemals?«

»Nein.«

»Waren Sie denn auf der Kreuzung Fritzners gate und Gimle terrasse?«

Billy T. nahm den scharfen Salzgeschmack wahr, als seine Zunge einen Schweißtropfen auffing, der von seiner Nasenwurzel zu seinem Mundwinkel gelaufen war.

»Sicher«, antwortete er gleichgültig. »Es gibt wohl kaum einen Ort in dieser Stadt, wo ich nicht gewesen bin. Aber nicht in letzter Zeit, falls Sie das meinen sollten.«

»Das meine ich. Und Sie sind sich sicher?«

»Ja.«

Seine rechte Hand schlug leicht auf den Tisch.

»Dann«, sagte sie ruhig und fasste in einen kleinen Ordner, »haben Sie ein Erklärungsproblem. Denn nur neun Stunden nach der Explosion haben wir das hier gefunden. In den Räumlichkeiten des ISAN. Das Ding sieht ziemlich mitgenommen aus ...«, sie hielt ihm ihre geschlossene Hand hin, der Handrücken war nach oben gedreht, »... was aber auch kein Wunder ist, bei dem, was es durchgemacht hat.« Sie drehte die Hand um und öffnete sie.

Eine Armbanduhr.

Billy T. erkannte sie sofort.

Es war eine alte goldene Omega-Uhr. Vom Lederarmband war

kaum noch etwas übrig, aber die Farbe stimmte. Das Glas war zerbrochen und der Sekundenzeiger abgeknickt.

Die Uhr war stehengeblieben.

»Soll ich sie umdrehen?«, fragte die Hauptkommissarin lächelnd.

Er gab keine Antwort. Jetzt hatte er sich so tief im Labyrinth verlaufen, dass er auf allen Seiten davon umschlossen war. Plötzlich hatte er einen widerlichen Blutgeschmack im Mund.

Anita Havenes lächelte noch breiter.

»Hier ist eine Gravur. ›Thorvald B. Fastlyng‹ steht auf der Rückseite. Thorvald *Billy* Fastlyng. Ihr Vater hieß beinahe wie Sie.«

Sie legte die Uhr vor ihm hin und drehte die Rückseite nach oben.

»Sie heißen Billy Thorvald Fastlyng. Diese Uhr hat Ihrem Vater gehört. Der ist seit vielen Jahren tot, und es ist wohl keine allzu kühne Annahme, dass Sie die Uhr geerbt haben. Schon gar nicht, da später ein weiterer Name eingraviert wurde.«

Ein langer Zeigefingernagel mit knallrotem Lack, der an den Rändern abblätterte, tippte auf die zweite Gravur.

» ›Billy T.‹ steht da. Das ist Ihre Uhr. Und wenn Sie die Räumlichkeiten des ISAN nie betreten haben, wie ist Ihre Uhr dann dort gelandet und bei dem Terrorangriff gestern zerstört worden? Das, Billy T., ist die letzte Frage, auf die ich gern eine Antwort hätte.«

»Jetzt antworte doch, Hammo!«

Ida Wilhelmsen saß auf einem Barhocker und baumelte mit den Beinen. Ihre Schulbücher waren überall auf der großen Kochinsel verteilt, aber sie schien kein besonderes Interesse an den Hausaufgaben zu haben.

»Antworte schon«, quengelte sie.

Die Küche war in zwei Zonen unterteilt. Der größere Teil des Raumes war für eine normale Körperhöhe eingerichtet. Aber an der einen Querwand war eine zweite komplette Küche mit niedrigen Arbeitsflächen, Spülbecken und für eine Rollstuhlbenutzerin leicht zugänglichen Küchengeräten installiert worden. Hanne schlug ein Ei in eine Plastikschüssel und schaute sich um.

»Worauf denn?«

»Warum es keinen Rosenumzug gibt. Mama und ich waren beim letzten Rosenumzug, und da waren sicher eine Million Menschen.«

»So viele ja wohl eher nicht.«

»Doch. Und wir waren auch im Dom. Ich durfte einen Teddy und eine Blume kaufen. Die ganze Klasse hat Zeichnungen gemacht, und die konnten wir laminieren und dann auf den Domvorplatz legen. Ich habe Albert gefragt, ob wir auch diesmal wieder zeichnen, aber er sagt, wir haben keinen Ort, wo wir die Bilder hinlegen können. Warum eigentlich nicht, Hammo?«

»Möchtest du Zwiebeln in deinem Omelett?«

»Ja, bitte. Aber warum gibt es keinen Rosenumzug, Hammo? Und Blumen vor dem Dom?«

»Diesmal waren die meisten Toten Muslime. Und da wäre es naheliegend, an einen anderen Ort zu gehen als zum Dom.«

»Auf Utøya sind auch ziemlich viele Muslime gestorben.«

»Das schon. Tomate?«

»Ja, bitte.«

Die Zehnjährige rutschte vom Barhocker und nahm sich einen Apfel aus einer gläsernen Obstschale.

»Draußen ist alles ganz anders, Hammo.«

»Wie meinst du das?«

»Als in dem Sommer damals.«

»Ach?«

»Damals waren alle plötzlich irgendwie so lieb zueinander. Mama hat gesagt, dass alle so unnorwegisch waren. Haben im Bus miteinander geredet und Bettlern Geld gegeben und so. Mama wurde von total fremden Menschen umarmt, als wir vom Rosenumzug nach Hause gegangen sind.«

»Du warst erst sieben, Herzchen. Weißt du das wirklich alles noch so gut?«

»Ich war acht und weiß alles noch genau. Es war furchtbar traurig, aber es war auch richtig schön. Weil Mama so oft umarmt wurde. Ich hab das damals nicht verstanden, aber jetzt glaube ich, es hat daran gelegen, dass sie dunkel ist. Weil Voldemort Menschen mit dunkler Haut nicht leiden kann.«

»Voldemort? Iss den Apfel bitte nicht jetzt. Du kannst ihn zum Nachtisch haben.«

»Albert sagt, wir sollen den Namen dieses fiesen Kerls nicht aussprechen, sonst ... ehren wir ihn, irgendwie.«

»Was für ein Blödsinn. Nenn ihn beim Namen. Er heißt Anders Behring Breivik.«

»Das weiß ich doch.«

Hanne goss die Omelettemischung in die Bratpfanne.

»Aber wie meinst du das, dass es jetzt draußen anders ist?«, fragte sie dann und streute geriebenen Käse über das Omelett.

Ida setzte sich auf die breite, tiefe Fensterbank mit Blick zum Hinterhof und lehnte sich an die Glasscheibe. Sie spielte mit ihrem Handy herum, dann legte sie es plötzlich weg und verschränkte die Arme vor der schmalen Brust.

»Es ist fast so, als ob gar nichts passiert wäre«, sagte sie langsam. »Irgendwie kommt mir niemand richtig traurig vor. Im Fernsehen sind sie das, aber nicht draußen. Niemand will andere umarmen. Die Leute sind eher irgendwie ... wütend. Ich dachte, wir würden heute vielleicht schulfrei kriegen. Oder jedenfalls lange darüber reden, was passiert ist, und so. Aber es hat nur eine Sekunde gedauert, und dann hatten wir sofort Naturkunde. Gemein.«

Hanne lächelte und strich sich den Pony aus den Augen.

»Jetzt ist es fast zwei, Ida. Wenn du rechtzeitig zum Reiten kommen willst, musst du beim Essen Hausaufgaben machen. Du kannst heute mit Lerkes Mutter fahren. Und ich finde eigentlich nicht, dass du dir so viele Gedanken über diese Explosion machen solltest. Du hast deshalb schon letzte Nacht schlecht geschlafen. Das will ich heute Nacht nicht wieder haben.«

Ida gab keine Antwort. Sie saß nur da, im Gegenlicht einer schwachen Frühlingssonne. Ihre Haare hingen offen herab, und als sie das eine Bein auf die Fensterbank zog und die Hände um das Knie faltete, sah Hanne wieder, wie sehr Ida ihrer Mutter ähnelte. Die gleichen Bewegungen. Der gleiche Mund, ein wenig schief, wenn sie lächelte, wegen eines Eckzahns, der sich im Oberkiefer einen eigenwilligen Weg gesucht hatte.

Ida war ihrer Mutter wie aus dem Gesicht geschnitten, aber ihre Haut war heller. Und ihre Augen waren braun, nicht fast schwarz wie die von Nefis. Ida war das schönste und wertvollste Wesen, das Hanne jemals geliebt hatte, und zum Glück wurden die Augenblicke immer seltener, in denen sie sich mit tiefer Beschämung daran erinnerte, dass sie das Mädchen gar nicht hatte haben wollen.

»Warum wollt ihr nicht, dass ich Muslimin bin, Mama und du?«, fragte Ida plötzlich.

Hanne hob den Deckel von der Bratpfanne und schaute hinein.

»Darüber haben wir doch schon so oft gesprochen, Ida. Es geht nicht darum, ob wir irgendetwas wollen oder nicht. Sondern nur darum, dass du alt genug sein musst, um deine eigene Identität zu bestimmen. Wir wollen dich nicht in irgendeine Richtung schieben.«

»Wir haben gar nicht darüber gesprochen. Deshalb tu ich das jetzt. Ihr gebt mir nie eine richtige Antwort. Mama ist Muslimin, aber sie hat deinen Nachnamen, und ich kann nicht begreifen ...«

»Ida.« Hanne hörte, dass ihre Stimme unnötig scharf klang, und versuchte, es mit einem weiteren Lächeln auszugleichen, ehe sie leiser hinzufügte: »Nefis ist keine ...«

Sie unterbrach sich und fuhr sich langsam mit dem Finger über die Stirn, um Zeit zu gewinnen. »Was ist eine Muslimin?«, fragte sie dann rhetorisch. »Eine Muslimin glaubt an die Botschaft des Koran, und das tut Nefis nicht. Sie ist Atheistin.«

»Aber warum feiern wir dann das Opferfest, wenn wir nicht daran glauben?«

»Aus demselben Grund, aus dem wir Weihnachten feiern, auch wenn ich keine Christin bin. Es geht um Kultur. Und von ihrer Kultur her ist Nefis Muslimin.«

Die Zehnjährige sprang auf.

»Du glaubst nicht an Gott, und Mama glaubt nicht an Allah. Wie soll ich mir da eine Meinung bilden können, wenn ich älter bin?«

»Hoffentlich kommst du zu demselben Schluss wie deine Eltern. Setz dich. Das Essen ist fertig.«

»Weißt du, was ich glaube?«

»Jetzt hören wir auf damit. Iss und mach deine Aufgaben. In einer Stunde musst du in Reitkleidung bereitstehen.«

Hanne nahm einen Teller auf den Schoß und fuhr zur Kochinsel hinüber.

»Ich glaube, Mama und du, ihr seid feige«, sagte Ida leise. »Ich glaube, ihr wollt mich so norwegisch wie möglich machen, damit ich nicht ...«

»Du bist norwegisch, Ida. Durch und durch. Und jetzt hör auf, ja?« Hanne brachte Ida ihren Teller. »Guten Appetit.«

»Außerdem glaube ich, dass die Leute draußen jetzt so anders sind, weil sie Muslime eigentlich nicht leiden können. Weil Muslime gestorben sind und weil Muslime sie ermordet haben. Das interessiert die Leute nicht. Viel weniger als beim letzten Mal jedenfalls. Aber darüber kannst du ja nicht so viel wissen, du gehst ja schließlich nie aus dem Haus.« Erschrocken sog Ida die Luft ein, ehe sie rief: »Entschuldigung!«

»Du kannst für deinen Tonfall um Entschuldigung bitten«, sagte Hanne. »Aber nicht für das, was du gesagt hast. Du hast ja recht. Ich bin immer nur hier. Leg jetzt das Telefon weg und setz dich an den Tisch.«

»Kannst du deins auch weglegen? Können wir reden?«

»Mach deine Aufgaben. Jetzt.«

Hanne griff zu ihrem eigenen Telefon, das im selben Moment piepste. Eine SMS.

Sie kannte die Nummer nicht.

Zögernd öffnete sie die Mitteilung.

Hanne. Hab den ganzen Vormittag in der Vernehmung gesessen. Soll mit dem Terror zu tun haben. Absurd. Ein allerletzter Versuch: Können wir reden? Geht um das, was ich gestern erwähnt habe. Krise. Billy T.

Hanne las die Mitteilung drei Mal. Die Unruhe vom Morgen machte ihr jetzt wieder zu schaffen. Als Henrik Holme sie verlassen hatte, hatte sie das dringende Bedürfnis verspürt, etwas zu unternehmen. Da sie selten etwas anderes tat, als zu lesen und sich im Netz zu informieren, war ihr dieses Gefühl fremd vorgekommen. Ziemlich beängstigend sogar. Sie hatte mit dem

Gedanken gespielt, die Polizeidirektorin anzurufen, hatte sich die Sache aber anders überlegt, da Silje Sørensen ihr ja selbstverständlich nichts sagen durfte. Eine Weile hatte sie sich darauf vorbereitet, selbst nach Grønlandsleiret hinunterzufahren, aber dieser Beschluss geriet bald ins Wanken. Die Frage, was sie dort zu erreichen hoffte, war dann doch zu schwer zu beantworten.

Erstaunt hatte sie registriert, dass ihre Besorgnis im Laufe des Vormittags immer weiter gewachsen war, ohne dass sie so recht begreifen konnte, was sie eigentlich befürchtete. Natürlich hatte Billy T. nichts mit dem Terroranschlag zu tun. Hier lag ganz offenbar ein Missverständnis vor.

Gegen ein Uhr hatte sie erfahren, dass er unter Auflage der Meldepflicht auf freien Fuß gesetzt worden war, also musste die Osloer Polizei zu demselben Schluss gekommen sein. Dennoch machte ihr die Vorstellung von Billy T. im Arrest mehr zu schaffen als ihre Begegnung vom Vortag, der ersten seit dem Weihnachtsfest 2002.

Ida war in der Nacht aufgewühlt gewesen.

Nicht Hanne.

Den ganzen Vormittag hatte Hanne damit verbracht, Internetzeitungen und soziale Medien zu studieren. Durch eine Reihe von anonymen und ziemlich nichtssagenden Accounts hatte sie sich in den vergangenen Jahren eine reiche Informationsquelle zugelegt. Es war durchaus nichts Neues für sie, aus ihrem selbst auferlegten Exil die Welt über das Internet zu betrachten. Im Gegenteil. Das Neue war, dass sie sich so ausschließlich auf diesen einen Vorfall konzentrierte, der zuerst als Festnahme bezeichnet worden war und später als Vernehmung. »Von Interesse für den Terrorfall«, wie es gegen zwölf in *Aftenposten* geheißen hatte. Erst als Ida aus der Schule nach Hause gekommen war, hatte Hanne ihre Gedanken auf das Hier und Jetzt überlenken können. Auf das Leben, wie es geworden war. Wie sie es sich ausgesucht hatte. Wie es sein musste.

Das brachte ihr Ruhe.

Die sie nun wieder zu verlieren drohte.

Komm, schrieb sie als Antwort.

Danach, um die Einladung nicht bereuen und rückgängig machen zu können, legte sie das Telefon weg, ehe sie den Stuhl zu ihrer Tochter umdrehte und wortlos zusah, wie Ida aß.

Der Mann, der Schuh genannt wurde, jedoch einst Soldat gewesen war und Lars Johan Austad geheißen hatte, kam um vor Hunger. Bis vor Kurzem hatte er sich ab und zu in einen der vielen Hamburgerläden in der Stadt geschlichen und Reste aus den Abfalleimern gefischt. Es war unvorstellbar, was die Leute alles wegwarfen. Wenn er Glück hatte, konnte er halb volle Pappbecher mit Pommes frites finden. Einige Male hatte er sogar ungeöffnete Schachteln mit Hamburgern entdeckt, vor allem im Hauptbahnhof. Die überfüllten Abfallbehälter dort waren die reinsten Schatztruhen.

Aber dann hatte sich offenbar jemand beklagt.

Er war sicher nicht der Einzige, dem dieser leichte Zugang zu einer Mahlzeit bekannt war. Irgendwem hatte es wohl nicht gefallen, dass arme Schlucker den Müll durchwühlten, während er aß. Denn seit etwa einem halben Jahr war es so gut wie unmöglich für Schuh, irgendein Familienrestaurant zu betreten. Die beiden großen Ketten hatten sich offenbar abgesprochen: Wer vom Leben auf der Straße gezeichnet war, war nicht mehr willkommen.

Schuh war einwandfrei von seiner Obdachlosigkeit gezeichnet.

Ab und zu machte er dennoch einen Versuch.

Wenn die Warteschlangen lang waren, konnte er bisweilen so schnell in eines der Restaurants hineinlaufen, wie es seine schmerzenden Beine gestatteten, und das an sich reißen, was ganz oben in den Abfalleimern lag. Blindlings. Allerdings stellte er dann draußen hin und wieder fest, dass er nur leeres, mit Senf und Ketchup beschmiertes Papier erwischt hatte.

Aber den Versuch war es wert.

Er war so verdammt hungrig.

Das Burger King in der Karl Johans gate war um diese Zeit eigentlich immer überfüllt. Schuh stand auf der gegenüberliegenden Straßenseite beim Café Cathedral unter den noch immer kahlen Bäumen, die von Tischen und Stühlen umringt sein würden, sobald der Frühling wärmer würde und die Straßencafés öffneten. Er beobachtete den Eingang des Burgerrestaurants, und ihm lief das Wasser im Mund zusammen. Er hatte seit dem Vortag nichts gegessen.

Einen Versuch wollte er sich gestatten. Und wenn der misslang, würde er sich zu dem Treffpunkt schleppen, wo die Kirchliche Mission sehr billig absolut akzeptables Essen verkaufte. Das Problem war nur, dass er keine fünfzehn Kronen hatte. Er könnte Flaschen sammeln, aber das würde dauern.

Plötzlich sprach ihn von hinten leise eine Stimme an.

»Nicht umdrehen«, sagte die Stimme.

Schuh spürte, wie ihm ein eiskalter Schauder über die Haut lief und alle Muskeln erstarren ließ. Es kam nicht mehr so oft vor, dass er sich fürchtete.

Damals, als ihn die Angst allmählich derart in den Griff genommen hatte, dass er drei Monate vor Ende seiner Dienstzeit bei der KFOR-Truppe aus dem Kosovo nach Hause geschickt worden war, hatte er noch etwas zu verlieren gehabt. Jetzt hatte er nichts. Wenn sie auch nicht gerade Freunde geworden waren, er und der Tod, so begegneten sie einander doch in regelmäßigen Abständen.

Deshalb kam die Angst so unerwartet, dass er sich in die Hosen pisste. Er drehte sich nicht um und konzentrierte sich auf den Versuch, seine Blase unter Kontrolle zu bringen.

»Augen aufmachen.«

Schuh wusste nicht einmal, dass er die Augen geschlossen hatte.

Der Mund des Fremden war jetzt ganz dicht an seinem Ohr. Schuh versuchte, sich zu konzentrieren. Er war einmal Soldat gewesen. Elitesoldat.

Hinter ihm stand ein Mann. So groß wie er ungefähr. Ein wenig größer vielleicht, er schien sich nicht recken zu müssen, um Schuhs Ohr zu erreichen. Den Geruchssinn hatte Schuh schon vor langer Zeit eingebüßt, konnte also auch dem Atemhauch nichts entnehmen, der fast unmerklich immer wieder in kurzen Stößen seinen Wangenknochen traf.

»Nach unten schauen.«

Schuh tat, wie ihm geheißen worden war.

Eine Hand. Am Ende eines Armes. Die Hand trug einen Handschuh, und in dem Handschuh, gerade noch zu sehen, lag ein Tausender. Noch eine Hand. Die hielt ein kleines Päckchen, kaum größer als ein Brief.

»Du bekommst tausend Kronen, wenn du dieses Päckchen bei *TV 2* abgibst«, sagte die Stimme. »Gleich hier um die Ecke. Du weißt doch, wo das ist?«

Schuh nickte. Er starrte den Tausender an.

Essen und Heroin für zwei Tage oder mehr.

»Nimm schon«, sagte der Mann.

Jetzt umarmte er ihn fast, er hatte seine beiden Arme unter die von Schuh geschoben.

»Nicht umdrehen. Geh ruhig die Karl Johan hoch. Ich behalte dich im Auge.«

»Okay«, murmelte Schuh und presste das Geld und das Päckchen an sich.

»Jetzt«, sagte die Stimme und trat einen Schritt zurück. Schuh zog sich die verdreckte Kapuze über die Schirmmütze und gehorchte.

Tausend Kronen, dachte er. Tausend verdammte Kronen, um hundert Meter zu gehen.

Das hier musste doch sein Glückstag sein!

Bisher war es ein reiner Pechtag gewesen.

Es war inzwischen vier Uhr nachmittags, und die bislang einzige positive Nachricht lautete, dass der PST die Person auf dem Video vom Vorabend identifiziert hatte. Und das war auch keine ermittlerische Großtat gewesen. Der junge Mann hieß Abdullah Hassan und war der beste Freund von Muhammad Awad gewesen. Auch Abdullah war vom PST mit einem kleinen Dossier beehrt worden. Da die Ermittler oben in Nydalen Muhammad aufgrund der Aufnahmen von der amerikanischen Kirche und dem 7-Eleven ohnehin in Verdacht gehabt hatten, hatten sie in der Nacht nur drei Stunden gebraucht, um festzustellen, wer sich hinter dem Schal versteckte, wer da seine hasserfüllte Tirade über Ungläubige ganz allgemein und Norwegen im Besonderen abgab. Der junge Mann war durch eine v-förmige Narbe auf der Stirn, die er in seiner Dummheit nicht verdeckt hatte, rasch identifiziert.

Allerdings gab es, wie Silje Sørensen wusste, zwei Probleme. Zum einen war Abdullah Hassan wie vom Erdboden verschluckt. Und zwar seit mehreren Tagen, also lange vor dem Terrorattentat in Frogner.

Zum anderen hieß er eigentlich Jørgen Fjellstad.

Eine norwegische Austauschstudentin hatte gegen Ende der

Achtzigerjahre nicht nur ein *High School Diploma* mit zurückgebracht, sondern sechs Monate nach ihrer Heimkehr einen Sohn geboren. Zur großen Überraschung und zum gelinden Schock seiner Großeltern wurde das Baby bald fast so dunkel wie der Wide Receiver des Football-Teams der Monroe Highschool.

Jørgen selbst war als Junge ein verheißungsvoller Sportler, bis ein hässlicher Beinbruch seiner Karriere ein Ende setzte und auch seine schulischen Leistungen ruinierte. Dadurch hatte der Junge Gelegenheit, ein paar kleine Vorstrafen zu erwerben, bis er vor zwei Jahren zum Islam übertrat.

Zu einem Islam der intensiveren Sorte.

Silje Sørensen betrachtete missmutig den riesigen Stapel zu erledigender Papiere auf ihrem Schreibtisch. Sie hatte schon gestern Morgen im Rückstand gelegen, ehe die Bombe hochgegangen war, und sie wusste, es würde Tage und vielleicht Wochen dauern, bis sie sich wieder ihren täglichen Herausforderungen als Polizeidirektorin würde stellen können.

Sie erhob sich und ging zum Fenster hinüber.

Der neue Posten hatte ihr immerhin eine bessere Aussicht verschafft.

Letzte Nacht hatte sie überlegt, ob sie den Karriereschritt bereute.

Die Antwort hatte auf sich warten lassen.

Als am 22. Juli 2011 die Bombe im Regierungsviertel hochgegangen war, war Silje Sørensen im Urlaub gewesen. Auf den Bahamas. Am Vormittag war sie nach einem wunderbaren Frühstück in der Strandbar aus Norwegen angerufen worden. Und zwar von Inger Johanne Vik, der Kriminalpsychologin, die der Polizei bei zahlreichen Fällen geholfen hatte, bis sie dann, nur zwei Wochen nach der Katastrophe von Utøya, bei einem tragischen Unfall ums Leben gekommen war. Inger Johanne war verzweifelt gewesen, weil sie bei der Polizei niemanden hatte erreichen können, um den Tod eines Jungen zu besprechen, der als Unfall zu Hause eingestuft worden war. Silje Sørensen hatte sie schließlich an einen Polizeijuristen weitervermitteln können, der seinen Urlaub gerade zu Hause verbrachte. Danach war sie ins Hotel gegangen und hatte im Internet die Nachrichten verfolgt.

Es war ein entsetzlicher Tag gewesen.

Aber sie hatte freigehabt.

Diesmal war sie für die Stadt verantwortlich.

Und es war ein Posten, auf den sie Lust gehabt hatte.

Silje schaute auf ihre Hände. Sie zitterten ein wenig und waren schweißnass.

In dem Moment klopfte es an die Tür. Sie atmete tief durch und versuchte, sich zusammenzureißen. Das Uniformhemd saß unangenehm eng, sie musste es unbedingt vor der nächsten Besprechung mit dem PST-Chef wechseln.

»Herein«, sagte sie und drehte sich zur Tür um.

Ihr Sekretär, tadellos gekleidet wie immer, hatte feuerrote Wangen.

»Es ist ein neues Video gekommen«, sagte er in bedauerndem Tonfall, als wäre es seine Schuld. »Von der *Wahren Umma des Propheten*. Sie drohen mit einer weiteren Explosion.«

Die Gegend sah aus, als wäre sie irgendwann vor langer Zeit einmal in die Luft gesprengt worden.

Der Mann hatte Åneby am Vormittag verlassen und bereits über fünfzehn Kilometer hinter sich gebracht. Dass er in zwei Monaten siebzig werden würde, sah man ihm nicht an. Er hatte den Umweg im Norden von Ørfiske genommen und sich bei Tømte eine sehr kurze Pause gegönnt. An den Nordhängen und auf den kleinsten Wegen lag noch immer ein bisschen Schnee, aber meistens kam er gut voran. Er hatte noch ein gutes Stück vor sich, ehe er sein Nachtlager aufschlagen konnte, aber er hatte alle Zeit der Welt. Jetzt folgte er einem schmaleren Pfad über Branna, auf dem Weg nach Øyungen, wo er abends sein Anglerglück probieren wollte.

An den Wochenenden machte er einen Bogen um die südlichen Teile von Nordmarka, dann konnte man dort nur im Gänsemarsch laufen. Aber ein grauer Werktag wie dieser bescherte pure Zweisamkeit. Er und sein Hund. Sein Pelle wurde jetzt auch älter, aber wie sein Besitzer war er ungewöhnlich fit. Er lief wie immer ohne Leine. Leinenzwang hin oder her.

Der Mann musste jetzt einmal austreten. Und obwohl er seit über einer halben Stunde keinen Menschen mehr gesehen hatte, bog er vom Weg ab und suchte Schutz hinter den Bäumen. Das Gelände öffnete sich hier zu einem ziemlich unwegsamen Geröllfeld, das er durchquerte.

Pelle wollte nicht mitkommen. Er stand auf steifen Beinen zwischen zwei Steinblöcken und starrte nach unten.

»Komm schon, Pelle.«

Der Mann rief mit strenger Stimme. Aber Pelle wollte ausnahmsweise nicht auf sein Herrchen hören. Der Mann glaubte, von Pelle ein leises Knurren zu vernehmen.

»Komm schon«, befahl er noch einmal, er hatte es jetzt wirklich eilig und näherte sich einem dicken Kiefernstamm, der ihn vor Blicken vom Weg her schützen würde.

Keine Reaktion.

Es war doch sicher noch zu früh für Kreuzottern? Sogar tagsüber lagen die Temperaturen nach wie vor knapp unter null Grad, vor allem hier im Wald. Andererseits konnten sich Kreuzottern ja gerade in solchen Geröllfeldern gut verkriechen. Es war also möglich, dass Pelle ein Schlangennest anknurrte. Wenn der

Hund gebissen würde, wäre das wohl sein Ende. Er war elf Jahre alt, und obwohl der Mann wirklich fit war, würde er einen ausgewachsenen Elchhund nicht sehr weit tragen können.

So schnell er konnte, kletterte er über die großen Steinquader zurück.

»Jetzt komm schon, du Viech!«

Er war wütend und ängstlich und wäre mehrere Male fast gestürzt. Endlich hatte er den noch immer knurrenden Hund erreicht.

»Aber Pelle, was ist denn?«

Der Mann nahm den Hund an die Leine, erleichtert, weil er das Tier jetzt unter Kontrolle hatte und ihm nichts passiert war. Pelle hatte Zweige und altes Laub zwischen den Steinen hervorgezogen. Der Mann schob es mit dem Fuß beiseite, um nicht darauf auszurutschen.

Und dann entdeckte er die Leiche.

Er begriff zuerst nicht, was er da sah.

Dann setzte er sich langsam auf einen Felsbrocken. Sein Puls beschleunigte sich so plötzlich, dass ihm schwindlig wurde. Er zog den Hund näher zu sich heran und packte ihn sicherheitshalber am Halsband.

»Ruhig, Pelle«, flüsterte er und zog mit der freien Hand sein Mobiltelefon aus der Tasche.

Kein Netz.

»Aber Pelle. Ruhig. Braver Junge.«

Dass es ihm in den Ohren rauschte und vor den Augen flimmerte, lag nicht in erster Linie daran, dass dort unten zwischen den Steinen ein toter Mensch lag. An tote Menschen war er gewöhnt, er hatte sein ganzes Berufsleben hindurch bei einem Bestattungsunternehmen gearbeitet. Das Schlimmste war auch nicht der Geruch. Der Mann hatte schon oft tote Tiere gerochen, und die Leiche stank nicht schlimmer als der Elchkadaver, den Pelle im vergangenen Herbst angefressen hatte. Der Tote lag wohl seit einer knappen Woche hier, vermutete der Mann, und die kühle Witterung hatte den Verwesungsprozess nicht gerade beschleunigt.

Der Wanderer zitterte also nicht in erster Linie deshalb, weil er einen Toten gefunden hatte. Sondern weil die Leiche zerstückelt war.

Obenauf, das Gesicht ihm zugewandt, lag der Kopf. Ein dunkler Kopf. Der Mann versuchte, sich zusammenzureißen und eine Stelle zu finden, wo er telefonieren konnte.

Da unten zwischen den Felsbrocken lag ein Schwarzer und war energisch zerlegt worden.

Die Steinsammlung war das Einzige, was dem Zimmer den Hauch einer persönlichen Note gab. Einige schöne Exemplare, unter anderem ein Topas, wie sie erkannte, lagen auf dem Deckel einer Kiste.

Hanne Wilhelmsen hatte in ihrem Leben nicht viele Jungenzimmer gesehen. Ihr um einiges älterer Bruder, mit dem sie zuletzt einige Tage ehe sie angeschossen worden war gesprochen hatte, hatte sie früher nie in sein Zimmer gelassen. Und in ihrer Jugendzeit war sie Einzelgängerin gewesen, bis sie auf dem Gymnasium Cecilie kennengelernt und sie geliebt hatte, bis Cecilie viele Jahre später an Krebs gestorben war. Wenn Hanne überhaupt andere an sich herangelassen hatte, dann hatte es sich vor allem um Kinder und alternde Huren gehandelt. Und Nefis, die Frau, die sie aus ihrer Trauer geholt hatte, in der sie so tief versunken war, dass sie in einem italienischen Kloster Zuflucht gesucht hatte, um dort zu sterben.

Männer waren für Hanne Wilhelmsen eher eine Theorie. Vor

allem mit jungen Männern und Knaben hatte sie höchstens in ihrer Arbeit zu tun gehabt. Aber sie hatte zahlreiche Filme gesehen. Und das hier sah nicht aus wie das Zimmer eines Jungen.

Außer, der Betreffende litte an Zwangsvorstellungen und Bakteriophobie.

Einerseits konnte ein Zweiundzwanzigjähriger wohl kaum noch als Junge bezeichnet werden. Andererseits war hier die Rede von einem, der noch zur Schule ging und bei Papa wohnte. Hier müsste es anders aussehen.

Hanne hatte keine Lust, weiter in das Zimmer hineinzufahren. Sie saß direkt vor der Tür und konnte nicht begreifen, dass sie wirklich auf Billy T.s absurden Vorschlag eingegangen war, sich Linus' Zimmer anzusehen, um sich davon zu überzeugen, dass mit dem Jungen etwas nicht stimmte.

Zuletzt hatte sie vor vier Wochen die Wohnung in der Kruses gate verlassen. Ida sollte an ihrem allerersten Reitturnier teilnehmen. Nefis hatte keine Gnade gekannt und schließlich sogar damit gedroht, sie würde mit dem Kind ausziehen, wenn Hanne nicht beim Turnier zusähe. Hanne hatte den Ernst der Lage begriffen und war mit nach Stovner gekommen, um zuzusehen, wie die Zehnjährige vier Minuten lang auf einem Shetlandpony durch die Manege trottete.

Wirklich kein umwerfender Grund, die Wohnung zu verlassen.

Und der lag hier auch nicht vor.

Erst als sie erfahren hatte, wem die von der Polizei gefundene Armbanduhr wirklich gehörte, hatte sie sich überreden lassen. Billy T. hatte die Uhr Linus in einem Anfall von Zusammengehörigkeitsgefühl geschenkt, hatte er ihr verzweifelt erklärt. Er hatte auch Linus' Namen eingravieren lassen wollen. Aber so weit war es nie gekommen.

Zum Glück.

Der Polizei hatte Billy T. erklärt, die Uhr sei gestohlen worden. Das hatten die Beamten nicht geglaubt. Schließlich hatte er darauf bestanden, dass sie bei seiner Versicherung anriefen, die wirklich bestätigen konnte, dass Billy Thorvald Fastlyng nach einem Einbruch in seinem Kellerraum ein hübsches Sümmchen ausbezahlt worden war, unter anderem für den Verlust einer goldenen Uhr.

Die er von seinem Großvater zur Konfirmation erhalten hatte, wie Hanne wusste. Die Polizei wusste das nicht.

Aber sie mussten Billy T. laufen lassen.

»Wohnt hier nur Linus?«, fragte Hanne und versuchte, ihre Angst zu verdrängen, die sie außerhalb ihrer schützenden vier Wände so leicht befiel.

»Ja. Warum fragst du?«

»Ist das eine Dreizimmerwohnung?«

»Ja.«

»Ein Schlafzimmer für dich. Ein Wohnzimmer. Und dieses Zimmer hier.«

»Ja«, sagte Billy T. erneut und sah sie aus zusammengekniffenen Augen ungeduldig an. »Worauf willst du eigentlich hinaus?«

»Du hast sechs Kinder. Zwei von ihnen sind noch nicht erwachsen. Wo wohnen die, wenn sie hier sind?«

Sie hätte schwören können, dass Billy T. rot wurde. Er lächelte ein wenig verlegen und fuhr sich mit der Hand über den Schädel, während er zum Fenster ging.

»Wir haben nicht ...«, begann er, mit dem Rücken zu ihr, dann setzte er noch einmal an: »Wir haben eigentlich keine feste Abmachung. Wenn ich mich mit Jenny und Niclas treffe, dann fahren wir ... na ja, wir unternehmen etwas. Draußen. Gehen in einen Vergnügungspark oder so.«

»Übernachten die nie hier?«

»Doch, sicher. Ab und zu. Dann schlafen sie auf dem Sofa.«

Hanne schüttelte den Kopf. Das sah er nicht. Sie fuhr zum Kleiderschrank und öffnete ihn. Auf der einen Seite lagen ordentlich zusammengefaltete Hosen und Pullover. Ein Drahtkorb war mit Socken gefüllt, an der Garderobenstange in der anderen Schrankhälfte hingen zwei Anzüge und verschiedene Hemden. Im Übrigen war der Schrank leer, abgesehen von einer Uniform des Spielmannszuges Sinsen.

»Spielt Linus in einer Blaskapelle?«, fragte sie.

»Jetzt nicht mehr, glaube ich.« Billy T. zögerte ein wenig, dann fügte er hinzu: »Aber früher hat er das getan. Posaune, glaube ich. Ja. Posaune. Du siehst, dass er seine Sachen unglaublich gut in Ordnung hält. Ich habe in allen Schubladen hier nachgesehen. Nur ordentlich gebügelte Kleider, sogar die Unterhosen bügelt er. In der Kommode hat er Rasierzeug, sonst nichts.«

»Dieser Rechner«, sagte Hanne und deutete auf den Nachttisch. »Ist der mit einem Passwort gesichert?«

»Tja, ich habe ihn nicht angeschaltet. Das kam mir irgendwie nicht richtig vor ...«

Er verstummte, als Hanne zum Bett hinüberfuhr und den Laptop öffnete und einschaltete, ehe sie ihn aufs Bett legte, während er hochfuhr.

»Hm. Kein Passwort.«

Sie schwiegen für einige Sekunden.

»Himmel«, sagte sie dann. »Er ist gar nicht ans Netz angeschlossen.«

»Was?«

»Dieser Rechner ist *air-gapped*, glaube ich.«

»Und das bedeutet?«

»Dass Linus nicht ins Netz will. Sieh mal hier ...« Sie zeigte auf den Bildschirm. »Er hat nicht einmal einen Netbrowser installiert.«

»Aber wozu hat man einen Rechner, wenn man nicht ins Internet will? Ist der dann nicht einfach nur eine Schreibmaschine?«

»Nein, er kann natürlich trotzdem programmiert werden. Und man kann ihn per USB füttern.«

»Aber warum?«

Ihre Finger eilten über die Tastatur.

»Sicherheit«, murmelte sie. »Maschinen, die *air-gapped* sind, sind nicht mit dem Internet verbunden, können aber an ein geschlossenes Netzwerk angekoppelt sein. Das nutzen Organisationen, bei denen Geheimhaltung ungeheuer wichtig ist. Militär. Industrie. Behörden. Zum Schutz gegen Eindringlinge. Gegen Hacker. Viren.«

»Aber warum sollte Linus sich derart schützen wollen?«

Sie gab keine Antwort. Einige Sekunden lang setzten ihre Finger die Jagd nach den Geheimnissen des Rechners fort, dann schaltete sie ihn aus, klappte ihn zusammen und stellte ihn zurück auf den Nachttisch.

»Ich habe keine Ahnung«, sagte sie endlich. »Was ich gefunden habe, hat alles mit der Schule zu tun. Keine Spuren von früheren Netzverbindungen. Natürlich kann er den Verlauf gelöscht haben. Experten könnten das sicher feststellen, aber ich weiß nicht, wie man das macht. Können wir den mitnehmen?«

»Nein«, entgegnete Billy T. knapp. Er stand neben der Tür und sah aus, als bereute er die ganze Durchsuchungsaktion und wollte das Zimmer so schnell wie möglich verlassen. »Das kann ich einfach nicht machen. Noch nicht jedenfalls. Wieso weißt du eigentlich so viel über Computer?«

Hanne hob den Blick und sah ihn über ihre Brillengläser hinweg an.

»Ich betrachte die Welt durch das Internet, Billy T. So schrecklich viel weiß ich gar nicht, aber es reicht, um die meisten meiner wachen Stunden dort verbringen zu können.«

Sie schaute sich ein letztes Mal im Zimmer um.

»Dein Trick funktioniert.«

»Wie meinst du das?«

»Früher hast du immer gewusst, was ich über die Fälle dachte.«

Er zögerte ein wenig, dann lächelte er zaghaft und sagte: »Es war richtig, dich herzuholen. Du bist meiner Meinung. Mit Linus stimmt etwas nicht.«

»Tja. Das ist noch die Frage. Aber jedenfalls ist dies hier ein auffälliges Zimmer. Das Allerauffälligste haben wir übrigens noch nicht erwähnt. Würdest du mal eben die Matratze anheben?«

»Die Matratze?«

Gereizt zeigte sie auf das Bett.

»Die Gewohnheit, auf Fragen mit Gegenfragen zu antworten, musst du ablegen, wenn unsere Zusammenarbeit fortgesetzt werden soll. Ich will wissen, ob Linus etwas versteckt.«

Billy T. ging brav zum Bett und schlug die Bettdecke zurück. Vorsichtig hob er die Matratze in der ganzen Länge hoch.

Darunter lag ein von zwei breiten Bändern zusammengehaltener Lattenrost. Sonst nichts. Billy T. wartete auf ein Zeichen von Hanne, legte die Matratze zurück und breitete die Bettdecke wieder darüber.

»Das ist das Auffälligste in diesem Zimmer«, sagte sie.

»Was denn?«

»Linus ist ein Mann im sexuell aktivsten Alter. Hat er eine Freundin?«

»Nicht dass ich wüsste.«

»Wenn wir von seinem Vater ausgehen, so, wie der …«, sie

musterte ihn und deutete ein Lächeln an, »... einmal war und ausgesehen hat, ist Linus ein gesunder junger Mann mit Trieben und Bedürfnissen. Dennoch ...« Sie holte tief Luft. »Keine Spur von Porno«, sagte sie dann. »Er ist nicht im Netz, er hat keine Filme oder Zeitschriften. Nichts. Du hast gesagt, du hast in allen Schubladen nachgesehen. Ich weiß, ich kann diesbezüglich nur spekulieren, Billy T., und deshalb frage ich dich sicherheitshalber: Müsste es hier nicht normalerweise Pornos geben?«

»Doch«, sagte er leise. »Vielleicht. Doch, das müsste es.«

»Weiß er, wo du deine Pornos aufbewahrst?«

»Nein«, sagte er noch leiser. »Ich glaube nicht.«

»Dann«, sagte sie und faltete die Hände auf dem Schoß, »möchte ich doch hören, welche Befürchtungen du seinetwegen hegst. Ich habe meine Ahnungen, und ich verstehe, warum ich mir zuerst dieses Zimmer ansehen sollte. Aber jetzt will ich es von dir hören. Was glaubst du, wo ist er hineingeraten?«

Billy T. starrte sie einige Sekunden an, als habe er Angst vor der Antwort. Danach machte er die drei Schritte zur Kommode und zog mit einer gewissen Mühe die oberste Schublade heraus.

»Neben dem, was ich schon erwähnt habe, hat er das hier.« Er nahm den Koran heraus und reichte ihn ihr. »Sieh dir mal das ›Anfangsgebet‹ an.«

Hanne nahm das Buch entgegen und schlug es auf. Sie las das kurze Gebet, offenbar mehrmals.

»Das hier ist ein Punkt«, sagte sie und klappte das grüne, golden verzierte Buch wieder zu, »ebenso wie die Tatsache, dass Linus' Uhr am Schauplatz des Terroranschlags gefunden worden ist. Dazu kommt dieses fast asketische, aufgeräumte Zimmer. Ich kann dich gut verstehen.«

»Das habe ich gewusst.«

»Du glaubst, dass er konvertiert ist. Du glaubst, dass er auf irgendeine Weise mit dem Bombenattentat von gestern zu tun hat.«

Dass seine Augen feucht wurden, traf sie überraschend hart. Sie hatte Billy T. noch nie weinen sehen.

Jetzt schlug er die Hände vors Gesicht und sagte fast unhörbar: »Ja. Davor habe ich eine Scheißangst. Und ich habe noch mehr Gründe für meine Angst. Linus hat heute Nacht um kurz nach zwei die Wohnung verlassen. Ich bin ihm gefolgt. Er hat mich nicht gesehen.«

Hanne war unangenehm warm. Billy T.s Unterlippe zitterte. Er schluckte und riss sich zusammen, konnte aber nur noch in kurzen, abgehackten Sätzen reden. Seine Arme hingen jetzt schlaff herab.

So hatten wir das nun wirklich nicht abgemacht, dachte Hanne.

Sie hatte sich dazu überreden lassen, für einige Stunden einem alten Freund zu helfen. Über seine Überlegungen zu sprechen, die er erst mit ihr teilen wollte, als sie ein Schlafzimmer in einem Hochhaus in einem Teil der Stadt besichtigt hatte, den sie sonst niemals aufsuchte. Sie hatte geglaubt, ihre Mauern seien jetzt hoch genug. Gestern Morgen, als Billy T. plötzlich in der Tür gestanden hatte, hatte sie es gespürt. Das befreiende Gefühl, dass sie nichts empfand. Nur seine Augen hatten eine winzige Bresche in das Bollwerk schlagen können, zu dessen Errichtung sie elf Jahre, drei Monate und einige Tage gebraucht hatte, um sich vor Menschen wie Billy T. zu schützen. Die Bresche war abgedichtet worden, sowie er gegangen war.

Diese Situation war nicht abgemacht gewesen.

»Reiß dich zusammen«, sagte sie leise, aber scharf.

Das tat er, im wahrsten Sinne des Wortes, hob den Kopf, räusperte sich und fuhr fort: »Er hatte es nicht weit. Wollte nur zum Trondheimsvei. Und dann noch ein paar Hundert Meter zu einer Wohnblocksiedlung. Rødbergvei. Ich konnte ihm bis zum Eingang folgen. Ich habe gesehen, wen er besucht hat.«

Er wischte sich mit dem Pulloverärmel über die Nase. Wie ein trauriges Kind, dachte Hanne.

»Und wer war das?«, fragte sie kurz.

»Andreas Kielland Olsen.«

»Ach.«

»Ein alter Schulfreund von Linus.«

»Aha.«

»Aber sie sind nicht mehr befreundet. Oder ... das hatte ich jedenfalls gedacht. Andreas heißt jetzt nämlich anders. Er heißt Arfan. Ist zum Islam übergetreten. Vor drei Jahren. Also, um ehrlich zu sein, Hanne ...« Er holte ganz tief Luft und richtete sich so plötzlich gerade auf, dass Hanne sein Rückgrat knacken hören konnte. »Alles in allem macht mich das hier ganz schön verzweifelt. Ich kann doch nur ...«

»Was zum Teufel?«

Hanne und Billy T. schauten zur Eingangstür, die mit einem Knall aufgestoßen worden war. Sie hatten beide nicht gehört, dass jemand die Wohnung betreten hatte.

»Was zum Teufel habt ihr hier drinnen zu suchen?«

Linus trat einen halben Schritt in sein Zimmer und blieb mit zur Seite ausgestreckten Armen stehen, wie um sie am Verlassen des Raums zu hindern. Da keine Antwort kam, schaute er seinen Vater fragend an.

»Papa? Du sagst doch immer, man solle Respekt haben vor ...« Sein Blick wanderte weiter zum Rollstuhl. »Und wer zum Teufel ist ... Hanne? Bist du das, Hanne? Was wollt ihr hier drinnen, und warum habt ihr ...«

Mit zwei Schritten war der junge Mann bei Hanne und riss ihr den Koran von den Knien.

Sie erkannte ihn sofort. Ein hübscher Junge mit regelmäßigen Zügen und großen blauen Augen. Die rotblonden Locken aus seiner Kindheit waren kurz geschnitten. Er trug keine Brille mehr. Kontaktlinsen, vermutete sie. Linus war nicht so groß wie sein Vater, aber die breiten Schultern und die großen Hände hatte er jedenfalls von Billy T. geerbt.

»Wir glauben, dass du konvertiert bist«, sagte Hanne ruhig. »Zum Islam. Das macht deinem Vater Sorgen. Sehr große sogar. Er wollte nur meine Meinung hören. Deshalb sind wir hier.«

»Islam? *Islam?*«

Linus schwenkte den Koran vor Billy T.s Gesicht hin und her.

»Das ist für die Schule, Papa. Schule, verstehst du? Macht, dass ihr hier rauskommt!«

Er war noch so jung, dass seine Stimme ins Falsett kippte. Billy T. hob beschwichtigend die Hände und ging auf die Tür zu. Hanne fuhr direkt hinterher.

»Verdammt«, schrie Linus ihnen nach, ehe er wütend die Tür zuknallte. »Ich bin zum Teufel noch mal nicht konvertiert!«

Die Konvertiten sind ein Kapitel für sich, sagte Professor Iftikhar Siddiqui und holte tief Luft. *Im Grunde wissen wir zu wenig, um überhaupt irgendeine Schlussfolgerung ziehen zu können. Wir rechnen hierzulande mit etwa tausend, aber ob die Wahrscheinlichkeit, dass sie sich radikalisieren, hoch oder gering ist, darüber wird zu wenig geforscht.*

Polizeidirektorin Silje Sørensen verfolgte die Sendung des *NRK* nur mit halbem Ohr, während sie gegen ihre hämmernden Kopfschmerzen eine Packung Paracetamol aus der Schreibtischschublade holte. Sie spülte drei Tabletten mit einem Glas Wasser hinunter, das vor ihr auf dem Tisch stand.

»Der *NRK* ist in Krisenzeiten gut«, murmelte Håkon Sand. »Würdest du das ein bisschen lauter drehen?«

»Ein norwegischer Konvertit«, sagte Silje und schüttelte den Kopf.

»Ganz so norwegisch war er ja nicht. Halber Amerikaner und mit ziemlich dunkler Haut.«

»Großer Gott, Håkon.«

Silje verdrehte die Augen und goss sich mehr Wasser aus einer Kanne mit Eiswürfeln ein.

»Der Junge heißt Jørgen Fjellstad und kommt aus Lørenskog.«

»Hieß. Und kam. Er ist, um es vorsichtig auszudrücken, ziemlich tot, so, wie die Leiche aussieht.«

Silje sah auf die Uhr an der Wand. Halb zehn. Sie hatte sich zweimal eine halbe Stunde auf dem Sofa erschlichen, davon abgesehen hatte sie seit sechsunddreißig Stunden nicht mehr geschlafen.

»Ist er einwandfrei identifiziert?«

»Nicht offiziell, aber es besteht offenbar kein Zweifel daran, dass er es ist. Dieser alte Wanderer, der ihn gefunden hat, scheint ein ziemlich harter Hund zu sein. Stand einige Kilometer von der Fundstelle entfernt, weil er dort Empfang hatte, und ist dann mit unseren Leuten zurückgegangen, um ihnen zu zeigen, wo genau er die Leiche entdeckt hatte.«

Håkon durchwühlte seine Hosentasche nach dem Tabak.

»Das bedeutet, dass die beiden Videos von gestern und heute«, sagte er dann, während er mit Daumen und Zeigefinger einen Priem formte, »vor dem Attentat auf das Büro des ISAN aufgenommen worden sein müssen. Und es bedeutet ...«

Er verstummte, als die Polizeidirektorin die Hände hob.

»Besprechung in einer halben Stunde. Dann gehen wir alles durch. Ich brauche eine kurze Pause, Håkon.«

Sie ließ sich auf ihrem Bürostuhl zurücksinken und schloss die Augen.

Die Androhung eines weiteren Bombenanschlags hatte die Alarmbereitschaft noch verstärkt. Der Polizei war vorübergehend die Erlaubnis erteilt worden, Waffen zu tragen. Alle Urlaube waren abgesagt worden, und es hatten sich sogar einige Frauen und zwei Männer in Elternzeit zum Dienst zurückgemeldet. In dem großen geschwungenen Gebäude in Grønlandsleiret 44 hatten sich seit seiner Errichtung in der Mitte der Siebzigerjahre wohl kaum je so viele Polizeibeamte gleichzeitig aufgehalten.

Auch auf den Straßen war die Polizei überall zu sehen. Jede Hundestreife war unterwegs. Sechzehn der achtzehn Polizeipferde, die in der Festung Akershus untergebracht waren, standen gesattelt und einsatzbereit. Die Polizeidirektorin hatte zudem zu der ungewöhnlichen Maßnahme gegriffen, kürzlich in den Ruhestand getretene Polizisten auf Streife zu schicken. Präsenz war jetzt angesagt.

Präsenz, Aufmerksamkeit und die Jagd nach einem Junkie in grauem Kapuzenpulli und Baseballmütze.

Die Bilder der Überwachungskameras von *TV 2* hatten der Polizei nicht viel mehr übermitteln können als die Rezeptionistin im Eingang. Ein Mann in schmutziger Kleidung und mit schlurfendem Gang hatte wortlos ein Päckchen auf den Tresen gelegt, war dann wieder auf die Straße hinausgegangen und verschwunden.

Ungepflegt, hatte die Rezeptionistin gesagt.

Ziemlich übel riechend. Bart, glaubte sie. Oder vielleicht auch nicht. Definitiv ein Weißer. Rötlich, der Bart? Vielleicht eher blond, wenn er denn überhaupt einen Bart hatte, da war sie sich wirklich nicht so sicher.

Die Kamera war leider bei Reinigungsarbeiten leicht zur Seite gedreht worden, weshalb der Mann mit dem Päckchen nur für einen kurzen Moment von der Linse eingefangen worden war, als er zur Tür hereinkam. Eine genauere Beschreibung, als die Rezeptionistin sie liefern konnte, war deshalb nicht zu bekommen.

Die Drohung eines neuen Terroranschlags war unbedingt ernst zu nehmen, aber zugleich so vage gehalten gewesen, dass man nur generelle Vorsichtsmaßnahmen treffen konnte. Silje war zum Krisenstab der Regierung einbestellt worden, sowie die Nachricht sich verbreitet hatte, zum dritten Mal innerhalb von zwei Tagen. Dort hatte es nicht an Vorschlägen für außergewöhnliche Maßnahmen zum Schutz der Bevölkerung gefehlt. Das Justizministerium war besonders weit gegangen und hatte angeregt, alle öffentlichen Veranstaltungen bis auf Weiteres abzusagen. Silje hatte sich alle Mühe geben müssen, um die Versammlung der zutiefst besorgten Minister davon zu überzeugen, dass solche Maßnahmen nur zu einer trügerischen Sicherheit führen würden. Solange sie nichts anderes hatten als die Drohung, dass Allahs Zorn die Ungläubigen treffen werde, sollte man es den Bürgern überlassen, wie sie sich verhalten wollten.

Und die Bürger hatten offenbar gewaltige Angst und blieben von sich aus zu Hause.

»Bist du noch immer hier?«, fragte Silje und rieb sich die müden Augen.

»Der da ist ziemlich interessant«, sagte Håkon Sand, griff zur Fernbedienung und stellte den Ton lauter.

»Ich hab aufgepasst«, murmelte Silje.

Das stimmte fast.

Einige Ausführungen des Geschichtsprofessors waren ihr bereits bekannt. Aber die verschiedenen Ausrichtungen innerhalb des Islam verwirrten sie immer wieder. Deutungsstreitigkeiten,

Euroislamismus und radikale Gruppierungen. Andererseits würde sich ein Polizeidirektor in Lahore wohl angesichts des Abtreibungsgegners Børre Knudsen, des Papstes und des Sexpredigers Einar Gelius, die allesamt auf denselben Gott und die Bibel schworen, nicht minder verwirrt fühlen.

Sie griff zu einer Schachtel Pfefferminzpastillen, steckte sich zwei in den Mund und schaute mit zusammengekniffenen Augen auf den Bildschirm.

Der Geschichtsprofessor war ziemlich attraktiv. Beinahe hübsch, auf eine maskuline Art.

Als ich 1971 nach Norwegen kam, war ein ethnisch norwegischer Muslim fast unvorstellbar, sagte er und lächelte kurz. *Ich war erst zehn Jahre alt, und es war nicht leicht, mich einer blendaxweißen Gesellschaft mit einer anderen Sprache anzupassen.*

»Gab es 1971 schon muslimische Einwanderer von so weit her?«, murmelte Håkon.

Als ob der Professor diese Frage gehört hätte, sagte er jetzt: *Mein Vater war einer der ersten Pakistani, die den großen Sprung gewagt haben. Er kam im Herbst 1969 hierher. Damals standen mehrere europäische Länder kurz vor der Einführung eines Einwanderungsstopps. Dänemark führte ihn dann auch im darauffolgenden Jahr ein, aber da leitete mein Vater bereits die Kantine im Ullevål-Krankenhaus und war gut integriert. Er liebte Norwegen. Liebte dieses Land.*

Der Mann lächelte wieder, jetzt länger. Silje rechnete rasch nach und stellte fest, dass er dreiundfünfzig Jahre alt war. Er sah jünger aus. Seine Gesichtshaut war glatt, sein Bart dicht, gepflegt und noch immer kohlschwarz.

Meine Mutter, meine drei jüngeren Brüder und ich kamen zwei Jahre später nach, sagte er jetzt. *Aber meine Mutter starb kurz nach unserer Ankunft. Sie war schon lange krank gewesen.*

Nun veränderte sich die Miene des Professors, er sah eigentlich eher verwundert als traurig aus. Die Moderatorin öffnete den Mund, um etwas zu sagen. Aber sie war nicht schnell genug.

Erst in den späteren Jahren haben wir einen Anstieg norwegischer Konvertiten registriert, wechselte Professor Iftikhar Siddiqui zum Thema zurück. *Und uns fehlt es wie gesagt an Kenntnissen über ihre Beweggründe. Außerdem reden wir hier von einer sehr wenig homogenen Gruppe. Einige der betreffenden Frauen haben Muslime geheiratet und sind deshalb konvertiert. Daher muss man bei ihnen nicht unbedingt von einer starken religiösen Überzeugung ausgehen.*

Er trank einen Schluck Wasser.

Die jungen Männer dagegen haben zumeist eine ziemlich radikale religiöse Reise hinter sich. Ich habe mit einigen gesprochen. Friedliche, reflektierte und tiefgläubige norwegische Muslime, die aufrichtig versuchen, den Weg des Glaubens zu gehen. Er räusperte sich, ehe er hinzufügte: *Aber natürlich können Konvertiten radikalisiert oder in Terrorbewegungen getrieben werden. Ich glaube jedoch, dass die geborenen Muslime ein größeres Problem darstellen, hier und anderswo. Erstens ...*

»Die Nachrichtenredaktionen sollten sich diesen Burschen häufiger holen«, meinte Håkon und stellte den Ton noch lauter.

»Pst«, sagte Silje.

Erstens, sagte Siddiqui noch einmal, *sind es viel mehr. Schätzungen zufolge leben hierzulande zwischen hundertzwanzig- und hundertfünfzigtausend Muslime. Mit anderen Worten, die Extremisten finden hier ein viel breiteres Feld für ihre Aktivitäten.*

Weiß man denn etwas darüber, was diese Prozesse auslöst?, warf die Moderatorin ein.

Der Professor hob die Augenbrauen und schüttelte den Kopf.

Wir wissen sehr wenig. Nun bin ich weder Verhaltensforscher

noch Theologe, Volkskundler, Psychologe, Soziologe oder Gesell-
schaftswissenschaftler ... Er unterbrach sich und lächelte. *Und ich*
glaube, die Antworten auf diese Fragen finden wir in einer Kombi-
nation all dieser Fachbereiche. Aber ich verfüge über etwas anderes,
das vielleicht ebenso wichtig ist.

Eine Kunstpause folgte.

Erfahrung, erklärte er schließlich.

Womit denn?, fragte die Moderatorin.

Das werde ich Ihnen sagen. Aber zuerst halte ich es für wichtig,
uns einmal anzusehen, was der ISAN eigentlich für eine Organi-
sation ist.

Nun haben wir in den letzten vierundzwanzig Stunden doch
sehr viel gehört über ...

Das schon. Sie hatten wichtige Fachleute zu Gast, die auch wirk-
lich sehr viel über den ISAN erzählt haben.

Silje hatte einiges davon mitbekommen. Die ISAN-Experten
gaben sich seit anderthalb Tagen bei sämtlichen Sendern die
Klinke in die Hand. Selbst die Dachorganisation, der Islamische
Rat, hatte sich mehrmals kritisch über diese junge und rasch
wachsende Organisation geäußert.

Aber über eine Seite des ISAN wurde nicht gesprochen, sagte
Iftikhar Siddiqui und beugte sich über den Tisch vor. Und *zwar*
darüber, dass er ein Kind Norwegens ist.

Bitte was?, rief die Moderatorin überrascht.

Der ISAN war und ist streng genommen eine säkulare Organi-
sation. So, wie viele junge Muslime in Norwegen streng genommen
so wenig Muslime sind, wie die meisten Menschen in Norwegen
Christen im wahrsten Sinne des Wortes sind.

Jetzt lächelte er nicht. Im Gegenteil zeigte sich über seiner Nasenwurzel eine Furche, und er stand noch immer vorgebeugt da
und starrte der Moderatorin ins Gesicht.

*Wir leben in einem Land mit zahlreichen überaus wohlange-
passten Menschen mit Migrationshintergrund*, fuhr er fort. *Unter
denen, die hier im Land geboren oder als Kind hergekommen sind,
finden sich Ärzte und Anwältinnen, Lehrer und Kindergärtne-
rinnen. Wir haben auch muslimische Parlamentsabgeordnete. Aber
sind die streng genommen Muslime?*

Jetzt verstehe ich nicht ganz ...

Die Moderatorin war unter der Fernsehschminke rot geworden und blätterte hilflos in ihren Unterlagen.

»Verdammt«, murmelte Håkon. »Worauf will er denn hinaus? Was wir gerade nicht brauchen können, ist ein Pakistani,
der die Muslime in echte und unechte unterteilt ...«

»Pst!« Silje fuchtelte mit beiden Händen.

Ich kann diese Frage natürlich nicht beantworten, sagte der Professor jetzt, und die Moderatorin atmete sichtlich leichter. *Religiöse Überzeugung ist eine zutiefst persönliche Angelegenheit. Aber
wenn wir die Frage prinzipieller angehen, eröffnen sich interessante
Perspektiven. Und ich will mich als Beispiel nehmen, um keine unverschämten Fragen über den Glauben anderer zu stellen. Ich wurde in Pakistan geboren, und als ich zehn war, wurde meine Welt auf
den Kopf gestellt. Bis dahin war der Islam ein Teil meines Lebens
gewesen. Meines ganzen Wesens. Ich wurde mit der Wurzel aus-
gerissen und verpflanzt in eine ...* Jetzt schlug er die Augen nieder,
und die bisher so selbstsichere Gestalt wirkte plötzlich auf seltsame Weise fast verlegen. *... gelinde gesagt fremde Umwelt. Nicht
feindselig, das nun wirklich nicht, ich war ja einer der Ersten und
galt als exotisch und interessant. Ich war, zusammen mit meinen
Brüdern, einer der wenigen mit dunkler Haut. Das war natürlich
nicht immer angenehm, aber man konnte damit leben. Das wirklich Einschneidende für mich war, dass die Religion eine so geringe
Rolle spielte. Ich kam aus einer Gesellschaft, in der die Religion den*

Alltag eng umschloss, in ein Leben, in dem Religiosität praktisch keine Rolle spielt. Norwegen ist kein christliches Land. Das ist es schon lange nicht mehr. Norwegen ist ein Land mit einer christlichen Geschichte und einem an sich oft sympathischen Nachhall von christlicher Kultur. Und diesen Weg gehen jetzt auch wir.

Wer ... wen meinen Sie?

Uns. Die sogenannten Muslime. Die Menschen mit muslimischem Hintergrund. Wir beginnen, uns nur noch an unseren Gott zu wenden, wenn die Lage ernst ist, und wir feiern unsere Feste vor allem, weil es ein schöner Grund ist, sich mit Freunden und Verwandten zu treffen.

Er richtete einen markanten Zeigefinger auf die Frau in dem eisblauen Kostüm.

Und da stellt sich jetzt die Frage, ob die Bezeichnung »Muslim« nicht eher ein Werkzeug für euch ist, um uns zu zeigen, wo unser Platz ist? Um uns klarzumachen, dass wir niemals ganz norwegisch sein können?

Daraufhin machte er eine Pause. Die Moderatorin schwieg, und die Redaktion versuchte, die Peinlichkeit der Lage zu mindern, indem sie zwischen allen vier Studiokameras hin und her schaltete. Das half aber nichts.

Darum geht es im Grunde beim ISAN, sagte Iftikhar Siddiqui schließlich leise. *Darum, dass norwegische Muslime eher norwegisch sein möchten als Muslime. Deshalb werden sie angegriffen. Der ISAN ist die einzige Organisation, die wir haben, die sich dessen annimmt ...*

»Verflixt«, sagte Silje, »Diesen Gedanken habe ich noch nie ... «

»Pst!« Håkon spritzte Tabaksaft aus dem Mund.

... dieses Gefühls des Außenseitertums, fuhr der Professor im Fernsehen fort.

Des Außenseitertums? Die Moderatorin wirkte erleichtert und wiederholte dieses Wort mit einem fragenden Lächeln.

Ja. Dieses Außenseitertum der Muslime ist immer vorhanden. Es ist da, ganz gleich, was man tut. Ich wohne seit dreiundvierzig Jahren hier. Ich bin Professor an der Universität Oslo und verheiratet mit einer Architektin namens Astrid. Meine Kinder heißen Karianne und Fredrik.

Aber dennoch ... dennoch erlebe ich dieses Außenseitertum, fügte er leise hinzu. *Und dieses Gefühl, diese Erfahrung, niemals ganz dazuzugehören und wirklich norwegisch zu sein, liefert den besten Nährboden für eine Radikalisierung. Das hat der ISAN erkannt, und darauf baut er auf. Unsere größte Herausforderung besteht daher in der Integration.*

Jetzt griff sich die Moderatorin plötzlich ans Ohr. Als der Professor weiterreden wollte, hob sie eilig die Hand.

Wir haben soeben eine neue Mitteilung erhalten, sagte sie und drückte mit den Fingern noch fester auf ihren winzigen Ohrhörer. *Unbestätigten Meldungen zufolge soll ...* Sie starrte den aufgeklappten Laptop vor sich an und las dann vor: *... die Polizei die Person gefunden haben, die auf den Terrorvideos der* Wahren Umma des Propheten *Drohungen ausstößt. Es soll sich dabei um einen zweiundzwanzig Jahre alten norwegischen Konvertiten aus Lørenskog handeln, und er wurde heute Nachmittag tot in Nordmarka aufgefunden. Wir schalten hinüber zu ...*

»Verdammt. So ein Mist!« Håkon Sand schlug so hart gegen die Wand, dass er auf der gewittergrauen frischen Tapete im Büro der Polizeidirektorin einen Fleck hinterließ. »Kann diese Scheißtruppe nicht ein einziges verdammtes Mal etwas für sich behalten? Sind uns nicht einmal zwei Stunden vergönnt, ohne dass irgendetwas durchsickert? Ist das zu viel verlangt?«

Silje Sørensen gab keine Antwort. Sie schaltete den Fernseher aus, ließ sich im Sessel zurücksinken und starrte ein Gemälde von Håkon Bleken an, das über der Sitzgruppe hing.

»Außenseitertum«, sagte sie so leise, dass Håkon sie unmöglich hören konnte.

Er wusste, dass er nicht war wie alle anderen. Und nicht mehr so, wie er einmal gewesen war. Als er noch aufs Gymnasium ging, auch wenn er sich gerade daran nur mit Mühe erinnern konnte.

Gunnar Ranvik fiel es überhaupt ziemlich schwer, sich an Dinge zu erinnern. Das, was er hörte und erlebte, schien sich nicht richtig in seinem, wie er wusste, ziemlich zerstörten Gehirn festsetzen zu können. Die Ärztin hatte ihm das vor vielen Jahren erklärt. Sie hatte in ihrem Sprechzimmer ein Plastikgehirn gehabt und mit einem Kugelschreiber darauf gezeigt.

Das Gehirn war widerlich gewesen.

Aber eine Sache vergaß er nie: sich um seine Tauben zu kümmern.

Der Taubenschlag war sauber und ordentlich. Das war für ihn Ehrensache. Er hatte ihn selbst gebaut. Peder hatte ihm dabei geholfen. Peder war zwei Jahre älter als er und ein feiner Bruder. Er kam oft zu Besuch und wollte immer mit in den Garten gehen und sich Gunnars Tauben ansehen.

Jetzt hatte Gunnar nur noch fünfzehn.

Der Oberst war nie zurückgekehrt.

Gunnar hatte den Oberst beweint. Er hatte lange geweint. Der Oberst war der feinste Vogel gewesen, den er jemals gehabt hatte. Der Oberst wohnte im hintersten Nistkasten, ganz hinten im Schlag. Den hatte er sich selbst ausgesucht, alle Tauben markierten ihr Revier und behielten es, bis ein stärkerer Artgenosse es ihnen wegnahm.

Bei dem Oberst hatte das nie einer versucht.

Jetzt war Pu der Älteste seiner Vögel. Pu war am späten Vormittag zurückgekommen und brauste jetzt neben seiner Gefährtin mit den Federn. Die arme Ingelill lag einsam und stumm auf ihren Eiern. Gunnar mochte sie nicht ansehen, dann würde er nur wieder losweinen. Mama hatte sein Weinen so satt, vor allem, wo es doch sein Geburtstag war. Er hatte fast nichts von der Torte essen können, obwohl die mit teuren Erdbeeren aus Belgien verziert war. Er mochte Erdbeeren, aß aber am liebsten die norwegischen. Die gab es erst im Juni. Oder vielleicht im Juli.

Im Sommer, dachte er und fing an, den Boden zu fegen.

Im Sommer würde er baden.

Es war spannend, Tauben zu halten. Gunnar liebte die Wettbewerbe. Es war viel Arbeit, einen guten Wettbewerbsvogel heranzuzüchten. Der musste trainiert werden, genau wie ein Leistungssportler. Auch das Futter war wichtig. Gunnar gab viel Geld für gutes Futter aus, Nüsse und Körner und Leckerbissen. Mineralien waren auch wichtig. Und Vitamine. Manche meinten, dass die Vögel besser fliegen würden, wenn man in der Wettbewerbssaison die Weibchen von den Männchen trennte. Sie ließen die Tiere nur vor jedem Wettflug für einen oder zwei Tage zusammen, um ihr Heimweh zu vergrößern. Das brachte Gunnar nicht übers Herz. Er ließ *natürlich* fliegen, wie es hieß, und seine Tauben durften es sich nach Herzenslust miteinander gemütlich machen.

Sie waren so niedlich zusammen, seine Tauben.

Mama fuhr ihn meistens zu den Abflugorten.

Oder Peder. Peder war lieb.

Gunnar liebte die Wettbewerbe mit seinen Vögeln, aber noch hatte die Saison nicht begonnen. Es war noch zu kalt. Vielleicht hatte der Oberst es deshalb nicht geschafft.

Obwohl die Vögel Training brauchten, mochte er sie nicht

ausleihen. Deshalb hatte er Nein gesagt. Aber da war Mama böse geworden. Das wurde sie nicht so oft, und es machte ihm ein wenig Angst, wenn sie dunkle Augen und eine hohe, ein wenig schrille Stimme bekam.

Die arme Ingelill. Sie sah zu zerzaust und einsam aus. Gunnar stellte den Besen weg und hob den Vogel behutsam auf, auch wenn Ingelills Anblick ihm so zu schaffen machte. Sie hatte die schönsten Augen von allen. Braunrot, fast wie Feuer, mit knotigen und ganz grauen Lidern.

Er liebte den Geruch der Tauben. Gunnar liebte den Geruch von Tieren generell. Er liebte Ställe und Scheunen und nasse Hunde. Vor allem aber liebte er den trockenen, warmen Geruch zufriedener Tauben. Einer seiner Mitwettbewerber hatte einmal gesagt, dass Brieftauben nach Hoffnung und Liebe dufteten. Das begriff er nicht, Liebe roch doch nach nichts.

Ingelill vermisste den Oberst. Da war er sich sicher.

Einmal hatte auch Gunnar eine Freundin gehabt. Aber das hatte niemand gewusst. Allerdings fragte er sich ab und zu, ob er sich das nicht doch nur einredete. Dass sie gar nicht seine Freundin gewesen war.

Aber im Grunde war er sich ganz sicher.

Deshalb hatte er niemals etwas über sie gesagt.

»Ingelill«, flüsterte er in das weiche Gefieder.

Sie war grau, mit helleren Flügeln. Ihr Kopf war dunkel, und die Federn auf ihrem Kopf schimmerten fast bläulich in dem Licht, das durch die offenen, mit Maschendraht bedeckten Fenster oben in der Wand fiel.

Seine Freundin war genauso hübsch gewesen.

Ihre Haare waren auch blau, dachte Gunnar und lächelte.

Karina hatte blaue Haare gehabt und war so geheim gewesen, dass niemand etwas von ihnen beiden erfahren durfte. Nicht damals und nicht jetzt, und er hatte keine Ahnung, was aus ihr geworden war.

Es war so schrecklich, schrecklich lange her.

Billy T. hatte sich schon seit Ewigkeiten nicht mehr so hilflos gefühlt. Das Leben war zwar schon lange Zeit nicht mehr besonders gut. Den Frühling 2003 hatte er mit Selbstvorwürfen und dem immer dringlicheren Versuch verbracht, die schwer verletzte Hanne Wilhelmsen zu einem Gespräch zu überreden. Aber sie wollte ihn nicht sehen, nicht einmal für die wenigen Minuten, die ausgereicht hätten, um sie um Verzeihung zu bitten. Es war seine Schuld, dieses Gefühl hatte er lange gehabt. Er hätte alles verhindern müssen.

Er war einige Sekunden zu spät in diese verdammte Hütte in Nordmarka gestürzt und hatte den Schuss nicht mehr verhindern können. Das nächste halbe Jahr über hatte er die Bilder immer wieder vor Augen. Vor allem abends. Das Einschlafen war ihm schwergefallen. Er suchte nach den Fehlern, die er gemacht hatte. Es war einfach irrsinnig von Hanne Wilhelmsen gewesen, zu einem korrupten Polizisten auf der Flucht in die Hütte zu stürzen, zu einem Mörder, der vermutlich bewaffnet und jedenfalls reichlich verzweifelt war. Sie hatten die Hubschrauber schon gehört, Hanne und er, die Verstärkung sollte in wenigen Minuten eintreffen, und Billy T. war auf dem Eis gestürzt. Wäre das nicht passiert, hätte er sie aufhalten können. Hanne hatte etwas darüber gesagt, dass er Spikes benutzen sollte. Sie hatte gelächelt, glaubte er sich zu erinnern, ehe sie zu dem Mann hineingelaufen war, der sie um ein Haar getötet hätte.

Erst später in jenem Sommer hatte Billy T. aufgehört, sich Vorwürfe zu machen. Er war eben gestürzt. Daran trug niemand die Schuld. Er war einige Sekunden zu spät gekommen. Daran ließ sich nichts mehr ändern. Irgendwann gab er seine Versuche auf, Hanne zu sprechen. Das Leben ging seinen holprigen Gang, aber es wurde nie wieder wie früher. Es kam zu noch einer Trennung, noch ein Kind wurde geboren, als Folge einer dreiwöchigen Affäre, die schon nach der ersten Nacht zum Tode verurteilt gewesen war. Er war einige Male umgezogen, und die Unterhaltszahlungen wurden erst erträglich, als seine ältesten Jungen achtzehn wurden und er keine finanzielle Verantwortung mehr für sie trug. Er sah die Kinder nur, wenn sich das absolut nicht vermeiden ließ. Was mit jedem weiteren halben Jahr seltener der Fall war.

Obwohl er sich immer mehr in Grønlandsleiret 44 aufhielt – es kam vor, dass er sogar auf irgendeinem Sofa im Präsidium übernachtete –, wurde er doch nie mehr der alte Billy T. Hatte er früher ein gelassenes, aber ergebnisreiches Verhältnis zu Regeln und Vorschriften, kam seine Vorgehensweise mit der Zeit zunehmend einem Gesetzesbruch gleich. Was zum Ausstieg aus der Truppe führte.

Das Leben war einfach nicht mehr so wie damals, als Hanne Wilhelmsen die Königin des Polizeidistrikts Oslo gewesen war und er ihr Schildknappe.

Aber er war irgendwie zurechtgekommen in den letzten Jahren.

Jetzt wusste er nicht einmal, wohin mit seinen Händen.

»Mir ist klar, dass ich nicht der beste Vater aller Zeiten war«, sagte er leise und versuchte, Blickkontakt zu Linus aufzunehmen. »Nicht für dich und nicht für die anderen. So gesehen komme ich nach meinem Alten. Der ist abgehauen, als ich vier war, und meine Mutter musste zusehen, wie sie zurechtkam. Er brachte Weihnachtsgeschenke vorbei, wenn er zufällig daran dachte, und hat mich in meiner Jugend in einige zwielichtige Geschichten hineingezogen, auf die ich nicht besonders stolz bin. Kein guter Vater. Genau wie ich. Aber das bin ich nun einmal. Dein Vater.«

Der junge Mann gab keine Antwort. Er sah ihn auch nicht an. Saß nur ein wenig zusammengesunken im Sessel, die Arme hingen schlaff nach unten. Sein Gesicht war vollständig ausdruckslos.

»Ich bin froh darüber, dass du zu mir gezogen bist«, fuhr Billy T. fort und faltete zum dritten Mal in einer Minute die Hände. »Wirklich. Von mir aus kannst du ruhig hier wohnen bleiben. Jedenfalls, bis du mit der Schule fertig bist. Du rechnest doch damit, in diesem Jahr noch den Abschluss zu machen?«

Linus zuckte mit einer Schulter und schüttelte den Kopf.

»Kann ich jetzt gehen?«

»Nein.«

»Wenn ich also aufstehe und in mein Zimmer gehen will, wirst du mich dann davon abhalten? Mit Gewalt?«

»Nein. Ich rufe einen Schlosser an und gebe dir eine Stunde zum Packen, ehe ich dich vor die Tür setze.«

Er hoffte, dass sein Sohn diesen Bluff nicht durchschauen würde.

Linus blieb immerhin sitzen. Jetzt blickte er aus dem Fenster. Träge und mit zusammengekniffenen Augen, wie kurz vor dem Einschlafen. Billy T. seufzte und verschränkte die Hände im Nacken. Sie hatten kein Licht eingeschaltet, und die Dunkelheit lagerte vor den schmutzigen Fensterscheiben. Billy T. stand auf und knipste eine Stehlampe bei der Sofagruppe und die Hängelampe über dem Esstisch an, an dem sie saßen.

»Bist du dir sicher?«, fragte Linus plötzlich.

»Womit?«

»Dass du wirklich mein Vater bist?«

Billy T. goss sich aus einer Thermoskanne Kaffee in eine bereits halb volle Tasse. Er sah, dass seine Hände zitterten, und setzte sich wieder.

»Das ist eine Beleidigung deiner Mutter.«

»An der habe ich keine Zweifel. Ich frage nur, ob …«

Billy T. knallte die Faust so energisch auf den Tisch, dass die Kaffeetasse überschwappte. Linus setzte sich blitzschnell gerade auf.

»Ich habe nie an den Worten deiner Mutter gezweifelt, wer dein Vater ist«, fauchte Billy T. »Dazu hatte ich auch niemals irgendeinen Grund, weder bei dir noch bei meinen anderen Kindern. Über Frauen hast du noch einiges zu lernen, Linus. Das Erste ist, dass sie in dieser Hinsicht eigentlich nie lügen. Wenn eine Frau dir sagt, dass du sie geschwängert hast, dann hast du sie geschwängert. Schluss, aus.«

Wieder schlug er auf den Tisch. Diesmal mit der Handfläche. Hart.

Es tat weh. Aber er verzog keine Miene. Er starrte den jungen Mann auf der anderen Seite des Tisches an, und ihn überkam ein fast unwiderstehlicher Drang aufzustehen. Den Jungen zu umarmen. Ihn so fest an seine Brust zu drücken, dass er für immer dort bliebe. Er wollte Linus mit aller Liebe überschütten, die er für ihn empfand, die er für alle seine Kinder empfand, die aber nie ausgereicht hatte, um aus ihm einen guten Vater zu machen. Er wollte seinen Sohn zum Reden bringen, aber er kannte ihn nicht mehr. Vermutlich hatte er ihn nie gekannt.

»Ja, von Frauen hast du schließlich Ahnung, Papa. Vor allem weißt du, wie man eine festhält.«

Linus sah ihn endlich an. Billy T. glaubte, in seinen Augen etwas zu erkennen, das Angst sein mochte, und er atmete zweimal ruhig durch, ehe er sich räusperte und weiterredete:

»In der Hinsicht habe ich offensichtlich keine Goldmedaille verdient. Da hast du recht. Und ein besonders toller Vater war ich auch nicht, wie gesagt. Es hilft dir vielleicht nicht, das zu hören, aber bei deinen älteren Brüdern ist es mir besser gelungen.

Als du noch ganz klein warst. Als ihr klein wart. Dann bin ich …
irgendwie versunken. Aber jetzt bin ich hier. Linus, jetzt bin ich
hier.«

»Ich bin zweiundzwanzig Jahre alt. Da kommst du ein bisschen spät, findest du nicht?«

»Doch. Es ist spät. Aber weißt du nicht mehr …«

Er konnte nicht still sitzen. Also stand er auf und ging zu dem
großen Fenster neben der Tür zu einem Balkon, auf dem ein ver-
dorrter Weihnachtsbaum und ein defekter Gasgrill standen.

»Es war doch auch schön, Linus. Als du klein warst. Weißt du
nicht mehr, was wir alles unternommen haben? Mit Hanne zum
Beispiel. Weißt du noch, wie wir mit Hanne auf dem Motorrad
zum Johannisfeuer nach Son gefahren sind? Du hast bei mir hinten draufgesessen, da warst du ungefähr zehn, und du …«

»Ich war achteinhalb. Und es war das einzige Mal, dass du
mich zu irgendetwas außerhalb von Oslo mitgenommen hast.
Ich kann mich verdammt gut an diese Tour erinnern, Papa. Es
hat geregnet, als wir losgefahren sind, aber abends wurde es dann
wunderschön. Ich durfte so viel Limo trinken, wie ich wollte, und
du warst in Schweden gewesen und hattest eine riesige Tüte Sü-
ßigkeiten gekauft. Wir haben in einem grünen Zelt übernachtet,
und ich bekam einen Schlafsack mit *Star Wars*-Motiven.«

Billy T.s Herz wurde schwer, als Linus *Star Wars* erwähnte.
Darth Vader war pulverisiert worden.

Billy T. war am Dienstagvormittag mit der Figur unter der
Achsel nach Hause gegangen, statt zu Hanne zurückzukehren. Im
Kellerraum hatte er Darth Vader dann in einen Müllsack gesteckt
und mit einem Hammer zerschlagen. Auf einem Spaziergang
durch den Hafen, von Vippetangen nach Aker Brygge, hatte er
die winzigen Kunststoffteilchen ins Meer geworfen. Eines nach
dem anderen, ab und zu auch mal zwei, aus einer mit Brotkrü-

meln gefüllten Tüte. Er hatte aussehen wollen wie ein Vogelliebhaber. Ob die Möwen an dem mit Plastik gemischten Futter krepierten, auf das sie sich schreiend stürzten, war ihm so was von egal gewesen.

Die Figur durfte nicht mehr existieren.

Jetzt gab es sie nicht mehr.

Er war so aufgewühlt gewesen, dass er zum Duschen hatte nach Hause gehen müssen. Danach hatte er sich aufs Sofa gelegt, um ein wenig die Augen zu schließen. Als er aufwachte, war es zehn Uhr. Hanne interessierte sich nicht dafür, was er am Vormittag getrieben hatte, als er dann endlich und viel später als abgemacht bei ihr auftauchte. Zum Glück, sonst hätte er ihr vielleicht alles erzählt.

Linus' gravierte Darth-Vader-Figur war etwas, wovon niemand erfahren durfte. Es war schlimm genug, dass die Uhr des Jungen am Tatort gefunden worden war, aber das hatte er ja so einigermaßen überzeugend erklären können. Darth Vader bedeutete eine viel größere Bedrohung, da diese Figur die Polizei dazu gebracht hätte, Linus genauer unter die Lupe zu nehmen.

Das durfte auf keinen Fall passieren.

»Also ja, Papa. An den Ausflug kann ich mich erinnern. Aber kaum an mehr. Aus meiner Kindheit mit dir. Abgesehen von endlos vielen Stunden im Polizeigebäude. Du musstest nur schnell dies und du musstest nur schnell jenes. Ich glaube, verdammt noch mal, dass ich in den Jahren Hanne und deine anderen Kollegen mehr gesehen habe als dich.«

Billy T. kehrte Linus noch immer den Rücken zu.

»Das weiß ich. Das weiß ich, Linus. Aber dass ich so wenig Zeit für dich hatte, bedeutet nicht, dass ich dich nicht liebe. Das tue ich. Und im Moment habe ich ziemliche Angst, dass du in etwas hineingeraten bist, das du nicht im Griff hast. Und wenn du nicht bald redest, muss ich deine Mutter anrufen und fragen, was passiert ist. Warum du zu mir gekommen bist, meine ich.«

»Das tust du verdammt noch mal nicht!«

Billy T. drehte sich wieder um. Er ging ruhig zurück zum Tisch. Der Junge saß nun aufrecht auf der Stuhlkante, wie zum Sprung bereit. Seine Wangen waren gerötet, aber er rang sich ein Lächeln ab. Dann ließ er sich wieder zurücksinken und verschränkte die Arme vor der Brust.

»Wenn du das tust, bin ich weg hier. Ich habe Freunde, bei denen ich wohnen kann.«

»Was für Freunde?«

»Viele.«

»Wen denn?«

Linus zuckte mit den Schultern und wiederholte: »Viele.«

»Andreas zum Beispiel? Oder Arfan, wie er sich heutzutage nennt?«

Zum ersten Mal wirkte Linus unsicher. Er schluckte und fing an, an seinem ohnehin schon abgenagten Daumennagel zu knabbern. Es war deutlich, dass er versuchte, sich zusammenzunehmen, als er Billy T.s Blick erwiderte, aber das Zucken seiner Augenlider zeigte, dass er lieber weggeschaut hätte.

»Wo ist deine Uhr?«, fragte Billy T., der diesen Augenblick der Unsicherheit sofort ausnutzen musste.

»Welche Uhr?«

»Frag nicht so blöd. Die du von mir bekommen hast. Die alte goldene Uhr meines Vaters. Wo ist die?«

Linus zuckte wieder mit einer Schulter, legte den Kopf schräg und sagte etwas Unverständliches.

»Wie bitte?«, fragte Billy T. scharf.

»Weiß nicht so genau. In meinem Zimmer vielleicht.«

»Dann kannst du sie mal kurz holen? Ich würde gern deinen Namen eingravieren lassen, wie wir das abgemacht haben.«

»Warum zum Teufel redest du jetzt von dieser verdammten Uhr?«, fragte Linus, schien aber nicht aufstehen zu wollen.

»Weil sie nicht in deinem Zimmer ist.«

Linus fing an, sich auf dem linken Handrücken zu kratzen.

»Sie liegt nämlich bei der Polizei«, sagte Billy T.

Linus erstarrte. Im wahrsten Sinne des Wortes. Seine Finger hielten inne, und er schien den Atem anzuhalten.

»Und was ich verdammt noch mal zu gern wüsste«, fuhr Billy T. jetzt mit leiser Stimme fort, »ist, wie meine Uhr, die Uhr meines Vaters, die du von mir bekommen hast, in den Räumen des ISAN gelandet ist, wo sie in Stücke gesprengt wurde.«

Linus erblasste. Die wütenden roten Flecken verschwanden von seinen Wangen, und er schluckte und legte das Gesicht für einen kurzen Moment auf die Tischplatte. Dann sprang er auf und rannte zur Tür. Dort drehte er sich um und ging zwei Schritte zurück auf seinen Vater zu.

Sein Gesicht war jetzt kreideweiß.

Billy T. sprang ebenfalls auf und reckte sich zu seiner vollen Größe.

Der Junge wich nicht einen Fingerbreit zurück.

»Ist mir scheißegal, was du glaubst. Ich bin dir rein gar nichts schuldig. Keinen Scheiß. Du hast nie irgendwas für mich getan. Wenn du dir einbildest, die blöde Uhr könnte mich für alle Fußballspiele entschädigen, zu denen du nicht gekommen bist, für alle Schulabschlussfeiern, bei denen du nicht aufgetaucht bist, für alle …«

Billy T. überragte seinen Sohn um eine halbe Haupteslänge. Er versuchte, ihm die Hand auf die Schulter zu legen, aber sie wurde sofort weggeschlagen.

»... dann irrst du dich«, schnaubte Linus. »Dann irrst du dich gewaltig. Wenn es für dich in Ordnung ist, dass ich weiter hier wohne, dann tue ich das. Wenn nicht, finde ich was anderes. Aber glaub ja nicht ...«

Er trat einen halben Schritt auf seinen Vater zu. Sie standen so dicht voreinander, dass Billy T. den Kaffeegeruch von Linus' Atem wahrnahm.

»... dass ich dir irgendwas erzählen werde. Aber eines kann ich dir garantieren, Papa. Eines kannst du mir wirklich glauben.«

Er schloss für zwei Sekunden die Augen. Als er sie wieder öffnete, war sein Blick wie verwandelt, und seine blauen Augen wirkten düster und grau. Billy T. wäre gern einen Schritt zurückgewichen, zwang sich aber, stehen zu bleiben.

»Ich bin nicht konvertiert. Ich werde nicht konvertieren. Ich glaube an keinen Gott. Und wenn ich jemals religiös werde, dann werde ich mich jedenfalls nicht ...«

Billy T. merkte, dass er fror. Adrenalin jagte ihm durch den Leib, und er bekam eine Gänsehaut. Dabei hatte er sich in seinem Leben bereits mit so vielen Menschen auseinanderzusetzen gehabt. Gewaltopfern, Hinterbliebenen von Ermordeten, Mördern, Dieben und Psychopathen. Mit allen hatte Billy T. schon zu tun gehabt, manche waren gezeichnet von Trauer und Schock, andere gleichgültig oder besessen von Dummheit und ab und zu Bosheit.

Linus kniff die Lippen zu einem Strich zusammen, dann holte er tief Luft.

»Diesen Affen würde ich mich jedenfalls nicht anschließen«, fauchte er. »Da kannst du Gift drauf nehmen.«

Er fuhr herum und marschierte aus dem Raum. Sekunden später wurde seine Zimmertür zugeknallt.

Billy T. blieb stehen. Er fror noch immer. Er hatte viel gesehen und war vielen Menschen begegnet. Einst war er ein guter Polizist gewesen. Einer von den besten, der Meinung waren auch andere gewesen. Seine Karriere hatte auf seiner Menschenkenntnis basiert, und seinerzeit war er ein Meister in der Kunst gewesen, Lüge und Wahrheit zu unterscheiden. Jetzt wusste er zwei Dinge über seinen Sohn.

Linus sagte die Wahrheit.

Das hätte eine Erleichterung sein müssen. Eine große und tiefe Erleichterung, wenn er da nicht noch etwas in den Augen seines Sohnes gesehen hätte. In der Mimik und der Körpersprache, aber vor allem tief in diesen grauen Augen, die nicht mehr blau waren.

In Linus lebte der Hass.

»Ich kann Cola nicht vertragen«, murmelte Lars Johan Austad und schob die Flasche zurück über den Tisch. »Haben Sie kein Solo? Mir wäre eine Limo lieber.«

Der Ermittler lächelte, obwohl er seit über einer Stunde in dem engen Vernehmungsraum saß, ohne sich irgendwelchen Hinweisen, die der Polizei nützlich sein könnten, auch nur um einen Fingerbreit zu nähern.

»Klar kannst du eine Limo kriegen«, antwortete er. »Wenn du mir auch etwas gibst.«

»Aber ich habe doch alles gesagt, was ich weiß«, jammerte Schuh. »Ich wollte in den Burger King und die Abfalleimer durchsuchen. Ich stand vor dem Café auf der anderen Straßenseite, und dann stand plötzlich jemand hinter mir. Und dann ...«

Er griff nach der Colaflasche und öffnete sie.

»Verdammt«, murmelte er. »Ich hab so einen Scheißdurst.« Er leerte die Flasche zur Hälfte. »Woher habt ihr gewusst, dass ich das war?«, fragte er und wischte sich mit einem verdreckten Jackenärmel über den Mund.

»Aber Schuh. Sowie wir die Personenbeschreibung hatten,

wussten wir es. Ihr schlurft ja alle, aber du besonders. Kriegsverletzung, nicht wahr?«

»Mhm.« Schuh nickte. »Solo«, sagte er dann und hielt dem Ermittler die halb volle Colaflasche hin.

Der Polizist gab keine Antwort. Er ließ sich auf dem Stuhl zurücksinken und seinen Kugelschreiber auf den Tisch fallen, dann verschränkte er die Arme vor der Brust.

»Tausend Kronen«, fasste er zusammen. »Von einem wildfremden Kerl. Den du nicht gesehen hast, weil er dich von hinten umarmt hat!«

»Der hat mich nicht von hinten umarmt!« Schuh sah den Ermittler voll Abscheu an.

»Er hat die Arme hier durchgeschoben ...« Er zeigte auf seine Nieren. »Und er hat Handschuhe angehabt. Ich habe also keine Ahnung, ob er schwarz, weiß oder gelb war. Aber er sprach Norwegisch. Sehr gutes Norwegisch. Ich hab mich zu *TV 2* geschleppt und das Päckchen abgeliefert. Dann bin ich wieder gegangen. *That's it.*«

Der Ermittler zog eine Zigarette aus der Hemdentasche. Er drehte sie kurz zwischen den Fingern, dann steckte er sie sich hinters Ohr und musterte die übel riechende Gestalt auf der anderen Seite des Tisches.

»Würdest du gern duschen, Schuh?«

»Ja, bitte.«

»Ich hab auch saubere Kleidung hier. Die Sachen sind dir sicher zu groß, aber sie sind besser als das, was du am Leib trägst.«

»Sie sind lieb«, entgegnete Lars Johan Austad. »Ich hab es schon so oft gesagt: Ohne euch bei der Polizei wäre ich längst krepiert.«

Der Ermittler lächelte resigniert und gab eine Mitteilung in sein iPhone ein.

Aus Schuh nix rauszukriegen. Redet wie immer die
Wahrheit. Weitergeben: Sackgasse.

Er schickte die Mitteilung ab und steckte das Telefon wieder in
seine Gesäßtasche.

Schuh hatte wirklich eine Dusche und ein paar alte Kleider
verdient. In der Armee war er Bombenexperte gewesen, wie der
Ermittler gerüchteweise gehört hatte, und offenbar hatte er im
Kosovo die Hölle durchgemacht.

Der Mann ist eigentlich ein Held, dachte er und ging den
Gang entlang hinter Schuh her. Der arme Teufel wusste sehr gut,
wo sich hier die Duschen befanden. Streng genommen hatte der
Ex-Soldat nur im Polizeigebäude die Möglichkeit, sich richtig zu
waschen.

Das Gefühl, ungerecht behandelt worden zu sein, wollte nicht
weichen. Während die anderen im Polizeigebäude rund um die
Uhr mit der Terroraktion in Frogner beschäftigt waren, war er offenbar zu einem schnöden Laufburschen degradiert worden.

Und besonders viel zu tun würde er offenbar auch nicht haben.

Henrik Holme hatte Hanne Wilhelmsen auf ihren Befehl
hin am Vormittag verlassen. Ohne irgendeinen Hinweis darauf,
wann er zurückkommen sollte. Als er sich mit hängendem Kopf
zu diesem Auftrag als Verbindungsmann zwischen der Polizeidirektorin und dieser seltsamen Frau im Rollstuhl bereit erklärt
hatte, hatte er den Eindruck gehabt, sie sollten irgendeine Art
von Zusammenarbeit entwickeln. Er hatte nicht gedacht, dass er
der ehemaligen Hauptkommissarin nur behilflich sein sollte, indem er Aktentaschen zwischen Grønland und Frogner hin- und
herschleppte.

Jedenfalls hatte er das gehofft.

Es war gerade erst neun gewesen, als er ins Polizeigebäude zurückgekehrt war. Den restlichen Tag war er tatenlos auf den Gängen hin und her gelaufen, bis ihm eingefallen war, dass er von allen Unterlagen für Hanne Wilhelmsen ja vorher Fotokopien angefertigt hatte. Inzwischen war der Tag allerdings schon so alt, dass Henrik streng genommen Feierabend machen konnte. Aus einem Impuls heraus nahm er die Unterlagen über einen der Fälle mit, nämlich den der 1996 verschwundenen Siebzehnjährigen.

Er steckte den Ordner in die kürzlich online gekaufte Fliegerjacke und ging nach Hause.

Er besaß eine winzige Zweizimmerwohnung in Grünerløkka, die er sich jedoch ohne das großmütterliche Erbe niemals hätte leisten können. Seine Großmutter war im Vorjahr gestorben, und er war so verzweifelt gewesen, dass er nicht einmal an ein mögliches Erbe gedacht hatte, doch dann hatte ein Anwalt angerufen und mitgeteilt, dass ihm achthundertfünfzigtausend Kronen und ein alter Fernseher zustanden. Den Rest der Kaufsumme hatte er sich bei der Sparkasse des kleinen Ortes leihen können, wo er aufgewachsen war und wo seine Eltern noch immer wohnten.

Henrik Holme fühlte sich in Løkka wohl. Er kannte dort niemanden und grüßte sich lediglich mit einem Gemüsehändler in der Nordre gate und einer alten Dame, die in der Wohnung unter seiner wohnte. Eine bekannte Fußballspielerin, die nach vielen Jahren in der Nationalmannschaft jetzt im Fernsehen Spiele kommentierte, grüßte ebenfalls immer, wenn sie ihn sah. Sie kam aus Bergen und war recht sympathisch. Die Leute aus Bergen waren meistens sympathisch, das war Henrik Holmes aufgefallen. Sie sagten eigentlich immer, was sie meinten. Mit dieser Frau gab es also drei Menschen, die ihn grüßten. Viel mehr waren es nicht. Henrik hatte überhaupt nur sehr wenige Freunde, auch wenn die Kollegen ihn ab und zu zu einem Freitagsbier einluden. Er verstand sie nicht sehr gut. Ihm schien es, als ob sie in Codes redeten, und in der Freizeit lachten sie dauernd über Dinge, die Henrik absolut nicht komisch finden konnte. Er war ziemlich sicher, dass sie ihn aus Mitleid dazubaten, und fast immer waren es die Kolleginnen, die in seinem Büro vorbeischauten und ihn einluden mitzukommen. Sie waren wohl fürsorglicher als die Männer. In der Regel mündeten die Abende darin, dass sich die ganze Bande betrank. Nach ein oder zwei Stunden kam er sich überflüssig vor und ging lieber nach Hause.

Jetzt saß er allein an einem weißen Esstisch für zwei, der gerade so in die winzige Küche passte. Vor ihm lagen die Unterlagen über Karina Knophs ungeklärtes Verschwinden. Er hatte sie durchgeblättert, ohne sich wirklich in etwas zu vertiefen.

Oslo hatte sich überraschend wenig verändert, dachte er plötzlich.

Nach dem 22. Juli war Henrik Holme in den Fall des misshandelten Achtjährigen aus Grefsen vertieft gewesen. Dennoch hatte er die Stimmung registriert, die bedrückte Atmosphäre. Er hatte seine Mutter überrascht, als er ihr seine Eindrücke am Telefon geschildert hatte. Seltsamerweise hatte sie erfreut geklungen, weil ihm überhaupt etwas so Vages wie eine Stimmung aufgefallen war.

Dieselbe Atmosphäre herrschte jetzt, allerdings wirkten die Menschen ängstlicher. Als er nach Hause gekommen war, hatte er auf *vg.no* einen Bericht über zwei fünfzehn Jahre alte Jungen gelesen, die am Vorabend zusammengeschlagen worden waren. Die Jungen stammten aus dem Iran. Die Angreifer, diese jugendlichen Schläger, waren Norweger. Die Autorin des Artikels war aus dem Irak geflohen, und sie kritisierte die aufkommende Stimmung gegen die Muslime in Norwegen.

Vg.no hatte das Kommentarfeld schließen müssen. Und dafür

war so einiges an rassistischem Dreck nötig, das wusste Henrik Holme.

Seltsam, dachte er und nippte an seinem glühend heißen Tee. Muslime waren doch die Zielscheibe des Terrorangriffs gewesen. Und nun wurden sie auch noch beschimpft.

Aber der Terroranschlag war leider nicht sein Fall.

Sein Fall lag vor ihm.

Es fiel ihm schwer, wirkliches Interesse für ein mögliches Verbrechen aufzubringen, das sich während seiner Kindheit ereignet hatte. Diese Kopien rochen jedenfalls ebenso alt wie die, die er Hanne Wilhelmsen gebracht hatte. Er blätterte zurück zu dem Bild der Verschwundenen.

Sie war hübsch, fand er.

Er fand aber die meisten Mädchen hübsch.

Bald würde er dreißig werden und hatte noch nie eine Freundin gehabt. Er würde jede nehmen, dachte er. Jedenfalls diese da, falls sie ihn haben wollte.

Die blauen Haare waren natürlich schon ein bisschen seltsam, aber die Nase war niedlich. Eine leichte Stupsnase. Er glaubte, auch einige Sommersprossen über der Nasenwurzel zu erkennen, und ihre Augen waren sehr hell. Vielleicht war sie eigentlich rothaarig.

Henrik hatte nichts gegen Rothaarige.

Vermutlich war sie tot.

Er war fast sicher, dass sie tot war, da seit achtzehn Jahren niemand mehr etwas von ihr gehört oder gesehen hatte. Natürlich gelang es manchen, spurlos zu verschwinden und sich an einem anderen Ort ein neues Leben aufzubauen. Aber das wurde immer schwerer, da die Welt kleiner und das Internet größer wurde. Außerdem ging Henrik davon aus, dass ein solches Abtauchen viel größere Mittel erforderte, als einer siebzehnjährigen Schülerin zur Verfügung gestanden hätten.

Nein, sie war tot.

Sie konnte ins Wasser gefallen sein.

Im Wald versteckt sein.

Ihre Überreste konnten überall liegen.

Ebenfalls zu den Dingen, die immer schwerer wurden, gehörte das Verstecken einer Leiche. Ein toter Mensch machte überraschend stark auf sich aufmerksam. Da war natürlich der bald einsetzende Geruch, und sechzig bis neunzig Kilo Fleisch lösten sich auch nicht so einfach in Luft auf. Er hatte über einen alten Fall in England gelesen, bei dem der Mörder sein Opfer in Lauge aufgelöst hatte. Oder war das Gerbsäure gewesen? Egal: Zwei Gallensteine ließen sich nicht zersetzen, und dadurch wurde der Mörder überführt. Angesichts der immer größeren Bevölkerungsdichte und einer Polizeitruppe, deren Kompetenz, Ausrüstung und Methoden ständig besser wurden, konnte er gut verstehen, dass jemand versucht hatte, eine Leiche in einer Geröllhalde in Nordmarka zu verstecken.

Überall wurde über den tot aufgefundenen norwegischen Konvertiten geschrieben. Henrik hatte im Netz gesurft, als er nach Hause gekommen war. Während er mit großem Appetit Frikadellen mit Kartoffeln und gedämpftem Kohl von der Firma Fjordland verzehrt hatte, hatte er festgestellt, dass an Details hier wirklich nicht gespart wurde.

Es war vielleicht nicht so seltsam, dass die Leiche zerstückelt worden war, überlegte er nun. Schließlich war es fast unmöglich, einen ganzen Menschenleib in den Norden von Øyungen zu schaffen, ohne ihn vorher zu zerteilen. Dort draußen bestand Fahrverbot für alle, die keine Zulassung und keinen Schlüssel für die Schranken hatten. Außerdem hatte Henrik auf einer Karte gesehen, dass man bis zum Fundort eine ziemlich weite Strecke auf einem ziemlich schmalen Pfad zurücklegen musste.

Ohne den Hund wäre der Tote vielleicht niemals gefunden worden.

Henrik Holme mochte Hunde nicht. Er hatte sogar furchtbare Angst vor ihnen. In den letzten zwei Jahren hatte er angefangen, in Nordmarka zu wandern und Rad zu fahren. Ohne die vielen frei laufenden Hunde wäre es dort perfekt gewesen. Selbst wenn Leinenzwang herrschte, liefen die Viecher frei herum, und ihre Besitzer grinsten und winkten und behaupteten, die Hunde wollten nur spielen.

Er verabscheute Hunde wirklich zutiefst.

Während es in Nordmarka von Hunden nur so wimmelte, waren dort fast keine Einwanderer unterwegs, dachte er dann, während er den Blick auf dem Bild von Karina Knoph ruhen ließ. Sie schienen einfach nicht nachvollziehen zu können, wozu es gut sein sollte, im Wald herumzulaufen, ohne ein anderes Ziel, als die Natur zu genießen. Sogar ein Kollege, der so alt wie Henrik und in Norwegen geboren war, schaltete auf Kanaksprak um und verspottete die anderen, wenn sie von einer Campingtour erzählten.

Wenn Henrik sich das genauer überlegte, dann war ihm dort draußen kaum je ein dunkelhäutiger Mensch begegnet, und wenn, dann nur in unmittelbarer Nähe zur Stadt.

Sicher hatten Norweger den Toten dorthin gebracht. Es mussten mindestens zwei Erwachsene gewesen sein, vermutlich Männer, denn der Tote war zweiundzwanzig Jahre alt und etwa achtzig Kilo schwer gewesen Auch für zwei hatte das eine wahnsinnige Plackerei bedeutet.

Nein, wenn Henrik Holme mit der Jagd auf die Leute, die die zerstückelten Überreste des norwegischen Konvertiten in Lørenskog tief in Nordmarka abgelegt hatten, beauftragt worden wäre, dann hätte er nach drei durchtrainierten weißen Männern mit Wandererfahrung gesucht.

Er musste lachen.

Der Anblick von drei schwarzen Männern, von denen jeder einen bleischweren Rucksack so tief in den Wald hineinschleppte, hätte ihn jedenfalls stutzig gemacht.

Aber weder der Tote in der Geröllhalde noch der Terroranschlag in Frogner fielen in sein Ressort.

Der Tee war kälter geworden. Es war Kusmi-Tee, zubereitet in einer Teemaschine, die seine Eltern ihm zu Weihnachten geschenkt hatten. Es duftete so intensiv und köstlich, dass er sich die Tasse an die Nase hielt, während er sich die Liste der Zeugenvernehmungen in Fall Karina Knoph heraussuchte. Es gab dort etwas, etwas, das er vor zwei Tagen entdeckt hatte, als ihm aufgetragen worden war, am Mittwochmorgen mit vier alten Fällen nach Frogner zu fahren.

Die Liste war nicht sehr lang.

Der Vater war sechs Mal vernommen worden.

Die Mutter zwei Mal. Ein Mal die Schwester, dazu waren zwei Lehrer einbestellt worden.

Und sechs Freunde. Das waren mehr, als er hatte.

Aber irgendetwas war hier seltsam. Er legte die Listen neben die Niederschriften der einzelnen Vernehmungen. Blätterte hin und her. Dann nahm er einen gelben Filzstift und markierte einen Satz in der Vernehmung einer gewissen Elisabeth Thorsen. Eine Klassenkameradin von Karina. Er las den Satz ein weiteres Mal, klappte die Mappe mit den Verhören zu und suchte den Stapel mit Berichten der damals mit dem Fall betrauten Polizisten heraus. Sofort fand er den gesuchten und las.

Es war einfach auffällig. Nicht, was dort stand, sondern, was *nicht* dort stand.

Wenn Henrik recht hatte, dann war ein übler Patzer passiert. Ein kolossaler Superpatzer. Ihm wurde heiß, und er streifte sich den Pullover über den Kopf. Jetzt kam er sich wacher vor als seit vielen Stunden.

Das konnte einfach nicht stimmen. Henrik las den Bericht noch einmal, ehe er sich wieder der Vernehmung von Elisabeth Thorsen widmete. Hier musste etwas fehlen.

Er fing an, das Inhaltsverzeichnis auf dem Vorsatzblatt jedes einzelnen Dokumentes in dem dicken Stapel zu vergleichen. Erst ein Mal, dann ein weiteres Mal.

Alles stimmte überein. Nichts fehlte.

Dann gab es nur zwei mögliche Erklärungen: Entweder war dieser offenkundigen Spur niemals nachgegangen worden. Oder beim Archivieren war ein Versehen passiert, das er nicht begreifen konnte. Es kam vor, dass Teile eines Dossiers verschwanden. Vor allem bei alten Fällen, aus der Zeit, ehe die Computer überall Einzug gehalten hatten. Es war aber normalerweise leicht festzustellen, ob etwas fehlte, da das Inhaltsverzeichnis dann nicht mit dem Inhalt übereinstimmte.

Hier jedoch schon.

Langsam erhob er sich und streckte den Rücken durch, während er die Hände in die Seiten stemmte. Das hier konnte einfach nicht möglich sein. So einen Fehler konnten sie nicht begangen haben. Jemand hätte es doch sehen müssen. Und etwas unternommen.

Er überlegte, ob er sich ein Glas von dem edlen Whisky gönnen sollte, den er auf dem Heimweg von einem Seminar mit der Abteilung auf der Dänemark-Fähre gekauft hatte. Eigentlich mochte er keinen Alkohol, aber die Kollegen hatten so unbedingt ihre Quoten ausschöpfen wollen, dass er sich dumm vorgekommen wäre, wenn er nichts gekauft hätte.

Die Flasche stand seit über einem halben Jahr unberührt im Schrank.

Er ging zu dem alten Eckschrank hinüber, der für die kleine Wohnung eigentlich viel zu groß war, den die Mutter ihm aber für seine erste eigene Wohnung unbedingt hatte mitgeben wollen. In dem mit Rosenmustern verzierten oberen Teil des Schranks standen drei schöne Gläser und die Flasche. Er goss sich zwei Fingerbreit Whisky in ein Glas und ging damit zum Küchentisch.

Die Polizei hatte sich auf die Theorie versteift, der Vater sei ein Schurke, dachte er und streckte die Zunge in die bernsteingelbe Flüssigkeit. Es schmeckte gut, wie er zu seiner Überraschung feststellte. Er nippte noch einmal an dem Whisky und spürte, wie sich die Wärme in seiner Speiseröhre ausbreitete. Dann stellte er das Glas weg und griff zu den Vernehmungsprotokollen von Karina Knophs Vater.

»Denen ist ein Riesenpatzer passiert«, sagte er leise und trank noch einen Schluck, diesmal einen größeren.

KAPITEL 4

Auf einen solchen Riesenpatzer müsste die Todesstrafe stehen!

Hanne Wilhelmsen hatte erst eine Viertelstunde über dem ersten der ungeklärten Fälle verbracht, die Henrik Holme ihr an diesem Morgen geliefert hatte, als ihr ein himmelschreiender Fehler auffiel.

Es war nach Mitternacht. Normalerweise war sie um diese Zeit schon längst im Bett. Gegen halb elf hatte sie auch versucht, sich hinzulegen, aber es war ihr einfach unmöglich gewesen einzuschlafen. Immer, wenn sie die Augen schloss, sah sie Billy T.s Gesicht vor sich. Wie er sie an diesem Nachmittag angesehen hatte, als er sie nach Hause gefahren hatte. Er hatte ihr in den Rollstuhl geholfen, hatte sie aber nicht ins Haus begleiten dürfen.

Sein Blick.

Es war derselbe gewesen wie an jenem Morgen vor einem halben Leben. Sie hatten die Nacht miteinander verbracht, was sie nicht gedurft hätten. Sie waren nebeneinander aufgewacht, was sie niemals hätten tun dürfen. Eigentlich hatte Hanne nur Trost gesucht, wo im Grunde keiner zu finden war: Cecilie war tot, und Hanne verging vor Kummer. Für Billy T. war hingegen ein Damm gesprengt worden, hinter dem so viel Hoffnung aufgestaut war, dass es ihn fast umgebracht hätte, als sie ihn aufforderte zu gehen. Und alles zu vergessen. Den vergangenen Tag aus dem Kalender des Lebens zu streichen und sie in Ruhe zu lassen.

Ihre Beziehung wurde nie wieder die alte. Die Vertrautheit, die geschwisterliche Liebe, beides war zerstört. Das fein abgestimmte Gleichgewicht zwischen ihnen, das intuitive Verständnis und die fast telepathische Kommunikation gab es nicht mehr.

Billy T. hatte viele Wochen lang ausgesehen wie ein geprügelter Hund.

So wie vorhin, als er sie vor ihrem Haus abgesetzt hatte.

Da sie nicht schlafen konnte, war sie wieder aufgestanden. Sie goss sich ein Glas Rotwein ein und setzte sich vor die Ordner, die dieser kauzige junge Polizist gebracht hatte. Sobald sie nach kurzer Zeit den vor achtzehn Jahren begangenen dicken Fehler entdeckt hatte, wusste sie, dass jeder weitere Versuch zu schlafen zum Scheitern verurteilt sein würde.

Sie schaute kurz auf die Uhr. Zehn nach zwölf.

Ein bisschen spät, um anzurufen, natürlich, aber der Bursche war ihr nun einmal als Gehilfe zugeteilt worden. Wenn sie ihn weckte, würde es einem Mann in seinem Alter ja wohl kaum Probleme bereiten, wieder einzuschlafen. Am Morgen hatte er gesagt, er habe sich die Unterlagen durchgesehen, ehe er gekommen sei. Er wirkte auch keineswegs dumm. Ein witziger Typ, mit dem größten Adamsapfel, den sie je gesehen hatte. Sein Kopf war irgendwie zu groß für seine ungelenke Gestalt. Erstaunlich, dass er den physischen Anforderungen für die Polizeihochschule genügt hatte.

Sie zögerte einen Augenblick. Trank einen Schluck Wein.

Es war den Versuch wert, entschied sie dann. Er hatte seine Nummer auf das Deckblatt gekritzelt. Sie griff zu ihrem Handy und gab die Nummer ein.

Henrik Holme war der am wenigsten bedrohliche Mensch, der ihr seit vielen Jahren begegnet war, das ging ihr auf, während sie das Klingelsignal hörte.

Aber trotzdem konnte er ja Köpfchen haben.

Ob es so klug war, sich nach Mitternacht zu treffen, nachdem sie beide in den letzten vierzig Stunden kaum geschlafen hatten, war die Frage. Aber die Polizeidirektorin hielt es für notwendig, auch wenn es nicht ganz der Konvention entsprach, den Chef des PST und die Polizeipräsidentin zu einer Besprechung unter sechs Augen zu bitten. Es war sogar absolut protokollwidrig. Der PST war weiterhin direkt dem Justizministerium unterstellt, während für die norwegische Polizei seit 2002 der Polizeipräsident und dessen Behörde POD verantwortlich war. Silje Sørensen trieb jedoch das bedrückende Gefühl zu dem Schritt, dass die anderen ihre geringe Erfahrung als Nachteil bei der Koordinierungsarbeit betrachteten, die hier geleistet werden musste. Während die beiden zusammen studiert hatten, seit Langem befreundet waren und außerdem ihre Posten schon seit vielen Jahren bekleideten, war Silje neu in ihrer Position und zudem um einiges jünger.

Sie hatte sich gegen elf ganz kurz nach Hause gestohlen, um zu duschen und ihre Uniform abzulegen. Jetzt saß sie in einem lockeren Lammwollpullover, einer Levi's-Jeans und Turnschuhen im Büro. Die Polizeipräsidentin Caroline Bae hatte sich zum Glück noch größere Freiheiten erlaubt, sie erschien mit feuchten Haaren und in einem engen Trainingsanzug. Harald Jensen, der PST-Chef, musterte die beiden missbilligend, ehe er sich an den großen Besprechungstisch setzte und seinen Schlipsknoten ein wenig lockerte.

»Bitte sehr«, sagte Silje Sørensen und zeigte auf den Imbiss, den sie organisiert hatte, ehe sie sich ebenfalls setzte. »Ich hoffe, ihr esst gern Sushi.«

»Woher kriegt ihr denn um diese Uhrzeit Sushi?«, fragte Caroline Bae und schob sich sechs Stück auf ihren Teller.

»Wir haben unsere Beziehungen. Soll ich anfangen?«

Die anderen beiden nickten. Der PST-Chef nahm sich mit

den Fingern vorsichtig ein Stück Nigiri und hob es vorsichtig an den Mund.

»Alles klar«, sagte Silje. »Die Bombe zuerst. Erst einmal können wir festhalten, dass es sich hier um professionelle Arbeit handelte. Es wurde Plastiksprengstoff verwendet. An tragenden Elementen des Gebäudes waren mehrere Ladungen angebracht, was die umfassenden Zerstörungen erklärt.«

»Plastiksprengstoff? C4 also? Ein militärischer Sprengstoff?«

Der PST-Chef legte das Nigiri wieder weg und nahm sich einen Apfel aus einer Obstschale.

Silje nickte. »C4 wird vor allem von militärischen Einheiten verwendet, ja. Ein plastischer Sprengstoff, dessen Hauptbestandteil Hexogen war. In Norwegen hat das Militär früher wohl auch NM 91 benutzt, das auf einem anderen Nitramin basiert, Oktogen nämlich. Aber hier haben wir es mit Hexogen zu tun, das haben unsere Experten schon früh festgestellt. Aller Wahrscheinlichkeit nach wurde also C4 benutzt. Der derzeit meistverwendete Sprengstoff bei der NATO.« Sie blätterte ein wenig in ihren Unterlagen. »Insgesamt waren es fünf miteinander verbundene, sorgfältig angebrachte Sprengladungen.«

»Wissen wir etwas darüber, wann die Sprengladungen ausgelegt worden sind?«, fragte Caroline Bae, den Mund voll roher Kammmuscheln.

Silje schüttelte den Kopf.

»Nein. Der ISAN hatte nur an der Außenfassade Überwachungskameras.«

Sie schlug einen Ordner neben ihrem Teller auf und zog einen Bogen hervor, den sie auseinanderfaltete und zwischen sich und die beiden Gäste auf der anderen Seite des Tisches legte.

»Das hier ist der Grundriss der Räumlichkeiten des ISAN. Die Kameras waren hier, hier und hier angebracht.«

Sie zeigte mit einem Essstäbchen darauf und zog danach drei Fotos aus dem Ordner und legte sie auf den Tisch.

»Wie ihr seht, ist alles zerstört. Wir versuchen, noch etwas von den Aufnahmen zu retten, aber die Hoffnung ist gering. Also sind wir wohl auf gute alte Ermittlungstaktiken angewiesen, um herauszufinden, wann die Ladungen angebracht worden sind. Und von wem, natürlich, denn das ist die weitaus größere Frage.«

Harald Jensen starrte seinen Apfel an und biss dann energisch hinein.

Die beiden Frauen aßen weiter Sushi. Silje kaute langsam, während sie ihren Blick über den Grundriss des ISA N-Lokals wandern ließ. Caroline Bae hob sich vier Maki-Stücke auf den Teller und brach dann das leicht peinliche Schweigen mit der Frage: »Habt ihr zuvor überhaupt schon einmal von der *Wahren Umma des Propheten* gehört?«

Der PST-Chef schluckte, legte den halb gegessenen Apfel auf den Teller und drückte sich eine Serviette auf die Lippen.

»Nein. Hatten wir nicht. Was an sich schon schlimm genug ist. Aber noch schlimmer ist, dass wir auch weiterhin nur sehr wenig über sie wissen.«

»Wie meinst du das?«

Silje war satt und ließ das letzte Stück liegen.

»Ich muss ehrlich zugeben«, entgegnete Harald Jensen, »dass ich das Bekennervideo zuerst für eine Parodie gehalten habe. Eine Satire. Wir haben die *Umma des Propheten* natürlich schon lange im Blick und beobachten diese Gruppe genau. Aber von der *Wahren Umma des Propheten* haben wir noch nie gehört. Erst vor wenigen Wochen haben wir den alljährlichen und öffentlich zugänglichen Bericht über die aktuelle Bedrohungslage vorgelegt.«

Er bückte sich, und zweimaliges leises Klicken verriet, dass er den neben seinem Stuhl abgestellten Diplomatenkoffer öffnete.

»Hier«, sagte er und legte ein Dokument auf den Tisch. »Ihr kennt den Bericht natürlich, und ihr wisst, dass wir vor allem den extremen Islamismus beobachten. Seit geraumer Zeit warnen wir vor einer gestiegenen Terrorgefahr und tragischerweise haben wir recht gehabt. Innerhalb ziemlich kurzer Zeit ist die Anzahl norwegischer Islamisten, die sich zu Trainingszwecken extremistischen Gruppen im Mittleren Osten anschließen, um einiges gestiegen. Einige dieser Männer waren auch im aktiven Kampf. Es liegt auf der Hand, dass diejenigen unter ihnen, die nach Norwegen zurückkehren, eine mögliche Bedrohung darstellen.«

Er blickte zur Obstschale und nahm sich eine Banane.

»Ich habe festgestellt, dass die Zeitungen ein neues Wort benutzen. *Fremdkrieger.* Eigentlich ein guter Begriff. Es handelt sich nicht um Söldner, denn sie werden nicht bezahlt, und es ist ihnen auch nicht egal, auf welcher Seite sie kämpfen. Sie handeln aus ihrer Überzeugung heraus. Aber sie sind auch keine normalen Soldaten, denn sie kämpfen nicht für ihr Land und ihr Volk, jedenfalls nicht in der Form, wie ich diese beiden Begriffe definiere.«

»Und diese Gruppen sind besonders in Ostnorwegen aktiv«, fügte Silje hinzu. »Sie bestehen vor allem aus jungen Männern, die hier im Land geboren sind, die allermeisten mit muslimischem Hintergrund.«

Harald Jensen nickte.

»Nur sehr wenige sind norwegische Konvertiten. Unter ihnen haben wir zum Beispiel einen Norweger chilenischer Herkunft unter Beobachtung, Bastian Vasquez. Er benutzt etliche eher norwegisch klingende Pseudonyme. Allem Anschein nach wurde er vor einigen Jahren aus dem Umfeld von Mohyeldeen Mohammad in Larvik rekrutiert. Derzeit halten sich etliche dieser Männer im Mittleren Osten auf, wo sie sich der ISIL angeschlossen haben und ...«

»Das alles wissen wir doch«, fiel ihm Caroline Bae ins Wort. »Es steht in allen Zeitungen. Und die *Umma des Propheten* ist der Öffentlichkeit seit Jahren bekannt. Wir fragen hier nach der *Wahren Umma des Propheten*. Wisst ihr denn überhaupt irgendetwas über diese Gruppe?«

Harald Jensen biss in seine Banane, kaute, hielt sich die Faust vor den Mund und räusperte sich.

»Na ja. Nicht viel.«

Wieder senkte sich Schweigen über die Runde.

»Dann erzähl, was ihr wisst.«

Er ließ sich viel Zeit mit dem nächsten Bissen, dann verzehrte er den Rest der Banane schweigend und legte die Schale weg.

»Bisher haben wir vier Namen. Zunächst einmal Abdullah Hassan, früher Jørgen Fjellstad. Er spricht auf beiden Videos, und er wurde heute tot und zerstückelt aufgefunden. Er ist unser einziger Anhaltspunkt für die Annahme, dass es überhaupt eine Gruppe namens *Wahre Umma des Propheten* gibt.«

Er reckte Daumen und Zeigefinger in die Luft.

»Nummer zwei ist Muhammed Awad, ein junger Mann sudanesischer Herkunft, norwegischer Staatsbürger; er wurde an der Explosionsstätte tot aufgefunden. Schon seit einiger Zeit hatte er sich im Umfeld der Extremisten bewegt, aber immer am Rand der Szene. Er ist allerdings nie als gewalttätig aufgefallen und war nicht vorbestraft. Aber er ist befreundet mit ...«

Er hielt den dritten Finger hoch.

»... Shazad Beheshdi, der in der Bygdøy allé von der Polizei angefahren und dabei tödlich verletzt worden ist. Sie waren gleich alt und sind in derselben Gegend aufgewachsen. Beheshdi ist uns vor einem halben Jahr erstmals aufgefallen, durch eine geschlossene Facebook-Gruppe. Danach war er bei einem Treffen in Skien, zu dem mehrere norwegische Dschihadisten angereist sind, ist aber schon nach wenigen Stunden zurück nach Oslo gefahren. Ob er das wollte oder musste oder ob die anderen ihn vor die Tür gesetzt haben, wissen wir nicht. Gibt es hier vielleicht Kaffee?«

»Natürlich. Entschuldige.«

Silje Sørensen erhob sich und ging zu einer hochwertigen Kaffeemaschine neben der Tür.

»Espresso? Latte? Was möchtest du?«

»Schwarz und norwegisch, bitte.«

»Caroline?«

»Ich nehm gern einen Espresso. Einen dreifachen, wenn das geht.«

Silje drückte auf zwei Knöpfe, und die Maschine ließ ein tiefes Brummen ertönen.

»Diese drei Männer sind mit einiger Wahrscheinlichkeit mit der Explosion in Verbindung zu bringen«, fuhr Harald Jensen fort. »Der eine als Bekenner in den Videos, die beiden anderen, weil sie zum Zeitpunkt des Geschehens in der Nähe der Explosionsstätte waren. Und wir wissen mit Sicherheit, dass die drei einander kannten. Seit gestern arbeiten wir mit aller Kraft daran, uns ein genaueres Bild von ihrem Freundes- und Bekanntenkreis zu machen. Bis vor wenigen Jahren haben alle ein vollkommen unauffälliges Umfeld gehabt. Aber als Muhammad und Shazad anfingen, sich zu radikalisieren, kamen sie in Kontakt mit Abdullah. Oder Jørgen Fjellstad eben. Vor einem halben Jahr tauchte dann ein neuer Name auf. Das Kleeblatt wurde zu einem vierblättrigen.«

Silje stellte ihm eine Tasse hin und ging dann zurück, um den Espresso für Caroline Bae zuzubereiten.

»Danke«, murmelte Jensen.

»Wer ist dieser Vierte im Bunde?«, fragte Silje, während sie erneut einen Knopf an der Maschine drückte.

»Er hat den originellen Namen Arfan Olsen.«

»Ach?«

Die Polizeipräsidentin nippte an ihrem glühend heißen Espresso und sah ihn über den Brillenrand hinweg an.

»Er ist uns erst seit ziemlich kurzer Zeit bekannt. Bislang war er überaus vorsichtig. Wenig aktiv auf den Websites, die wir überwachen, und wenn, dann unter Pseudonym. Diese Aktivitäten liegen zudem ein halbes Jahr zurück. Wir haben seine Logs untersucht, und er hat offenbar seine Onlinetätigkeit beendet, sowie er den Kontakt zu den drei anderen hergestellt hatte. Der Mann ist dreiundzwanzig Jahre alt und erst vor Kurzem konvertiert, ungefähr zur gleichen Zeit, zu der er sich im Netz zu erkennen gegeben hat. Aus irgendeinem Grund hat er seinen echten Nachnamen behalten. Ursprünglich hieß er Andreas Kielland Olsen.«

»Ich hätte ja eher Kielland behalten als Olsen«, sagte Silje trocken und ließ sich zwei Stücke Süßstoff in den Kaffee fallen, ehe sie sich wieder setzte. »Und dieses Kleeblatt, wie du es genannt hast, besteht also aus zwei gebürtigen Muslimen und zwei Konvertiten?«

Jensen nickte.

»Arfan Olsen ist eher ein Anführertyp als die anderen beiden. Muhammad Awad war früher übrigens ein guter Schüler und kommt aus einer Familie, die es hier in Norwegen ungewöhnlich weit gebracht hat, für Sudanesen, meine ich. Kluges Köpfchen, der Junge, aber in den letzten Jahren ist er nur herumgeirrt. Hat ab und zu Aushilfsjobs angenommen und lebt von Sozialhilfe. Er ist nicht vorbestraft, vergeudet lediglich seine Begabungen und lässt sich von der Allgemeinheit aushalten.«

Er lächelte freudlos und machte eine entschuldigende Geste.

»Shazad Beheshdi konnte man dagegen wohl eher als schlichtes Gemüt bezeichnen. In der Schule ein Versager. Kein fester Halt irgendwo. War bei zwei Pflegefamilien, aber das Jugendamt hat wohl zu spät eingegriffen. Er ist wegen Kleinkriminalität vorbestraft, aus den letzten Jahren liegt allerdings nichts vor. Beheshdi ist ebenfalls arbeitslos. Und damit sind wir wieder bei Arfan Olsen angekommen.«

Er trommelte mit den Zeigefingern auf die Tischplatte.

»Er studiert Jura, wie ihr mittlerweile sicher wisst.«

Silje nickte und bestätigte: »Wegen ihm ist natürlich eine separate Ermittlung eingeleitet worden.«

»Er hat die Kathedral-Schule in Oslo besucht«, sagte nun die POD-Präsidentin. »Und ausgezeichnete Noten gehabt. Wir haben ihn heute Nachmittag genauer unter die Lupe genommen. Der Vater ist Rechtsanwalt, die Mutter Ingenieurin. Drei Geschwister. Bei der Scheidung der Eltern war der Junge siebzehn. Er hat überaus ungewöhnlich reagiert. Aus Protest ist er von zu Hause ausgezogen, obwohl er noch zur Schule ging.«

»Mit siebzehn?«

Jensen nickte und ergänzte: »Die Eltern waren jedoch einverstanden damit und haben ihn auch finanziell unterstützt. Jedenfalls …«

Er hob seine Tasse.

»Guter Kaffee«, murmelte er und trank schlürfend einen Schluck. »Jedenfalls hat er sich immer auf der eher konservativen Seite gehalten. Zu Schulzeiten war er Mitglied bei der Jugend der Fortschrittspartei, also der FpU, und eigentlich ist es ja untypisch für einen Schüler der Kathedral-Schule, zu den Rechtspopulisten zu tendieren.«

Er deutete ein Lächeln an.

»Kurz vor dem Abitur war er Jahrgangssprecher und ist zu

den Konservativen übergewechselt. Eine Entwicklung in eine gemäßigtere Richtung also. «

»Aber was ist dann passiert? Und übrigens, haben alle genug? « Ihre Gäste nickten, und Silje ging zur Tür und rief hinaus: »Bertil, könntest du ein Engel sein und die Teller holen? «

Der Sekretär hatte sich irgendwann an diesem Abend umgezogen. Der neue Anzug war heller und etwas weniger förmlich, aber sein Schlips war weiterhin tadellos gebunden und sein Hemd kreideweiß. Silje nahm einen vagen Duft von Rasierwasser wahr, als er mit großer Selbstverständlichkeit den Tisch abräumte und verschwand, ohne dass irgendwer ein Wort gesagt hätte. Die Tür schloss sich lautlos hinter ihm.

»Weiter«, sagte nun die POD-Präsidentin auffordernd. »Was ist passiert? «

»Das wissen wir nicht«, war die kurze Antwort. »Aber wir arbeiten daran. Arfan Olsen ist, anders als seine Freunde, noch am Leben. Das ist immerhin etwas. «

»Aber warum um alles in der Welt kann so ein junger Mann zum Islam übergetreten sein? Und dann gleich zum extremistischen? Wisst ihr das, oder glaubt ihr das nur? «

Caroline sah ihren alten Kommilitonen mit immer skeptischeren Blicken an.

»Im Moment möchte ich nicht behaupten, dass wir überhaupt irgendetwas wissen«, entgegnete Harald Jensen. »Aber wir haben unsere Theorien und arbeiten rund um die Uhr mit aller Kraft. «

»Ich will mich ja wirklich nicht in die Arbeit des PST einmischen«, sagte Caroline Bae. »Das wäre ja noch schöner. Aber spielt ihr mit dem Gedanken an eine Festnahme? «

Silje beugte sich über den Tisch vor und antwortete schneller als Harald Jensen: »Das wäre dumm. Aus mehreren Gründen.

Wenn Arfan Olsen nicht weiß, dass der PST ihm auf der Spur ist, ist es vermutlich viel sinnvoller, ihn zu überwachen.«

Ihre Stimme hob sich am Ende des Satzes, als ob sie eigentlich eine Frage gestellt hätte. Jensen nickte.

»Außerdem haben wir die Presse«, fügte er hinzu und seufzte resigniert. »Die Journalisten schwirren jetzt wie die Bienen um den Honigtopf. Eine Festnahme würde Himmel und Hölle in Bewegung setzen. Seht euch doch bloß an, was los war, als ihr heute diesen Ex-Polizisten geholt habt, und dabei ging es ja nur um ein kurzes Gespräch, wenn ich das richtig verstanden habe.«

»Es war ein bisschen mehr«, entgegnete Silje und fügte rasch hinzu: »Aber nach euren Erkenntnissen belegen bislang nur die Videos, dass es wirklich eine Organisation mit dem Namen *Wahre Umma des Propheten* gibt. Ihr habt keine weiteren Belege, keine schriftlichen Beweise, keine Spuren im Netz ...« Sie holte Atem und zögerte für einen Moment. »Rein gar nichts habt ihr! Nichts, was bestätigen könnte, dass wir es wirklich mit einer neuen Gruppierung zu tun haben.«

Harald Jensen schüttelte den Kopf, ehe er den Rest seines Kaffees trank.

»Das ist eine korrekte Feststellung. Und um ganz ehrlich zu sein, kann ich es nicht fassen, wie so eine Bande eine halbe Straße in die Luft sprengen kann! Na gut, der eine ...«

Er stellte den Diplomatenkoffer auf den Tisch und nahm einen weiteren Ordner heraus, dann landete der Koffer wieder auf dem Boden. Aus dem roten Umschlag zog er die Bilder von vier jungen Männern und legte sie nebeneinander.

»Arfan Olsen ist ein begabter junger Mann. Aber die anderen?« Er schüttelte den Kopf und verschob die Bilder nachdenklich. »C4, hast du gesagt?«

»Vermutlich«, bestätigte Silje Sørensen und nickte.

»Woher um alles in der Welt sollte diese Bande das bekommen haben? Es ist zwar ein hochexplosiver Stoff, aber sie müssen doch eine ziemliche Menge davon gehabt haben. Und Zünder. Und Wissen. Umfassendes Wissen. Wir hatten schon lange befürchtet, dass diese ...«

Er hielt sich die Hand vor den Mund und rülpste leise.

»Entschuldigung«, murmelte er. »... diese Fremdkrieger Pläne schmieden, und wir behalten sie aus mehreren Gründen sorgfältig im Auge. Einer davon ist natürlich, dass wir den Import von Sprengstoff und Waffen befürchten. Aber eine große Menge C4 ...«

Er warf einen Blick auf den Grundriss des gesprengten Gebäudes.

»... durch halb Europa nach Norwegen zu bringen, ist eine gewaltige Aufgabe. Dass die Leute um Arfan Bhatti, Mohyeldeen Mohammad oder von mir aus auch Mullah Krekar das unter gewissen Voraussetzungen schaffen könnten, wollen wir natürlich nicht ausschließen. Eher im Gegenteil, das befürchten wir ja gerade. Aber diese Bande hier?«

Wieder wurde es still um den Tisch.

»Worauf willst du eigentlich hinaus?«, fragte Silje endlich vorsichtig.

Harald Jensen erhob sich. Er zog sein Jackett aus und hängte es über den Stuhlrücken, ehe er seinen Schlips löste und den ebenfalls ablegte. Dann setzte er sich wieder und krempelte die Hemdsärmel hoch.

»Eines der grundlegenden Prinzipien bei der Arbeit im Nachrichtendienst lautet, nicht an das Offenkundige zu glauben. Ein britischer Kollege hat sich einmal als ›Archäologen der Wahrheit im Schlick der Lügen‹ bezeichnet. Wenn jemand zum Beispiel die Schuld für einen Terrorangriff auf sich nimmt, können wir das nicht ohne Weiteres glauben. Es muss andere klare Anzeichen dafür geben, dass diese Behauptung zutrifft. Danach haben wir gesucht.«

»Ohne etwas zu finden, wenn ich dich richtig verstanden habe?«, fragte Silje.

»Die Lage ist noch schlimmer. Wir vermuten, dass diese Knaben von anderen benutzt werden. Dass hinter all dem viel cleverere Kräfte stecken. Echte Dschihadisten, keine Rotzbengel. Wir haben wieder eine lange Nacht vor uns, meine Damen. Aber das kann ich schon jetzt sagen: Wir bezweifeln, dass sie überhaupt existieren.«

»Diese jungen Männer?«, rutschte es Caroline Bae heraus.

»Nein. Die *Wahre Umma des Propheten*. Nach anderthalb Tagen intensiver Vergleiche aller Informationen, über die wir verfügen, scheint es sich immer deutlicher abzuzeichnen, dass diese Gruppierung schlichtweg nicht existiert.«

Genau das war das Problem: Ein Hinweis darauf, dass sie es entdeckt hätten, existierte schlichtweg nicht.

Henrik Holme saß aufgekratzt an seinem kleinen Küchentisch und las zum vierten Mal die Unterlagen über den Fall Karina Knoph. Die Papiere waren sorgfältig nach einem neuen System sortiert. Manche Sätze waren mit Filzstift gelb markiert, mit dem Lineal waren schnurgerade Striche gezogen. Er benutzte rote Büroklammern für die Zeugenvernehmungen, gelbe für Polizeiberichte. Alle Papiere lagen exakt Kante auf Kante. Karinas Foto hatte er an der Fensterscheibe befestigt, sorgfältig und vorsichtig, um nicht das Papier zu beschädigen, wenn er das Bild irgendwann wieder herunternähme.

Es war schon drei Uhr in der Nacht, aber er war hellwach.

Als Hanne Wilhelmsen anrief, hatte er ein großzügiges Glas

Whisky gerade zur Hälfte geleert. Nach dem Anruf kippte er den Rest ins Spülbecken und warf die Teemaschine an.

Es war nicht zu fassen, dass sie sich bei ihm gemeldet hatte!

Henrik Holme war es nicht gewöhnt, ernst genommen zu werden. Nachdem er den Tod des Jungen in Grefsen aufgeklärt hatte, war ihm eine Art von Neugier entgegengebracht worden, aber kein Respekt. Und die Neugier war dann rasch verflogen. Die anderen fanden ihn seltsam.

Er war ja auch seltsam.

Das war er immer schon gewesen.

Nur hin und wieder begegnete er Menschen, die nicht bloß den verdammten Adamsapfel und seine vielen Tics sahen, die er unter Kontrolle zu bringen versuchte. Es waren in der Regel Menschen, die die Symptome von ihnen Nahestehenden kannten und daran gewöhnt waren. Diese Menschen waren oft besonders freundlich. Verständnisvoll. Lieb – wie zu einem Kind.

Hanne Wilhelmsen war ganz anders. Als er am Vortag bei ihr gesessen hatte, war sie ziemlich direkt und eigentlich ein wenig abweisend gewesen. Sie schien sich über seine Anwesenheit zu ärgern, aber nicht, weil er seltsam war. Das ging ihm schon auf, als sie endlich die Tür öffnete und ihn als Allererstes wegen seiner Rangabzeichen tadelte: So behandelte sie vermutlich alle.

Jetzt am Telefon hatte sie nicht einmal um Entschuldigung gebeten, weil sie noch nach Mitternacht anrief. Das gefiel Henrik. Sie kam sofort zur Sache, wie bei einem alten Kollegen. Als wären sie auf irgendeine Weise ebenbürtig.

Die Polizeidirektorin hatte gesagt, sie sei ein wenig eigen.

Henrik fand sie einfach perfekt.

Jedenfalls nach diesem Telefongespräch.

Sie hatten genau dasselbe gesehen. Hanne Wilhelmsen hatte gesagt, sie habe weniger als eine Viertelstunde gebraucht, um zu begreifen, worin von Anfang an der Fehler gelegen hatte. Bei ihm hatte es länger gedauert, aber das hatte er verschwiegen. Er hatte sie sogar unterbrochen. Als er hörte, dass sie entdeckt hatte, was bei dem Fall falsch gelaufen war, schob er sein Whiskyglas weg und wurde lauter. Seine Darlegungen waren präzise, und er kam so rasch zur Sache, dass sie am Ende doch tatsächlich »Bravo« rief.

»Bravo«, flüsterte er und lächelte strahlend, während er sich mit dem Zeigefinger dreimal an die Nase tippte. »Sie hat Bravo gesagt. Zu mir.«

Auch Hanne fand es merkwürdig, wie die Polizei Karina Knophs Vater behandelt hatte. Als endlich die eigentlichen Ermittlungen aufgenommen worden waren, hatten sie ihn gewaltig durch die Mangel gedreht. Er hatte vierundzwanzig Stunden bei der Polizei verbracht, und aus den Unterlagen ging unmissverständlich hervor, dass der Ermittlungsleiter ihn gern in Untersuchungshaft genommen hätte. Der zuständige Jurist hatte das verhindert, doch die Ermittler waren weiterhin davon überzeugt gewesen, dass der Vater mit dem Verschwinden seiner Tochter zu tun gehabt hatte.

Karinas Vater hatte den ältesten Fehler der Welt begangen. Er hatte bei den ersten Vernehmungen gelogen.

Henrik Holme las die Protokolle noch einmal durch und schüttelte den Kopf.

Frode Knoph, damals Trainerassistent bei Vålerenga, hatte sich einen dringend benötigten Tag freigenommen, behauptete er. Er sei angeln gewesen. Hätte zwar nichts gefangen, aber es sei ein schöner Tag gewesen, bis er dann nachmittags zu einer hysterischen Frau nach Hause gekommen und Karina nicht wie vereinbart zum Essen zu Hause erschienen sei.

Allein das Wort »hysterisch« in einem solchen Zusammenhang zu verwenden, fand Henrik Holme schon merkwürdig. Er löffelte eine große Portion Honig in seine Teetasse.

Frode Knoph blieb drei Wochen und zwei Tage bei seiner Geschichte. Dann wurde ihm vorgehalten, dass die Polizei an der Marina gewesen war, wo sein 22-Fuß-WindySport vertäut lag. Dort hatte sie in Erfahrung gebracht, dass das Boot am fraglichen Tag nicht auf See gewesen war.

Erst da kam die Wahrheit ans Licht. Frode Knoph hatte seine Geliebte besucht.

»Großer Gott«, murmelte Henrik. »Kann man denn wirklich so dumm sein?«

Er meinte damit die Geliebte und die Tatsache, dass die Leute einfach nicht begriffen, was er schon mit knapp zehn Jahren erfasst hatte: Wenn du in Verdacht gerätst, etwas getan zu haben, was du nicht getan hast, dann darfst du keine Lügen über das erzählen, was du wirklich getan hast.

Eine Geliebte zu haben, war ja trotz allem nicht strafbar.

Aber der Schaden war schon geschehen.

Die Sache mit dem Schäferstündchen bei der Dame ließ sich beweisen. Frode Knophs Alibi hielt stand. Doch die Spuren in Karinas Fall waren kalt geworden, und das war auch das Engagement der Ermittler. Nachdem sie über drei Wochen erfolglos den Fußballtrainer bearbeitet hatten, gaben sie sich keine große Mühe mehr, die Wahrheit über das Verschwinden von Karina Knoph zu ergründen. Auch das Interesse der Presse an dem Fall war geringer geworden; es gab keine engen Freundinnen, die weinend von einem wunderbaren, lebensfrohen Mädchen berichteten. Karina war für solche Verbündete einfach zu oft umgezogen.

Außerdem hatte sie blaue Haare gehabt und in einer Band mit zwei vorbestraften Mitgliedern gespielt.

Henrik schenkte sich mehr Tee ein. Danach griff er zu dem

Stapel der Zeugenvernehmungen und zog das Protokoll der Befragung von Elisabeth Thorsen heraus. Es war drei Seiten lang, und er blätterte bis zur letzten.

Die Befragte sagt, sie habe Gerüchte darüber gehört, dass Karina mit Gunnar Ranvik aus der 2A zusammen war. Die Befragte hat Karina aber nie direkt darauf angesprochen. Sie meint, die Gerüchte könnten durchaus zutreffen, da die beiden oft zusammen gesehen wurden. Karina habe zudem viel Zeit mit Abid Khan aus der 3B verbracht, und einige behaupteten, das sei mehr als nur Freundschaft gewesen. Karina gelte zudem als »*Fag Hag*, aber mit Kanaken statt mit Schwulen«, (wörtliches Zitat, Anm. d. Protokollanten).

Henrik ließ seinen dünnen Zeigefinger an den Zeilen entlangwandern, während er las. Danach legte er die Papiere wieder auf den Tisch, sorgfältig Kante auf Kante mit den anderen Unterlagen, und widmete sich dann den Polizeiberichten. Ihm ging es jetzt um den kürzesten.

Der Unterzeichnete hat versucht, Kontakt zu Gunnar Ranvik (vgl. Dok. 2-6) aufzunehmen, einem angeblichen Freund, vielleicht dem Freund der Vermissten. Er liegt jedoch nach einem Gewaltdelikt im Krankenhaus, vgl. beigelegte Kopie des Titelblattes für die betreffende Untersuchung. Nach Aussage von Dr. Augusta Aronsen vom Krankenhaus Ullevål wird er noch lange Zeit nicht vernehmungsfähig sein, möglicherweise nie mehr. Abid Khan ist, das bestätigt die Schule, Anfang August mit seiner Familie nach Rawalpindi, Pakistan, gereist und wird erst Ende September zurückerwartet.

Das war alles. Immerhin hatte der Ermittler diese Nachforschungen angestellt. Aber es gab keinen Hinweis darauf, dass er später noch einmal versucht hätte, Gunnar zu vernehmen.

Henrik sah sich die Kopie des Deckblattes von den anderen Ermittlungsunterlagen an. Diejenigen, die sich auf Gunnar Ranvik bezogen, geboren 1979, im Herbst gefunden im Gestrüpp am Oberlauf des Akerselv, gleich unterhalb der Staumauer des Maridalsvann, und auf das Schlimmste misshandelt.

Hanne Wilhelmsen hatte ihn gebeten, am nächsten Morgen als Erstes die vollständigen Unterlagen aus dem Archiv zu holen. Eigentlich hatte sie es ihm befohlen. »Hol den Fall ganz schnell«, hatte sie gesagt.

Henrik mochte Hanne. In Gedanken nannte er sie nun beim Vornamen. Sie waren jetzt Kollegen, und sie hatte ihn gelobt, und obendrein hatte sie ihm einen neuen Befehl erteilt.

Obwohl er noch nicht alle Unterlagen gesehen hatte, hatte das Deckblatt für ihn und Hanne gereicht: Gunnar Ranvik war am 3. September 1996 fast zu Tode misshandelt worden.

An dem Tag, an dem Karina Knoph verschwunden war.

Einem möglichen Liebespaar widerfahren dermaßen seltsame Dinge am selben Tag: Die eine verschwindet, der andere wird halb totgeschlagen. Dennoch war keine Verbindung zwischen diesen beiden Ereignissen hergestellt worden. Es gab nur den Bericht eines Polizisten, der offenbar beschlossen hatte, der Vater des Mädchens sei ein Verbrecher, und der deshalb der deutlichen Spur nicht gefolgt war.

Es war ein Skandal, und Henrik hob die Arme über den Kopf und lächelte von einem Ohr zum anderen.

Der sechzehn Jahre alte Frikk Borg-Sand lächelte, als er die Titelseite des *Aftenposten* sah. Er war das Einzige von Håkon Sands

Kindern, das noch immer zu Hause wohnte, und das Einzige von ihnen, das noch Interesse an Papierzeitungen an den Tag legte. Drei Tage nach dem Terrorakt auf Utøya hatte er sich der Jugendorganisation der Sozialdemokraten angeschlossen, seither war er im Ortsverband sehr aktiv und besser über die Nachrichtenlage informiert als seine Eltern.

»Da gibt es nichts zu lachen«, tadelte ihn Karen Borg. »Das ist vielmehr zum Heulen. Gibst du mir mal die Milch?«

»Ich lache auch nicht über die Meinungsumfrage. Ich lache darüber, wie unvorstellbar blöd die Leute sein können. Der Angriff hat doch die Muslime getroffen!«

»Das schon«, murmelte Håkon Sand und nahm seiner Frau den Milchkarton aus der Hand. »Aber es wäre keine Bombe hochgegangen, wenn es hier im Land keine Muslime gäbe!«

»Papa!«

Der Junge fasste sich an den Kopf.

»Also wirklich«, sagte Karen, nahm sich den Karton zurück und goss Milch über ihren Haferbrei. »Jetzt hör aber auf. Diese Meinungsumfrage ist zutiefst besorgniserregend. Reiß dich zusammen.«

Håkon hob die Hände.

»Ich sag ja nur, was die Leute denken. Und egal, wie du das siehst, darin liegt eine gewisse Logik, oder nicht? Wenn wir gewisse Leute nicht zu einem Fest einladen, verderben sie auch das Fest nicht. Wenn es hier keine Muslime gäbe, würden sie auch nicht aufeinander losgehen. Jedenfalls nicht hier. Klar machen sich die Leute Sorgen.«

»Das ist mies«, sagte Frikk. »Total mies, Papa. Sechsundsiebzig Prozent der Bevölkerung sind also auch der Meinung ...« Er hob die Zeitung und las vor: »*Wir dürfen keine weitere Zuwanderung nach Norwegen gestatten.* Sechsundsiebzig Prozent! 2010 waren das noch dreiundfünfzig Prozent, Papa, und ein Jahr nach dem 22. Juli waren es nur noch fünfundvierzig. Wir hatten eine positive Entwicklung erreicht. Aber jetzt meinen also sechsundsiebzig Prozent der Bevölkerung, dass ... «

Der Junge beendete seinen Satz nicht. Er schob sich einen Löffel Haferbrei in den Mund und sprach dann mit vollem Mund weiter.

»Mehr als dreißig Prozent meinen außerdem, wir müssten Kriminellen die Staatsbürgerschaft aberkennen! Aber nicht norwegischen Kriminellen, nein. Schau einfach mal her, Papa!«

Er beugte sich über den Küchentisch vor und drehte die Zeitung um, damit sein Vater sie lesen konnte. Sein Zeigefinger tippte rhythmisch auf den Text.

»Wenn du die norwegische Staatsbürgerschaft hast, aber keine norwegischen Wurzeln, dann verlierst du also deine Menschenrechte, wenn du gegen ein Gesetz verstößt? Echt, Papa? Begreifst du nicht, wie übel das ist?«

»Doch, sicher. Das ist übel. Aber erstens ... « Håkon griff nach der Zeitung. »... ist das eine kleine und nicht repräsentative Meinungsumfrage. Sie ist gestern im Laufe einiger Nachmittagsstunden erhoben worden. Mit anderen Worten, es wurde nur eine begrenzte Anzahl von Menschen befragt. Sieh her. Das steht im Kasten daneben. Und dann ist das Ergebnis nicht besonders präzise. Zweitens ist es nicht unnormal, dass es zu Reaktionen kommt, wenn einige wahnsinnige Dschihadisten halb Frogner in die Luft sprengen.«

»Man sollte meinen, es wäre die natürliche Reaktion der Leute, mit den Opfern zu sympathisieren«, wandte Karen ein. »Die in diesem Fall ganz normale Bürger dieser Stadt sind. Gut integrierte und gesetzestreue Menschen, deren Hinterbliebene etwas anderes verdienen als diesen ... Dreck.«

Sie griff nach einem Glas mit Sonnenblumenkernen und streute einige über ihren halb gegessenen Brei.

»Pst«, sagte Håkon Sand und griff zur Fernbedienung, die mitten auf dem Tisch lag.

»Wir sagen doch gar nichts«, murmelte Frikk.

... was im Grunde doch ein Kampf um unser Land ist, sagte gerade eine Frau auf dem Fernsehbildschirm neben dem Küchenschrank.

»Ich hab das gerade ihretwegen leise gestellt«, erklärte Karen gereizt. »Wenn ich etwas nicht ertragen kann, dann so eine Rassistin, die sich als Humanistin ausgibt.«

»Pst«, sagte Håkon noch einmal, diesmal lauter.

So wie unsere Väter fünf schwere Jahre lang gegen die deutsche Besatzung gekämpft haben, müssen auch wir Widerstand leisten. Von einer Bereicherung der Gesellschaft, falls es das jemals war, kann keine Rede mehr sein. In einigen Jahren werden die Muslime über die Hälfte von Oslos Bevölkerung stellen, und ...

Die Stimme wurde jäh zum Verstummen gebracht, als Karen die Fernbedienung an sich riss und den Fernseher ausschaltete.

»Ich ertrage das ganz einfach nicht«, sagte sie energisch. »Gerade heute kann ich diese niemals ruhende Kari Thue nicht ertragen. Sie nicht und auch nicht die Wahnsinnigen vom trüben rechten Rand der FRP. Nicht einmal ...« Sie schob den Breinapf beiseite und legte ihren Löffel hinein. »Ich ertrage das einfach nicht«, endete sie. »In Ordnung?«

»Natürlich«, murmelte Håkon. »Ich schwärme ja auch nicht gerade für die Dame. Es geht nur darum, dass sie immer mehr ...«

»Ich kann das nicht ertragen«, sagte Karen noch einmal, jetzt wütender.

Håkons Telefon klingelte.

Er nahm noch einen Löffel Brei und hielt sich das Telefon ans Ohr.

»Hallo«, nuschelte er.

Danach sagte er nicht mehr viel. Nach zwei Minuten steckte er das Telefon in die Hosentasche.

»Ich muss los«, sagte er. »Es ist noch eine Bombe gefunden worden.«

Henrik Holme hatte sich durch das wachsende Heer von immer ungeduldigeren Presseleuten einen Weg zur Tür bahnen müssen. Dabei war es erst sechs Uhr morgens gewesen. Er glaubte, in dem babylonischen Sprachgemisch auch Russisch und Japanisch gehört zu haben. Als er dann endlich die Türen hinter sich gebracht hatte, war er sofort ins Archiv gegangen und hatte sich die Unterlagen über den Überfall auf Gunnar Ranvik herausgesucht. Er machte zwei Kopien, legte das Original zurück und steckte dann beide Ordner in einen Rucksack, ehe er das Polizeigebäude verließ.

Jetzt saßen sie schon mehr als eine Stunde über diesen Unterlagen.

Henrik schaute von den Papieren auf. Hanne nicht. Sie schien in ihrer Konzentration wie in einer Glasglocke gefangen zu sein, und ihm ging auf, wie schön sie war. Viel schöner als bei ihrer ersten Begegnung. Seine Mutter beschrieb andere Frauen manchmal als »delikat«. Er hatte nie begriffen, was das eigentlich bedeuten sollte. Erst jetzt, als er an Hanne Wilhelmsens großem Küchentisch saß und die viel ältere Frau heimlich musterte, ging es ihm auf. Ihre Finger waren lang und schlank, die Nägel lackiert, glaubte er. Sie glänzten jedenfalls, hatten aber eine natürliche Farbe. Hanne wirkte frisch geduscht, ihre Haare waren feucht gewesen, als er gekommen war. Und der eisblaue Pullover mit dem V-Ausschnitt stand ihr ausgezeichnet.

Henrik überlegte, wie sie wohl duschte.

Ihre Tochter, die zur Schule gegangen war, als er eintraf, war zu klein, um ihr zu helfen. Es musste außerdem peinlich für eine Zehn- oder Zwölfjährige sein, ihrer Mama beim Waschen zu helfen. Vielleicht hatte Hanne einen Duschstuhl und schaffte es allein.

Sie roch jedenfalls ganz wunderbar.

Er hätte in alle Ewigkeit hierbleiben können. In diesem großen Zimmer war es wundervoll ruhig, und es gab so viele schöne Dinge. Henrik liebte schöne Dinge, aber Ruhe liebte er noch viel mehr. Es lief keine Musik. Der Fernseher war ausgeschaltet. Hanne hatte zudem ihr Telefon und den Laptop weggelegt, auch wenn sie bei seinem ersten Besuch hier gewirkt hatte, als wäre sie von beiden restlos abhängig. Aus einem anderen Zimmer war ein leises, rhythmisches Geräusch zu hören, wie von einer großen Uhr.

Henrik hatte überhaupt nicht geschlafen, wusste aber nicht, wann er zuletzt so zufrieden gewesen war.

Er hatte die Unterlagen schon zweimal gelesen. Rasch, er las so schnell, dass zu seinen Schulzeiten jeder neue Lehrer Schlampigkeit vermutet hatte. Dennoch sagte er nichts. Er saß nur da und genoss die Möglichkeit, hin und wieder zu Hanne hinüberschauen zu können.

Die Terrorbombe war ihm schon fast egal.

Die Arbeit hier war viel besser, und er fing an drittes Mal an, die Unterlagen zu lesen.

Gunnar Ranvik war nie wieder er selbst geworden, nachdem ihn eine Morgenjoggerin im Gestrüpp unterhalb des Wasserwerkes am Maridalsvann gefunden hatte. Es war Mittwoch, der 4. September 1996, aber die Polizei hatte schnell festgestellt, dass er bereits am Vorabend zusammengeschlagen worden war. Heftig unterkühlt, mit einer gebrochenen Hüfte und schweren Kopfverletzungen hatte er in Lebensgefahr geschwebt.

Am Tatort waren keine anderen Spuren als die des Opfers gefunden worden.

Dieser Fall sah jedenfalls nicht nach polizeilicher Schlamperei aus, im Gegensatz zu den Ermittlungen wegen Karina Knoph. Der Tatort am Oberlauf des Akerselv war gründlich abgesucht worden. Die Hundestaffel hatte feststellen können, dass Gunnar Ranvik sich weiterbewegt hatte, nachdem er niedergeschlagen worden war. Aus eigener Kraft, wie es aussah, sie hatten Fußspuren gefunden, die ganze hundert Meter eines schwankenden Ganges durch das Gestrüpp bestätigten.

Das Problem war, dass dort, wo die Spur endete oder eigentlich anfing, alles niedergebrannt war. In einem Umkreis von zehn oder zwölf Metern hatte jemand brennbare Flüssigkeit vergossen und angezündet. Die Brandstelle lag im offenen Gelände und berührte den Karrenweg, der sich über das Südufer des Maridalsvann dahinzog. Aus dem verbrannten Kreis führten so viele Spuren hinaus, dass die Hunde verwirrt waren. Es war ein viel befahrener Forstweg, und die Polizei kam bei der Spurensuche nicht weiter.

Die Joggerin, die Gunnar gefunden hatte, hatte ein leises Wimmern gehört und den Weg verlassen, um nachzusehen, erklärte sie bei der Vernehmung. Danach hatte sie um Hilfe gerufen, und ein alter Mann hatte sie auf seinem Morgenspaziergang gehört. Er wohnte gleich in der Nähe, in Kjelsås, und war nach Hause gelaufen, um die Polizei anzurufen, so schnell seine gichtigen Beine ihm das erlaubten. Mehr als das konnten die beiden nicht berichten.

Gunnar Ranviks Mutter Kirsten war ebenfalls vernommen worden. Sie war zutiefst erschüttert, und drei Monate später machte sie der Polizei Vorwürfe, weil sie bei der Suche nach den

Tätern nicht weitergekommen waren. Zu diesem Zeitpunkt stand bereits fest, dass Gunnar Ranviks weiteres Leben ganz anders aussehen würde, als er und seine Mutter sich das vorgestellt hatten.

Auch Gunnar war dann irgendwann vernommen worden, fünf Monate nach den Geschehnissen. Er hatte inzwischen die Sprache einigermaßen wiedergefunden, aber das war beinahe alles. Die Kopfverletzungen des Siebzehnjährigen waren so schwerwiegend, dass er sich fast wieder auf dem Niveau eines Kindes befand. Er wurde in Sunnaas vernommen, wo er für sechs Monate zur Rehabilitation war.

Er konnte sich nur an sehr wenig erinnern.

Es waren zwei Jungen gewesen, diesbezüglich ließ er sich jedenfalls nicht beirren. Zwei Pakistani, sagte er entschieden, das gehörte auch zu den ersten Sachen, die er nach dem Aufwachen aus dem Koma zu sagen versucht hatte.

Warum sie ihn niedergeschlagen hatten, wusste er nicht mehr.

Warum sie alle drei beim Maridalsvann gewesen waren, konnte er nicht sagen.

Und nein, er hatte keine Ahnung, wie die Jungen hießen.

Es war möglich, dass er sie gekannt hatte, aber er bezweifelte es. Schließlich konnte er sich überhaupt nicht erinnern, irgendwelche Pakistani zu kennen. Er mochte »so welche« nicht, wie er im Protokoll zitiert wurde.

Auf die Frage, woher er wisse, dass die Jungen aus Pakistan stammten und nicht zum Beispiel aus Indien oder Afghanistan, sah Gunnar den Ermittler mit leerem Blick an und bat, schlafen zu dürfen.

Sie hatten noch anderes unternommen, zum Beispiel die Überwachungskameras beim Supermarkt an der Straßenbahnschleife und im 7-Eleven im Grefsenvei überprüft. Aber nichts hatte damals vor fast achtzehn Jahren die Polizei auch nur einen Schritt näher an die Antwort auf die Frage gebracht, wer Gunnar Ranvik so grausam misshandelt hatte.

Die Wanduhr irgendwo in der Wohnung schlug neun Mal.

Hanne Wilhelmsen schaute auf.

»Was glaubst du?«, fragte sie und schloss den Ordner.

»Na ja ... «

Henrik zögerte mit der Antwort und versteckte sein Gesicht hinter einer Tasse mit lauwarmem Kaffee.

»Was heißt schon glauben«, murmelte er. »Ich finde nicht, dass uns das viel über Karina Knophs Verschwinden sagt. Mit der einen Ausnahme: dass Gunnar an dem Tag niedergeschlagen wurde, an dem sie für immer verschwunden ist.«

Hanne entgegnete nichts, starrte ihn aber weiter an. Ihre Gletscheraugen brachten ihn zum Schwitzen, und er redete weiter, um die verdammte aufsteigende Röte in den Griff zu bekommen.

»Es ist jedenfalls unbegreiflich, dass die beiden Fälle nicht miteinander in Verbindung gebracht worden sind. Egal, was da wirklich passiert ist.«

Er legte die Hand auf den Ordner, vor allem, um nicht an seinen Nasenflügel zu tippen.

»Es gibt natürlich tausend mögliche Gründe dafür, dass sie da oben bei dem Stausee waren. Und sicher zehn, weshalb Gunnar zusammengeschlagen wurde. Aber seltsamerweise wird Karinas Name kein einziges Mal erwähnt. Mehrere Freunde von Gunnar wurden vernommen, um herauszufinden, warum er an diesem Abend beim Wasserwerk war. So wäre ich auch vorgegangen, wenn das mein Fall gewesen wäre. Aber Karina wird nicht erwähnt, weder von seinen drei besten Freunden noch von seiner Mutter. Ich meine, bei Karina finden wir doch die Behauptung, dass sie und Gunnar zusammen waren.«

»Und welchen Schluss ziehst du daraus?«

»Dass Gunnar sie anderen gegenüber nie erwähnt hat, aus welchem Grund auch immer. Also, ehe er niedergeschlagen wurde. Danach konnte er sich vielleicht einfach nicht mehr an sie erinnern.«

Henrik trank noch einen Schluck Kaffee, dann stellte er die Tasse auf den Tisch und umfasste sie mit beiden Händen.

»Eigentlich ist das wohl die wahrscheinlichste Erklärung«, sagte er vorsichtig und sah Hanne an. »Die Kopfverletzungen waren ja sehr schwer. Er kann Karina vergessen haben. Warum er aber vorher nichts über sie gesagt hat ...« Er dachte zwei Sekunden lang nach. »In dem Alter ist es wohl nicht so ungewöhnlich, dass man seinen Eltern nicht erzählt, in wen man verliebt ist. Oder nicht?«

»Frag mich nicht. Ich hab keine Ahnung von Eltern. Ich hab auch kaum Ahnung von Jungen, aber ich habe doch den Verdacht, dass ihr euch, vor allem mit siebzehn, nur zu gern gegenseitig Frauengeschichten erzählt. Und zwar wahre und erfundene.«

»Frag mich nicht!«, wiederholte er unwillkürlich. »Ich hab noch nie eine Freundin gehabt. Und auch keine erfunden.«

Hanne lächelte.

Nicht spöttisch. Nicht einmal neckend. Es war ein warmes, vertrauliches Lächeln, wie ihm schien. Verstohlen schob er die Hände unter die Oberschenkel und versuchte, das Lächeln zu erwidern.

»Weißt du«, sagte sie und beugte sich ein wenig über den Tisch vor. »Ich bin bald vierundfünfzig und hatte nur zwei. Die waren dann aber auch wunderbar. Die erste ist gestorben, die zweite habe ich jetzt seit fast fünfzehn Jahren. Du kommst auch noch an die Reihe, Henrik.«

»Da irrst du dich, glaube ich«, murmelte er glücklich.

»Aber mir ist etwas anderes aufgefallen«, sagte sie dann so unvermittelt, dass er zusammenzuckte.

Ihr Lächeln war verschwunden. Sie bückte sich und griff zu einem Ordner, den Henrik als den mit Karinas Unterlagen erkannte. Bestimmt hatte sie unter ihrem Stuhl ein Ablagefach. Er hatte versucht, es zu entdecken, als er kam. Aber dann war es ihm doch zu peinlich gewesen, unter ihren Rollstuhl zu starren.

»Sieh mal«, sagte sie.

Er beugte sich vor und legte den Kopf schräg.

»Bei der Vernehmung erwähnt Karinas Freundin Elisabeth Thorsen noch einen anderen Freund. Abid Khan.«

»Ja. Der war längere Zeit in Pakistan. Ziemlich hieb- und stichfestes Alibi.«

»Genau. Nehmen wir an, es trifft zu, dass er in Asien war, als das alles passiert ist. Egal, wie schlecht die Kollegen damals gearbeitet haben, ich gehe doch davon aus, dass sein Alibi überprüft worden ist.«

Henrik ertappte sich dabei, dass er an den Nägeln kaute, und schob beide Hände unter den Tisch.

»Aber sieh her ...«

Ihre Nägel waren wirklich lackiert, stellte er fest, als sie auf eine gelb markierte Passage im Text zeigte. Ziemlich lang, fand er, und sehr schön lackiert.

»Karina wurde als *Fag Hag, aber mit Kanaken statt mit Schwulen* bezeichnet«, sagte sie ruhig. »Also eine, die viel mit Ausländern rumhängt. Ich vermute, diese Elisabeth meinte ... ja, was meinte sie eigentlich?«

»Pakistani. Vielleicht Leute aus dem Mittleren Osten.«

»Die Leute sind ...« Sie schüttelte resigniert den Kopf.

»... seltsam«, vollendete Henrik den Satz lächelnd.

»Ich wollte eigentlich Idioten sagen. Egal. Es gibt in diesem

Fall keine Vernehmung von Personen, deren Namen nicht sonderlich norwegisch klingen. Kein Wunder, da sie ja von Anfang an beschlossen hatten, dass Frode Knoph der Schuldige war, und die Verbindungen zu Gunnars Fall nicht gesehen haben. Aber für uns, die wir beide Fälle kennen, wäre es sehr interessant zu wissen, mit welchen anderen ...« Sie zögerte, dann lächelte sie sarkastisch und fügte hinzu: »... Kanaken Karina zu tun hatte.«

»Was, wenn sie dabei war?«

»Wie?«

Hanne setzte sich kerzengerade auf und musterte ihn skeptisch.

»Was, wenn Karina am Maridalsvann dabei war«, sagte er langsam. »Zusammen mit zweien ihrer ... Freunde.«

Ihre Miene machte ihm Angst.

»Nur so ein vager Gedanke«, sagte er eilig.

»Ich würde hier von einer total durchgeknallten Spekulation reden.«

»Entschuldige.«

»Du brauchst wirklich nicht um Entschuldigung zu bitten.«

Noch immer hatte sie skeptisch die Stirn gerunzelt, aber sie starrte ihn wenigstens weiterhin an. Eine Aufforderung fortzufahren, beschloss er.

»Aber hör mal, Hanne. Ach. Entschuldigung. Darf ich einfach Hanne sagen?«

»Wie solltest du mich denn sonst nennen?«

»Tut mir leid.«

Er holte tief Luft und schob die Hände weit unter seine Oberschenkel.

»Ich glaube«, begann er und erwiderte ihren Blick, »dass es klug ist, nicht auf das zu sehen, was die beiden Fälle miteinander verbindet. Das ist nämlich gar nicht so viel. Zum einen das Datum, die eine verschwindet, der andere wird niedergeschlagen.

Zweitens waren sie befreundet. Vielleicht sogar ein Paar. Drittens sind da diese Ansichten über ...«

Er zögerte.

»Kanaken«, ergänzte Hanne trocken.

»Ja. Während Gunnar sagt, dass er ... so welche nicht leiden konnte, behauptet Elisabeth Thorsen, dass Karina eine Art Vorliebe für sie hatte. Für Ka... Kanaken.«

Hanne nahm die Brille ab und legte sie vorsichtig auf den Tisch.

»Eigentlich haben wir nur diese drei Verbindungen«, sagte Henrik.

»Ich finde, das ist ganz schön viel.«

»Sicher. Aber sie können lediglich die Grundlage für eine Unmenge verschiedener Hypothesen bilden. Und wir können doch nicht einfach ...«

Jetzt brachte er kein Wort mehr heraus, sondern hob die linke Hand und berührte damit dreimal seinen Nasenflügel, ehe er anfing, mit den Fingern auf der Tischplatte zu trommeln.

»Könntest du wohl damit aufhören?«, fragte Hanne. »Falls es nicht unbedingt sein muss.«

»Es muss sein«, gab er kleinlaut zu. »Nur ganz kurz.«

»Okay.«

»Können wir nicht einfach mit einer naheliegenden Hypothese spielen«, sagte er eilig. »Gunnar und Karina sind zusammen am Akerselv.«

»Warum?«

»Keine Ahnung. Sie wollen spazieren gehen. Sex haben vielleicht?«

»Im Freien, im September?«

Er wurde so schnell so rot, dass er sich nicht einmal die Mühe machte, es unterdrücken zu wollen.

167

»Ja. Er war siebzehn.«

Hanne lächelte. Henrik nahm das als Zeichen dafür, dass er weiterreden sollte.

»Wenn wir davon ausgehen, dass Gunnar die Wahrheit sagt und von Pakistanern niedergeschlagen wurde, können die entweder dabei gewesen sein, als Karinas Kumpels, oder sie sind aus irgendeinem anderen Grund aufgetaucht.«

»Zwei norwegisch-pakistanische Jungen. An einem Herbstabend unterwegs am Maridalsvann. Na gut. Ich kann ja schon lange nicht mehr spazieren gehen, aber ich glaube mich zu erinnern, dass die Tradition des Spazierengehens so ungefähr die letzte ist, die unsere neuen Landsleute übernehmen mögen.«

»Das schon, aber ... Es kann einen Grund gegeben haben. Eifersucht vielleicht? Elisabeth Thorsen erwähnt einen Norwegisch-Pakistaner und Gunnar als mögliche Freunde von Karina.«

»Der Norwegisch-Pakistaner hat ein Alibi. Er war in Asien.«

»Schon, aber ... sie mag doch ›Kanaken‹, vielleicht hatten sie ...«

»Henrik«, unterbrach ihn Hanne und hob die Hand.

Er verstummte mitten im Satz.

»Hast du Hunger?«, fragte sie nun.

Er sah sie verwirrt an und schob sich die Hände wieder unter die Oberschenkel.

»Es ist noch keine Mittagessenszeit«, sagte er.

»Sicher. Aber hast du Hunger?«

»Ja.«

Sie fuhr in Richtung Küche los. Zögernd ging er hinterher.

»Oi«, rief er, als er durch die breite Tür trat. »Hier ist es aber schön. Und so ... praktisch, irgendwie!«

Er sah zu, wie Hanne eine Schublade am behindertengerecht eingerichteten Ende des Raumes öffnete.

»Pizza«, sagte sie, und Henrik war sich nicht sicher, ob das eine Feststellung war oder eine Frage. »Von gestern Abend, aber ich habe sie selbst gemacht, deshalb ist sie saulecker.«

Verstohlen schaute Henrik auf die Uhr. Er hatte noch nie so früh am Tag Pizza gegessen.

»Das ist super«, sagte er.

»Setz dich doch.«

Er kletterte auf einen der Barhocker in der Mitte des Raumes.

»Weißt du, worauf naturwissenschaftliche Methoden aufbauen, Henrik?«

»Äh ... ja.«

Hanne klapperte mit einem Backblech und öffnete einen Ofen.

»Erzähl«, befahl sie.

»Es beginnt mit einer Beobachtung. Oder einer Idee. Dann stellt man eine Hypothese auf, zum Beispiel, warum eine Flamme erlischt, wenn man ein Glas darüberstülpt. Danach unternimmt man eine Reihe von Versuchen, um festzustellen, ob die Hypothese zutrifft. Wenn die Versuche die Hypothese stützen, in diesem Fall, dass Feuer Sauerstoff verbraucht und erlischt, wenn die Sauerstoffzufuhr gedrosselt wird, hat man eine belastbare Theorie. Wenn nicht, dann ist die Hypothese falsifiziert worden. Und man macht sich auf die Suche nach einer neuen.«

Hanne schob eine halbe Pizza in den Ofen und schloss die Ofentür.

»Salat?«

»Ist nicht nötig.«

»Das habe ich nicht gefragt. Möchtest du Salat?«

»Ja, bitte.«

»Warum bist du zur Polizei gegangen, Henrik?«

Sie drehte kurz ihren Stuhl zu ihm herum.

»Weil ich als Kind so viel gemobbt worden bin.«

Jetzt lachte sie. Er hatte sie noch nie lachen hören. Ihr Lachen war gedämpft und zugleich perlend hell, wie Eiswürfel in einem Glas an einem Sommertag.

»Guter Grund«, sagte sie. »Ich habe mich für die Polizei entschieden, weil ich meinen Eltern eins auswischen wollte. Nicht ganz so clever.«

Ohne mehr zu sagen, öffnete sie den Kühlschrank und dann die Gemüseschublade. Sie legte einen Salatkopf und eine Avocado auf die niedrige Arbeitsfläche und holte zwei große Tomaten und eine Gurke aus einem Korb auf der Fensterbank. Henrik beobachtete sie stumm.

»Das war eine ziemlich gute Darstellung«, sagte sie schließlich.

Sie fuhr auf ihn zu. Blieb einen Meter vor ihm stehen und legte die Hände in den Schoß.

»Du bist tüchtig, glaube ich. Belesen und gescheit. Aber kannst du mir erklären, warum Polizeiarbeit das genaue Gegenteil von der naturwissenschaftlichen Methode sein muss?«

Er überlegte. Seltsamerweise war er ganz ruhig. So ruhig, dass seine Hände still lagen. Die eine auf seinem rechten Knie, die andere auf der Tischplatte. Und er musste sie nicht dazu zwingen.

»Nein. Das ist, glaube ich, gar nicht der Fall. In vielerlei Hinsicht benutzen wir doch wohl die gleiche Methode.«

»Viele tun das«, korrigierte Hanne. »Aber wir nicht. Nicht du und ich. Gute Ermittler tun das nicht. Wir machen zuerst eine Beobachtung. Danach geben wir uns alle Mühe, keine Hypothese aufzustellen, warum etwas passiert ist. Oder was überhaupt passiert ist. Im Gegenteil, wir konzentrieren uns darauf, mehr zu beobachten. Weitere Tatsachen zu finden. Einen Fall aufzubauen, Schicht um Schicht. Am Ende, wenn wir fertig sind, können wir unsere Schlüsse ziehen. Die Schlussfolgerung kann eine ganz andere sein als die, an die wir anfangs gedacht haben. Deshalb dürfen wir uns den Fall nicht so genau vorstellen. Auf hauchdünner Grundlage Theorien aufzustellen, so wie du eben ... das ist keine gute Polizeiarbeit.«

Henrik wurde nicht rot. Seine linke Hand hätte gern ein bisschen auf die Steinplatte getippt, aber es war doch möglich, das nicht zu tun.

»Aber in einem so alten Fall«, wandte er ein, »kann man doch kaum neue Beobachtungen machen. Wir müssen also das benutzen, was wir schon haben, und dann müssen wir ...«

»Du machst einen Ausflug«, fiel sie ihm ins Wort. »Gleich nach dem Essen musst du eine Befragung vornehmen, die schon vor achtzehn Jahren angesagt gewesen wäre.«

Der Ofen ließ ein Klingelsignal ertönen.

»Gunnar Ranvik lebt noch«, sagte sie, ohne die Pizza herauszunehmen. »Ich habe heute Nacht seine Adresse herausgesucht.«

»Kann ich denn einfach ... also, kann ich einfach hinfahren und mit ihm reden? Einfach so?«

»Bist du nicht bei der Polizei?«

»Doch.«

»Sollst du mir nicht helfen, Karina Knophs Verschwinden aufzuklären? Auf Befehl der Osloer Polizeidirektorin?«

»Doch.«

»Dann gibt es nur eine Möglichkeit. Jetzt essen wir, und wenn wir fertig sind, musst du eine Aufgabe erledigen. Für mich.«

Jetzt spielten Henrik Holmes Hände verrückt. Er trommelte mit allen zehn Fingern, war aber so glücklich, dass ihm das rein gar nichts ausmachte.

Khalil Alwasirs größte Sorge bestand nicht darin, einen recht neuen Laptop mit wichtigen Informationen, ein Paar gute Schuhe und ein neues Hemd zu verlieren.

Er stand am Rand einer Menschenmenge, die von der Polizei zurückgedrängt wurde. Die meisten versuchten daher, sich aus dem Gedränge herauszudrücken, das sich um einen verlassenen Rucksack unter einer Bank mitten in der riesigen Wandelhalle des Osloer Hauptbahnhofs gebildet hatte. Andere Neugierige wollten näher heran, mit dem Ergebnis, dass die Menschenansammlung wuchs, statt sich zu verlaufen.

Sicher war jetzt mindestens ein Dutzend Polizisten vor Ort, und sie waren rasch gekommen.

Khalil Alwasir hatte sich endlich nach vorn drängen können, und nun wurden seine bangen Ahnungen bestätigt. Es war sein Rucksack, der im Mittelpunkt der ganzen Aufregung stand.

Das Problem war, die Polizei von seiner Harmlosigkeit zu überzeugen.

Khalil kam ursprünglich aus Tunesien. Mit fünfzehn Jahren war er von seinen Eltern nach Frankreich ins Internat geschickt worden. Sein Vater war ein wohlhabender Kaufmann, seine Mutter Anwältin. Der Junge war der einzige Sohn und der Stolz der Familie. Gut aussehend und in der Schule außergewöhnlich erfolgreich, allen gegenüber respektvoll und mit einer Anziehungskraft auf Mädchen, die seine Mutter ungeheuer ängstlich und zugleich überaus stolz machte. Khalil selbst sah das anders.

Für ihn waren diese vielen Mädchen eine Plage, die sein einnehmendes Wesen und seine gute Erziehung mit Interesse an ihnen verwechselten. Er stand auf Jungen, und als er mit achtzehn Jahren an der Sorbonne immatrikuliert wurde, blühte er regelrecht auf.

Mit fünfundzwanzig verliebte er sich dann ernsthaft. Er hatte soeben seinen Master in Wirtschaftswissenschaften an der Panthéon-Sorbonne gemacht und arbeitete an seiner Dissertation, als ihm ein norwegischer Rucksacktourist begegnete, der die Welt sehen wollte. Die Reise des jungen Norwegers fand ein plötzliches Ende, als er in einer Schwulenbar im Marais Khalil kennenlernte. Während Mats Knutsen darauf wartete, dass Khalil seine Promotion absolvierte, suchte er sich einen Job als Kellner und zog in die komfortable Wohnung seines tunesischen Freundes im 4. Arrondissement.

Drei Jahre später siedelten sie nach Norwegen über.

Das war jetzt fünf Jahre her, seitdem hatten sie geheiratet und ein mittlerweile zwei Jahre altes Mädchen adoptiert. Khalil Alwasir arbeitete bei Aker Solutions und fühlte sich dort wohl. Heute Morgen war er zum Flughafenzug unterwegs gewesen. Er musste zu einer Besprechung nach Kopenhagen, würde abends aber zurückkehren können.

Khalil kam gerade von der U-Bahn, und als er in der riesigen Halle unter der Anzeigentafel für die Abfahrt und Ankunft der Züge durchging, klingelte sein Telefon. Um nicht den Strom der Morgenmuffel auf dem Weg zur Arbeit aufzuhalten, ging er zu einer Bank und setzte sich.

Der Anruf kam vom Kindergarten.

Die zwei Jahre alte Elise war vom Frühstückstisch gefallen, auf dem sie gar nicht hätte sitzen dürfen, und hatte sich eine ziemlich hässliche Wunde auf der Stirn zugezogen. Sie musste vom Arzt behandelt werden, und Mats war nicht zu erreichen.

Wie die meisten Väter war Khalil sehr besorgt, als er hörte, dass seine Tochter sich verletzt hatte. Er versprach, sofort zu kommen. In seiner Verwirrung angesichts dieses Unfalls und in der Hektik, mit der er versuchte, den Termin in Kopenhagen abzusagen, vergaß er dann den Rucksack. Den hatte er tief unter die Bank geschoben, um ihn vor Diebesgesindel zu verstecken, wie er das in Paris gelernt hatte.

Erst, als er wieder in der U-Bahn-Station stand, merkte er

dann, dass er den Rucksack nicht mehr bei sich hatte. Einige Sekunden lang wusste er nicht, was er tun sollte. Vor allem wollte er so schnell wie möglich in den Kindergarten zu Elise. Andererseits wäre der Verlust des Laptops überaus ärgerlich. Ganz zu schweigen davon, wie zeitraubend es sein würde, dessen Inhalt wiederzuerlangen. Also beschloss er zurückzulaufen.

Als er die Bahnhofshalle erreichte, wusste er sofort, was passiert war.

»... ein Muslim«, hörte er einen blonden, übergewichtigen jungen Mann zu einem Polizisten sagen, der versuchte, die Menge zurückzudrängen. »So ein Araber. Der hat einfach den Rucksack abgestellt und ist wie besessen davongestürzt. Er hat den Rucksack unter die Bank geschoben, damit niemand ... «

Der Polizist brüllte: »Zurücktreten!«

Jemand schrie. Jemand weinte. Der blonde Knabe ließ nicht locker.

»Sie hätten mal sehen sollen, wie der gerannt ist! Der Rucksack kann jeden Moment hochgehen!«

»Dann machen Sie doch, dass Sie wegkommen!«

»Entschuldigung«, sagte Khalil. »Entschuldigen Sie bitte, aber der Rucksack ... «

Mittlerweile waren fünf Mann von der Bereitschaftstruppe eingetroffen. Sie trugen Schilde und Helme und waren voll bewaffnet. Allein der Anblick hatte eine erstaunliche Wirkung auf die chaotische Stimmung. Die Menschenmenge löste sich auf, sowie die fünf sich einen Weg hindurchbahnten, und Khalil Alwasir merkte, dass ihm das Atmen leichter fiel.

»Entschuldigung«, sagte er noch einmal und trat einen Schritt vor.

Endlich konnte er die Aufmerksamkeit des Polizisten erregen.

»Der Rucksack«, sagte er und lächelte verlegen. »Der gehört

mir. Ich habe ihn dort abgestellt. Oder genauer gesagt, ihn vergessen. Ich ... «

Weiter kam er nicht. Sekunden später lag er auf dem Boden, die Hände mit Handschellen am Rücken gefesselt und von zwei Polizisten zu Boden gepresst. Es tat furchtbar weh, aber was ihn in Ohnmacht fallen ließ, war die pure Angst.

Sein letzter Gedanke war, dass der Kindergarten glauben musste, er habe seine Tochter vergessen.

Henrik Holme hatte einen Auftrag, bei dem er nicht versagen durfte.

Er war mit dem Taxi unterwegs. Hanne hatte ihm aufgetragen, sich eine Quittung geben zu lassen, damit alle seine Auslagen erstattet werden könnten. Als er sich vor dem roten Klinkerhaus in der Kruses gate ins Auto setzte, war er aufgeregt und gespannt. Sein Mut sank jedoch um einiges, als das Taxi vor einem roten Lattenzaun hielt, um ihn aussteigen zu lassen.

Jetzt stand er vor einem schmiedeeisernen Gartentor und schaute unsicher an der Hausfassade im Skjoldvei hoch. Es regnete wieder, ein leichter Nieselregen. Henrik bereute es, morgens keine Regenjacke angezogen zu haben, seine neue Fliegerjacke war aus Leder und vertrug Feuchtigkeit nicht besonders gut.

Das Haus war schön gelegen, wirkte aber ziemlich heruntergekommen. Die Haustür schien neu zu sein, die Wände aber hätten dringend einen neuen Anstrich benötigt. Der Winter in Ostnorwegen war der feuchteste seit Beginn der Aufzeichnungen gewesen, und das Haus am Waldrand war den Klimaveränderungen kaum gewachsen; die nackten Bretter hier und dort trieften vor Nässe.

Henrik Holme stand am Tor und betrachtete den Windfang mit der knallroten, erst kürzlich eingesetzten Tür. Unter einer

Plane am Zaun lag noch das Baumaterial, die Fugen waren noch nicht verputzt worden. Es war nicht gut, bei diesem Dreckswetter Arbeiten unvollendet zu lassen.

Am Zaun hing ein grüner Briefkasten.

Kirsten und Trond Ranvik, stand auf einem verwitterten Schild. Darunter hatte jemand einen Streifen Klebeband mit einer fast verwischten Schrift angebracht. Als Henrik sich vorbeugte und die Augen zusammenkniff, las er dort *Gunnar Ranvik*.

Hanne hatte in Erfahrung gebracht, dass Gunnars Vater schon vor vielen Jahren verstorben war. Dennoch stand noch immer sein Name deutlich sichtbar auf dem Briefkasten. Gunnars Name dagegen war fast verschwunden, obwohl er erst fünfunddreißig war. Er hatte übrigens am Dienstag Geburtstag gehabt, wie aus den Unterlagen hervorging. Vielleicht konnte das den Einstieg in ein Gespräch erleichtern.

Seine Mutter würde vermutlich nicht zu Hause sein. Sie war noch nicht in Rente, das hatten Hanne und er im Netz ermittelt, ehe er losgefahren war.

Diese Pizza war wirklich saulecker gewesen.

Viel besser als die aus der Tiefkühltruhe.

Henriks Mutter machte niemals Pizza, und er selbst hielt sich vor allem an Fertigmahlzeiten. Das war so einfach. Schmeckte auch, aber nicht so gut wie Hannes Pizza. Obwohl die ja aufgewärmt und ein wenig zu lange gebacken gewesen war.

Irgendwie war Hanne jetzt eine Freundin.

Oder vielleicht nicht ganz.

Sie hatte jedenfalls Erwartungen an ihn. Energisch hob er den Riegel hinter dem Tor an und ging über den Kiesweg zum Haus.

»Hallo«, sagte er versuchsweise, als er sich der Tür näherte.

Keine Antwort.

Von Süden her hörte er das ewige Rauschen. Der Verkehr auf

dem Ring 3 klang seltsam nah, sicher hatte das mit der Wind-
richtung zu tun. Obwohl es eigentlich windstill war. Er griff nach
der Klingel, die neben der noch nicht richtig eingesetzten Tür an
ihrer Leitung hing. Als er auf den Knopf drückte, hörte er von
drinnen ein tiefes *Ding-Dong*.

Wieder keine Antwort.

Vielleicht war Gunnar tagsüber in irgendeiner Einrichtung. Es
war doch möglich, dass er nicht allein bleiben konnte, während
seine Mutter bei der Arbeit war.

Natürlich konnte er auch weggegangen sein. Zum Einkaufen.
Vielleicht machte er im Regen einen Spaziergang. Hatte einen
Hund, was wusste denn Henrik Holme, und Hunde mussten ja
bei jedem Wetter Gassi geführt werden.

Er schaute sich ängstlich um und horchte, ob er ein Bellen
hörte.

Da waren aber nur der Verkehr und das ebenmäßige Summen
der Stadt. Und das Geschrei einer Elsternschar in dem großen
Baum, der viel zu dicht neben dem Haus stand.

So richtig spannend war es jetzt nicht mehr. Er war eher dabei,
sich zu blamieren.

Langsam trat er zwei Schritte zurück.

In dem Moment wurde die Tür geöffnet.

»Hallo«, sagte Henrik und versuchte zu lächeln.

»Hallo«, antwortete der Mann mit ernster Miene. »Wer bist
du?«

»Ich heiße Henrik.«

»Hallo, Henrik. Ich heiße Gunnar.«

»Das weiß ich.«

Der Mann in der Türöffnung war leicht übergewichtig und
nicht besonders groß. Vielleicht einen Meter fünfundsiebzig. Er
hatte spärliche dunkle Haare. Die Geheimratsecken waren so tief,

dass das restliche Haar über der Stirn vor einer sich ausbreitenden kahlen Stelle mitten auf dem Kopf eine komische struppige Insel bildeten.

»Was willst du?«, fragte Gunnar Ranvik.

Er wirkte weder neugierig noch abweisend. Vielmehr sprach er tonlos, als ob er eine eingelernte Redensart wiederholen würde.

»Ich möchte gern mit dir reden«, sagte Henrik. »Du hattest doch vor Kurzem Geburtstag, oder?«

»Ja, ich hab Kuchen gekriegt. Aber ein schöner Tag war das eigentlich nicht, der Oberst ist nämlich verschwunden.«

»Ach.«

»Der Oberst war mein bester Vogel.«

»Aha! Du hast Tauben?«

Gunnar lächelte breit. Sein Gesicht verzog sich zu einer grotesken Grimasse, bei der beide Augen schräg nach links rutschten, während er ein seltsames Quieken hören ließ, das vermutlich ein Lachen sein sollte.

»Ja. Ich geh auch zu Wettbewerben. Aber was willst du?«

Seine Augen rutschten wieder in ihre normale Position, als das Lachen verschwand.

»Darf ich wohl mal kurz reinkommen, Gunnar?«

»Nein.«

»Ich würde aber gern mal mit dir reden.«

»Worüber denn? Ich darf keine Fremden reinlassen. Eigentlich darf ich gar nicht aufmachen, wenn jemand klingelt. Wenn Mama bei der Arbeit ist, meine ich.«

»Ich bin froh, dass du es trotzdem getan hast. Aber ich kann ja gut verstehen, dass du niemanden reinlassen sollst. Das klingt doch vernünftig.«

Gunnars Augen wanderten wieder nach links, und er zeigte mit einem breiten Lächeln seine Zähne.

»Ich war neugierig«, gab er zu. »Hier klingelt sonst nie jemand, wenn Mama nicht zu Hause ist.«

Henriks Gehirn arbeitete auf Hochtouren. Er berührte dreimal beide Nasenflügel.

»Darfst du mir deine Tauben zeigen, Gunnar?«

»Nicht allen. Das hab ich so entschieden. Die brauchen ihre Ruhe. Viele von denen brüten auch gerade.«

»Aber ich bin ja nicht alle«, sagte Henrik und beschloss, alles auf eine Karte zu setzen. »Ich komme von der Polizei, weißt du.«

»Von der Polizei«, wiederholte Gunnar skeptisch. »Meine Tante ist tot. Die Polizei macht ihre Arbeit nicht.«

»Ich geb mir aber alle Mühe, Gunnar. Wirklich alle Mühe.«

Er öffnete den Reißverschluss seiner Jacke und schob die Hand in die Innentasche.

»Schau mal«, sagte er und reichte Gunnar seinen Dienstausweis.

»Das ist gut«, meinte Gunnar und griff danach.

Er hielt sich den Ausweis ganz dicht vor die Augen, als ob er fast blind wäre.

»Die Polizei hat nicht rausgefunden, wer mich zusammengeschlagen hat«, sagte er und starrte weiter auf die Plastikkarte. »Obwohl ich gesagt hab, dass das zwei Pakistaner waren.«

»Das ist aber nicht genug, weißt du. Dass es zwei Pakistaner waren. Davon gibt es viele in Norwegen.«

»Zu viele. Zu viele. Willst du meine Tauben sehen?«

»Ja, gern.«

»Ich bin nicht wie alle anderen«, sagte Gunnar, schien aber nicht in den Garten gehen zu wollen, wo sich der Taubenschlag doch befinden musste. »Und zwar, weil ich verprügelt worden bin. Dabei ist mein Gehirn kaputtgegangen.«

»Das weiß ich. Ich habe die alten Unterlagen über deinen Fall gelesen. Aber soll ich dir etwas verraten?« Henrik beugte sich ein wenig zu ihm vor. »Ich bin auch nicht wie alle anderen«, flüsterte er.

»Seh ich. Dein Kopf ist zu groß.«

Henrik lächelte. Er steckte die Hände in die Taschen. Seltsamerweise fühlte er sich jetzt viel ruhiger. Gunnars viel offensichtlicherer Zustand schien ihm selbst eine Normalität zu verleihen, die seine Tics überflüssig machten.

»Das liegt daran, dass ich so wahnsinnig schlau bin«, sagte er.

»Ich bin das nicht. Nicht mehr. Ich war gut in der Schule, sagt Mama. Früher. Bevor ich verprügelt worden bin. Jede Menge gute Noten. Wie intelligent bist du?«

»Weißt du, was Mensa ist?«

»Nein.«

»Weißt du, was ein IQ ist?«

»Ja. Das ist eine Fernsehsendung. Mit diesem fiesen Schwulen.«

Henrik musste lachen. In seinem Körper breitete sich jetzt wirklich eine ganze fremde Ruhe aus. Wie früher, in jener Zeit, als er Medizin genommen hatte, obwohl seine Mutter dagegen gewesen war.

»Die Sendung heißt QI. Das ist eine Art Wortspiel, kann man sagen. Ein Buchstabenspiel.«

Im Bruchteil einer Sekunde ging ihm auf, dass es eine richtige Entscheidung gewesen war, sich als Polizist auszuweisen. Und ohne sich die Sache auch nur überlegen zu wollen, setzte er wieder alles auf eine Karte.

»Stephen Fry heißt der Moderator. Er ist wirklich homosexuell. Und Schauspieler. Und Jude. Und noch vieles andere.« Wieder beugte er sich vorsichtig zu Gunnar vor. »Er hat einen sehr jungen Freund«, flüsterte er. »Der sieht auch ziemlich gut aus. Darum beneide ich ihn. Ich hatte noch nie eine Freundin. Hast du eine Freundin, Gunnar?«

Der dickliche Mann schüttelte heftig den Kopf.

»Nein. Nein, nein, nein.«

»Dann sitzen wir in einem Boot.«

Gunnar wich fast unmerklich zurück.

»Nein.«

»Nein?«

»Ich hatte mal eine Freundin«, flüsterte Gunnar, und seine Augen rutschten diesmal nach rechts oben. »Jetzt sehen wir uns die Tauben an.«

Aber er rührte sich keinen Millimeter.

»Da hast du aber Glück«, sagte Henrik. »Ich wünsche mir eine Freundin mehr als alles andere auf der Welt. Sie soll lieb sein. Sie muss nicht unbedingt hübsch sein. Eigentlich finde ich alle Mädchen hübsch. Ist mir scheißegal, ob ...«, Henrik lachte leise und setzte sich auf das Treppengeländer, »... ob sie rote oder braune Haare hat. Von mir aus kann sie sogar grüne Haare haben.«

»Oder blaue«, sagte Gunnar.

»Oder blaue«, wiederholte Henrik und zuckte mit den Schultern. »Wie Cyan.«

»Wer?«

»Ein ganz tolles Mädchen in einem Comic.«

»Die heißt nicht Cyan. Die heißt Karina. Meine Freundin.«

»Schöner Name.«

»Das darfst du nicht verraten.«

»Tu ich doch nicht.«

»Ihr Vater ist so streng, weißt du. Gehen wir zu den Tauben?«

»Ja«, antwortete Henrik, ohne vom Geländer zu springen. Auch Gunnar setzte sich noch immer nicht in Bewegung.

»Wo war sie an dem Tag, an dem du verprügelt worden bist?«, fragte Henrik.

»Ich muss die Tauben füttern.«

»Klar doch. Ist der Taubenschlag hier im Garten?«

Er klopfte langsam und rhythmisch mit den Füßen gegen die Bretter.

»Sie ist gestoßen worden«, sagte Gunnar.

»Karina ist gestoßen worden?«

»Ja. Von dem einen Pakistaner.«

»Ach. Das war aber gemein.«

»Der war gemein. Er wollte ...« Gunnar unterbrach sich. »Weiß nicht mehr«, murmelte er dann. »Weiß nicht mehr.«

»Ist sie gefallen?«

»Die Tauben brauchen Futter. Nichts verraten.«

Jetzt verschoben sich seine Augen wieder nach links, und er stieß ein klagendes und ängstliches Kichern aus.

»Das ist ein Geheimnis«, jammerte er und fing an, auf den Fußsohlen auf und ab zu wippen. »Ich weiß nichts mehr. Weiß nichts mehr. Sag nichts mehr.«

»Das ist doch in Ordnung«, entgegnete Henrik ruhig. »Ich dachte nur ...«

Er ließ sich auf den Treppenabsatz vor der Haustür gleiten.

»Was ist mit Karina passiert?«

»Die Tauben. Die muss ich füttern. Du musst jetzt gehen.«

»Du hast gesagt, ich dürfte mit zum Füttern kommen.«

»Geh. Geh jetzt.«

Gunnar fuchtelte mit den Armen wie die Parodie auf einen Verkehrspolizisten.

»Ich geh ja schon«, sagte Henrik beruhigend. »Jetzt gehe ich, Gunnar.«

Er stieg rückwärts die kleine Steintreppe hinunter. Der Kies knirschte unter seinen Füßen, als er ruhig auf das Tor zuging. Nach fünf oder sechs Metern drehte er sich um. Gunnar stand noch immer in der Türöffnung. Er hatte sich ein wenig beruhigt. Seine Arme hingen schlaff herab. Seine Augen schielten ein bisschen.

»Darf ich noch mal wiederkommen?«, fragte Henrik.

»Nein.«

»Na gut. Aber ich hätte sehr gern deine Tauben gesehen.«

Henrik hob die Hand zu einem Gruß und ging los.

Auf halbem Weg zum Tor blieb er plötzlich stehen und drehte sich noch einmal um.

»Was hast du gesagt?«, rief er zum Haus hoch.

»Sie ist ins Wasser gefallen«, antwortete Gunnar so leise, dass Henrik nicht ganz sicher war, ob er richtig gehört hatte.

Ehe er die Frage wiederholen konnte, war Gunnar in dem verwitterten kleinen Haus verschwunden. Die Tür wurde zugeknallt, und Henrik konnte hören, dass der Schlüssel herumgedreht wurde.

Hundert Meter nachdem er vom Årvollvei abgebogen war, hörte Billy T. ein Geräusch, das ihn zum jähen Stehenbleiben zwang. Es hatte nur kurz seine Ohren gestreift, aber es war unverkennbar gewesen.

Billy T. erkannte das Geräusch des Polizeifunks, und es war kurz zu hören gewesen, weil jemand vorsichtig eine Autotür geöffnet und geschlossen hatte.

Langsam und gelassen ging er in die Hocke und stützte das eine Knie auf den nassen Asphalt. Er öffnete den Schnürsenkel am rechten Turnschuh und band ihn wieder zu, während er sich unmerklich mit geübtem Blick umsah.

Natürlich wurde Arfan Olsen überwacht.

Wenn er dieselben Mediengewohnheiten hatte wie Linus, war es kein Wunder, dass der PST zu den guten alten Mitteln greifen musste.

Menschen, Fußvolk, und vermutlich eine Abhöranlage in der Wohnung.

Dass der Polizeifunk kurz zu hören gewesen war, war natürlich ein Patzer. Das Geräusch musste aus einem weißen Kastenwagen auf der anderen Straßenseite gekommen sein, gleich neben dem Müllcontainer, hinter dem er sich selbst anderthalb Tage zuvor versteckt hatte. Billy T. wechselte das Knie und wiederholte dieselbe ausgiebige Operation am linken Schuh.

In der Umgebung war alles still.

Keine Fernmeldearbeiter an den Masten. Keine Straßenarbeiter, die sich eine Pause und eine Cola gönnten. Kein weiteres Team vom PST. Eine Katze stolzierte in aller Ruhe über die Straße, und auf dem parallel zu dem Block, in dem Arfan Olsen wohnte, verlaufenden Parkplatz standen einige wenige verlassene Autos.

Ein einziger Posten, stellte Billy T. fest.

Der weiße Kastenwagen.

Das musste bedeuten, dass Arfan nicht zu Hause war und sie das wussten. Er an ihrer Stelle hätte Leute auf allen Seiten des Hauses postiert, um auch eventuelle Besucher zu erfassen. Oder ungewöhnliche Vorfälle.

Billy T. ertappte sich bei einem Grinsen, als er sich aufrichtete und sich die Knie abwischte. Beim Nachrichtendienst ging es heutzutage vor allem um die Fähigkeit, einen Computer zu bedienen. Einen unvorstellbar großen Computer mit Algorithmen und codierten Alarmvorrichtungen und anderem Teufelszeug, von dem Billy T. keine Ahnung hatte. Das Internet war die große Arena der modernen Nachrichtendienste, und viele ihrer Beobachtungsobjekte waren blöd genug, über ihre Pläne auf Websites zu berichten, von denen sie doch wissen mussten, dass die unter dauernder Beobachtung standen. Vor allem die verdammten Dschihadisten, die im Schutze der Meinungsfreiheit in ihrer Hybris eigene Hassseiten unterhielten, auf denen die Gesellschaft angegriffen wurde, die sie beschützte.

Der Teufel hole das ganze Internet.

So ein Einsatz wie dieser hier war Billy T.s Terrain.

Er bog nach rechts ab statt nach links. Weg vom Kastenwagen und Arfan Olsens Block. Danach umrundete er das kleinere Gebäude auf der Südseite der Straße und ging in dessen Windschatten nach Norden. Er überquerte die Grünflächen beim Årvollvei, folgte dem ein kleines Stück und bog nach rechts in den Kildevei ab. Dort überquerte er eine weitere Wiese und stand dann endlich auf der Rückseite von Arfans Wohnblock. Auf der Westseite, wo die Balkons angebracht waren.

Einige waren verglast.

Ein Strich durch die Rechnung, dachte er zuerst.

Die zweite Klingel von unten, links, darauf hatte Linus gedrückt, das wusste er noch. Auf dieser Seite des Hauses mussten die rechten Wohnungen liegen.

Ein willkommener Nebel trieb jetzt durch Årvoll, nachdem der Regen sich gelegt hatte. Man konnte kaum weiter als hundert Meter sehen.

Das half ihm.

Noch immer war alles ganz still.

Er ging zu dem Balkon im Erdgeschoss. Der war zum Glück nicht verglast und so niedrig angebracht, dass ein Mann von Billy T.s Größe problemlos über die Kante schauen konnte. In der Ecke war eine kleine Sitzgruppe gelagert. Unter einer Plane ahnte er die Umrisse eines Gasgrills, und neben den Möbeln waren drei leere Blumenkästen gestapelt. Drinnen war es dunkel. Er nutzte die Chance und zog sich über die Kante.

Das ging leichter, als er erwartet hatte. Er hatte keine Ahnung, wie viel er jetzt wog, wusste aber, dass er zu schwer war. Ihm kamen Zweifel, ob er den nächsthöheren Balkon erreichen würde.

Er presste das Gesicht an das Wohnzimmerfenster und schaute hinein. Niemand zu Hause. Jedenfalls nicht im Wohnzimmer. In einem Tempo und mit einer Geschicklichkeit, die er sich nicht mehr zugetraut hätte, stieg er auf die Balkonkante, stützte sich auf die Regenrinne, die dicht an allen drei Balkons vorbeilief, und konnte sich, indem er ein Ventil in der Wand als Fußstütze nahm, zum nächsten Stock hochziehen.

Er hatte es doch tatsächlich geschafft.

Einige Sekunden presste er sich gegen die Seitenwand des Balkons, um wieder zu Atem zu kommen. Das hier war der einzige halbe Quadratmeter, der von innen her nicht zu sehen war, wenn man nicht dicht vor das Fenster trat.

Seine Oberschenkel brannten. Er konnte seinen heftig schlagenden Puls hören. Er versuchte, wieder zu Atem zu kommen.

Endlich wagte er es, sich ein wenig vorzubeugen. Rasch, nur, um einen Blick in die Wohnung zu werfen.

Drinnen war es dunkel. Es sah geradezu leblos aus.

Ein weiteres Mal beugte er sich vor und schaute hinein. Für vielleicht zehn Sekunden, dann stellte er fest, dass der Posten des PST die Lage richtig gedeutet hatte. Arfan Olsen war nicht zu Hause.

Billy T. ging vor der Balkontür in die Hocke und fischte den Dietrich aus der Jackentasche. Das hier war zu einfach. Die Leute investierten Tausende von Kronen, um ihre Haustüren zu sichern, ohne daran zu denken, dass man viel einfacher über den Balkon einsteigen konnte.

Er brauchte elf Sekunden, um das Schloss zu knacken, dann zog er Wegwerfhandschuhe an.

So leise wie möglich schob er die Tür auf und schlich hinein. Da die Wohnung aller Wahrscheinlichkeit nach abgehorcht wurde, streifte er vorsichtig die Schuhe ab.

Er sah sich um. Es roch nach nichts.

Das Zimmer war spartanisch eingerichtet. Ein Sofa von IKEA, das gleiche, das auch er hatte. Ein Sessel und ein fleckiger alter Couchtisch. Die eine Wand bedeckte ein breites Regalsystem, dessen unterer Teil aus einem Schrank mit Türen bestand. Er ging näher heran und warf einen raschen Blick auf die Bücher, die nur drei der insgesamt wohl neun Regalmeter füllten. Meistens juristische Fachliteratur. Zwei Romane von Jo Nesbø und ein Weltatlas. Drei Reiseführer, für Berlin, Prag und Rom. Die Wände waren kahl.

Hier war es so aufgeräumt wie in dem Zimmer von Linus.

Es war die Wohnzimmerversion von Linus' Zimmer.

Billy T. merkte, dass sein Puls sich wieder beschleunigte. Noch immer war alles still. Dennoch verspürte er den heftigen Drang, diese Wohnung zu verlassen. Er hatte keine Ahnung, wieso er noch hier war.

Krampfhaft versuchte er, ruhig zu atmen, aber seine Hände und Füße prickelten. Er hyperventilierte, das ging ihm nun auf, und er suchte fieberhaft in seinen Taschen nach etwas, das einer Tüte ähneln könnte. Aber er fand nur Schlüssel, Kleingeld und sein Mobiltelefon, und deshalb formte er die Hände zu einer Schale und atmete hinein.

Linus hatte doch die Wahrheit gesagt.

Linus war nicht konvertiert.

Verzweifelt versuchte Billy T. sich zu erinnern, warum er diesen Einbruch in eine Wohnung in Årvoll für eine gute Idee gehalten hatte. Um festzustellen, wo sein Sohn da hineingeraten war. Aber sein Gehirn wollte nicht mitspielen, jeder Gedanke schien ihm davonzurutschen. Er riss sich die Hände vom Mund und fischte sein Telefon aus der Hosentasche. Seine Finger zitterten, als er die Kamera einschaltete. Er zog den rechten Handschuh aus, hob das Telefon auf Augenhöhe und fing an zu knipsen.

Den Balkon. Die Sitzgruppe. Er drehte sich um, trat zwei Schritte zurück und machte zwei Fotos vom Bücherregal, von der linken Seite und von der rechten. Das beruhigte ihn ein wenig.

Leise ging er von einem Zimmer zum anderen, öffnete Schränke und Schubladen mit der linken Hand, an der er noch immer den Handschuh trug, und knipste weiter. Nach einigen Minuten gab es in der kleinen Wohnung kaum noch etwas, das nicht auch in Billy T.s neuem Samsung Galaxy gespeichert war.

Noch immer war sein Puls hoch, aber das Gefühl der Panik hatte sich gelegt. Er stieg in seine Schuhe, steckte das Telefon in die Jackentasche und schlich zurück auf den Balkon.

Zwei Minuten später stand er unten auf der Rasenfläche. Der Drang, so schnell wie möglich wegzulaufen, war überwältigend. Dennoch schlenderte er in gemächlichem Tempo über die Grünfläche, auf dem Weg, den er gekommen war, und schaute sich erst beim Wäldchen am Kildevei um.

Alles war still. Niemand hatte ihn gesehen. Die kühle, feuchte Luft kam ihm befreiend vor, und er atmete leichter. Im Nebel konnte er die Balkons gerade noch erahnen. Am Montag, als er beschlossen hatte, Linus' Unternehmungen auf den Grund zu gehen, war er bei seinem Hausarzt gewesen und wegen eines verletzten Knies krankgeschrieben worden. Dabei war an seinen Knien rein gar nichts auszusetzen, und so gesehen konnte er auch noch Versicherungsbetrug auf die Liste der Vergehen setzen, deren er sich in den vergangenen Tagen schuldig gemacht hatte.

Die Liste wurde inzwischen lang.

Er zitterte ein wenig in der Kälte und ging weiter. Jetzt wusste er immerhin, wozu der verbotene Besuch bei Arfan Olsen gut gewesen war, und der Angstanfall verebbte allmählich.

Silje Sørensen hatte Angst, sie könnte krank werden. Ihr war viel zu heiß, ihr Hals kratzte, und die Kopfschmerzen, an denen sie schon seit dem Vortag litt, drohten sie umzubringen.

»Da bist du endlich«, seufzte sie, als Håkon Sand zur Tür hereinkam, wie immer ohne größere Vorwarnungen als ein kurzes Klopfen, ehe er die Tür aufriss.

Es war inzwischen halb sieben Uhr abends am Donnerstag, dem 10. April.

Nachdem sie versucht hatten, die peinliche Angelegenheit mit der brutalen Festnahme von Khalil Alwasir mit einer vorbehaltlosen Entschuldigung aus der Welt zu schaffen, kochten die Gemüter draußen nun wirklich.

Die Explosion auf der Gimleterrasse lag jetzt zwei Tage zurück. Bisher war der öffentliche Meinungsaustausch von einem gewissen Respekt für die vielen Toten und deren Hinterbliebene geprägt gewesen, jedenfalls in den herkömmlichen Medien. Aber auch da waren diejenigen zu Wort gekommen, die Silje in Gedanken als extreme Rechte bezeichnete, auch wenn sie sehr gut wusste, dass sie dieses Etikett leider nicht verdient hatten. Es gab noch Schlimmere. Wenn sie in Zeitungen und im Fernsehen zensiert wurden, dann nahmen sie in den sozialen Medien kein Blatt vor den Mund.

Als ob der PST nicht ohnehin schon genug zu tun hätte, dachte sie, wenn sie ein seltenes Mal zwei Minuten Zeit hatte, um einen Blick auf Facebook oder Twitter zu werfen.

Die muslimischen Stimmen waren mit wenigen Ausnahmen stumm geblieben.

Die Muslime trauerten.

Einige Familien hatten die Überreste ihrer Angehörigen bereits beerdigen können. Aber nicht alle, auch wenn sich auf Siljes Anweisung hin Polizei und Rechtsmedizin darum bemüht hatten, dass die Leichen so schnell wie möglich freigegeben werden konnten.

Nach dem Zwischenfall im Hauptbahnhof war jedoch bei vielen die Geduld zu Ende.

Zwei Parlamentsabgeordnete, eine Frau von den Konservativen und ein Mann von den Sozialisten, hatten bei einem Interview im *NRK* so wütend gewirkt, dass Silje glaubte, durch den Bildschirm ihre Speicheltropfen zu spüren. Sie betonten, dass es nicht den geringsten Grund gegeben habe, Khalil Alwasir für einen Terroristen zu halten, wenn die Polizei sich nicht ausschließlich auf Haut- und Haarfarbe fixiert hätte. Alwasir hatte kurze Haare und keinen Bart, trug ein Jackett von Armani und Designerjeans. Er hätte sich als Abteilungsdirektor bei Aker Solutions ausweisen können, wenn sich die Polizei dreißig Sekunden Zeit genommen hätte, ihn nach seiner Identität zu fragen, statt ihn so brutal zu Boden zu reißen, dass er das Bewusstsein verlor.

Rassismus, schäumten tonangebende Muslime im ganzen Land, und Silje musste ihnen im Grunde recht geben. Nicht öffentlich, natürlich, in einer Stellungnahme hatte sie erklärt, die Polizei sei eben in höchster Alarmbereitschaft und Alwasir habe immerhin einen herrenlosen Rucksack hinterlassen, trotz der verschärften Warnungen der Behörden. Håkon gegenüber war sie jedoch außer sich vor Wut gewesen, während er mit den Schultern gezuckt hatte und zum Schlafen nach Hause gegangen war.

Natürlich war es Rassismus.

Alltagsrassismus gemischt mit Hysterie, dachte sie. Eine lebensgefährliche Mischung.

»Darf ich um eine kurze Zusammenfassung bitten, ehe du gehst?«, fragte Håkon und ließ sich in einen Sessel fallen.

»O verdammt, das hat ja so gut getan, mal zu schlafen.«

»Kann ich mir vorstellen. Ich könnte hier und jetzt ins Koma fallen.«

»Die Sache mit dem Tunesier hast du ja fein in Ordnung gebracht, ehe ich abgehauen bin, die brauchen wir nicht mehr zu erwähnen.«

Sie öffnete den Mund, um ihn zusammenzustauchen, hatte aber keine Kraft mehr.

»Der Sprengstoff«, sagte sie stattdessen.

»Ja?«

»Die vorläufige Analyse lässt annehmen, dass es sich um den NATO-Typ C4 handelt. Mit anderen Worten, er kann von unseren eigenen Leuten stammen. Leider oder zum Glück, wie man es nimmt. Wenn er aus dem Mittleren Osten stammte, hätten wir ein Wahnsinnsproblem und die Frage, wer ihn hergebracht hat. Wenn er aus Norwegen stammt, hat jemand hier ein, gelinde gesagt, schwerwiegendes Erklärungsproblem.«

»Die Armee«, ergänzte Håkon und nickte.

»Vor allem die, aber schließlich wird C4 hierzulande auch zu zivilen Zwecken verwendet. Unter strengen Auflagen, aber dennoch. Wir arbeiten mit aller Kraft an Analysen, die uns mehr über das Mischungsverhältnis sagen können, dann wissen wir hoffentlich auch, woher der Sprengstoff stammte. Die Kollegen arbeiten bis zum Anschlag.«

»Dann müssen wir uns mit Geduld wappnen«, entgegnete er grinsend.

»Sag das mal den Leuten da draußen«, seufzte sie und schlug die Hände vors Gesicht.

»Und der Mord? Jørgen alias Abdullah?«

Silje lehnte sich in ihrem Schreibtischsessel zurück, legte den Kopf in den Nacken und schloss die Augen.

»Nichts Neues«, murmelte sie.

»Es gibt immer irgendetwas Neues«, widersprach Håkon. »Wissen wir zum Beispiel mehr über den Zeitpunkt des Todes?«

»Bisher geht man von dem Zeitraum zwischen Samstagabend und Sonntagnachmittag aus. Das ist das Problem.«

»Welches Problem?«

Silje öffnete die Augen und starrte ihn an.

»Man könnte meinen, ich wäre hier ausgeruht und nicht du. In dem Video, das wir am Dienstagabend bekommen haben, teilt Abdullah mit, die Räumlichkeiten des ISAN seien gesprengt worden. Aber als das tatsächlich passierte, lag unser Freund offenbar schon in einer Geröllhalde in Nordmarka.«

Sie rieb sich die Augen.

»Natürlich«, murmelte sie, »kann er auch später dort hingebracht worden sein.«

»Haben wir eigentlich einen brauchbaren Kontakt zum ISAN?«

Silje zuckte mit den Schultern.

»Ihr Vorsitzender ist bei dem Anschlag ums Leben gekommen, aber jetzt stehen wir in ständiger Verbindung zu seiner Stellvertreterin. Wie hieß sie doch gleich?«

»Weiß nicht mehr. Ich hab doch zwei Jahre gebraucht, um mir die Namen von Abid Raja und Hadia Tajik zu merken, als die in der Regierung waren. Man hat irgendwie keinen Bezug zu diesen seltsamen Buchstabenkombinationen. Ola ist eben Ola, Marius ist Marius, und Mohammed geht ja auch noch. Aber diese vielen anderen Namen werden leicht zu einer Art Kauder-«

»Håkon!«

»Huch«, sagte er und schlug sich vor den Mund. »Da hab ich doch glatt vergessen, *pc* zu sein.«

Sie schwiegen einen Moment.

Als Silje kurz die Augen schloss, bildete sie sich ein, all die Presseleute im Foyer hören zu können, bis zu ihr hinauf in den sechsten Stock, durch geschlossene Fenster.

»Haben wir die Amerikaner gefragt?«, wollte nun Håkon wissen.

»Nach Satellitenbildern? Ja. Die geben nicht gern zu, dass sie Norwegen so genau im Auge behalten, aber ihre Satelliten ziehen in regelmäßigen Abständen ihre Bahn über uns. Bestimmt haben sie Bilder von Nordmarka. Die können unglaublich detailliert sein. Mit etwas Glück gibt es welche, auf denen die Leiche abgelegt wird. Bei einem normalen Fall würden die Amerikaner uns ja nur befremdet und leicht beleidigt ansehen. Aber bei so einem Terroranschlag ...«

Sie schluckte und griff sich an den Hals.

»Ich glaube, ich werde krank.«

»Das darfst du nicht.«

»Das Außenministerium kümmert sich um die Satellitenbilder. Wir werden sehen.«

Håkon stand auf und ging zur Kaffeemaschine. Er drückte auf zwei Knöpfe, und das übliche leise Gebrumm setzte ein.

»Möchtest du?«

»Nein, danke«, antwortete Silje. »Ich hoffe, dass ich umkippen kann, sowie ich zu Hause bin.«

»Ich habe mir eines überlegt«, sagte er, während er darauf wartete, dass die Maschine fertig gebrummt hatte.

Silje gab keine Antwort. Sie versuchte, Kräfte zu sammeln, um aufzustehen.

»Wer hat eigentlich etwas davon, dass der ISAN so hart getroffen wurde?«

»Von Terrorismus haben immer nur die Terroristen etwas«, entgegnete sie tonlos.

»Aber ...«, Håkon nahm seinen doppelten Espresso und setzte sich wieder, »... eigentlich haben beide extremistischen Seiten etwas davon, findest du nicht?«

»Keine Ahnung«, murmelte sie. »Ich will nach Hause. Kannst du mal bei der Fahrbereitschaft anfragen? Ich setze mich in diesem Zustand besser nicht selbst hinters Steuer.«

»Leute wie Kari Thue müssen doch auf dem Tisch tanzen. Und das tun auch die Spastis vom rechten Rand der FRP.«

»Håkon.«

Ihr fehlte die Kraft für wirklichen Protest.

»Aber du hast es mitbekommen. Die suhlen sich doch geradezu in ihren Hab-ich's-nicht-gleich-gesagt-Sprüchen, auf eine Weise, wie ich es nur selten gehört habe. Gleichzeitig ist klar, dass jedenfalls die extremen Muslime es wunderbar finden, dass der ISAN einen Schuss vor den Bug gekriegt hat. Im wahrsten Sinne des Wortes.«

»Nein. Nicht im wahrsten Sinne des Wortes. Die waren in keinem Boot. In übertragenem Sinne.«

Noch immer schien er ihre Einwände nicht zu hören. Er redete unverdrossen weiter:

»Mein Nachbar ist beim ISAN aktiv. Zum Glück war er am Dienstag nicht da. Total toller Typ. Er ist Busfahrer, hat aber vor einigen Jahren neun Millionen Kronen im Lotto gewonnen und ein Reihenhaus gleich neben uns gekauft. Pakistaner, wie fast siebzig Prozent der Mitglieder des ISAN. Asif heißt er. Asif Afridi.«

»Den Namen kannst du dir also merken ...«

Håkon sah sie überrascht an.

»Aber den kenn ich doch! Wie gesagt, toller Typ. Hat mehr

Gemeinschaftssinn als die ganzen anderen in unserer Straße zusammen. Drei feine Kinder. Zwei Jungen und ein Mädchen. Seine Frau ist zwar ein bisschen reserviert, das muss ich schon sagen, und ich habe den Verdacht, dass sie nicht so gut Norwegisch spricht, auch wenn sie sicher schon zwanzig Jahre hier ist. Aber sie ist immer freundlich. Nie gibt es Ärger mit denen. Und, Silje, ist es nicht eigentlich so, dass der ISAN für genau das steht, was wir ...«

Er verstummte und zögerte. Nippte an seinem Kaffee.

»Das sind die Muslime, die wir Norweger eigentlich hier im Land haben wollen«, fuhr er ungewohnt nachdenklich fort.

»Norwegische eben«, sagte Silje und gähnte. »Eher norwegisch als muslimisch, wie Professor Siddiqui gesagt hat.«

»Sicher.« Håkon wirkte jetzt ganz eifrig. »Aber eigentlich bedrohen sie beide Außenränder der Skala gleichermaßen, findest du nicht?«

»Doch. Rufst du jetzt die Fahrbereitschaft für mich an?«

»Solche wie dieser Fjord-Troll und Kari Thue und der Bodensatz in der FRP wollen doch keine Muslime wie die beim ISAN. Sie wollen Irre wie Muhammad ... wie hieß der doch noch gleich?«

»Awad.«

»Solche wie Muhammad Awad und Mullah Krekar. Sie wollen die Verrückten. Die, die Ministerpräsidenten bedrohen und Fatwas erlassen und so.«

»Ich habe noch nie von einer Fatwa gehört, die auf norwegischem Boden erlassen worden wäre. Und jetzt muss ich nach Hause, Håkon.«

»Das Paradoxe ist, dass die extremen Muslime dasselbe wollen«, fuhr Håkon fast begeistert fort. »Sie wollen keine norwegischen Muslime. Keine, die in norwegischer Tracht und mit wehenden Fahnen den Nationalfeiertag begehen. Keine Stadtverordneten und Hausärztinnen und Fußballtrainer für die Nachwuchsmannschaft. Keine Musliminnen, die Norweger heiraten und die Rechtschreibung besser beherrschen als neunzig Prozent der ethnischen Norweger.«

»Lass uns ein andermal darüber reden.«

»Aber begreifst du nicht, worauf ich hinauswill?«, rief er und sprang auf. »Der PST nimmt an, dass diese jugendliche Versagerbande unter Führung eines hellen Kopfes, der ein Jurastudium absolviert, von Dschihadisten manipuliert wird. Aber könnten sie nicht auch irgendwelchen Rechtsextremen auf den Leim gegangen sein?«

Die Polizeidirektorin ging zur Tür und blieb dann stehen.

»Ruf mich an, wenn etwas Wichtiges passiert. Aber es muss wirklich sehr wichtig sein.«

»Sicher. Aber siehst du das nicht auch so?«

»Was denn?«

»Dass bei einem Angriff auf den ISAN den Interessen von Islamisten und Rassisten gleichermaßen gedient ist?«

»Vielleicht«, sagte sie und verließ den Raum auf hohen Absätzen, die sie schon seit vielen Stunden bereute. »Du könntest durchaus recht haben.«

Vielleicht hätte er Mama von dem ungebetenen Gast erzählen sollen. Gleich nachdem der Polizist mit dem großen Kopf gegangen war, war ihm ziemlich klar gewesen, dass er das tun müsste. Aber dann fütterte er die Tauben. Und vergaß Henrik. Er war ja nicht einmal mehr sicher, dass der Mann Henrik geheißen hatte. Doch, Henrik, aber seinen Nachnamen hatte er nicht gesagt.

Als Mama nach Hause kam, erinnerte er sich an den unerwarteten Besuch.

Aber Mama war so gestresst.

Unruhig, und Gunnar mochte es absolut nicht, wenn Mama so war. Sie lief von einem Zimmer ins andere, ohne eigentlich etwas erledigen zu müssen, und als sie sagte, Peder müsse zwei Tauben mitnehmen, wurde er wütend. Aber Mama konnte es nicht vertragen, wenn er wütend wurde. Dann wurden ihre Augen dunkel und ihre Stimme schrill, und nichts ging mehr.

Eigentlich konnte nur er mit den Tauben umgehen. Peder war schon tüchtig, aber Mama fasste sie zu hart an. Man musste die Tauben mit warmen Händen und liebevoller Stimme anlocken, statt sie einfach aus dem Nest zu zerren. Bei ihm trippelten alle Tauben, abgesehen von den ganz jungen, freiwillig in die Transportkäfige.

»Nein«, jammerte er und wiegte sich auf dem Sofa von einer Seite zur anderen.

»Doch«, sagte die Mutter energisch. »Und du bleibst hier sitzen, während Peder sich um die Tauben kümmert.«

Sie ging.

Gunnar fing an zu weinen. Er musste die Gelegenheit nutzen, dass sie weg war. Mama wurde fast immer böse, wenn er weinte, außer wenn er sich wirklich wehgetan hatte. Ab und zu dachte er, dass sie böse wurde, weil erwachsene Männer eben nicht weinen sollen. Und sein Weinen bewies, dass er nicht richtig erwachsen geworden war. Darüber ärgerte sich Mama. Mama ärgerte sich eigentlich über ziemlich vieles, aber zum Glück war nicht alles Gunnars Schuld. Er ging zum Fenster, obwohl sie ihm befohlen hatte, auf dem Sofa sitzen zu bleiben, bis sie zurückkam.

Peder war ein lieber Bruder, aber Gunnar fand es nicht gut, wenn er in den Taubenschlag ging. Er sah, wie sie da unten am Werk waren, Mama kam mit dem ersten Käfig heraus. Er war so weit entfernt, dass er nicht sehen konnte, welche Taube in diesem

Käfig saß, aber er fürchtete, es könnte Pu sein. Pu brauchte Ruhe und ungesalzene Erdnüsse, ein Leckerbissen, den Gunnar nur seinen allerbesten Fliegern spendierte.

Die Tauben konnten Salz nicht so gut vertragen.

Kühe hatten Salzsteine auf der Weide, das hatte er im vergangenen Jahr in Valdres gesehen. Hunde mochten Erdnüsse, aber Erdnüsse waren sicher nicht gut für sie. Er selbst mochte Kartoffeln nur mit ganz viel Salz, und einen Moment lang versuchte er, sich an den Namen des fremden Mannes zu erinnern, der am Vormittag geklingelt hatte.

Gunnar freute sich auf den Sommer.

Dann würde er baden, und es würde spannend sein, die neuen Tauben zu beobachten, die jetzt bald schlüpfen würden. Mama hatte gesagt, dass sich schon mehrere Käufer für die Jungen des Oberst gemeldet hatten.

Er würde Geld verdienen.

Vielleicht könnte er etwas Schönes für Karina kaufen. Der Gedanke kam ihm so plötzlich, dass sich sein Gesicht zu einem breiten Lächeln öffnete und sein Blick nach links rutschte.

Nein. Er wusste nicht, wo Karina geblieben war. Der pakistanische Junge hatte sie gestoßen, und Gunnar war sich nicht sicher, was danach passiert war.

Der Polizist hatte wirklich einen großen Kopf, dachte er und setzte sich wieder auf das Sofa. In dem Kopf war sicher Platz für ganz viele Gedanken.

In seinem Gehirn war das anders, das fiel ihm jetzt ein, und schon fing er wieder an zu weinen. Er ließ die Tränen kullern, um die Sache hinter sich zu bringen. Bald würde Mama zurückkommen, und bis dahin musste er sein Lächeln wiedergefunden haben.

Das Lächeln, das Mama so liebte.

»Ich liebe Fisch«, sagte Henrik Holme und nahm sich noch eine Portion von den selbst gemachten Fischstäbchen. »Wie in aller Welt machst du die?«

»Man kauft frischen Kabeljau«, antwortete Ida Wilhelmsen ernst, und ihr Blick folgte dem Weg der Fischstäbchen aus der Schüssel bis auf Henriks Teller. »Dann schneidet man den in rechteckige Stücke. Die tunkt man in Ei. In einer anderen Schüssel hat man Cornflakes, die man so gut zermahlt, wie das mit der Hand überhaupt geht. Und dann kommen Salz und Pfeffer dazu. Darin rollst du den Fisch und brätst ihn auf mittlerer Hitze in guter Butter. Bis er schön golden ist.«

»Gute Butter«, sagte Henrik und lächelte. »Ich hab noch nie jemanden unter fünfzig ›gute Butter‹ sagen hören.«

Ida sah ihn noch immer mit tiefem Ernst an.

»Ich will ja nicht frech sein«, entgegnete sie. »Aber du hast wirklich einen sehr großen Adamsapfel.«

Henrik lächelte.

Er mochte Ida. Ida redete Klartext.

»Weiß ich. Das macht mir auch oft zu schaffen. Meine Mutter meint, ich sollte mich operieren lassen.«

»So wie die Trans-Leute?«, fragte Ida neugierig.

»Jetzt musst du ins Bett«, sagte Hanne.

»Aber er hat noch nicht fertig gegessen«, protestierte Ida. »Es ist unhöflich, den Tisch zu verlassen, wenn die Gäste noch essen.«

»Es ist noch unhöflicher, das Aussehen der Gäste zu kommentieren«, antwortete Hanne trocken. »Mach dich jetzt fertig. Ich komme in genau zwanzig Minuten zum Gutenachtsagen.«

»Ihr seid eigentlich beide manchmal ganz schön unhöflich«, sagte Henrik und wischte sich den Mund mit einer Serviette mit dem goldenen Aufdruck »Fröhliche Weihnachten« ab. »So zwischendurch. Und um ehrlich zu sein, gefällt mir das.«

»Morgen kommt Mama nach Hause«, sagte Ida, während sie mit ihrem Teller in die Küche ging. »Kennst du Mama schon?«

»Nein.«

»Du magst sie bestimmt. Alle mögen Mama.«

»Anders als ...«

Hanne grinste ihre Tochter an, und die verschwand blitzschnell in der Küche. Sie hörten, dass sie ihren Teller unter dem Wasserhahn abspülte, ehe sie ihn in die Spülmaschine stellte und zurückkam.

»Alle, die dich kennen, mögen dich«, sagte sie. »Das Problem ist nur, dass dich fast niemand kennt. Mama kennen alle.«

Die Kleine rieb sich die Hände wie nach einer schmutzigen Arbeit. Einen Moment lang schien sie zu zögern, dann ging sie zu Henrik und umarmte ihn.

»Gute Nacht, Henrik. Komm bald wieder.«

»Jetzt warst du aber wirklich höflich«, sagte er lächelnd und merkte, wie die Röte, die verdammte Röte, an seinem Hals aufflammte.

Zuletzt hatte ihn jemand umarmt, als er selbst noch ganz klein gewesen war. Es war ein Moment der puren Zufriedenheit.

Er griff nach seinem Wasserglas und nippte daran wie an einem edlen Wein.

»Gute Nacht, Ida«, sagte er. »Es ist wunderschön, dich kennengelernt zu haben. Und du bist eine hervorragende Köchin, das muss ich sagen. Als ich in deinem Alter war, konnte ich nur Spiegelei machen.«

Ida verließ das Wohnzimmer.

»Feines Kind«, sagte er, als sie eine Tür zufallen hörten.

»Ja. Manchmal ein bisschen altklug, aber ein liebes Mädchen. Würdest du den Rest abräumen?«

Henrik erhob sich. Er versuchte sich zu erinnern, ob er jemals einen anderen Tisch abgeräumt hatte als seinen eigenen und den seiner Eltern. Während er Teller und Besteck in die Spülmaschine stellte, ging ihm auf, dass er noch nie irgendwo zum Essen eingeladen gewesen war. Außer bei Verwandten.

»So«, sagte er, als er mit einem Lappen zum Tisch zurückkam. »Danke für das leckere Essen.«

»Karina war an dem Abend also dabei«, sagte Hanne, während er eifrig den riesigen Eichentisch abwischte.

»Das hat Gunnar gesagt. Er hat sich verplappert. Möglich, dass er es zum allerersten Mal verraten hat. Weißt du, was ich glaube?«

»Weißt du noch, was ich dir heute Morgen gesagt habe?«

»Dass wir nie etwas glauben dürfen. Sicher. Aber hör her ... «

Er fuhr ein letztes Mal mit dem Lappen über das Tischende und setzte sich dann.

»Schön, wenn der Lappen nicht da liegen bleibt«, sagte Hanne und zeigte darauf. »Das gibt Flecken.«

»Entschuldige.«

Er sprang auf und brachte den Lappen in die Küche.

»Du brauchst dich nicht für absolut alles zu entschuldigen«, rief sie ihm nach, und er glaubte, einen Hauch von Irritation in ihrer Stimme zu hören.

»Nein«, sagte er und hob die Hände, als er zurückkam. »Tut mir leid. Werd damit aufhören.«

Sie sah ihn leicht vorwurfsvoll an.

»Trinkst du Wein?«

»Nein. Ja. Ich meine, natürlich trinke ich Wein. Aber nicht besonders gern.«

»Was möchtest du denn trinken?«

»Nichts. Ich bin sehr zufrieden.«

Er hob das Glas, das noch immer auf dem Tisch stand.

»Gut«, entgegnete sie. »Was wolltest du sagen?«

»Gunnars Gehirnverletzungen scheinen sehr umfassend zu sein«, sagte er. »Wenn ich raten müsste, dann würde ich sein geistiges Niveau auf das eines etwa Sechs- bis Achtjährigen schätzen. Aber anders als die meisten Kinder dieses Alters hat er nur ein ziemlich begrenztes Erinnerungsvermögen. Gedanken scheinen von einer Sekunde auf die andere zu verschwinden. Dennoch weiß er eine ganze Menge. Er hält zum Beispiel Tauben. Wettbewerbstauben. Ich vermute, das erfordert Kenntnisse und Routinen, und das setzt wiederum die Fähigkeit voraus, sich zu erinnern und die Zeit im Blick zu behalten. Ich bin zwar nicht gerade ein Gehirnforscher, aber ...«, er versuchte, sein Gespräch mit Gunnar zu rekonstruieren, »er erinnert sich offenbar an einige Dinge aus der Vergangenheit. Zum Beispiel hat er Karina nicht vergessen. Er beharrt auf der Geschichte von den zwei Pakistanern, seit er wieder sprechen kann. Was, wenn ...«

Er starrte auf das nach Norden gerichtete Fenster. Noch immer zog sich ein fast schnurgerader diagonaler Riss durch das Glas.

»Karina und Gunnar waren also beim Stausee«, fing er wieder an. »Ich glaube nämlich nicht, dass Gunnar lügen kann.«

»Warum nicht?«

»Das ist zu schwierig. Zu kompliziert. Es ist problematisch genug für ihn, Dinge für sich zu behalten, also nicht alles zu sagen, was er weiß. Ich glaube, da verläuft die Grenze seiner Fähigkeiten. Als er Karina erwähnte, und vor allem, als er sagte, dass sie ins Wasser gestoßen wurde, schien er plötzlich ziemlich verzweifelt zu sein. Ich bin vielleicht der Allererste, dem er das erzählt hat.«

Hanne kniff die Augen ein wenig zusammen.

»Warum solltest du, ein Fremder, ihn dazu bringen können,

über Dinge zu sprechen, die er anderen gegenüber achtzehn Jahre lang verschwiegen hat?«

Henrik stand auf. Mit einem verlegenen Lächeln tippte er dreimal gegen jeden Nasenflügel. Schlug sich mit den Fingerknöcheln der linken Hand gegen die Schläfe und zupfte sich am rechten Ohrläppchen.

»Weil ich *mit* ihm geredet habe, nicht *zu* ihm. Verstehst du, Hanne ... «

Er setzte sich wieder und schob die Hände unter die Oberschenkel.

»Anders zu sein ist ganz schön schwierig.«

»Damit kenne ich mich aus«, entgegnete Hanne.

»Nein. Bei allem Respekt. Das tust du nicht.«

Er konnte dem gletscherblauen Blick standhalten, ohne mit der Wimper zu zucken.

»Weiter«, sagte sie nach einigen Sekunden.

»Deine Art, anders zu sein, sorgt für Bewunderung. Auch Zorn, glaube ich, und vielleicht Ohnmachtsgefühle.« Liebe, hätte er fast hinzugefügt, traute sich aber nicht. »Im Haus sind noch immer Geschichten über dich im Umlauf«, sagte er stattdessen. »Deine Art, anders zu sein, ist irgendwie ... erhaben. Meine dagegen bringt andere zum Lachen. Schlimmstenfalls errege ich Abscheu. Ich werde nach unten definiert, du nach oben. Als ich zum ersten Mal von dir hörte, wurdest du mir fast wie eine Halbgöttin beschrieben.«

Jetzt lächelte sie. Und das Lächeln erreichte ihre Augen.

»Bei Leuten wie Gunnar dagegen ist das Anderssein störend für die Außenwelt. Er sieht zum einen noch auffälliger aus als ich und ist nicht gerade hübsch, um ehrlich zu sein. Vielleicht war er das einmal, aber seine Grimassen sind ... hässlich. Zweitens ist es wirklich nicht einfach, mit ihm zu sprechen. Er reagiert oft seltsam und scheinbar unangemessen auf Fragen. Und eigentlich auch auf seine eigenen Aussagen. Er kann zum Beispiel sagen, dass er jetzt geht, und dennoch stehen bleiben. Ich glaube, irgendwann wird jemand, der für ihn sorgen muss, anfangen, ihn zu übersehen. Ich meine … «

Er trank den letzten Schluck aus seinem Glas.

»Seine Mutter liebt ihn sicher so sehr, wie jede Mutter ihr Kind liebt. Aber es ist doch möglich, dass die Fürsorge leicht in reine Alltagsbewältigung umschlägt, oder? Sie hat einen Sohn, der plötzlich wieder zum Kind geworden ist und für den sie ihr Leben lang verantwortlich sein wird. Sie muss alle Entscheidungen für ihn treffen und ihm ständig sagen, was er zu tun hat. Vermutlich bis ins Detail, etwa wann er duschen und wann er die Unterwäsche wechseln soll. «

Er sah Hanne wieder an. Sie hörte offenbar konzentriert zu und war zugleich ein wenig abwesend, als ob sie aufmerksam lauschte und gleichzeitig an etwas anderes dachte.

»Ich glaube, dass Kirsten Ranvik *zu* ihrem Sohn spricht. Nicht *mit* ihm. Wenn Gunnar ihr je erzählt hätte, dass Karina an dem Abend dabei war, dann wäre sie damit doch zur Polizei gegangen? In den Unterlagen steht ja, dass sie, gelinde gesagt, aufgebracht war, weil die Ermittlungen nicht vorankamen. «

Hanne strich sich den Pony aus der Stirn und nickte.

»Punkt für dich «, sagte sie kurz.

»Und wenn Gunnar erwähnt hätte, dass Karina ins Wasser gefallen ist, dann glaube ich wirklich, dass sie … «, er hob sein Glas hoch, » … ins Wasser gefallen ist. Und dann muss er den Akerselv meinen. Das Maridalsvann ist ja als Trinkwasserreservoir eingezäunt. «

»Es ist leicht, über den Zaun zu klettern «, wandte Hanne mit einer Miene ein, die er als Lächeln deutete. »Bill … ein Freund von mir, und ich haben verbotenerweise da Krebse gefangen, als wir noch ...«

»Mit einer gebrochenen Hüfte und schweren Kopfverletzungen über den Zaun klettern? Gunnar wurde vor dem Zaun gefunden, Hanne. Was bedeutet, dass hier vom Fluss die Rede ist. Und da oben ist der Akerselv reißend und voller Felsblöcke. Ich habe mich da umgesehen, nachdem ich bei Gunnar war.« Erneut sprang er auf, setzte sich dann aber wieder und fuhr fort: »Wenn Karina ins Wasser gefallen ist, war das ziemlich dramatisch.«

»Du bist tüchtig.«

»Was?«

»Hast du Asperger?«

»Asperger ist keine Diagnose mehr. Aber nein. Ich bin als Kind auf einen leichten Grad von Autismus untersucht worden. Aber die Psychologen meinten, meine Fähigkeit, Zuneigung zu entwickeln, sei doch etwas zu groß für diese Krankheit. Ich liebe die Menschen sehr, die ich überhaupt lieben darf. Ich habe außerdem gern Körperkontakt. Auch wenn ich davon nicht gerade viel bekomme.«

Überrascht stellte er fest, wie ruhig er war.

»Was fehlt dir denn dann?«

»Weiß nicht. Von allem ein bisschen, vielleicht. Ich habe eindeutig Probleme mit Zwischentönen, hieß es im Bericht. Ironie, zum Beispiel. Mir ist es lieber, wenn alle sagen, was sie wirklich meinen. Aber ich habe durchaus Verständnis für andere Menschen, sagen die Psychologen. Tourette, vielleicht, aber ohne sprachliche Tics? Weiß nicht. Ein Psychologe meinte, ich sei einfach ein sehr intelligenter und schüchterner Bursche mit einem zu großen Adamsapfel.«

Sie lächelte. Er lächelte zurück. Es gefiel ihm, dass sie fragte. Henrik wünschte, alle würden fragen.

»Du bist jedenfalls faszinierend«, sagte Hanne. »Das ist sehr gut, Henrik. Sprich weiter.«

»Was, wenn …« Er legte die linke Hand auf die Tischplatte und fing an zu trommeln. Der linke Fuß schlug auf dem Boden den Takt. »Lass mich mal ein Was-Wenn versuchen, Hanne. Nur ein Mal.«

»Von mir aus.«

»Was, wenn das, was an jenem Abend am Maridalsvann passiert ist, nicht nur schwere Körperverletzung war? Was, wenn gleichzeitig auch von Mord die Rede sein müsste?«

»Wenn Karina ins Wasser gestoßen wurde und dadurch ums Leben gekommen ist, wäre sie doch schnell gefunden worden. Der Fluss fließt schließlich quer durch Oslo.«

»Aber wenn sie weggebracht wurde? Aus dem Wasser gefischt und weggebracht? Was, wenn …«

Er unterbrach sich jäh. Ihm war doch nur ein einziges Was-Wenn gestattet worden.

Hanne starrte nachdenklich vor sich hin. Irgendwo in der Wohnung rief Ida nach ihr. Hanne reagierte nicht. Sie saß ganz still da. Henrik versuchte mit aller Kraft, das Gleiche zu tun.

»Die Pakistaner«, sagte sie endlich. »Wir haben keine Ahnung, wer die waren.«

»Nein.«

»Aber das weiß vielleicht Abid Khan.«

»Der Junge aus der 3 B? Der in Rawalpindi war, als der Überfall passiert ist?«

»Ja. Mach ihn ausfindig. Sprich so bald wie möglich mit ihm. Es ist eine hauchdünne Spur, aber eine andere haben wir nicht. Und jetzt musst du gehen.«

Henrik erhob sich.

»Gunnar hat übrigens rassistische Anwandlungen«, sagte er

lächelnd und stopfte sich das Hemd in die Hose. »Er ist der Meinung, dass es in Norwegen schon viel zu viele Pakistaner gibt.«

»Da ist er leider nicht der Einzige. Da ist er nun wirklich nicht der Einzige.«

Eine junge rothaarige Frau saß allein an einem Tisch in der Ecke, ihre Kopfhörer waren mit einem Handy verbunden, das neben ihrem Teller lag. Sie aß langsam einen Salat. Es schien ihr nichts auszumachen, dass sie als Einzige im Restaurant keine Begleitung hatte.

Es war zehn Uhr abends. Das Lokal war überfüllt. An den vergangenen beiden Tagen war es abends in der Stadt zwar merklich ruhiger gewesen, aber das vegetarische Restaurant in der Seilduksgata war bereits zwei Monate nach der Eröffnung ungeheuer beliebt. Nach einer Huldigung in der Zeitung *Dagens Næringsliv* musste man einen Tisch drei Wochen im Voraus bestellen. Einzelne unangemeldete Gäste wurden an die Bar gesetzt, aber längst nicht alle, und dort herrschte das pure Chaos in dem Gedränge.

Nicht jedoch bei der rothaarigen Frau in der Ecke.

Sie hatte sich auf Empfehlung des Kellners ein Glas Weißwein zum Essen bestellt. Einen spanischen Wein, den sie nur skeptisch akzeptiert hatte. Aber sie bereute die Entscheidung nicht. Auch das Essen entsprach ihren Erwartungen. Dazu hörte sie ihre eigene Musik, die deutlich besser war als der Lärm, der aus den Lautsprechern an der Bar dröhnte und sich mit dem Stimmengewirr der ungeduldig Wartenden dort mischte.

Wenn nicht so viele Menschen an der Bar gewesen wären, hätte die Rothaarige vielleicht die entscheidende Zeugin sein können, die die Polizei niemals fand. Die anderen Gäste, Paare oder kleine Gruppen, unterhielten sich miteinander und bekamen nichts mit. Doch die Frau mit den roten Haaren wollte Schriftstellerin werden, obwohl sie Betriebswirtschaft studierte. Sie beobachtete gern Menschen und dachte sich dabei Geschichten über sie aus.

Aber an der Bar herrschte das pure Chaos.

Irgendwann an diesem Abend war ein Koffer unter den Tresen geschoben worden. Er war nicht sonderlich groß, eher wie eine Aktentasche. Zwischen Regenschirmen und Schultertaschen, die die Bargäste dort untergebracht hatten, fiel er kaum weiter auf.

Bis er explodierte.

KAPITEL 5

Wenn Linus nicht so explosiv auf die Drohung reagiert hätte, seine Mutter einzuschalten, hätte Billy T. das sofort getan.

Obwohl es zehn nach zwei in der Nacht auf Freitag war.

Sie war sicher noch wach, denn vermutlich konnten nach dem neuen Terroranschlag die wenigsten Menschen in Norwegen schlafen. Aber er durfte den Jungen nicht verjagen. Dass Linus bei ihm wohnte, gab Billy T. eine gewisse Kontrolle über ihn. Eine Kontaktmöglichkeit.

Außerdem musste er zugeben, dass ein Gespräch mit Grete so ungefähr das Letzte war, was er sich wünschte. Er hatte erleichtert aufgeatmet, als der Junge achtzehn geworden war und er Grete nicht mehr sehen musste. Jedenfalls nicht, bevor Linus heiratete, was jedoch unendlich weit in der Zukunft zu liegen schien.

Billy T. saß in seinem Wohnzimmer vor dem Fernseher.

Sechs Menschen wurden sofort getötet, als die Bombe in dem neuen, hippen vegetarischen Restaurant Grüneres Gras in der Seilduksgata in Grünerløkka hochging. Daneben gab es sehr viele Verletzte. Das Lokal war natürlich vollkommen zerstört, aber die materiellen Schäden waren längst nicht so hoch wie beim Büro des ISAN. Bisher hatte die Polizei nicht bekannt gegeben, welche Sorte Sprengstoff diesmal benutzt worden war, aber jedenfalls hatte er sich in einem Koffer unter dem Tresen befunden und war nicht gezielt an tragenden Elementen im Gebäude angebracht gewesen.

Der *NRK* hatte gerade direkt aus dem Polizeigebäude berichtet, obwohl es keine Neuigkeiten gab. Polizeidirektorin Silje Sørensen hatte vor Mitternacht eine kurze Pressekonferenz abgehalten und mitgeteilt, dass die nächste Verlautbarung erst um neun Uhr am nächsten Morgen erfolgen werde.

Billy T. hatte Mitleid mit Silje. Sie wirkte erschöpft und war an den vergangenen drei Tagen um zehn Jahre gealtert. Vor langer Zeit wäre er fast einmal mit ihr im Bett gelandet, an einem späten Abend während eines Seminars auf der Kielfähre. Obwohl sie sehr viel getrunken hatte, hatte sie doch vor der Kabinentür einen Rückzieher gemacht.

Am nächsten Tag waren sie sehr froh darüber gewesen.

Oder jedenfalls Silje, wie es ihm erschienen war.

Elegante Frau, diese Silje. Tüchtig. Dass ihr Vater, der Reeder, ihr als Vorschuss auf das Erbe ein Vermögen überschrieben hatte, obwohl sie erst Anfang zwanzig gewesen war, war nicht ihre Schuld. Ihr Jurastudium hatte sie in nur drei Jahren absolviert und dabei gleichzeitig eine halbe Stelle bei der Polizei bekleidet. An ihren Fähigkeiten war also wirklich nichts auszusetzen.

Jetzt sendete der *NRK* eine Diskussionsrunde, und Billy T. stellte den Ton lauter. In den letzten beiden Stunden waren bereits allerlei Fachleute im Studio zu Wort gekommen, der eine ernster und besorgter als die andere. Die Politiker hatten hingegen durch Abwesenheit geglänzt, als ob alle Parteien beschlossen hätten, die Nacht verstreichen zu lassen, ehe sie sich zu der immer angespannteren Lage äußerten. Vermutlich nicht so dumm, dachte Billy T., auch wenn der Justizminister und die Ministerpräsidentin deswegen von den Moderatoren kritisiert wurden.

Ein Blick in die Kaffeetasse erweckte Übelkeit in ihm. Er wanderte in die Küche und holte sich lieber ein kaltes Bier.

»Wie ist das möglich?«, flüsterte er betroffen, als er zurückkam und die geladenen Teilnehmer der Diskussionsrunde sah.

Fredrik Grønning-Hansen war einer von ihnen. Der Parlamentsabgeordnete der FRP stand so weit am äußersten rechten Rand seiner Partei, dass er direkt den Schwedendemokraten hätte beitreten können. Was sich der *NRK* dabei dachte, eine dermaßen scharfe Kanone nur wenige Stunden nach dem zweiten Terrorangriff innerhalb von drei Tagen ins Studio zu bitten, war Billy T. unbegreiflich. Der Mann war bis zum Kragen angefüllt mit Islamhass und obendrein ein feiger Sack, der unbedingt seinen Dreck ausschütten wollte. Wer seinem Unsinn widersprach, wurde beschuldigt, ihm einen Maulkorb verpassen zu wollen. Und ihn außerdem krank zu machen. Typischerweise war er der einzige Politiker in Norwegen, der sich nicht an das offenbar getroffene Abkommen hielt, Polizei und Regierung in dieser Nacht erst einmal zu Atem kommen zu lassen und sich nicht sofort zu äußern.

»Verdammter Mistkerl«, murmelte Billy T. und setzte sich. »Verdammter Mistsender.«

Der staatliche Sender hatte jedoch nicht nur Fredrik Grønning-Hansen eingeladen. An seiner Seite befand sich zudem Hilde Fossbakk. Sie war Geschäftsführerin der Denkfabrik Documented Humanity, für die Kari Thue die Website *dochum.no* betrieb.

Eine dumpfe Unruhe ließ Billy T. so sauer aufstoßen, dass er sein Bier beiseitestellte.

Es ist an der Zeit, zu drastischeren Mitteln zu greifen, sagte Fredrik Grønning-Hansen wütend. *Die Polizei muss die Möglichkeit bekommen, unter gewissen Bedingungen hierzulande Muslime zu internieren.*

Die Kamera zeigte nun einen Mann auf der linken Seite des Moderators, der seinen Blick mit aufgerissenen Augen und offenem Mund von Grønning-Hansen zu Hilde Fossbakk und zurück wandern ließ. Er war vom Institut für Friedensforschung und blieb weiter im Bild, sogar als Grønning-Hansen nun hinzufügte: *Ich und viele andere haben seit vielen Jahren vor so einer Situation gewarnt. Wir haben zugelassen, dass unser eigenes Land von innen her zerstört wurde. Unsere Kultur steht vor dem Zusammenbruch, und das ist die Folge einer dermaßen bodenlosen Naivität, dass sie strafbar sein müsste. Unsere wechselnden Regierungen haben in den vergangenen zwanzig Jahren eine stille Invasion zugelassen, noch dazu von Truppen unter falscher Flagge. Einen gemäßigten Muslim gibt es nicht. Niemand ...*

Noch immer zeigte die Kamera den Friedensforscher, der sich nun offenbar endlich gefasst hatte und Grønning-Hansen ins Wort fiel.

Internieren? Fordern Sie hier allen Ernstes, norwegische Muslime sollten interniert werden? Sind Sie sich über die historischen Bezüge dieses Vorschlags im Klaren? Darf ich daran erinnern, was die Amerikaner während des Zweiten Weltkriegs ihren Bürgern japanischer Herkunft angetan haben? Das ist einer der ärgsten Schandflecken in der Geschichte der USA, und Sie wollen hier behaupten ...

Herr Grønning-Hansen redet davon, der Polizei eine Handlungsmöglichkeit zu geben, unterbrach ihn Hilde Fossbakk. *Und es ist interessant, dass Sie den Zweiten Weltkrieg zur Sprache bringen. Die Situation, die wir heute in unserem Land vorfinden, lässt sich nämlich durchaus mit einem Krieg vergleichen. Wir sind im Krieg, und zwar gegen eine Ideologie, die all das vernichten will, worauf diese Nation aufbaut, wie Meinungsfreiheit, Gleichberechtigung und andere grundlegende Menschenrechte!*

Der Moderator hob die Hände, um sie zum Schweigen zu bringen, und fasste dann an sein Ohr. Während er der Information lauschte, die er über Kopfhörer bekam, redete er routiniert weiter.

Nun hat allerdings noch niemand die Verantwortung für den Terrorangriff des heutigen Abends übernommen, sagte er und legte eine kurze Pause ein, ehe sich seine Mimik deutlich veränderte. Seine Stimme klang tiefer, als er langsam und mit dem Blick in die Kamera gerichtet weitersprach: *Doch das ist nun passiert. Soeben haben wir erfahren, dass die* Umma des Propheten *behauptet, für die Explosion in Grünerløkka verantwortlich zu sein. Es handelt sich also nicht ...,* er ließ die Hand sinken und warf einen Blick auf seinen Laptop, *... nicht um die* Wahre Umma des Propheten, *jene Organisation, von der wir erst am vergangenen Dienstag erfahren haben. Jetzt ist die Rede von einer bekannten Organisation, die schon längere Zeit unter Beobachtung der Sicherheitspolizei steht.*

Nun wurde auf ein Video übergewechselt, das einen Mann vor einer neutralen weißen Wand zeigte. Er war mit dem üblichen Tuch maskiert, trug ein weites Gewand und einen Turban. Schräg vor der Brust hielt er ein Automatikgewehr, das Billy T. sofort als russische AK-47 erkannte. Der Mann sprach Arabisch. Ein Simultanübersetzer stotterte sich auf Norwegisch durch die zwei Minuten während groteske Rhetorik. *Allahu akbar*, dann war der Film zu Ende. Er war bei YouTube eingestellt worden.

Billy T. hörte, wie die Wohnungstür geöffnet wurde. Er schaltete den Fernseher aus, sprang aus dem Sessel auf und lief hinaus in den Gang.

»Linus.«

»Hallo.«

»Es ist spät.«

»Ja.«

»Hast du Hunger?«

»Nein.«

Linus zog seine Jacke aus und hängte sie an den einsamen Haken neben dem Garderobenschrank.

»Ich gehe schlafen«, murmelte er.

»Warst du bei Arfan?«

»Das geht dich nichts an.«

»Nein. Aber jetzt musst du mir trotzdem zuhören, Linus. Das musst du einfach. Deinetwegen, nicht meinetwegen. Mach einen großen Bogen um Arfan. Hörst du? Arfan steht unter ...« Er verstummte und versuchte, Linus den Weg in sein Zimmer zu versperren. »Du musst einfach einen Bogen um Arfan machen. Bis auf Weiteres.«

»Er heißt nicht mehr Arfan.«

»Was?«

Linus schob ihn von seiner Zimmertür weg. Billy T. leistete keinen Widerstand, obwohl er das gern getan hätte.

»Er will doch nicht konvertieren«, sagte Linus und ging in sein Zimmer.

Zum Glück ließ er die Tür offen stehen, als er sich aufs Bett setzte und seinen Pullover auszog.

»Weißt du, wie verdammt einfach es ist, zum Islam überzutreten?«

Er schnaubte.

»Die verlangen scheißgarnichts. Wenn du Katholik werden willst oder Jude, zum Beispiel, dann musst du alles Mögliche machen. Die Bibel studieren und Fürsprecher haben und was weiß ich nicht alles. Die nehmen ihre Religion wenigstens ernst. Um Muslim zu werden«, jetzt lachte er, »brauchst du dich einfach nur dazu entschließen. Das ist einfach eine Sache zwischen dir und Allah. Schön, wenn du die Schahāda herunterleiern kannst, aber niemand verlangt das. Wupp, schon bist du Muslim. Was für ein Witz!«

Er stand auf und zog seine Hose aus.

»Mach einen Bogen um Andreas«, sagte Billy T. leise. »Bitte, Linus. Wenigstens für eine Weile.«

»Misch dich da nicht ein«, entgegnete Linus, ehe er sich

die Socken von den Füßen zog und sich unter die Decke legte.
»Mach das Licht aus, ja?«

»Es hat wieder einen Terroranschlag gegeben.«

»Weiß ich. Hab ich in der Stadt gehört.«

»Warst du in der Stadt?«

»Mach das Licht aus. Die Leute sind ganz schön blöd, wenn
sie ins Restaurant gehen, obwohl diese Irren mit neuen Angriffen
gedroht haben. Ich hätte das nicht getan.«

»Kannst du mir versprechen, dich morgen nicht mit Arfan
oder Andreas oder wie er nun heißt zu treffen?«

Linus gab keine Antwort. Er zog sich nur die Decke über
den Kopf und drehte sich zur Wand. Billy T. blieb noch einen
Moment mit der Hand auf der Türklinke stehen, dann seufzte er,
drückte auf den Lichtschalter und zog die Tür leise hinter sich zu.

Als er ins Wohnzimmer zurückgehen wollte, streifte er Linus'
Jacke. Etwas löste sich vom Ärmel und schwebte in langsamen,
wiegenden Bewegungen zu Boden. Billy T. bückte sich und hob
es auf.

Eine Feder. Eine graue und ziemlich große Feder, die bläulich
schimmerte, als er sie ins Deckenlicht hielt.

Vielleicht eine Taubenfeder.

Abermals hatte der Mann aus Sandefjord eine Brieftaube losgeschickt.

Diese hatte einige Tage bei ihm gewohnt, und er hatte sie
inzwischen sogar richtig gern. Da er die Taube im Haus halten
musste, damit die Nachbarn sie nicht sahen, hatte er sich an ihr
warmes, tiefes Gurren gewöhnt. Er fand es beruhigend. Außerdem war der Vogel handzahm und umgänglich.

Als sie fort war, kam ihm das Haus leer vor. E schaltete den
Fernseher ein.

Angesichts dessen, was gerade passierte, empfand er eine tiefe Ruhe. Dass er dazu beitragen konnte, war das Beste, was ihm jemals widerfahren war.

Mittlerweile arbeitete er als Chemiker bei Jotuns, vorher hatte er jedoch an vielen Orten der Welt gelebt, bis er in einem kleinen Labor untergebracht worden war, wo er kaum mehr zu tun hatte, als auf das Rentenalter zu warten. Bis dahin war es zum Glück nicht mehr lange.

Er war weit gereist und vielen Menschen begegnet. Hatte Freunde verschiedenster Hautfarben und Nationalitäten gehabt. Das waren tüchtige und rechtschaffene Leute gewesen, die niemandem etwas schuldig blieben. Sonderlich religiös waren sie auch nicht gewesen, die Menschen, die ihm in Dubai und Südkorea, Australien oder auch in Finnland begegnet waren. Sie waren Fachleute. Sympathische Fachleute, die duschten, wenn es nötig wurde, und die sich um ihre Familien kümmerten. Die hart arbeiteten und niemandem zur Last fielen. Die sich kein Dutzend Kinder zulegten und verlangten, dass er sie mit seinen Steuern ernährte.

Was nach Norwegen kam, war der Bodensatz. Muslimisches Bettlerpack, dem der Islam wichtiger war als die Verfassung.

Er schaltete den Fernseher aus und war zufrieden. Auf der Hut und aufmerksam. Und zufrieden. All die Jahre seit dem Tod seiner Frau allein zu sein, war ihm schwergefallen, aber es hatte sich gelohnt. Er würde seine Schwester zwar gern häufiger sehen, aber Peder hatte schon vor langer Zeit beschlossen, den Kontakt stark einzuschränken. Kontakte und Verbindungen zeichneten Muster. Und sie durften keine Muster oder Spuren hinterlassen.

Alles lief nach Plan.

Und der Plan war einfach genial.

»Man muss nicht genial sein, um zu begreifen, dass die Entwicklung des gestrigen Abends die Lage deutlich verschlimmert hat«, sagte PST-Chef Harald Jensen und fuhr sich mit der groben Pranke über das Gesicht. »Wenn sie überhaupt noch schlimmer werden konnte, als sie ohnehin schon war.«

Der Justizminister kniff die Augen zusammen.

»Du findest es also schlimmer, dass jetzt die *Umma des Propheten* darin verwickelt ist, als wenn diese ...«, er schnaufte und schüttelte den Kopf, ehe er hinzufügte: »... Schwesterorganisation, oder wie wir die nun nennen sollen, die Verantwortung übernommen hätte?«

Silje Sørensen saß am Ende des großen Tisches im Konferenzraum neben dem Büro des Justizministers. Noch immer war das Ministerium hier nur provisorisch untergebracht, bis die Entscheidung darüber gefallen wäre, wie das neue Regierungsviertel aussehen sollte. Und das schien zu dauern.

Es war ein schrecklicher Morgen.

Sechs weitere Familien in tiefer Trauer. Noch viel mehr in großer Sorge um ihre mehr oder weniger schwer verletzten Angehörigen. Das Land war in einer Art Apathie versunken. Was allerdings nicht für die fanatischen Zuwanderungsgegner galt.

Die waren aktiv wie lange nicht mehr.

Bei diesem Gedanken wurde ihr schlecht.

Außerdem war sie krank. Ihr Hals brannte, ihr Kopf schmerzte weiterhin, und eine Stunde zuvor hatte sie 38,5 Grad Fieber gemessen.

Harald Jensen wirkte mindestens ebenso erschöpft. Die Besprechung in Siljes Büro in der Nacht auf gestern war erst gegen vier Uhr morgens beendet worden, aber sie hatte sich gestern Abend immerhin fünf Stunden Pause gönnen können. Als das Video von der *Umma des Propheten* vor genau fünf Stunden bei

YouTube eingestellt worden war, hatte sie in ihrem Büro geschlafen. Harald Jensen nicht.

»Das würde ich absolut so sagen«, bestätigte er und warf dem Justizminister einen fast bedauernden Blick zu, ehe er ein wenig in seinen Unterlagen blätterte. »Wie wir bereits ausgeführt haben, hatten wir eine Zeit lang den Verdacht, dass es sich bei der *Wahren Umma des Propheten* nur um eine Tarnung für viel stärkere Kräfte handelt. Wenn nun die *Umma des Propheten* auf den Plan tritt, bekräftigt das diese Theorie.«

»Also ist die *Umma des Propheten* eine stärkere Kraft?«

»Wir haben sie nicht ohne Grund so gut im Auge behalten. Es ist eine Gruppe mit guten Beziehungen zu Organisationen im Mittleren Osten, die wir ... fürchten, um es vorsichtig zu sagen. Wenn es um Kompetenz, Mittel und nicht zuletzt die Bereitschaft geht ...«, das vorletzte Wort betonte er besonders stark, »... die norwegische Gesellschaft anzugreifen, sind sie keinesfalls zu unterschätzen.«

Der hochgewachsene, schlaksige Justizminister aus Tromsø ließ sich in seinem Sessel zurücksinken.

»Wissen wir, wer der Mann auf dem Video bei YouTube ist?«

»Nein. Sein arabischer Akzent wird gerade von Sprachexperten analysiert. Wir haben Techniker, die das Video auf brauchbare Informationen untersuchen. Was wir bisher mit ziemlicher Sicherheit sagen können, ist, dass dieser Mann uns zuvor nicht bekannt war. Er ist keiner der norwegischen Dschihadisten, die wir in den letzten beiden Jahren unter Beobachtung hatten.«

»Aber ist es echt?«

»Das Video?«

»Ja.«

»Echt?« Harald Jensen hob verzweifelt die Hände. »Es existiert doch. Da sitzt ein Araber und übernimmt die Verantwortung für die Explosion. Er gibt sich als Vertreter der *Umma des Propheten* aus. Also existiert er. Und wurde gefilmt. So gesehen ist das Video echt. Aber ob die Aussage wahr ist?«

Er griff nach seiner Kaffeetasse und hob sie halb zum Mund, dann überlegte er sich die Sache anders und stellte sie wieder weg.

»Um ganz ehrlich zu sein, lieber Kollege, haben wir verdammt wenig in der Hand, um diese Angriffe der *Umma des Propheten* anzuhängen.«

»Wie meinst du das?«

»Genau so, wie ich es sage.«

Er lehnte sich über den Tisch vor und gestikulierte heftig.

»Es ist unsere Aufgabe, diese Menschen im Auge zu behalten. Sehr sorgfältig sogar. Und das tun wir. Wir wissen, wo sich die zehn oder zwölf wichtigsten Mitglieder der *Umma des Propheten* aufhalten. Was sie tun, zu wem sie Kontakt haben. Was sie essen, könnte ich fast sagen. Hier in Norwegen haben wir sie ständig im Auge, und wir geben uns alle Mühe, ihnen auch auf den Fersen zu bleiben, wenn sie im Mittleren Osten unterwegs sind. Sie verstecken sich nicht, eher im Gegenteil. Sie sprechen öffentlich und kompromisslos über ihr Weltbild, nämlich dass sich der Westen im Krieg mit dem Islam befinde. Wie du aus unseren fortlaufenden Berichten weißt, stehen eben gerade die Dschihadisten im Mittelpunkt unserer Arbeit. Sie erscheinen uns als die größte Bedrohung.«

Er legte eine Pause ein und ließ seinen Blick vom Justizminister zu Silje Sørensen und zurück wandern.

»Dennoch können wir uns nicht vorstellen, dass sie imstande wären, zwei solche Anschläge zu verüben, wie wir sie in dieser Woche gesehen haben. Wie gesagt konnten wir sehr schnell feststellen, dass diese *Wahre Umma* nie im Leben das Lokal des ISAN gen Himmel hätte sprengen können, wenn mir diese Formulierung gestattet ist. Ihre Behauptung, überhaupt zu existieren und obendrein hinter dem Angriff auf den ISAN zu stecken, wird außerdem durch die Tatsache geschwächt, dass eines ihrer Mitglieder während der Explosion vor Ort war und ums Leben gekommen ist. Wenn es ein Selbstmordattentäter gewesen wäre, na gut, aber hier ist die Rede von einer vorher angebrachten Sprengladung. Ein anderes Mitglied wurde offenbar ermordet. Nein ... «

Er seufzte resigniert, räusperte sich und holte Anlauf, um fortzufahren.

»Wir haben sofort die Aktivitäten der potenziell viel gefährlicheren Gruppierungen überprüft. Doch wir können auch keine Anzeichen dafür finden, dass es andere waren. «

»Der Mann von der *Umma des Propheten* lügt also oder gehört nicht zu ihnen?«

»Das wissen wir noch nicht.«

»Es besteht natürlich die Möglichkeit, dass ihr ...«, der Minister kniff die Augen zusammen, »... etwas übersehen habt«, fügte er hilflos hinzu.

»Natürlich.«

Harald Jensen nahm sich ein Brötchen mit Ei und Tomate und legte es auf seinen Teller.

»Wir können uns natürlich irren«, bestätigte er. »Aber das glaube ich nicht.« So leise, dass Silje es fast nicht gehört hätte, fügte er hinzu: »Wir sind seit dem 22. Juli besser geworden. Viel besser.«

»Das ist wohl streng genommen eine Behauptung, die erst noch bewiesen werden muss«, sagte der Minister von der Fortschrittspartei. »Und die viele zu gern widerlegen würden. Diese Woche hat es an Munition nicht gefehlt, findet ihr nicht?«

Silje und der PST-Chef schwiegen.

»Was ist mit den Rechtsextremen?«, fragte der Minister dann so laut, dass sich Silje unwillkürlich gerade aufrichtete.

Harald Jensen lächelte traurig und schüttelte den Kopf, ehe er in sein Brötchen biss. Und kaute. Und kaute. Und endlich schluckte und antwortete.

»Da draußen gibt es viele Verrückte. Aber vor allem sind sie ebendas. Verrückte. Rassisten hinter Tastaturen und vorgezogenen Vorhängen. Feiglinge. Schoßhündchen, die in ihren verdreckten Kämmerchen wütend kläffen, ohne sich jemals in die Welt hinauszuwagen. Ich würde sie mir gerne vornehmen, einen nach dem anderen, und …« Er riss sich zusammen. »Nach heutigem Wissensstand sehen wir keine Gruppierungen am rechten Rand, die zu zwei Angriffen dieser Art imstande wären. Keine.«

Einige Sekunden lang war es ganz still im Raum.

»Das habt ihr auch vor dem …« Der Minister verstummte mitten im Satz und fing noch einmal an. »Welche Anzeichen hättet ihr denn möglicherweise bemerkt? Wenn wir es für einen Augenblick offenlassen, wer dahintersteckt, was hättet ihr im Vorfeld eines solchen Angriffs beobachtet?«

Harald Jensen lächelte düster.

»Beobachtet? Neben der althergebrachten Ermittlungsarbeit überwachen wir das Internet. Blogs und Kommentarfelder, Facebook und so weiter. Wenn die gesetzlichen Voraussetzungen es gestatten, hören wir Telefongespräche ab und in gewissen Fällen auch bestimmte Räumlichkeiten.«

»Mit Wanzen«, sagte der Minister und nickte.

»Ja. Und dann gibt es noch das Deep Web. Und dort versteckt sich das wahre Teufelszeug.«

Wieder wurde es still. Silje hätte zu gern ihr Handy auf Nachrichten untersucht, aber vor der Besprechung waren ihnen alle elektronischen Geräte abgenommen worden.

»Das Deep Web ist unsere allerwichtigste Quelle«, fuhr der PST-Chef fort. »Die kryptierte, codierte, verborgene Tiefe, in der man sich nur mit guten Computerkenntnissen bewegen kann und wo sich alles so schnell verändert, dass wir immer das Gefühl haben, dass die bösen Buben einen Schritt Vorsprung haben.«

Er rieb sich mit den Fingern über die Stirn und schnitt eine Grimasse.

»Daraus ergeben sich Unmengen von Informationen«, sagte er. »Zusammen mit dem, was uns andere Organisationen überall auf der Welt liefern, ergibt sich ein schier unendlicher Nachrichtenstrom aus Bruchstücken und Satzteilen, Halbwahrheiten und Lügen, Prahlerei und erschreckenden Wahrheiten.«

Eine Frau trat ein, ohne anzuklopfen. Sie flüsterte dem Justizminister etwas ins Ohr. Er winkte leicht gereizt ab und gab Harald Jensen ein Zeichen weiterzureden.

»Die Kunst liegt darin, zu filtern und zu kombinieren«, sagte der PST-Chef nun nachdrücklich. »Darin, herauszufinden, welches Stück wozu passt. Wie alle modernen Nachrichtendienste verfügen wir über ein Computersystem, um in dem Tsunami aus Informationen Muster zu entdecken. Unsere Alarmcodes und Algorithmensysteme sind inzwischen schon sehr gut. Aber sie sind nicht unfehlbar. Computer denken nicht, sie führen Befehle aus. Sie deuten nicht, sie geben nur Antworten. Mit anderen Worten, wir sind noch immer abhängig von dem menschlichen Gehirn, mit all seinen Stärken und Schwächen. Und damit komme ich endlich zum Punkt.«

Silje glaubte, in Haralds Stimme ein leichtes Zittern zu hören. Es war schwer zu sagen, ob er müde, empört oder traurig war. Vermutlich ein wenig von allem.

»Wir haben also nichts beobachtet, das darauf hingewiesen

hätte, dass derartige Bombenanschläge in Vorbereitung sein könnten«, sagte er und räusperte sich. »Aber damit sind wir nicht allein. Auch andere haben nichts bemerkt. Nicht die CIA. Nicht die Briten. Nicht einmal der Mossad hat es kommen sehen. Darauf haben wir ihr Wort. Von heute.«

Er nahm seinen Diplomatenkoffer auf den Schoß, öffnete ihn und zog einen kleinen Stapel Unterlagen hervor. Als er sie dem Minister über den Tisch hinweg zuschob, konnte Silje auf dem obersten Blatt den typischen Top-Secret-Stempel sehen.

Der Justizminister warf einen Blick auf die Papiere, rührte sie jedoch nicht an.

»Das Video ist also nicht echt.«

»Na ja, es gibt jedenfalls nur wenig Grund zu dieser Annahme.«

Harald Jensen schlug beide Hände vors Gesicht, um sie gleich danach flach auf den Tisch zu legen. Seine Wangen waren jetzt leicht gerötet, und er hatte die Augen hinter den dicken Brillengläsern zusammengekniffen.

»Dass man sagt, man habe etwas getan, bedeutet ja nicht, dass es der Wahrheit entspricht.«

Der Justizminister dachte einige Sekunden nach, dann schob er das streng geheime Dokument zurück über den Tisch und erhob sich. Er zog seinen Schlips gerade und fuhr sich mit der Hand durch den üppigen blonden Schopf.

»Ich danke für die Orientierung«, sagte er. »Und dafür, dass ihr euch die Zeit genommen habt. Wenn wir hier etwas für euch tun können, dann sagt sofort Bescheid.«

»Ihr könntet einen überaus strengen Leinenzwang einführen«, sagte Silje Sørensen, ohne eine Miene zu verziehen.

»Leinenzwang?«, wiederholte der Minister, der jetzt schon bei der Tür stand.

»Ja. Oder besser noch Maulkorbzwang.«

Sie beobachtete ihn und hätte schwören können, dass sie die Andeutung eines Lächelns sah, das Zucken eines Mundwinkels, das aber auch auf Zorn hätte hinweisen können.

»Aus Rücksicht auf die allgemeine Stimmung in der Bevölkerung wäre es eine große Hilfe, wenn Einzelne gerade jetzt die Klappe halten könnten«, fügte Silje hinzu.

Aber der Minister hatte den Raum schon fast verlassen, und sie spürte, dass ihre Wangen heiß geworden waren. Das war der gröbste Verstoß gegen Protokoll und Etikette, dessen sie sich jemals schuldig gemacht hatte.

Der Himmel im Osten war rosa. Ein mildes, warmes Licht über Oslo versprach den ersten schönen Tag seit einer Ewigkeit. Henrik Holme war seit dem frühen Morgen in der Stadt umhergewandert. Zu Sonnenaufgang hatte er sich dann ganz oben auf St. Hanshaugen befunden.

Es tat ihm gut zu gehen. Es tat ihm gut, Energie zu verbrauchen. Sein Kopf wurde klarer, seine Tics weniger aufdringlich. Er hatte mehrere Jahre gebraucht, um sich an die Großstadt zu gewöhnen. Und irgendwann hatte er sich nicht mehr vorstellen können, in die Kleinstadt zurückzuziehen, aus der er gekommen war. Wenn er jemals anderswo wohnen wollte als in Oslo, dann im Ausland. In einer noch größeren Stadt. Mit noch mehr Menschen. Nicht, um sie kennenzulernen – er kannte auch jetzt nicht viele Leute und lebte sehr gut damit –, sondern, um mit ihnen zu verschmelzen. Obwohl seine Kollegen ihn seltsam fanden und manchmal diese Meinung ein wenig zu deutlich zum Ausdruck brachten, war er hier in dieser Stadt von Fremden noch nie beleidigt worden. In seinem Heimatort war das ganz anders gewesen.

Er träumte von New York und sparte für einen Urlaub dort.

Zwar würde er allein hinfliegen müssen, aber New York war bestimmt die perfekte Stadt für Einsamkeit.

Um zwanzig vor acht näherte er sich dem Frognerpark. Er war ein Stück den Kirkevei hinuntergegangen und bog jetzt mit schnellen Schritten um die Ecke in die Middelthuns gate ein.

Es war einfach gewesen, Abid Khan zu finden. Henrik war am Vorabend von Hanne aus direkt ins Polizeigebäude gegangen. Dort hatte er Zugang zu den Listen der Einwohnermeldeämter.

In Norwegen gab es drei Abid Khans. Der eine war weit über sechzig, der andere erst achtzehn. Der dritte war 1978 geboren. Das passte genau, der Abid Khan, den Henrik suchte, war auf der Schule eine Klasse über Karina gewesen.

Der Mann wohnte nicht nur immer noch in Oslo, er war sogar ein Kollege. Vor drei Jahren war er bei der Königlichen Polizeieskorte eingestellt worden und hatte nach den Ereignissen der letzten Tage natürlich alle Hände voll zu tun. Er war dennoch die Freundlichkeit selbst gewesen, als Henrik ihn am Vorabend um zehn angerufen hatte, gerade noch innerhalb der Grenzen der Höflichkeit, die seine Mutter ihm in seiner Kindheit eingeimpft hatte.

Abid Khan hatte im Moment zahlreiche Überstunden zu machen. Dennoch musste er trainieren wie jeden Tag, und wenn Henrik ihn im Frognerpark bei den großen Rasenflächen hinter dem Parkplatz treffen könnte, hätte er Zeit zu reden, während er einige abschließende Kräftigungsübungen machte.

Henrik ging am Frognerbad vorbei und stellte fest, dass er ein wenig zu früh dran war. Acht, Viertel nach acht, hatte Abid Khan gesagt und betont, dass er höchstens eine Viertelstunde Zeit haben würde.

Eine Viertelstunde müsste doch mehr als ausreichend sein, dachte Henrik und wurde langsamer.

Er überlegte, ob er danach zu Hanne gehen konnte. Sie hatte

nichts darüber gesagt, wann sie ihn wiederzusehen wünschte. Überhaupt war der Abschied bei Hanne immer reichlich abrupt. Seine beiden Besuche hatten damit geendet, dass sie ihn einfach weggeschickt hatte. Kurz und bündig. Und er war gegangen. Zu Hause hatte er gelernt, dass man die Gäste nie zum Gehen auffordern durfte, aber eigentlich gefiel ihm Hannes Methode besser. Er brauchte sich nicht zu fragen, ob er überhaupt noch willkommen war.

Langsam überquerte er den Parkplatz, im Zickzack zwischen den Autos, die schon jetzt den asphaltierten Bereich zu belegen begannen. Auf dem Gehweg in den Frognerpark hinein waren viele Jogger unterwegs. Henrik blieb stehen, lehnte sich an einen großen Baum und fragte sich, was den Leuten eigentlich am Joggen so gefiel. Er selbst hatte nur trainiert, als er die Aufnahmeprüfung an der Polizeihochschule schaffen wollte, und das war ihm mit Mühe und Not gelungen. Seither nie wieder.

Stattdessen spazierte er herum. Stundenlang. Und fuhr mit dem Rad. Henrik Holme schaute sich gern um, und die Bewegung war zu einem Teil eines mentalen Rituals geworden. Er konnte dann besser denken. Seltsamerweise fühlte er sich weniger einsam, wenn er ging, als wenn er allein in seiner Wohnung saß, draußen war er unterwegs. Er hatte etwas vor, und in der Fortbewegung lag eine Zielgerichtetheit, die ihn zu einem Teil des großen Organismus machte, der die Stadt war.

Seit dem Dienstag hatte er insgesamt vielleicht fünf Stunden geschlafen. Aber das machte ihm nichts aus. Er war im besten Alter und hatte eine Aufgabe. Und er hatte Hanne Wilhelmsen kennengelernt.

Zuletzt hatte er, als Inger Johanne Vik noch am Leben gewesen war und sie gemeinsam den Fall des toten kleinen Sander aufgeklärt hatten, so stark das Gefühl gehabt, gebraucht zu werden.

»Henrik Holme?«

Die Stimme kam von hinten.

Er fuhr zusammen und drehte sich um.

»Abid Khan?«

»Jepp. Hallo.«

Der dunkle und beeindruckend athletische Mann streckte die Hand aus. Abid Khan roch nach frischem Schweiß, und seine Handfläche war triefnass.

»Tut mir leid, dass wir uns hier treffen müssen«, sagte er grinsend. »Aber Sie verstehen ja sicher, dass es im Dienst gerade ein bisschen hektisch zugeht.«

Henrik lächelte zurück.

»Natürlich. Wie schon am Telefon gesagt, geht es um Karina Knoph. Die Polizeidirektorin hat mir ... na ja, wie ich schon gestern Abend erzählt habe, arbeite ich in ... in einem Team, könnte man sagen, das sich alte, ungeklärte Fälle ansieht. *Cold Cases.*«

Abid Khan setzte sich ins nasse Gras und fing an, Sit-ups zu machen.

»Karina Knoph«, stöhnte er. »An die kann ich mich gut erinnern. Nettes Mädchen. Außergewöhnlich. Im letzten halben Jahr hatte sie blaue Haare, wussten Sie das?«

»Ja.«

»Wir waren viel zusammen, als ich im vorletzten Schuljahr war und sie eines darunter. Um ganz ehrlich zu sein, glaube ich, sie war ein bisschen verliebt in mich.«

Er begann, abwechselnd mit den Ellbogen die Knie zu berühren.

»Das beruhte aber nicht auf Gegenseitigkeit. Ich habe ja ab und zu ganz gern geknutscht, aber mehr ist es nie geworden. Nicht mein Typ, aber wie gesagt, nett. Hat in einer Band gespielt. Gute Gitarristin sogar. Nicht so gut in der Schule, glaube ich, aber wenn ich mir das genauer überlege ...«

Er legte sich flach auf den Rücken und streckte die Arme über den Kopf. Langsam hob er beide Beine und den Oberkörper und blieb dann mit zusammengebissenen Zähnen einen Moment in der Waage, ehe er sich wieder zurücksinken ließ.

»… bilde ich mir das ja vielleicht auch nur ein. Sie war nämlich nicht sehr oft da. Auf der Foss, meine ich.«

»Ach?«

»Hat oft geschwänzt. Ich dagegen habe die Schule ernst genommen. Ich wollte Arzt werden. Oder Ingenieur. Oder Lehrer.«

Mit einer geschmeidigen Bewegung sprang er auf.

»Genauer gesagt«, er lächelte mit kreideweißen Zähnen und wischte sich mit dem Schweißband an seinem Handgelenk die Stirn, »mein Vater wollte das. Die ALI-Berufe, wissen Sie.«

Henrik nickte.

Arzt, Lehrer, Ingenieur. Davon träumten die eingewanderten Eltern für ihre Kinder.

Abid Khan winkte Henrik mit sich zu einem anderen Baum. Er packte einen groben Ast einen halben Meter über sich und fing an, die Pull-ups zu zählen. Henrik sah ihm schweigend zu.

»Zehn«, keuchte er. »Elf, zwölf.«

Dann ließ er sich zu Boden fallen.

»Wir sind in dem Sommer nach Pakistan gefahren«, sagte er. »Im August. Waren erst wieder in Norwegen, als alles … als sie schon verschwunden war.«

Er erstarrte. Ein Hund kam schwanzwedelnd auf sie zu. Frei laufend, natürlich, obwohl im Park das ganze Jahr Leinenzwang herrschte. Der Hund war nicht sonderlich groß, aber das spielte keine Rolle.

»Weg«, rief Khan drohend und stampfte mit dem Fuß auf, während er mit den Armen fuchtelte. »Weg da. Hau ab!«

Der Köter fuhr zusammen und winselte, dann machte er kehrt und rannte davon.

»Kann Hunde einfach nicht vertragen«, erklärte er. »Vor allem keine kleinen.«

»Geht mir auch so«, sagte Henrik und nickte energisch.

»Drogen«, sagte Khan jetzt und stemmte die Hände in die Hüften, ehe er anfing, sich in kreisenden, gleichmäßigen Bewegungen von links nach rechts zu beugen.

»Was?«

»Ich glaube, Karina hat Drogen genommen. Vielleicht nicht viel und vielleicht auch nichts anderes als Hasch.«

»Warum glauben Sie das?«

»Weil sie damals in dem Sommer, ehe wir nach Rawalpindi gefahren sind, gefragt hat, ob ich jemanden wüsste, der etwas besorgen könnte.«

»Ach?«

Henrik war ehrlich überrascht und verspürte das starke Bedürfnis, mit den Fingerknöcheln gegen den Baum neben sich zu schlagen. Er konnte sich aber zurückhalten. In den Ermittlungsakten wurden keine Drogen erwähnt. An keiner Stelle.

»Was haben Sie geantwortet?«

»Ich war wütend.«

»Ach?«

»Das ist lange her. Ich weiß nicht mehr genau, was ich gesagt habe, aber vermutlich ›verpiss dich‹. Seit diesem Gespräch, das muss ungefähr eine Woche vor unserer Abreise gewesen sein, habe ich nicht mehr mit ihr geredet. Ich habe sie zweimal in Løkka gesehen, aber ich war sauer und wollte nichts mehr mit ihr zu tun haben.«

Er hielt inne und schüttelte die Arme und die Beine aus.

»Bei unserer letzten Begegnung haben wir uns gestritten«, sagte er dann nachdenklich.

Dann fing er wieder mit Dehnübungen an.

»Kannte Karina andere …« Henrik schluckte und wickelte sich den Schal fester um den Hals.

»Pakis?«, fragte Khan.

Henrik merkte, dass er rot wurde. Dieses verdammte, gemeine Erröten.

»Keine Panik«, sagte Khan und hakte eine Wasserflasche von seinem Gürtel. »Ich darf das sagen. Sie nicht. Und die Antwort ist Ja. Sie hatte ein seltsames Interesse an dunkler Haut.« Er beugte sich für einen Moment zu Henrik vor und flüsterte: »Einige von euch haben das eben.«

Nun schaute er auf die Uhr.

»Wissen Sie, wer?«, fragte Henrik rasch. »Wissen Sie von anderen Norwegisch-Pakistanern, die sie kannte? Mit denen sie zu tun hatte?«

Khan trank den letzten Rest Wasser.

»Nein«, antwortete er und wischte sich mit dem Schweißband über den Mund. »Oder eigentlich doch. Ich kann mich an zwei miese Typen erinnern, mit denen sie in dem Sommer ein bisschen herumgehangen hat. Ich kannte sie nicht. Weiß nicht mehr, wie sie hießen. Sie gingen nicht auf die Foss. Um ehrlich zu sein, ich glaube, die gingen gar nicht zur Schule. Trieben sich nur rum. Sicher Kleinkriminelle. Ich weiß noch, dass ich Karina vor ihnen gewarnt habe. Ehe die Sache mit den Drogen zur Sprache kam und ich den Kontakt abgebrochen habe.«

»Und Sie wissen wirklich nicht, wie die hießen?«

»Nein.«

Sein Gesicht nahm den Ausdruck tiefer Konzentration an.

»Ich glaube, der eine hieß Mohammad, ganz einfach. Nicht, dass es Ihnen viel weiterhilft, das ist doch einer der häufigsten Namen in Norwegen. Aber der andere?«

Wieder überlegte er.

Er war ein ungewöhnlich hübscher Mann. Sein Gesicht war symmetrisch, und er hatte große Augen. Seine Schultern waren breit, die Hüften schmal.

Henrik hatte praktisch keine Schultern.

Er sehe aus wie eine Flasche Riesling, hatte einmal an einem späten Abend auf einem Seminar ein Kollege gesagt. Daraufhin war Henrik am nächsten Tag in einen Alkoholladen gegangen und hatte sich furchtbar gegrämt, als er eine Rieslingflasche sah. Zu Hause hatte er dann geweint. Eigentlich weinte er sehr selten. Damit hatte er seit der Kindheit abgeschlossen.

»Ich weiß es einfach nicht mehr«, sagte Abid Khan schließlich. »Aber haben Sie eine Karte? Ich kann mal in meinem alten Kram aus der Schulzeit suchen, vielleicht fällt mir dann ja etwas ein. Okay?«

»Gut«, murmelte Henrik und fischte eine Visitenkarte aus der Tasche. Er hatte die Karten schon seit Jahren, aber zum ersten Mal wurde er um eine gebeten. »Danke«, fügte er hinzu. »Nur noch eines. Erinnern Sie sich ... haben Sie einen gewissen Gunnar Ranvik gekannt?«

»Gekannt habe ich ihn nicht richtig, aber ich kann mich an ihn erinnern. Ging er nicht in dieselbe Klasse wie Karina? Oder in die Parallelklasse jedenfalls?«

Henrik nickte.

»Der war wirklich in Ordnung«, sagte Khan.

»Waren er und Karina zusammen?«

Khan zuckte mit den Schultern.

»Zusammen? Weiß nicht. Karina war wohl ein bisschen ... leichtfertig, um es höflich auszudrücken. Dass sie zusammen waren, glaube ich eigentlich nicht. Dass er das gedacht hat, ist aber gut möglich. Jedenfalls war er oft mit Karina unterwegs, deshalb erinnere ich mich wohl an ihn. Wir hatten nichts miteinander zu tun. Er war ziemlich gut in der Schule; soweit ich weiß, hat er so einen Forscherpreis für Jugendliche gewonnen, und zwar für ...«

Wieder diese nachdenkliche Miene.

»Nein, ich weiß nicht mehr, wofür er den bekommen hat. Er wurde dann irgendwie zurückgeworfen. War Opfer von so einem Fall von blinder Gewalt damals in dem Herbst, war das nicht so? Ich bilde mir ein, so etwas gehört zu haben, als wir aus Pakistan zurückkamen. Wie gesagt, ich kannte ihn nicht näher, und Karina war verschwunden. Jetzt stehen nur noch zwei Übungen an. Aber ich melde mich bei Ihnen, wenn mir etwas einfällt. In Ordnung? Bis dann. Nett, Sie kennengelernt zu haben. Auch nett, mal über etwas anderes zu reden als die verdammten Bomben. Obwohl Ihr Fall ja auch nicht gerade lustig ist.«

Abid Khan bückte sich und ging in den Handstand. Langsam und gleichmäßig machte er dann mit erhobenen Beinen Push-ups.

»Bis dann«, sagte Henrik und setzte sich in Bewegung. Wenn er nur gewusst hätte, wohin er gehen sollte. Wohin mit all seinen Gedanken.

Wenn er das nur gewusst hätte.

Håkon Sand hatte keine Ahnung, wo er seine Schlüssel gelassen hatte. Er wühlte in seinen Hosentaschen, ehe ihm einfiel, dass seine Bürotür nicht abgeschlossen war.

»Tut mir leid«, sagte er und drückte die Klinke herunter. »Komm rein.«

Der uniformierte Oberstleutnant, der das Barett korrekt unter den Arm geklemmt hatte, betrat das Zimmer.

»Entschuldige das Chaos«, murmelte Håkon und spuckte den Priem in den Papierkorb neben dem Schreibtisch, ehe er sich setzte. »Wie dir sicher klar ist, haben wir hier keine Sekunde Ruhe.«

»Das kann ich mir vorstellen«, sagte Gustav Gulliksen und schaute auf den Besuchersessel.

»Ja, bitte«, sagte Håkon. »Setz dich. Soll ich Tee kommen lassen? Kaffee?«

»Nein, danke.«

Wie der Oberstleutnant trug auch Håkon Uniform. Doch Oberstleutnant Gulliksens Kleidung war makellos, die Bügelfalte in der Hose frisch und der Schlipsknoten so straff, dass Håkon nicht begriff, wie der Mann überhaupt atmen konnte. Gulliksen trug den taubengrauen Uniformrock mit den beiden Sternen auf jeder Schulter wie ein Ehrenzeichen: stolz und würdevoll.

Håkons Schlips hingegen hing schief, und er hatte seit zwei Tagen sein Hemd nicht mehr gewechselt. Die Jacke hatte er längst abgelegt, und seine Hose war mit Cola bekleckert, was aber zum Glück auf dem dunklen Stoff nicht zu sehen war. Gegen drei Uhr hatte er an beiden Fersen beginnende Blasen in den neuen schwarzen Schuhen gespürt. Seitdem trug er Turnschuhe. Orange, mit neongrünen Streifen.

»Ich muss sagen, ich bin ein bisschen … befremdet.« Håkon beugte sich über den Schreibtisch vor und faltete die Hände. »Ich habe ja doch gedacht, ihr hättet euren Sprengstoff besser im Griff.«

Der Oberstleutnant räusperte sich leise hinter vorgehaltener Hand.

»Wie wir der Polizeidirektorin bereits mitgeteilt haben, ist das eine überaus brisante Angelegenheit. Wir bitten, sie entsprechend zu behandeln.«

»Klar, klar. Brisant und delikat und diskret … Der Teufel soll euch holen, Gustav!«

»Håkon …«

Der Offizier bekam über seinem eng sitzenden Schlips hektische Flecken am Hals und räusperte sich ein weiteres Mal.

»Es ist vier Tage nach dem 22. Juli passiert«, sagte er leise. »Wir hatten auf etwas größeres Verständnis dafür gehofft, dass wir ... Rücksicht nehmen mussten.«

»Rücksicht nehmen? *Rücksicht nehmen?*« Håkon stöhnte theatralisch. »Rücksicht, Gustav! Die mussten wir wegen deiner vielen Allergien nehmen. Heuschnupfen und Nussallergie und am Ende noch diese Lebensmittelunverträglichkeit. Und weil dein Bruder Bettnässer war und deshalb bei unseren Pfadfindertouren ein eigenes Bett kriegen musste und wir uns nichts anmerken lassen durften. In solchen Situationen nimmt man *Rücksicht*!«

Er kratzte sich wütend im Nacken und schnitt eine Grimasse.

»Man nimmt keine Rücksicht, wenn große Mengen C4 einfach verschwinden.«

»Die Tragödie in Oslo und auf Utøya war erst vier Tage her. In Norwegen herrschte Chaos, Håkon. Schock und Ungläubigkeit. Trauer und Angst. Es wäre einfach unverantwortlich gewesen, die Sache an die Öffentlichkeit zu bringen.«

»An die Öffentlichkeit? *An die Öffentlichkeit, Gustav?* Zur Polizei zu gehen, wenn große Mengen C4 nach einem abgesagten Manöver verschwunden sind, heißt ja wohl nicht, an die Öffentlichkeit gehen.«

»Na ja. Dieser Zug ist nun wirklich längst abgefahren. Daran lässt sich jetzt kaum noch etwas ändern. Die Entscheidung wurde damals getroffen, und wir halten sie weiterhin für korrekt. Wenn Norwegen nach dem 22. Juli etwas nicht brauchte, dann die Nachricht, dass gefährlicher Sprengstoff in bedeutender Menge abhandengekommen war. Das Manöver wurde damals natürlich abgesagt, unter den obwaltenden Umständen war das die einzig richtige Entscheidung. Dass die C4-Vorräte verschwunden waren, wurde erst zwei Tage später entdeckt. Und danach sind wir damit ... diskret umgegangen. Und wie der Generalkommandant gegenüber dem Justizminister und der Polizeidirektorin Sørensen klargestellt hat: Wir erwarten, dass es so bleibt.«

»Das erwartet ihr?«

Håkons Stimme schlug ins Falsett um.

»Versuch jetzt bloß nicht, hier irgendwelche Forderungen zu stellen, Guffen. Probier das ja nicht. Wir müssen alles wissen! Absolut alles. Ich will Namen, Orte, Menschen. Ich will eine genaue Beschreibung von ...«

Er sackte auf seinem Sessel in sich zusammen und schlug sich die Hand vor die Stirn.

»Tut mir leid, Guffen. Das war nur ...«

»Ich verstehe«, entgegnete Gustav Gulliksen korrekt und schob die Hand unter den Uniformrock. »Es ist für uns alle eine schwere Zeit.«

Er zog einen Plastikordner mit Dokumenten hervor. Er war nicht besonders dick, und Håkon gestattete es sich, die Augen zu verdrehen, als er sah, dass der Plastikdeckel in Tarnfarben gehalten war.

»Hier«, sagte der Oberstleutnant und erhob sich. »Das ist alles, was wir wissen. Aber denk daran, das sind Informationen, die der Armee schaden können. Und damit Norwegen. Der Sicherheit des Landes.«

Håkon starrte den Ordner an, berührte ihn aber nicht.

»Danke«, murmelte er. »Wir müssen uns mal wieder in Ruhe treffen. Ein Bier trinken. Wenn das hier vorüber ist. Erinnerungen auffrischen.«

Der Oberstleutnant gab keine Antwort. Er ging zur Tür, öffnete sie und verließ den Raum. Er drehte sich nicht einmal um, um sich zu verabschieden.

Er musste einfach den geraden Weg nehmen, ohne sich umzudrehen.

Als Linus ein weiteres Mal wortlos verschwunden war, nur wenige Stunden nachdem er zum Schlafen nach Hause gekommen war, hatte Billy T. seinen Entschluss gefasst.

Er konnte es nicht länger aufschieben.

Und dann war es einfacher gewesen, mit Grete zu telefonieren, als er befürchtet hatte. Sie hatte sogar erleichtert gewirkt, fast froh darüber, als er den Grund seines Anrufes genannt hatte. Er sei ein wenig besorgt, nur ein wenig, hatte er gesagt. Ein wenig ängstlich angesichts von Linus' Entwicklung, wie er sich ausgedrückt hatte, und er würde gern mal mit ihr reden. Falls sie Zeit hätte.

Das hatte sie.

Sofort.

Sie verabredeten sich im Storo-Senter. In dem großen Kaufhauscafé im zweiten Stock. Nicht, weil es dort sonderlich diskret oder friedlich war, sondern eher im Gegenteil. Lärm war oft die beste Tarnung. Außerdem waren andere Menschen ein Schutz vor einer möglichen Szene. Grete hatte genug Szenen geliefert, seitdem Linus auf die Welt gekommen war.

Billy T. zögerte auf dem Weg nach Storo viele Male.

Er brach das Linus gegebene Versprechen, wenn er sich mit Grete traf.

Am wichtigsten war es ihm jetzt, Linus nicht aus den Augen zu verlieren. Wenn Linus von diesem Treffen erführe, würde er aus Billy T.s Leben verschwinden. Vielleicht für immer.

Nein. Das Allerwichtigste war jetzt herauszufinden, wo der Junge da hineingeraten war. Klarer Kurs, dachte Billy T. und hob den Blick, als er das Café betrat und feststellte, dass Grete bereits gekommen war.

Sie saß an einem der äußersten Tische, vor sich eine Tasse. Er hatte auf viel Betrieb gehofft, aber es war seltsam ruhig. Billy T. betrat solche Einkaufszentren nur sehr selten, aber er glaubte doch zu wissen, dass das nicht normal war. Vermutlich hing es mit der Bombe am vergangenen Abend zusammen.

Wenn Billy T. an etwas nicht denken wollte, dann an die schreckliche Explosion im Grüneren Gras.

Er ging zu Gretes Tisch, murmelte einen Gruß und umarmte sie ungeschickt. Dann ging er zum Tresen, ließ sich einen Cappuccino geben und kehrte zum Tisch zurück.

»Wie schön, dass du kommen konntest«, sagte er und setzte sich.

Es war zu eng hier für einen Mann von seiner Größe, und er schob den leeren Nebentisch einen halben Meter weiter, um die Beine ausstrecken zu können.

»Warum musst du nicht arbeiten?«, fragte Grete gleichgültig.

»Krankgeschrieben«, murmelte er. »So eine Kniegeschichte.«

»Dann ist er also zu dir gezogen. Das hätte ich nie erwartet.«

»Hast du wirklich sechs Monate lang nicht gewusst, wo Linus wohnt?«

»Na ja, du hast zweiundzwanzig Jahre keine Ahnung von seinem Leben gehabt. Da kannst du dir ja wohl keine Kritik erlauben, Billy T.«

Er hob die Hände in einer müden Geste der Kapitulation.

»Er ist ein erwachsener Mann«, sagte Grete nun resigniert. »Und ich muss mich auch noch um mein eigenes Leben kümmern. Niemand kann behaupten, ich hätte es nicht versucht. Wenn er nicht bei mir wohnen wollte, konnte ich ihn nicht festhalten. Wo er dann hingegangen ist, ist streng genommen nicht meine Sache.«

Sie verrührte ein Stück Süßstoff in ihrem Kaffee.

»Aber es kam für mich doch total unerwartet, dass er zu dir gezogen ist«, fuhr sie fort. »Dein Sohn hat keine sonderlich hohe Meinung von dir.«

Sie schien nachzudenken, dann ließ sie noch ein Stück Süßstoff in ihre Tasse fallen.

»Aber die hat er andererseits nur von sehr wenigen.«

»Wie meinst du das?«

»Redest du nicht mit ihm?«

Billy T. versuchte, sich auf dem Stuhl bequemer hinzusetzen.

»Na ja. Ich versuch es jedenfalls.«

Er hob den Blick. Grete war älter geworden. Ihr Haar war zu grell gefärbt, die rote Farbe sah aus wie aus dem Farbkasten eines Kindes. Grete war immer dünn gewesen, aber jetzt hatte ihr Gesicht fast etwas Hexenhaftes. Ein scharfer, krummer Nasenrücken und ein schmaler Mund, den sie mit Lippenstift größer aussehen lassen wollte. Mit den hohen Wangenknochen wirkte sie fast ausgehungert.

»Da siehst du's«, sagte sie. »Er ist nicht gerade pflegeleicht im Umgang. In vielerlei Hinsicht war es einfacher, als er nur so vor sich hin gepusselt hat. In der Schule war er jedenfalls zufrieden. Hat Fußball gespielt. War mit Freunden zusammen, die genauso wenig Ehrgeiz hatten wie er, aber es waren trotzdem immer sympathische Jungs. Damals hab ich mich bloß geärgert, weil er sich vor der Arbeit gedrückt hat und nicht lernen wollte. Das war ... doch, es war viel einfacher.«

»Was ist dann passiert?«

Sie sah ihm ins Gesicht. Seit ihrer letzten Begegnung lag ein anderer Ausdruck in ihrer Miene. Sein Anblick schien sie nicht mehr in Wut zu versetzen. Sie wirkte jetzt gelassener. Oder vielleicht resigniert.

»Nun, was ist passiert ... Im Nachhinein glaube ich, dass die

Veränderung eingesetzt hat, als er beschlossen hat, den Schulabschluss doch noch nachzuholen. Ich war ja total glücklich. Endlich wollte er sich zusammenreißen. Es zu etwas bringen.«

Wieder senkte sie den Blick und rührte weiter ziellos in ihrem Kaffee.

»Er kam in der Bibliothek mit einer Lesegruppe in Kontakt. Er kannte Andreas schon lange, und es war ... «

»Andreas?« Billy T. zwang sich zu einer normalen Stimmlage. »Andreas Kielland Olsen?«

»Ja. Kennst du den? Sehr netter Junge. Ich habe mich gefreut, als Linus immer häufiger mit ihm zusammen war. Studiert Jura, und überhaupt. Andreas ist sehr früh von zu Hause ausgezogen, er war stinksauer auf seine Eltern, glaube ich. Weil sie sich scheiden ließen.«

Sie schwiegen beide für einen Moment.

»Die Eltern haben ihn finanziell unterstützt«, sagte sie schließlich. »Aber um sich etwas dazuzuverdienen, hat er sich bei einem Projekt in Nortvedt engagiert, dort in der Bibliothek. Ich weiß nicht genau, was das war, so ein städtisches Projekt. Um Jugendliche zum Lesen zu bringen. In die Schule zu gehen. So was.«

Sie hob die Tasse und trank einen Schluck.

»Ich war ja immer noch glücklich. Bis vor vielleicht sieben oder acht Monaten.«

Billy T. war unangenehm heiß.

»Zieh die Jacke aus«, sagte Grete leise. »Du schwitzt.«

Er streifte die Jacke ab und hängte sie umständlich über die Stuhllehne.

»Er hatte so viele neue Ideen«, sagte Grete. »Die Arbeit für die Schule nahm er so ernst, dass ich es fast nicht glauben konnte. Er lernte freiwillig, und ich habe in dem Jahr für ihn Bjorknes bezahlt. Du weißt schon, dieses private Paukstudio ... «

»Ich weiß«, sagte Billy T. und nickte. »Und bis jetzt klingt doch alles sehr schön.«

»Ja. Er hörte auf, seine Nächte mit Computerspielen zu vergeuden. Hat sein Zimmer aufgeräumt. War viel netter zu seinen Halbgeschwistern. Dann aber ...« Jetzt wurden Gretes Augen feucht. »Dann bekam er so schreckliche Ansichten.«

»Schreckliche?«

»Ja.«

»Wie meinst du das?«

»Solche wie bei der FRP.«

»Das war jetzt nicht ganz klar.«

»Solche wie ... wie heißt dieser Verrückte? Der heute Nacht im Fernsehen war. Fredrik ...«

»Grønning-Hansen.«

»Ja. Der. Anfangs hörte er sich genau an wie der. Immer, wenn es um Muslime ging, sah Linus rot. Er betonte ausgiebig, dass er wüsste, wovon er redete, weil er im Getto aufgewachsen sei, das sagte er immer.«

Billy T. war es noch immer heiß, und ihm war schlecht, obwohl er seinen Kaffee gar nicht angerührt hatte.

»Aber dann«, fuhr Grete fort, und ihr Gesicht nahm einen verwunderten Ausdruck an, »dann wurde Andreas plötzlich Muslim. Einfach so, von einem Tag auf den anderen. Und dann kam ich gar nicht mehr mit. Ich dachte ja, jetzt würden sie sich zerstreiten, aber stattdessen ...«

Noch immer hatte sie diesen verwunderten Blick. Als versuchte sie etwas zu ergründen, worüber sie sich schon seit einer Ewigkeit den Kopf zerbrach. Was sie sicher auch tat, ging es Billy T. auf.

»... wurde er ruhiger. Verschlossener. Sprach nur noch sehr wenig. Ich versuchte mitzubekommen, was er las. Einmal habe ich einen Blick in seinen Computer geworfen, als er aus dem Haus war. Ich hatte durch Zufall gehört, wie er zu Linnea sagte, dass er ihren Namen als Passwort benutze.« Sie schaute Billy T. über die Tasse hinweg an und fügte hinzu: »Seine Schwester. Meine Jüngste. Sie ist sieben, da fand er es sicher nicht gefährlich, es ihr zu sagen.«

»Was hast du gefunden?«

»Ganz viel Dreck. Verdammt viel Dreck, Billy T. So richtigen Rassistendreck.«

Sie stützte die Ellbogen auf den Tisch und legte die Hand an die Stirn. Mit gedämpfter Stimme sprach sie weiter.

»Ich schwärme ja auch nicht gerade für diese Zuwanderer. Nicht für alle jedenfalls. Die meisten führen sich anständig auf und haben ihre Kinder im Griff, aber diese anderen, aus Somalia und da unten, die ...«

»Was ist dann passiert?«, fiel Billy T. ihr ins Wort.

Sie sah ihn an. Ihr Mund war so schmal, dass nicht einmal der Lippenstift noch zu sehen war.

»Ich konnte Linus doch nicht vorhalten, was ich gefunden hatte«, sagte sie nach einigen Sekunden, in denen Billy T. schon befürchtete, sie könnte aufstehen und gehen. »Dann hätte ich doch zugeben müssen, dass ich in seinem Computer herum-geschnüffelt hatte. Stattdessen habe ich es einige Wochen danach noch einmal probiert. Und was ich da gesehen habe, fand ich dann noch verwirrender, um es vorsichtig auszudrücken.«

»Der Computer war leer«, tippte Billy T.

»Fast. Nur Schulsachen und so.«

»Und es gab kein Passwort.«

»Richtig. Woher weißt du das?«

Er gab keine Antwort. Ihm war jetzt so schlecht, dass er auf-stand und sich ein Glas Wasser holte. Er leerte es auf dem Weg zurück zum Tisch, machte kehrt und füllte es noch einmal aus der Kanne auf dem Tisch neben der Kasse.

»Warum ist er ausgezogen?«, fragte er heiser, als er zum zweiten Mal zurückkam. »Ist etwas Besonderes passiert?«

»Nein, eigentlich nicht. Ich glaube, er hatte mein Generve satt. Vielleicht habe ich zu viele Fragen gestellt. Vielleicht muss man Jungen in dem Alter in Ruhe lassen. Als Mutter jedenfalls.«

»Die Bibliothek?«, fragte Billy T.

»Was? Kannst du dich nicht wieder setzen?«

»Das alles hat doch angefangen, als Andreas ihn mit in die Bibliothek genommen hat, hast du gesagt. Stimmt das?«

»Was heißt schon angefangen«, antwortete sie verwirrt. »Willst du etwa gehen?«

»Die Bücherei in Nordtvet?«

»Ja. Aber ich möchte gern wissen, wie es Linus denn eigentlich geht. Du kannst dich nicht einfach melden und mir einen Schreck einjagen und dann einfach ...«

»Ich rufe an, wenn ich etwas herausfinden kann«, sagte er und nahm seine Jacke vom Stuhl.

Danach rannte er hinaus. Er hatte den Mund voll Erbrochenem.

»Mir ist einfach elend«, sagte Silje Sørensen, als sie sich ins Auto setzte. »Das ist sehr nett von dir.«

»Kann selbst auch mal frische Luft brauchen«, entgegnete Håkon und lächelte, während er den Zündschlüssel umdrehte. »Selbst wenn es die im Auto ist. Du siehst wirklich übel aus.«

»Danke.«

»So war das doch nicht gemeint.«

»Du hast recht. Ich sehe vermutlich genauso schrecklich aus, wie ich mich fühle. Nur ein paar Stunden Ruhe, heute Abend bin ich dann wieder da.«

»Das ist nicht nötig«, sagte er, als sie auf Grønlandsleiret hinausfuhren und dann nach rechts abbogen. »Ich kann bis morgen die Stellung halten. Wir sind doch nicht unersetzlich, Silje. Wir alle nicht. Es gibt andere, die die Arbeit erledigen können.«

»Aber ich muss die Entscheidungen treffen.«

»Nicht doch. Das kann ich auch.«

Sie beugte sich vor und schaltete das Radio aus.

»Was für ein Scheißsender«, murmelte sie. »Hörst du solche Musik?«

Er gab keine Antwort. Sie ließ sich auf dem Sitz zurücksinken und schloss die Augen. Als der Wagen ein wenig zu abrupt anhielt, riss sie die Augen wieder auf.

»Tut mir leid«, sagte er. »Rot. Ich dachte, ich könnte es noch schaffen.«

»Was für eine Woche«, seufzte sie und schaute aus dem Seitenfenster. »Was für eine verdammt scheußliche Woche. Hast du nicht gesagt, dass du diesen Oberstleutnant kennst, der die Unterlagen von der Armee gebracht hat?«

»Ja. Wir waren auf derselben Schule und sogar mehrere Jahre in derselben Pfadfindergruppe. Eigentlich ein ziemlich feiner Bursche, aber wir haben uns viele Jahre nicht gesehen. Er ist sehr ... militärisch geworden.«

»Das kann dir jedenfalls niemand vorwerfen«, sagte sie trocken.

»Was für Idioten«, murmelte er wütend, und Silje hielt Ausschau nach irgendwelchen Verkehrssündern.

»Wer?«, fragte sie.

»Die Armee. Eine große Menge C4 verschusseln und dann die Sache totschweigen.«

Sie seufzte tief und ließ den Kopf wieder gegen die Nackenlehne sinken.

»Man kann dafür ein gewisses Verständnis haben. Wenn man den Zeitpunkt bedenkt. Ich war auf der anderen Seite der Erde, als es passiert ist, aber ich kann mir trotzdem lebhaft vorstellen, wie es hier zuging. Nachdem ABB mit seiner selbst gebastelten Düngerbombe solchen Schaden angerichtet hatte, hatte dieser Gustav Gulliksen jedenfalls nicht unrecht. Es wäre ein Schock für die Bevölkerung gewesen, vier Tage später zu erfahren, dass siebzig Kilo hochexplosiver Sprengstoff auf Abwege geraten waren. Die Götter mögen wissen, was dann vielleicht passiert wäre.«

»Um ehrlich zu sein, ich glaube, sie erzählen uns immer noch nur die halbe Geschichte.«

»Wie meinst du das?«

»Es stimmt sicher, dass der 22. Juli bei dieser Einschätzung eine Rolle spielte. Aber schlimmer für die Armee war es eigentlich, dass es so viele Verdächtige gab. Es war ein großes Manöver, und zahlreiche ihrer wichtigsten Experten waren in Åmot.«

»Ja? Und?«

»Wir brauchen diese Experten, Silje. Norwegen braucht sie. Sie gehören oft Gruppen an, die fast so geheim sind wie die Sondereinheiten. Eine korrekte Ermittlung könnte etliche von ihnen auffliegen lassen. Und unsere Verteidigungsbereitschaft um einiges reduzieren, nehme ich an.«

»Und die wollen sie nicht für siebzig Kilo C4 opfern.«

»Nein. Das glaube ich nicht.«

Silje wühlte im Handschuhfach und fand eine Schachtel Pastillen.

»Siebzig Kilo, das sagt mir eigentlich nichts«, erklärte sie nun und steckte sich zwei Pastillen in den Mund. »Ist das viel?«

»Mehr als genug«, antwortete er kurz. »Unsere Jungs vermuten, dass auf der Gimle terrasse nicht mehr als dreißig benutzt worden sind. Es waren allerdings dreißig perfekt platzierte Kilos.

Vielleicht waren in dem Koffer gestern nicht mehr als vier oder fünf. Zusammen mit losen Metallstücken.«

»Wie in Boston?«

»Nein. Der Boston-Bomber hat einen Druckkocher benutzt. Das ist nicht nötig, wenn man hochexplosive Stoffe wie C4 nimmt, wenn ich das richtig verstanden habe.«

»Sie haben dreißig bis vierzig Kilo verbraucht. Mit anderen Worten haben sie also noch eine ganze Menge.«

Er gab keine Antwort. Hinter ihnen näherte sich ein Streifenwagen mit flackerndem Blaulicht, und Håkon fuhr an die Seite.

»Streitet der PST noch immer ab, dass es sich um Kräfte von rechts handeln kann?«, fragte er und behielt im Rückspiegel den Streifenwagen im Auge.

»Ja. Fast kategorisch.«

»Sogar jetzt, wo sich herausgestellt hat, dass der Sprengstoff möglicherweise norwegischer Herkunft ist?«

»Als ich heute Morgen in Nydalen mit Harald Jensen gesprochen habe, wussten wir das ja noch nicht. Ich glaube aber nicht, dass es etwas an deren Meinung ändert. Sie haben solche Gruppierungen einfach nicht auf dem Schirm.«

»Wie beim letzten Mal«, sagte Håkon und fuhr wieder auf die Fahrbahn.

»Beim letzten Mal war es ein Einzelgänger.«

»Genau.«

»Diesmal müssen mehrere Leute in die Sache verwickelt sein.«

»Woher wissen wir das eigentlich?«, fragte Håkon.

Silje nahm sich noch eine Pastille und zog ihren Mantel fester um sich zusammen. Der Sicherheitsgurt machte das schwierig, und sie fluchte leise.

»Es ist ziemlich unvorstellbar, dass Mord, Zerstückelung und Ablage von Jørgen Fjellstad nichts mit dem Terror zu tun haben«, sagte sie resigniert. »Es kann kein Zufall sein, dass er zuerst in den beiden Videos auftritt und danach ermordet in Nordmarka aufgefunden wird. Allein den Mann in diese Geröllhalde zu schaffen, war doch Arbeit für mehrere.«

Sie fuhren schweigend weiter. Für einen Freitagnachmittag war wenig Verkehr auf den Straßen. Auch die Bürgersteige wirkten leerer als sonst um diese Tageszeit.

Die Leute haben Angst, dachte Håkon. Aber er sagte nichts.

»Hier fährst du lang«, murmelte sie, als sie am Botanischen Garten in Tøyen vorbeikamen.

»Wir können auch gleich auf Ring 3 fahren. Außerdem, auch wenn wir noch nicht wissen, wer die Bomben in das Büro des ISAN gelegt hat und wann, so wissen wir doch, wie.«

»Ach?«

»Ein fetter Sicherheitsfehler. Eigentlich waren die Büros früher zwei Wohnungen, die dann miteinander verbunden wurden. Als das Haus umgebaut wurde, wurden die Büros sorgfältig gesichert. Solide Türen und Schlösser. Überwachungskameras an den Eingängen. Strenge Schlüsselkontrolle. Die Fenster zur Straße aus Sicherheitsglas. Sehr modern, das Ganze. Aber es gehören auch vier Kellerräume dazu.«

Er bog aus der Sars' gate in die Finnmarksgata ab.

»Um den Zugang zu den Kellerräumen zu vereinfachen, wurde in einem Büro im Erdgeschoss eine Treppe eingebaut, weil in den Kellerräumen Büromaterial und anderes gelagert wurden.«

»Wie waren diese Kellerräume denn gesichert?«

»Darum geht es ja gerade. Um in den Keller zu gelangen, braucht man zwei Schlüssel. Der Keller ist mit einer soliden Brandtür verschlossen. Solche Schlüssel haben alle, die im Haus wohnen.«

»Himmel«, sagte Silje resigniert. »Schlüssel geraten doch dauernd auf Abwege.«

»Tja. Sie hatten ein ziemlich strenges System. Wir haben natürlich Leute darauf angesetzt, jeden zu befragen, der offiziell Zugang zum Keller hatte. Denn wenn man erst einmal dort ist, braucht man nur noch eine Kneifzange für sechzig Kronen aus einem Haushaltswarenladen, und schon kann man geradewegs in das ISAN-Büro spazieren.«

»Was? Gab es da unten nur eine Trennwand aus Maschendraht?«

»Genau. Die wurde aufgeschnitten, die Terroristen sind also aller Wahrscheinlichkeit nach dort durchgestiegen.«

Er blinkte und fuhr vom Kreisverkehr ab.

»Was ist eigentlich bei diesem Militärmanöver passiert?«, fragte Silje.

»Nichts. Darum geht es ja gerade.«

»Schon. Aber was war los?«

»Es war schon längere Zeit eine große Übung auf dem Gelände in Åmot geplant. Panzermanöver und Sprengungen. Wie du sicher weißt, gibt es gegen diese Militärgelände oft einen gewissen ...«

Wieder stieg er vor einer roten Ampel auf die Bremse. Silje stützte sich mit der Hand am Armaturenbrett ab.

»... lokalen Widerstand«, fuhr Håkon fort. »Ein Schießgelände ist nicht unbedingt ein angenehmes Nachbargrundstück. Aber das Militär muss natürlich trainieren. Angesichts des 22. Juli kam das Oberkommando jedoch zu dem Schluss, dass gerade Explosionen momentan nicht so angesagt wären. Also wurde das Manöver nur wenige Stunden vor Beginn abgesagt.«

»Und dann?«

»Die Armee hat natürlich strenge Vorschriften für Lagerung, Transport und Verwendung von Sprengstoff. Die Kisten mit dem C4 waren schon auf das Gelände gebracht worden, zu den drei

Stellen, wo gesprengt werden sollte. Als der Befehl kam, das Manöver abzublasen, wurden die Kisten sofort in Gebäude auf dem Gelände gebracht. Bedauerlicherweise lag der Sprengstoff dort einige Tage unbeaufsichtigt herum.«

»Wie bitte?«

»Ja. Das ist an sich nicht so schlimm. Die Gebäude waren vorschriftsmäßig abgeschlossen und gesichert. Einige Tage später, als feststand, dass es in nächster Zeit kein Manöver geben würde, sollten die Kisten in ihr normales Lager zurückgebracht werden.«

»Und da waren sie verschwunden.«

»Nein. Nicht alle. Nur zwei Kisten mit je fünfunddreißig Kilo. Was aber auch schon genug ist, meine Güte. Intern hat es offenbar einen Höllenaufstand gegeben.«

»Aber den konnten sie erfolgreich unter den Teppich kehren?«

»Ja. Der Ton in den Unterlagen dazu ist so trocken, wie man es von militärischen Papieren erwarten kann. Aber zwischen den Zeilen ahne ich mehr als nur eine gewisse Panik. Es wurde sehr schnell beschlossen, in diesem Fall ... Diskretion walten zu lassen.«

Das Auto näherte sich der Sinsen-Kreuzung. Auch hier war so wenig Verkehr wie sonst nur mitten in der Nacht.

»Wo sind die denn alle?«, fragte Håkon leise. »Das ist unheimlich, Silje.«

»Seltsam, dass ihnen das gelungen ist«, sagte Silje.

»Was meinst du?«

»Den Verlust vor der Öffentlichkeit zu verbergen. Es müssen doch zwangsläufig sehr viele davon gewusst haben.«

»So viele nun auch wieder nicht. Aber sie hatten Probleme mit einem Mann, einem Bombenexperten, der während des Manövers für die Sprengungen verantwortlich sein sollte. Ein Hauptmann, wenn ich das richtig in Erinnerung habe. Er hat mehrere Protestschreiben eingereicht, das geht aus den Unterlagen hervor, die ich von Gustav Gulliksen bekommen habe. Er wollte unbedingt Großalarm geben.«

»Aber schließlich hat er aufgegeben?«

»Sieht so aus. Und jetzt führen sie die Rücksicht auf die Gemütsruhe der Bürger für das Vertuschen an.«

»Wenigstens haben sie es jetzt zugegeben«, sagte Silje und warf einen Blick auf den Tacho, als sie unter der Storo-Kreuzung hindurchfuhren. »Du bist stellvertretender Polizeidirektor, Håkon. Fahr nicht so schnell.«

Er verlangsamte den Wagen ein wenig.

Wieder schloss Silje die Augen. Sie schwiegen beide lange.

Als sie merkte, dass er von der Schnellstraße abbog, flüsterte sie: »Weißt du, woran ich denke?«

»Nein.«

»Dass es nicht mehr lange hin ist bis zum 17. Mai. Der Zweihundertjahrfeier für die norwegische Verfassung. Der norwegischste aller norwegischen Tage. Mit Hunderttausenden von Menschen in der Osloer Innenstadt.«

»Da bist du nicht die Einzige«, antwortete er düster. »Du bist durchaus nicht die Einzige, die daran denkt, Silje. Bei C4 auf Abwegen und Menschen, die unter Beweis gestellt haben, dass sie bereit sind, es einzusetzen, kann der Tag der pure Albtraum werden.«

Wieder fühlte Billy T. sich in das Labyrinth aus Albträumen versetzt, die ihn seit einigen Wochen quälten. Er rannte hin und her, ohne herauszufinden. Stattdessen erlangte er nur eine immer größere Gewissheit über eine Ahnung, die einfach nicht wahr sein konnte.

Nicht wahr sein durfte.

Der Wagen wollte zuerst nicht anspringen. Eigentlich kein Wunder, der Opel war neun Jahre alt und seit zwei Jahren nicht mehr zur Wartung in der Werkstatt gewesen. Durch die EU-Kontrolle vor drei Monaten war Billy T. gezwungen gewesen, die Bremsscheiben auszuwechseln, aber alles andere, was der wohlmeinende Mechaniker vorgeschlagen hatte, musste warten. »Verdammt«, fluchte er und schlug auf das Lenkrad, während der Wagen sich den sanften Hang am alten Aker-Krankenhaus hochquälte. Zwölf Minuten später bog Billy T. auf den Parkplatz vor der Bibliothek ab.

Es gab mehrere freie Plätze. Trotzdem hielt er vor dem Piktogramm eines Rollstuhls, gleich neben einer Rampe, die zum Eingang der öffentlichen Bibliothek führte. Im Osten sah er zwischen niedrigen Wohnblocks und kleinen Häusern zwei Pferde in einem frühlingshaft kargen Pferch grasen. Billy T. glaubte sich zu erinnern, dass es in der Nähe eine Reitschule gab.

Im Eingangsbereich hingen mehrere Informationstafeln an den Wänden, auf denen diverse Ankündigungen und Artikel mit bunten Heftzwecken angebracht waren. Zeitungsausschnitte über den Kampf um die Erhaltung der Bibliotheken und die Aufforderung, sich an allerlei Solidaritätsaktionen zu beteiligen. Eine Reihe Mitteilungen vom Verein der Freunde der Filiale Nordtvet.

Ein lokaler Lyriker würde in zwei Tagen um die Mittagszeit Gedichte zum Thema »Poesie in Zeiten des Terrors« vortragen. Das Bild auf dem Plakat zeigte einen Mann von Mitte sechzig, mit langen, ungepflegten Haaren und arroganter Miene. Nicht gerade ein Publikumsrenner, dachte Billy T., und er ließ seinen Blick weiter an der Tafel nach oben wandern.

Eine Stillgruppe kündigte gemeinsames Babybuchlesen an, das jeden Dienstag um zwölf stattfinden sollte. Freitagnachmittag gab es Hausaufgabenhilfe für die erste bis dritte Klasse. Ein Kater war aus dem Gangstuvei 4 verschwunden, er war schwarz, hieß Alfons und wurde schmerzlich vermisst.

»Kann ich Ihnen irgendwie behilflich sein?«, fragte eine Stimme.

Billy T. drehte sich um und schaute auf eine zierliche Frau von vielleicht sechzig Jahren hinab. Ihre Haare waren strohgrau und matt. Sie trug einen karierten Rock, der ihr bis knapp über die Knie reichte. Mit einem fragenden Lächeln schaute sie zu ihm auf und hielt sich die verschränkten Hände an die Brust.

»Na ja ...« Er zögerte. »Eigentlich wollte ich mich nur mal umsehen.«

»Das ist kein Problem. Wenn Sie etwas wissen möchten, dann fragen Sie einfach. Wir sind ja hier, um zu helfen.«

Er versuchte, ihr Lächeln zu erwidern. Sie ging wieder zu ihrem Tresen zurück, der aus zwei Schreibtischen bestand, die nicht einmal gleich groß waren. Darunter lag ein Durcheinander an Kabeln und Leitungen.

»Ach, übrigens«, sagte er.

Sie drehte sich zu ihm um.

»Ich wollte wissen ... ich habe gehört, Sie haben hier so eine Lesegruppe für junge Erwachsene. Oder für ... ich weiß nicht so genau, aber ich habe jedenfalls gehört, dass ...«

»Ach«, sagte sie und strahlte ihn an. »LiesUndLauf. Man liest Bücher, und danach kann man ins Leben hinauslaufen. Sie sind aber leider zu alt, glaube ich. Das ist eine Gruppe für Leute zwischen achtzehn und fünfundzwanzig.«

»Nein, nein. Ich frage nicht für mich, ich wüsste nur gern, wie diese Gruppe funktioniert.«

Sie kam näher. Ihre schlichten Schuhe klickten leise über das Linoleum.

»LiesUndLauf ist unsere eigene Erfindung«, sagte sie begeistert und strich sich die Strohhaare mit der linken Hand hinter das Ohr. »In diesem Stadtteil haben wir ja bekanntlich viele Jugendliche, die die Freuden des Lesens noch nicht so ganz erkannt haben, könnte man sagen. Sie brechen oft die Schule ab, und wir wissen ja, wozu das führen kann.«

Sie sah ihn vielsagend an.

»LiesUndLauf, oder LUL, wie wir gern sagen, ist ein Versuch, diese Jugendlichen aufzufangen. Sie sollen den richtigen Weg ins Leben hinaus finden, wozu sie oft in der Lage sind, wenn sie nur einen kleinen Anstoß bekommen. Ich muss zugeben, dass ich ziemlich stolz bin, wir erzielen gute Ergebnisse. Und es kostet so wenig. Fast nichts eigentlich, mein Gehalt wird ja ohnehin bezahlt, und die Bücher sind bereits da.«

Sie breitete die Arme aus. Billy T. kam ihrer Aufforderung nach und schaute sich um. Es war die kleinste Bibliothek, die er je gesehen hatte. Andererseits musste er zugeben, dass er nicht gerade oft eine Bibliothek betrat.

Die blauen Augen der Bibliothekarin waren umkränzt von freundlichen Krähenfüßen. Dennoch schien ihre Körpersprache nicht so ganz mit dem Eindruck von Freundlichkeit und Begeisterung übereinzustimmen, den sie zu vermitteln versuchte. Ihr Verhalten hatte etwas Wachsames. Außerdem zogen tiefe Furchen ihren Mund zu einer skeptischen, fast verärgerten Miene nach unten, die nicht zu der Munterkeit der hellen Stimme passte.

»Wie schön«, sagte er. »Das klingt gut.«

»Sie haben vielleicht einen Sohn, der ... doch, Mädchen sind auch herzlich willkommen, das wäre ja noch schöner. Aber zu uns kommen fast nur Jungen. Seltsamerweise, könnte man sagen, wo Bücher doch vor allem von Frauen und Mädchen gelesen werden.«

»Ja«, sagte Billy T. »Ich habe einen Sohn.«

»Wenn Sie mitkommen, können wir sehen, wann ein Platz frei wird. Wie alt ist er?«

»Zweiundzwanzig«, sagte Billy T. und ging hinter ihr her. »Aber Sie haben das nicht ganz richtig verstanden, ich ...«

»Es ist wirklich nicht ungewöhnlich, dass Eltern die Initiative ergreifen«, unterbrach sie ihn in vertraulichem Tonfall, während sie hinter den provisorischen Tresen trat und zu einem Ordner griff. »Auch wenn sie über achtzehn sind, fühlen wir uns für sie verantwortlich. Glauben Sie mir, ich habe selbst zwei erwachsene Söhne. Die Verantwortung endet nie.«

»Es geht darum, dass mein Sohn ...«

»Hier ist eine Lücke! Eigentlich hat das Semester ja schon begonnen, aber ich fange in drei Wochen mit einer kleinen Extragruppe an. Vielleicht eine ziemlich lange Wartezeit, aber es geht vielleicht doch?«

Die schmale Gestalt wirkte hinter dem niedrigen Tresen noch kleiner. Billy T. hatte das Gefühl, sie um drei Meter zu überragen. Ihre Hände waren flink und nervös und trafen sich immer wieder über ihrem Herzen zu einer appellierenden Geste.

»Wie heißt er?«, wollte sie wissen, ehe er ihre vorherige Frage beantwortet hatte.

»Knut«, sagte Billy T. zu seiner eigenen Überraschung. »Und er kennt jemanden, der hier in einer Gruppe war.«

»Knut wie?«

»Knut Pettersen.«

»Knut Pettersen«, wiederholte sie freundlich und trug ihn in eine handschriftliche Liste ein. »Geboren?«

»Wozu brauchen Sie den Geburtstag?«

Sie starrte für einen Moment zu ihm hoch, den Kugelschreiber startbereit auf dem Bogen. Dann lächelte sie rasch, legte den Stift weg und schloss den Ordner.

»Das kann ich ihn ja selbst fragen, wenn er kommt«, sagte sie und legte Billy T. eine Broschüre hin. »Hier steht alles, was er wissen muss.«

»Was passiert denn bei diesen Gruppentreffen?«

»Wir reden über Bücher. Und über Wissen. Über den Wert des Lesens. Die Teilnehmer bekommen Leselisten, die sie im Laufe des Semesters abarbeiten sollen. Sachbücher und Belletristik, auch wenn das Hauptgewicht auf der Belletristik liegt. Wir helfen auch dabei, Lebensläufe und Bewerbungen für weitere Ausbildungsmöglichkeiten zu schreiben. Überhaupt«, sie schob die Broschüre dichter an ihn heran, »haben wir viel Spaß.«

»Wie gesagt, ich kenne jemanden, der in so einer Gruppe war. Ein Freund von Knut. Linus heißt er. Linus Bakken.«

Es konnte Einbildung sein. Vielleicht war er einfach zu müde, zu erschöpft und zu verzweifelt, um sein Gegenüber so klar zu durchschauen, wie er das sonst vermochte. Es konnte Wunschdenken sein, diese kleine Frau war doch seine einzige Möglichkeit, der Wahrheit näher zu kommen.

Dennoch, er hatte den Eindruck, dass sie auf den Namen reagierte. Ihr Blick wurde noch wachsamer. Der übellaunige Mund zog sich zu einem Lächeln nach oben. Die Hände trafen sich über dem Herzen wie zum Gebet.

»Linus«, sagte sie und hüstelte, dann zog sie ein Taschentuch aus dem Ärmel ihrer Strickjacke und wischte sich die Nase.

Sie will Zeit schinden, dachte Billy T. Nur einige Sekunden, aber das tut sie. Sie muss überlegen. Er wagte kaum zu blinzeln, aus Angst, ihre Reaktionen zu versäumen.

»Netter Junge«, meinte sie dann und lächelte noch breiter. »Er hat sich ja gewaltig zusammengerissen, nachdem er hier angefangen hat. Sie kennen ihn vielleicht gut?«

Billy T. nickte.

»Wenn ich das richtig verstanden habe, hat er jetzt in zwei Monaten die Abschlussprüfungen«, sagte sie. »Genau das wollen wir erreichen. Wenn Sie ihn sehen, grüßen Sie ihn. Er war schon länger nicht mehr hier. Jetzt muss ich aber eigentlich ...«

Sie schaute sich um. Die Bibliothek war leer. Bis auf eine Kollegin von ihr. Eine junge Frau in Turnschuhen, die eine Sitzgruppe mit bunten Kinderstühlen aufräumte.

»Wie war noch gleich Ihr Name?«, fragte Billy T. und faltete die Broschüre zusammen.

»Mein Name?«

»Ja. Ich heiße Arne Pettersen.«

Er hielt ihr seine Pranke hin.

»Kirsten Ranvik«, murmelte sie. »Freut mich.«

Ihre Hand war kühl und ein bisschen feucht. Billy T. ließ sie los, lächelte kurz und ging. Bei den Infotafeln blieb er für einen Moment stehen. Eine Mitteilung, die er vorhin nicht bemerkt hatte, erregte seine Aufmerksamkeit.

LUL-Treffen!
LUL trifft sich am Freitag, dem 25. April, um 19.00 im
Ceylon in Kalbakken. Altersgrenze 18. Essen ist gratis,
Getränke müssen selbst bezahlt werden. Anmeldung
hier.

Sieben Personen hatten ihren Namen auf die Liste geschrieben.

Sieben norwegisch klingende Namen. In einem Stadtteil wie diesem, mit einer größeren Dichte von Menschen mit Migrationshintergrund als in den meisten anderen Orten in Norwegen. Billy T. warf einen Blick zurück zum Tresen. Die Frau war verschwunden. Rasch riss er den Zettel von der Tafel und steckte ihn in die Tasche.

Kirsten Ranvik, dachte er, als er hinauskam und sah, dass sein Wagen jetzt ganz allein auf dem Parkplatz stand.

Der Name sagte ihm rein gar nichts.

So, wie das Leben jetzt war, fehlte ihr nichts.

Nicht einmal, wieder gehen zu können.

Es war kurz vor Mitternacht. Hanne Wilhelmsen lag im Bett, in frischer Bettwäsche und mit einem Glas Rotwein, das sie mit einem Finger am Stiel auf ihrem nackten Bauch balancierte. Nefis lag neben ihr. Ein alter Bruce-Willis-Film surrte in leiser Tonstärke über den Flachbildschirm. Ida schlief schon eine Weile, auch wenn sie sehr aufgeregt gewesen war, als Nefis gegen acht endlich nach Hause gekommen war. Sie hatten von der Kleinen gekochtes Chili con Carne gegessen. Und Eis.

»Es tut mir gut, dich zu vermissen«, sagte Hanne schläfrig.

»Ich glaube eigentlich nicht, dass du das tust«, entgegnete Nefis lächelnd und küsste sie auf die Schulter. »Du hast keinen Gedanken für mich übrig, wenn ich verreist bin, aber dann freust du dich so über unser Wiedersehen, dass du glaubst, mich vermisst zu haben.«

»*Whatever.*«

»Willst du wissen, wie es bei mir war?«

»Nein. Es sei denn, du hast eine andere gefunden. Ich will Bruce sehen.«

Nefis legte sich auf die Seite und stützte den Kopf in die Hand.

»War es sehr beängstigend?«, fragte sie leise.

»Ja. Nicht für mich persönlich, mir war ja klar, dass es nicht in nächster Nähe war. Aber es war natürlich schrecklich. Ist schrecklich. Dass so etwas passiert. Ida war in der Nacht danach total durcheinander. Ich glaube, das lag sowohl an dem Bombenattentat wie an der Tatsache, dass sie jetzt weiß, woran ich arbeite.«

»Warum hast du die gesprungene Scheibe nicht auswechseln lassen?«

»Ich dachte, das könntest du machen. Eigentlich finde ich den Riss ziemlich dekorativ.«

»Dussel.«

Nefis schmiegte sich noch enger an sie und stahl einen Schluck aus dem Rotweinglas.

»Was findest du eigentlich an mir?«, fragte Hanne und sah weiterhin Bruce Willis zu, der gerade in einem Fahrstuhlschacht nach unten kletterte, während auf allen Seiten die Flammen loderten.

»Wie oft hast du mich das schon gefragt?«, meinte Nefis lächelnd.

»Eine Zillion Mal.«

»Ich finde Liebe. Vor allem eine große Liebe.«

Hanne lächelte, noch immer ohne sie anzusehen.

»Du hast mir wirklich gefehlt«, flüsterte sie. »Sehr sogar. Das ist die Wahrheit. Und dann habe ich einen komischen Vogel kennengelernt.«

»Du? Jemanden kennengelernt?«

Nefis setzte sich auf, wickelte sich in die Decke und verschränkte die Beine zum Lotussitz.

»Wen denn?«

»Einen Polizisten. Henrik heißt er. Cleverer Junge. Unglaublich seltsam.«

»Sagst du!«

»Silje hat ihn mir in Verbindung mit den alten Fällen, die ich mir ansehen soll, aufs Auge gedrückt. Zuerst war ich stocksauer, ich brauche ja wohl keinen Adlatus, aber er ist wirklich ein ziemlich interessanter Gesprächspartner.«

»Du hast also wirklich jemanden kennengelernt, der dir gefällt?«, fragte Nefis zweifelnd. »Und mit dem du redest? Den müssen wir zum Essen einladen. Wie wäre es mit morgen?«

»*Hold your horses*«, sagte Hanne lachend und stellte das Glas auf den Nachttisch, ehe sie sich aufsetzte. »Ich habe nicht gesagt, dass ich mich mit irgendwem angefreundet habe. Aber weißt du was?«

»Was?«

»In den vergangenen Tagen ist es sehr viel schlimmer geworden.«

»Was denn?«

»Du weißt schon. Die Einstellung ... Muslimen gegenüber. Nach dem Terror. Zum Glück interessiert Ida sich noch nicht so richtig für die Nachrichten, deshalb sieht sie sich die Kommentare nicht an. Hoffe ich.«

Nefis seufzte und wickelte sich aus der Decke, um aufzustehen.

»Wohin willst du?«, fragte Hanne.

»Das iPad holen.«

»Nein. Leg dich wieder hin.«

Nefis zögerte einen Moment, ehe sie der Aufforderung nachkam. Hanne schaltete den Fernseher aus, leerte das Glas und dimmte das Licht herunter.

»Komm her«, sagte sie und hob den einen Arm.

Nefis' Haut war kühl, als sie sich an Hanne schmiegte.

»Viel schlimmer?«

Hanne nickte und drückte sie fester an sich.

So blieben sie liegen. Lange. Nefis' Gewicht wurde sanfter, sie atmete regelmäßiger.

»Du«, flüsterte Hanne.

»Mm.«

»Warum ist das so schwer?«

»Was denn?«

»Warum können norwegische Muslime, solche wie du und sicher viele im ISAN, nicht sagen, wie es ist?«

»Was denn sagen?«

»Dass ihr keine Muslime im religiösen Sinne seid. Dass ihr nicht glaubt. Dass ihr im Grunde so seid wie wir, nur mit seltsameren Namen und in schöneren Farben.«

»Das sag ich doch«, meinte Nefis lächelnd.

»Aber nur zu mir. Und zu Ida. Und zu ein paar Freunden.«

»Das geht auch sonst niemanden etwas an.«

»Das nicht, aber ... «

Nefis setzte sich wieder auf.

»Für uns ist das anders«, sagte sie und streichelte Hannes Stirn.

»Was ist denn so anders? Warum kannst du es zum Beispiel nicht deinen Eltern sagen? Dass du ... abgefallen bist, sozusagen.«

»Weil es sie unendlich verletzen würde.«

»Mehr als ... ich, irgendwie?«

»Mehr, als dass ich lesbisch bin, ja. Meine Eltern sind aufgeklärte Menschen. In vieler Hinsicht modern. Aber der Islam ist ... « Sie gähnte ausgiebig. »Müssen wir das jetzt diskutieren, Hanna?«

Nach all den Jahren sprach Nefis fast fehlerfrei Norwegisch. Sie hatte aber niemals gelernt, Hanne zu sagen.

»Das müssen wir nicht.«

»Bei vielen ist es auch so, dass der Glaube noch vorhanden ist. Im tiefsten Herzen. Bei den meisten, würde ich eigentlich annehmen. Nicht im Alltag, aber wenn es hart auf hart geht, kann es guttun, einen Gott nicht ganz aufgegeben zu haben, mit dem man aufgewachsen ist Und der allgegenwärtig sein soll.«

»Bei Christen ist das doch auch so.«

»Sicher.«

»Mir kommt es ein wenig vor wie ... «

Die Nachttischlampe ließ Nefis' Haare leuchten. Tagsüber hatte sie ihr Haar immer hochgesteckt, und Hanne liebte den Augenblick am Abend, wenn sie es mit sanften, geübten Bewegungen öffnete und über ihren Rücken fließen ließ. Jetzt griff Hanne nach einer von Nefis' dicken Locken und wickelte sie sich um die Hand.

»Feigheit?«, schlug Nefis vor.

»Ja«, entgegnete Hanne.

»Da irrst du dich. Es geht darum, Rücksicht zu nehmen. Es geht darum, uns um unsere Nächsten zu kümmern. Nicht alle können wie du sein, Hanna. Zum Glück sind nicht alle anderen so kindheitslos. So von ihrer eigenen Geschichte abgekoppelt. Die meisten von uns gehören in ein größeres Gewebe. Und wir wollen nicht, dass das zerreißt. Wir sehen im Leben rückwärts und vorwärts. Wir lieben Menschen. Viele, nicht nur zwei, so wie du. «

»Touché«, flüsterte Hanne und ließ die Locke los.

»Gib uns eine oder zwei Generationen. «

Hanne antwortete nicht. Sie versuchte sich mühsam mithilfe des soliden Gitters auf die Seite zu drehen, das am Kopfteil des Bettes angebracht war.

»Klar«, murmelte sie. »Eigentlich ist es mir sowieso schnurz. Solange du hier bist. Und Ida. Und am besten niemand sonst. «

Hinter sich hörte sie ein dunkles, leises Lachen.

»Billy T. war hier«, flüsterte Hanne.

Nefis hielt den Atem an.

»Das ist doch fantastisch«, flüsterte sie endlich kaum hörbar.

»Es war schon in Ordnung«, sagte Hanne. Sie legte ein wenig mehr Kraft in ihre Stimme. »Ich soll ihm nur ein bisschen helfen. Das ist alles. Wir können nie wieder Freunde sein. «

Sie griff nach Nefis' Hand und legte sie sich auf den Bauch, ehe sich ihre Finger mit denen von Nefis verflochten.

Und sie einschlief.

KAPITEL 6

Es war frühmorgens am Montag, dem 14. April, und Oslo schlief sich noch vom Wochenende aus. Henrik Holme war um drei Uhr aufgewacht, ohne zu wissen, warum. Er glaubte, etwas geträumt zu haben. Hellwach hatte er eine Weile versucht, sich an diesen Traum zu erinnern. Das war ihm nicht gelungen, und nach einer halben Stunde hatte er beschlossen aufzustehen. Diesen Rat hatte seine Mutter ihm gegeben: niemals schlaflos im Bett liegen. Nutze jede wache Stunde, sie ist ein Geschenk. Jede einzelne.

Die Mutter hatte unendlich viele gute Ratschläge auf Lager.

Gegen einen verstieß er jetzt gerade.

Das von der Wettervorhersage angekündigte Unwetter war nie gekommen. Die Temperatur hatte um den Nullpunkt gelegen, als er auf dem digitalen Thermometer vor dem Küchenfenster nachgesehen hatte. Dennoch war er ohne Fäustlinge oder Handschuhe losgegangen, und nun trabte er mit tief in den Taschen vergrabenen Händen am Akerselv entlang.

Hanne hatte sich nicht gemeldet, seit er sie am Donnerstagabend verlassen hatte. Er hatte ihr eine E-Mail über sein Gespräch mit Abid Khan geschickt und an diesem Wochenende zahllose Male seinen Posteingang überprüft. Er hatte aber nur einen Bettelbrief, eine Menge Werbung und eine Mahnung des Elektrizitätswerks vorgefunden, obwohl er die Rechnung ganz sicher bezahlt zu haben glaubte.

Er wollte Hanne nicht auf die Nerven gehen.

Sie hatten sich in gewisser Weise angefreundet, so kam ihm das vor, und er wollte sie nicht stören. Ida hatte erzählt, dass ihre Mama am Freitagabend nach Hause kommen würde, und sicher waren sie mit ihren eigenen Angelegenheiten beschäftigt. Wie Familien das eben waren. So, wie seine Mutter und er es sich immer besonders gemütlich gemacht hatten, wenn sie am Wochenende zusammen waren und der Vater auf die Jagd ging, was er eigentlich das ganze Jahr über machte. Wenn er nicht am Auto herumbastelte.

Henrik selbst hatte am ganzen Wochenende mit niemandem geredet.

Eine ruhelose Unsicherheit quälte ihn.

Er wusste nicht, was er von Karina Knophs Verschwinden halten sollte. Gunnar Ranvik noch einmal aufzusuchen, kam bis auf Weiteres nicht infrage. Zum einen wollte der Mann ja offenbar mit Henrik nichts mehr zu tun haben. Zum anderen hatte Henrik keine Ahnung, was er denn überhaupt fragen sollte.

Abid Khan hatte ihm zwei Auskünfte erteilt, die zumindest neu gewesen waren, wenn sie ihn auch nicht sehr viel weiterbrachten. Nämlich dass Karina möglicherweise Drogen genommen hatte und dass einer der beiden unbekannten Norwegisch-Pakistaner, mit denen sie in jenem Sommer zu tun gehabt hatte, vermutlich Mohammad geheißen hatte. Oder Muhammed. Henrik hatte keine Ahnung, wie viele Schreibweisen es für diesen Namen gab, und in Oslo nach einem Muhammed zu suchen, wäre das Gleiche, wie nach einer Frau Mitte fünfzig mit Namen Anne zu fahnden.

Erst am Sonntagabend war ihm ein Gedanke gekommen.

1996 hatte es kein Instagram gegeben. Und kein Snapchat. Mobiltelefone waren teuer und Erwachsenen vorbehalten gewesen, und Henrik glaubte auch nicht, dass sie damals schon mit Kameras versehen gewesen waren. 1996 war eine Zeit, in der Jugendliche noch Fotoalben anlegten, in denen sie Bilder schräg einklebten und mit Filzstift Kommentare dazuschrieben. Das wusste er, denn er war damals elf gewesen und hatte von seiner Großmutter zu Weihnachten ein schönes Album bekommen. Er hatte sich gefreut, und das Problem wurde erst im Januar offensichtlich, als Familienfeste und die Weihnachtsfeier in der Firma seines Vaters abgehakt waren: Henrik hatte keine Freunde, von denen er Bilder machen könnte.

Karina Knoph dagegen war nicht freundlos gewesen.

Rastlos und wurzellos, das schon, aber Freunde hatte sie gehabt.

Da in den Polizeiunterlagen auch die Personalien der Mutter zu finden waren, war es leicht gewesen, ihre Adresse zu ermitteln. Er hatte befürchtet, sie könnte in einer anderen Stadt leben, so oft, wie ihr Mann umgezogen war. Aber glücklicherweise waren sie offenbar geschieden. Jedenfalls wohnte sie in Ullevål Hageby, und der Fußballtrainer war derzeit in Alta gemeldet.

Mütter aber bewahrten die Habseligkeiten ihrer toten Kinder auf. Seine Mutter würde das jedenfalls.

Zuerst hatte er mit dem Gedanken gespielt anzurufen. Eine Verabredung zu treffen, wie das üblich war, wenn man zu Fremden Kontakt aufnehmen wollte. Das Problem war, dass er dann erklären müsste, worauf er hinauswollte. Am Sonntagabend anzurufen und die schlimme Erinnerung daran wieder aufzuwühlen, dass Ingrid Knophs Tochter an einem achtzehn Jahre zurückliegenden Herbsttag spurlos verschwunden war, kam ihm außerdem reichlich brutal vor.

Da war es doch besser, einfach vor der Tür zu stehen.

Henrik Holmes außergewöhnliches Aussehen hatte ihm im Leben viel Schmerz bereitet. Aber in den letzten Jahren hatte er seine große Stärke entdeckt: Er machte niemandem Angst. Wo immer er auftauchte – und egal zu welcher Tageszeit –, alle begegneten ihm ohne jede Furcht. Viele zeigten Neugier, einzelne Abneigung. Ab und zu konnte jemand direkt abweisend sein, wenn er Kontakt aufnahm, aber absolut niemand fürchtete sich. Henrik war einfach eine sehr wenig beängstigende Person.

Jetzt war er seit zweieinhalb Stunden zu Fuß unterwegs.

Er fühlte sich ruhig. Seltsamerweise ausgeruht. Es ging auf halb sieben zu, und er überquerte die kleine Fußgängerbrücke, die ein Stück unterhalb von Solligrenda über den Fluss führte, und rechnete sich rasch aus, dass es knappe zwanzig Minuten dauern würde, durch Tåsen und nach Ullevål Hageby zu gehen.

Er wurde langsamer und versuchte sich zu überlegen, was er als Erstes sagen könnte.

Halblaut murmelte er vor sich hin, verwarf seinen Einfall aber gleich wieder. Begann mit einer neuen Einführungsrede, überlegte sich die Sache aber anders und war schließlich ziemlich verzweifelt über sich selbst.

Erst, als er sich dem Haus näherte, in dem Ingrid Knoph dem Telefonbuch zufolge wohnte, glaubte er, eine brauchbare Einleitung gefunden zu haben.

Das Haus lag am Rand der Gartenstadt. Es war kein Einfamilienhaus, wie er aus irgendeinem Grund erwartet hatte, sondern eine Wohnung in einem typischen Steinhaus mit spitzem Dach und weißen Fenstersprossen. Die Eingangstür war knallrot. An der Klingel stand nur ein Name. Vermutlich traf die Annahme, dass Ingrid Knoph geschieden war, also zu.

Zweimal wiederholte er murmelnd seinen ersten Satz, ehe er auf die Klingel drückte. Schon nach wenigen Sekunden öffnete eine Frau. Sie hatte eine Zahnbürste in der Hand.

»Guten Morgen, ich heiße Henrik Holme. Sind Sie Frau Knoph?«

Sie wirkte total überrascht, nickte aber. Erst jetzt sah er, dass sie den Mund voll Zahnpasta hatte. Sieben Uhr war vielleicht doch zu früh für einen Hausbesuch.

»Ich bin ein Polizist, der es noch nicht aufgegeben hat herauszufinden, was vor achtzehn Jahren mit Karina geschehen ist«, sagte er rasch. »Es wäre schön, wenn ich kurz mit Ihnen reden könnte.«

Die Verwunderung der Frau schlug in ein Gefühl um, das er als tiefe Skepsis deutete. Sie hob die Hand vor den Mund. Eilig zog Henrik seinen Dienstausweis hervor und hielt ihn ihr hin.

»Einen Moment«, glaubte er zu hören, dann verschwand sie in einem engen Gang.

Sie hatte ihm immerhin nicht die Tür vor der Nase zugeschlagen, und einige Minuten darauf war sie wieder da, ohne Zahnbürste und Zahnpastaschaum.

»Hallo«, sagte Henrik und streckte die Hand aus. »Henrik Holme, wie Sie auf meinem Ausweis sehen.«

Erst jetzt nahm sie den Ausweis. Sie musterte ihn lange, als ob sie den Verdacht hegte, einem schrecklichen Scherz ausgesetzt zu sein.

»Karina«, sagte sie leise. »Jetzt verstehe ich gar nichts mehr.«

»Darf ich hereinkommen?«

Sie schaute von seinem Dienstausweis auf.

»Aber worum geht es denn? Ich muss zur Arbeit, und ...«

»Ich hätte natürlich anrufen sollen«, sagte Henrik und versteckte den Adamsapfel hinter seinem Schal. »Aber ich dachte, eine persönliche Begegnung wäre besser. Wenn Sie es sehr eilig haben, könnte ich ein andermal zurückkommen: heute Nachmittag vielleicht.«

»Sie frieren«, stellte sie fest.

»Ja. Ein bisschen, Ich bin weit gegangen.«

»Sind Sie nicht mit ... «

Sie beugte sich vor und schaute zur Straße hinüber.

»Ich geh gern zu Fuß«, erklärte Henrik und lächelte.

»Kommen Sie rein«, sagte sie und trat zögernd drei Schritte zurück.

»Danke.«

Der Gang war dunkel und eng, aber es roch gut. Wie bei seiner Mutter, wenn sie Rosinenbrötchen im Backofen hatte. Ingrid Knoph buk montags in aller Herrgottsfrühe sicher keine Rosinenbrötchen, dachte er, vielleicht war es auch ein schönes, etwas mütterliches Parfüm. Sie sah aus wie eine Mutter. Er streifte die Schuhe ab.

Sie ging vor ihm her in ein Wohnzimmer, das viel kleiner war, als er erwartet hatte. Die Wohnungen und Häuser hier oben gehörten zu den teuersten in Norwegen, hatte er gelesen. Er hatte mit hohen Decken gerechnet. Doppeltüren und vielleicht mit einem Kronleuchter. Eigentlich war diese Wohnung nicht viel größer als seine eigene. In gewisser Weise passte diese hier zu ihrer Bewohnerin: Beide waren klein und farbenfroh.

Die zierliche Frau mit der üppigen stahlgrauen Mähne zeigte auf eine kleine Sitzgruppe vor dem Fenster und forderte ihn auf, Platz zu nehmen.

»Ich habe noch Kaffee«, sagte sie. »Möchten Sie?«

»Ja, bitte.«

»Entschuldigen Sie, ich hätte Ihnen den Mantel abnehmen müssen.«

Sie streckte die Hand aus, und er wand sich aus seiner Jacke und reichte sie ihr.

»Den Schal?«, fragte sie.

»Den behalte ich an«, entgegnete Henrik und schob ihn an seinem Hals etwas höher.

Als sie in der Küche war, sah er sich um. Es gefiel ihm hier. So hätte er auch gern gewohnt, aber die Kunst des Einrichtens hatte er nie durchschaut. Hier gab es vielleicht ein wenig zu viele Gegenstände, Bücher und CDs und sogar ein großes Regal mit altmodischen Langspielplatten, aber alles schien sich miteinander wohlzufühlen. Das Sofa, auf dem er saß, war tiefrot, mit lilafarbenen und orangen und blauen Kissen. Man hatte fast das Gefühl, in einem Regenbogen zu sitzen. Ihm fiel auf, dass der Couchtisch genauso aussah wie der seiner Großmutter. Teak, mit einem Fach unter der Platte, in dem Zeitungen und Zeitschriften abgelegt werden konnten. Diese Tische stammten aus den Sechzigerjahren, aber während der seiner Großmutter abgenutzt und zerkratzt gewesen war, war dieser hier unglaublich sauber und gepflegt. Das Holz war blank und glatt, und darauf stand ein kleines Blumengesteck.

Erst jetzt sah er das Bild von Karina. In einem weißen Rahmen stand es neben einer Stumpenkerze auf einem kleinen Tisch neben der Tür. Karinas Haare auf diesem Foto waren nicht blau. Sie waren rotblond, wie er es beim Anblick ihrer hellen Augen vermutet hatte. Auf diesem Bild war sie jünger als auf dem Foto in den Ermittlungsakten. Fünfzehn, tippte er. Es war die Vergrößerung eines privaten Schnappschusses, kein bei einem Fotografen entstandenes Porträt. Er stellte sich Karina nicht als ein Mädchen vor, das gern zum Fotografen ging. Sie lächelte und schaute direkt in die Kamera. Ihre Wimpern waren fast weiß, und die Sommersprossen bildeten einen breiten Streifen über der Nase. Dies war eine ganz andere Karina, das Mädchen auf diesem Bild wirkte froh, offen und unverstellt.

»Das ist am Tag vor ihrer Konfirmation gemacht worden«, sagte Ingrid Knoph, als sie mit einer Tasse in jeder Hand wieder hereinkam. »Ich habe bei der Arbeit Bescheid gesagt, dass ich später komme.«

Sie stellte die eine Tasse vor ihn hin.

»Danke«, sagte Henrik und umschloss den Becher mit seinen eiskalten Händen.

Aus der Küche war ein Radio zu hören. Die Morgensendung von *P 2*. Ihm war *P 4* lieber, mit aktuellem Pop und munteren Sprechern, aber in der vergangenen Woche hatte er es mit dem Kulturkanal versucht, nachdem er bemerkt hatte, dass Hanne Wilhelmsen den immer einschaltete.

»Was möchten Sie also?«, fragte Ingrid Knoph und starrte ihn an.

»Ich wollte Sie fragen, ob Sie Karinas Fotoalbum aufbewahrt haben.«

Jetzt wirkte sie noch verwirrter als vorhin, als sie die Tür aufgemacht hatte.

»Ihr Fotoalbum?«

In ihren Augen funkelte irgendetwas. Er konnte nicht deuten, was es war.

»Das Fotoalbum«, wiederholte sie und atmete ein. »Drei Monate seid ihr in unserem Leben herumgetrampelt, ohne auch nur ansatzweise herauszufinden, was mit Karina passiert ist. In den folgenden drei Jahren habe ich mein Leben damit verbracht, zu klagen, Einspruch zu erheben, zu klagen und zu weinen, damit ihr mehr unternehmt. In den fünfzehn Jahren, die seither vergangen sind, habe ich versucht, mir eine Art neues Leben aufzubauen, ohne meine Tochter. Und jetzt tauchen Sie auf. Ein Polizist. Und fragen, ob Karina ein Fotoalbum hatte.«

Sie starrte wütend auf ihre Tasse, als spiele sie ernsthaft mit dem Gedanken, die an die Wand zu werfen. Dann schlug sie die Hände vors Gesicht und fing an zu weinen.

Henrik versuchte verzweifelt, seine eigenen Hände unter Kontrolle zu behalten.

Er hätte zuerst mit Hanne reden müssen.

Er hätte diese arme Frau niemals aufsuchen dürfen.

»Entschuldigung«, rutschte es ihm heraus, und er sprang vom Sofa auf.

Zum Glück sah sie es nicht, dass er dreimal seine Nasenflügel antippte.

Ingrid Knoph weinte so verzweifelt, dass auch Henrik Tränen in die Augen traten. Er wollte zur Tür stürzen, und es würde das allerletzte Mal sein, dass er jemanden besuchte, ohne vorher mit Hanne zu sprechen.

»Das Fotoalbum«, schluchzte Karinas Mutter halb erstickt hinter ihren Händen. »Sie kommen her und fragen mich nach einem verdammten Fotoalbum.«

»Ich gehe jetzt«, sagte Henrik laut. »Es tut mir wirklich leid.«

»Sie gehen?«

Ingrid Knoph ließ die Hände sinken und starrte ihn anklagend an. Fast hasserfüllt, schien es ihm, und er schlug sich wütend gegen die Schläfe.

»Wenn Sie auch nur einen Moment lang glauben«, fauchte sie, »dass Sie hier einfach hereinplatzen und dann gleich wieder gehen können, dann haben Sie sich geirrt. Setzen Sie sich!«

Henrik sank auf das Sofa. Schob die Hände unter die Oberschenkel.

Ingrid Knoph holte Atem. Tief und heftig. Henrik schwieg. Er richtete den Blick auf ein abstraktes Gemälde an der Küchentür und beschloss, ihn dort haften zu lassen.

»Ich werde Ihnen etwas erzählen«, sagte sie.

Ihre Tränen strömten noch immer, aber sie schrie immerhin nicht. Henrik wagte nicht einmal zu nicken.

»Wenn man über verschwundene Personen liest«, hob Ingrid Knoph an, »dann heißt es ja immer, die Ungewissheit sei das

Schlimmste. Es sei trotz allem besser, die Wahrheit zu wissen. Das habe ich auch gedacht. Lange. Ich wollte lieber wissen, dass Karina tot wäre, als selbst wie eine lebende Tote herumzulaufen. Wie ein Zombie. Das wird man nämlich, so fühlt man sich, verstehen Sie. Oder nein, das verstehen Sie natürlich nicht.«

Sie schwieg für einen Moment.

»Nein«, piepste Henrik. Er räusperte sich und wiederholte mit tieferer Stimme: »Nein.«

»Aber im Laufe der Jahre änderte sich das. Ich musste einfach glauben, dass sie noch lebte. Im tiefsten Herzen weiß ich es schon seit der allerersten Nacht, in der sie nicht nach Hause gekommen ist: Sie ist tot. Aber ich konnte damit nicht leben. Nach einigen Jahren und der Scheidung ging mir dann auf, dass das Leben nur noch einen Versuch wert sein könnte, wenn ich die Hoffnung hätte, dass sie nur …«

Die schmächtige Gestalt sank in sich zusammen. Alle Luft schien aus ihr zu entweichen. Ihr Rücken wurde krumm wie der einer Greisin, und ihre Hände lagen schlaff auf ihrem Schoß.

»Die Hoffnung war, dass sie eines Tages nach Hause kommen würde. Dass ich eines schönen Tages die Türklingel hören würde. Und da würde sie dann stehen.«

Henrik begriff, warum sie ihm schon nach wenigen Sekunden geöffnet hatte, mit Zahnpastaschaum im Mund und der Bürste in der Hand. Die Röte kletterte an seinem Hals hinauf, und er riss sich den Schal herunter, um atmen zu können.

Aus der Küche hörte er eine neue Meinungsumfrage. Mehr als sechzig Prozent der Bevölkerung lehnten weitere Familienzusammenführungen ab. Zudem war in einer Moschee in Furuset in der Nacht ein Versuch der Brandstiftung unternommen worden. Außerdem sollte sich die Ministerpräsidentin zu den verschärften Sicherheitsmaßnahmen äußern.

»Ich kann nicht aufhören zu hoffen«, sagte Ingrid Knoph und wischte sich die Tränen ab. »Das kann ich mir einfach nicht erlauben. Die Vorstellung, dass Karina auftauchen könnte, als erwachsene Frau, vielleicht mit einer Familie und einer überzeugenden Geschichte darüber, was eigentlich passiert ist, ist mein letzter Gedanke vor dem Einschlafen. Und der erste beim Aufwachen. Die Vorstellung, dass sie lebt, sorgt dafür, dass auch ich weiterleben will.«

»Dann will ich Sie nicht länger stören.«

»Sie haben mich doch schon gestört. Mehr, als es überhaupt erlaubt sein dürfte.«

Henrik versuchte, an den Heiligen Abend zu denken. Das war der beste Tag im Jahr. Familie und Geschenke und gutes Essen. Friede und Geborgenheit und nur Menschen, die er kannte.

Er schluckte und räusperte sich und versuchte dabei, ruhig zu atmen.

»Aber der Schaden ist ja schon geschehen«, sagte Ingrid Knoph. »Und die Antwort auf Ihre Frage ist natürlich: Ja. Karina hatte Fotoalben. Mehrere, aber nur eines aus den letzten Jahren, ehe sie ... ehe sie verschwunden ist.«

Sie sprang auf und lief aus dem Zimmer.

Henrik versuchte, das Bild von Karina auf dem kleinen Tisch anzusehen, schaffte es aber nicht. Blitzschnell nutzte er die Gelegenheit, um eine ganze Serie von Tics abzuarbeiten.

»Hier«, sagte Ingrid Knoph, die überraschend schnell wiederaufgetaucht war. »Das können Sie mitnehmen. Ich möchte es natürlich zurückhaben, aber ehrlich gesagt will ich Sie im Moment nicht mehr sehen.«

Ein rosa Album fiel ihm in den Schoß.

Es kam ihm bleischwer vor.

»Danke«, sagte er.

»Sie müssen jetzt gehen«, sagte sie und reichte ihm seine Jacke. »Sofort.«

»Jetzt, meinen Sie? Sofort?«

Der junge Mann sah Billy T. überrascht an und wich einen kleinen Schritt zurück. Er maß die riesige Gestalt mit Blicken.

»Ja«, sagte Billy T. »Es dauert nicht lange. Ich habe nur ein paar Fragen.«

Es war nicht sonderlich schwer gewesen, Bernhard Zachariassen zu finden. Sein Name war der seltenste auf der Teilnehmerliste für das Treffen am Freitag. Eine Suche in zwei sozialen Medien sowie im Telefonbuch hatte innerhalb von weniger als fünf Minuten ergeben, dass Bernhard Zachariassen im ICA-Supermarkt im Sandaker Senter arbeitete. Als Billy T. den Laden betrat, stapelte der Junge gerade am Morgen frisch gelieferte Pakete mit Cherrytomaten aufeinander.

»Ich arbeite«, sagte er unnötigerweise.

»Machen Sie eine kleine Pause. Einen Kaffee bei Samson.«

Billy T. griff nach der Hand des Jungen und schob etwas hinein. Bernhard warf einen Blick auf den Fünfhunderter, dann ließ er ihn blitzschnell in seiner Hosentasche verschwinden.

»Okay«, sagte er und zuckte mit den Schultern. »Muss nur schnell Bescheid sagen.«

Sie gingen zusammen zu den Kassen.

»Nur fünf Minuten«, murmelte Bernhard, als er an einer üppigen Frau mit Kopftuch vorbeilief.

»Können auch zehn sein«, sagte sie lächelnd.

»Was wollen Sie eigentlich?«, fragte Bernhard, als sie zur Bäckerei am anderen Ende des kleinen Einkaufszentrums gingen.

»Sie sind doch Mitglied bei LiesUndLauf, oder?«

»Mitglied ist da eigentlich keiner. Das ist schließlich kein Klub.«

»Na gut. Aber Sie nehmen an den Aktivitäten dort teil?«

»Ja, also ab und zu. Kostet ja nix. Und man kann auch DVDs leihen. Nicht nur Bücher. Kirsten hat mir geholfen, diesen Job zu kriegen.«

Er zeigte mit dem Daumen über seine Schulter.

»Wie schön.«

Billy T. rang sich ein Lächeln ab und legte Bernhard kameradschaftlich die Hand auf die Schulter, ehe er auf einen Tisch neben dem Geldautomaten zeigte.

»Was möchten Sie trinken?«

»Schwarzen Kaffee. Und ich möchte ein Brötchen, wenn Sie bezahlen. Ei und Tomate.«

Der Junge setzte sich. Billy T. ging zum Tresen. Das Café war fast leer. Ganz hinten saß ein älterer Mann in einem elektrischen Rollstuhl. Er reicherte seinen Kaffee aus einem Flachmann an. Zwei junge Mütter hielten jede einen Säugling auf dem Schoß, die Kinderwagen standen Billy T. im Weg, als er zwei Tassen Kaffee und ein Brötchen zu Bernhard zurückbalancierte.

»Wie sind Sie auf die Idee gekommen, bei LUL einzusteigen?«, fragte er und stellte alles auf den Tisch. »Sie sind doch nicht gerade ein Typ, der den Bibliotheken die Türen einrennt.«

Bernhard zuckte mit den Schultern und biss herzhaft in sein Brötchen.

»Einer, den ich kenne, hat da so eine Art Extrajob«, sagte er mit vollem Mund.

»Andreas Kielland Olsen?«

Der Junge hörte für einen Moment auf zu kauen.

»Äh ... ja. Kennen Sie ihn?«

»Arfan«, sagte Billy T. und lächelte breit.

Bernhard lächelte zurück. Ein Stück Ei fiel aus seinem Mund auf den Boden, aber das bemerkte er nicht.

»Das war nur so eine Laune, glaube ich. Hab null kapiert, warum er plötzlich Muslim werden wollte. War er ja auch nicht lange. Ich hab gehört, dass er jetzt wieder Andreas heißt.«

»Wann haben Sie das gehört?«

»Am Wochenende. Ja. Am Samstag. Auf einem Fest.«

»War Andreas auch da?«

Bernhard schluckte und grinste.

»Nein, das wäre ja noch schöner gewesen.«

»Wie ist das zu verstehen?«

»Andreas ist so verdammt spießig geworden. Er kommt gern zu solchen Treffen wie dem am nächsten Freitag, aber er trinkt fast nichts. Ein Bier vielleicht und dann bloß noch Wasser. Wasser. Nicht mal Cola. Und wegen der Spießerkiste hab ich ja auch fast geglaubt, dass er konversiert ...«

»Konvertiert.«

»Konvertiert ist, ja. Aber nur fast. Er konnte sie ja nicht mal leiden.«

»Wen konnte er nicht leiden?«

»Die Muslime.«

Bernhard biss wieder in das Brötchen. Diesmal landete eine Scheibe Tomate auf dem Boden.

»Wie ist das zu verstehen?«, fragte Billy T. und schaute verstohlen auf die Uhr. Die zehn Minuten waren fast um. »Möchten Sie noch etwas?«, fragte er.

»Einen Smoothie, wenn Sie bezahlen.«

Billy T. ging wieder zum Tresen. In seinem Körper wurde so viel Adrenalin ausgeschüttet, dass seine Hände zitterten, als er beim Bezahlen den PIN-Code eingeben sollte. Die Kinderwagen standen noch immer im Weg, aber diesmal ging er auf einem Umweg zurück.

»Wie ist das zu verstehen, dass er Muslime eigentlich nicht leiden konnte?«, fragte er so ruhig, wie er nur konnte.

»Na ja, normal irgendwie.«

»Was ist normal?«

Bernhard sah ihn irritiert an, dann packte er das Plastikglas und saugte ein Drittel des Inhalts auf.

»Ich weiß das doch auch nicht. So normal eben. Wir haben bei LUL die *Satanischen Verse* gelesen, das von diesem Salman Rushdie, und da ...«

»Was sagen Sie?«, unterbrach ihn Billy T. »Sie haben die *Satanischen Verse* gelesen? Ist das nicht ein bisschen ... schwer?«

»Das ist saulangweilig. Aber Andreas hat es gut gefallen, und er hat sich sofort eine Masse Zitate daraus gemerkt und sie dauernd losgelassen. Aber dann hat er damit aufgehört. Schon vor einer ganzen Weile.«

Dass ganz junge Männer Salman Rushdie zitierten, fand Billy T. ja nicht ganz so normal, ließ diesen Punkt aber auf sich beruhen.

»Ich muss los«, sagte Bernhard. »Krieg Ärger, wenn ich zu lange Pause mache.«

»Zwei Sekunden«, bat Billy T. »Sind noch andere aus der Gruppe so spießig geworden wie Andreas?«

Bernhard erhob sich mit dem halb vollen Smoothieglas in der Hand.

»Linus«, sagte er sofort. »Linus Bakken mit ganzem Namen.«

»Ach.«

»Der und Andreas sind jetzt ganz dicke Freunde.«

Bernhard wollte sich umwenden. Billy T. stand auf und legte ihm eine Hand auf die Brust.

»Noch eine Frage«, sagte er. »Warum seid ihr in dieser Gruppe? Und wieso habt ihr Bock, die *Satanischen Verse* zu lesen und euch in einer Bibliothek zu treffen?«

Bernhard schnitt eine gleichgültige Grimasse.

»Kirsten ist in Ordnung. Sie bezahlt oft das Essen. So wie nächsten Freitag, da lädt sie uns alle ein. Und sie hilft uns ja auch. Ich war über ein Jahr arbeitslos, bis ich diesen Job hier gefunden habe. Und wenn ich den nicht verlieren will, muss ich jetzt los.«

Er drängte sich an Billy T. vorbei. Nach einigen Schritten blieb er stehen und drehte sich um.

»Wer sind Sie eigentlich?«

Billy T. gab keine Antwort. Stattdessen machte er kehrt und ging mit dem stillen Gebet zur Tiefgarage, dass der Opel noch einmal anspringen würde.

Knapp ein Jahr nach den Terrorbomben im Juli 2011 war der Sitzungssaal in *R4* nun wieder in Gebrauch genommen worden. Er lag zur Møllergata hin, abgewandt vom Ort der Explosion, und durch einen versteckten Notausgang konnte die Regierung ihr altes Lokal wieder für größere Pressekonferenzen nutzen.

Jetzt war der Saal überfüllt.

Knapp die Hälfte der Anwesenden kam von der norwegischen Presse. Nicht weniger als sechzehn Fernsehkameras von Sendern in aller Welt waren im Raum aufgestellt, und eine Heerschar von Fotografen kämpfte um die besten Plätze in der Nähe des Podiums mit den neun leeren Stühlen.

Der Geräuschpegel war enorm.

Erst vor einer Stunde hatte das Justizministerium zur Pressekonferenz gebeten und Zeit, Ort und die Tatsache mitgeteilt, dass der Minister zugegen sein würde. Mehr stand nicht in der über die Nachrichtenagentur *NTB* ausgesandten Mitteilung.

Alle wussten, dass solche plötzlichen und vagen Einladungen in der Regel bedeuteten, dass etwas Dramatisches passieren würde.

Oder schon geschehen war.

Auf Twitter wurde munter spekuliert, wozu die anwesenden Presseleute mit Laptops und Smartphones beitrugen. Die meisten gingen davon aus, dass es Neuigkeiten darüber geben würde, wer hinter den beiden Terrorangriffen der vergangenen Woche steckte. Andere tippten, dass es um Harald Jensens Rücktritt gehen würde. Nach dem Attentat am Donnerstag im Restaurant Grüneres Gras hatte der Wind dem PST-Chef erbarmungslos ins Gesicht geweht. Weil er die Extremisten nicht ausreichend unter Beobachtung gehabt hatte. Aber schlimmer noch war es, dass er und seine Leute offenbar die Schuldigen auch jetzt noch keinesfalls identifizieren konnten.

Die Konferenz hätte vor fünf Minuten beginnen sollen. Doch noch war der Minister nicht aufgetaucht.

Der Reporter von *CNN* berichtete aus einer Ecke direkt, während der Abgesandte des *NRK* gerade versuchte, einen Platz für eine weitere Kamera zu finden, als plötzlich Justizminister Roger Michaelsen mit todernster Miene auftauchte und sich mithilfe von vier Leibwächtern zum Podium durchdrängte.

Er kam allein. Ohne Pressesprecher. Ohne Staatssekretäre oder hilfsbereite Beamte.

Statt sich auf das Podium zu setzen, ging er zu einem Standmikrofon, das den wenigsten bisher aufgefallen war. Die Leibwächter sorgten für eine erträgliche Entfernung zu den vordersten Fotografen, während der Minister das Gestell justierte.

»Guten Morgen«, sagte er versuchsweise. »Können mich alle hören?«

Ein bestätigendes Murmeln erklang, gefolgt von vollkommener Stille.

Roger Michaelsen war fast zwei Meter groß und vor seinem Sprung in die Politik Stabhochspringer auf einem Niveau gewesen, das ihm unter anderem gegen Ende der Achtzigerjahre zwei Saisons in der Golden League beschert hatte. 1988 hatte er sich für die Olympischen Spiele in Seoul qualifiziert, aber eine schwere Verletzung am Oberschenkel nur vierzehn Tage vor der Abreise hatte die Teilnahme unmöglich gemacht. Er trug diese Enttäuschung mit Fassung, beendete seine sportliche Karriere und erledigte sein Jurastudium in vier Jahren.

Jetzt stand er ganz allein vor der Presse. Nicht einmal ein Rednerpult hatte er vor sich. Kein Skript in der Hand.

»Willkommen«, sagte er und verschränkte die Hände im Rücken. »Als Erstes muss ich darum bitten, dass von jetzt an nicht mehr fotografiert wird. Filmen ist natürlich erlaubt.« Im Saal wurde es ganz still, und er fügte hinzu: »Ich möchte zwei Dinge über die zutiefst tragische Situation sagen, in der wir uns befinden, nach zwei brutalen und sinnlosen Angriffen auf unschuldige Bürgerinnen und Bürger Norwegens. Erstens ... «

Er griff zum Mikrofonständer und drehte ihn zwei Zentimeter tiefer.

»... hat die Polizei ein weiteres Video der Gruppe erhalten, die sich die *Wahre Umma des Propheten* nennt.«

Ein Flüstern erhob sich, dann wurde es wieder still.

»Sie übernehmen die Verantwortung für die zweite Bombe. Sie behaupten, hinter dem Angriff auf das Restaurant Grüneres Gras zu stehen. Der Grund, warum das erst jetzt bekannt gegeben wird, liegt darin, dass dieses Video mit der Post geschickt wurde.«

Erneut Gemurmel. Minister Michaelsen stand streng und stumm da, bis wieder Schweigen eingekehrt war.

»Uns wurde per Brief ein Speicherstick zugeschickt. Der Brief ist am Freitag abgestempelt worden, traf aber erst heute im Ministerium ein. Wir werden den Inhalt bis auf Weiteres nicht veröffentlichen. Wir können jedoch jetzt schon sagen, dass der Sprecher derselbe ist wie auf dem vorherigen Video der sogenannten *Wahren Umma des Propheten*.«

Jetzt war die Unruhe in der Versammlung kaum noch zu dämpfen.

»Wir haben es also mit zwei Gruppierungen zu tun, die sich beide zu dem Terror in Grünerløkka bekennen«, sagte er mit etwas lauterer Stimme. »Was natürlich mit allergrößtem Ernst zu behandeln ist. Dass eine Person, die nachweislich tot und allem Anschein nach ermordet worden ist, auch in dem zweiten Video auftaucht, öffnet allerlei Spekulationen Tür und Tor. Ich will dazu aber nicht beitragen. Im Gegenteil,«

Er räusperte sich leise. Dann legte er wieder die Hände in den Rücken und schob die Brust vor.

»Wir sind eine Nation in der Krise«, sagte er. »Wir werden von Kräften angegriffen, die wir nicht genau kennen. Trotz unserer zutiefst schmerzlichen Erfahrungen aus der jüngsten Zeit haben wir nicht verhindern können, dass dasselbe noch einmal passiert.«

Für einen Moment hob er sich auf Zehenspitzen, dann ließ er sich wieder auf die Absätze sinken.

»Es besteht ein Unterschied zwischen Schuld und Verantwortung«, sagte er dann. »Und die Schuld für den Terror liegt immer bei den Terroristen. Die Verantwortung dagegen liegt im Grunde bei mir. Ich bin politisch verantwortlich für unsere Wachsamkeit. Für unsere polizeilichen Kräfte und unsere Bereitschaft. Wir waren nicht gut genug. Ich war nicht gut genug. Dafür bezahlen heute viele Familien schmerzhaft den Preis. Das muss und wird für mich Konsequenzen haben.«

Im Saal machte sich die Erkenntnis breit, worauf er hinauswollte. Immer lauter werdendes Gemurmel und fieberhaftes Geklapper auf Tastaturen ließen sich von Roger Michaelsens immer angespannterem Gesichtsausdruck nicht mehr bändigen.

»Ich habe deshalb die Ministerpräsidentin darüber informiert, dass ich zurückzutreten wünsche. Das hat sie akzeptiert. Im Laufe des Nachmittags wird der Name meines Nachfolgers bekannt gegeben werden.«

Seine Stimme drohte zu versagen.

»Als Letztes möchte ich noch hinzufügen ...«

Er fuhr sich mit einer Hand durch die Haare. Diese Geste hatte etwas Verletzliches, eine Bewegung, die Komiker seit dem Regierungswechsel nachahmten, um Roger Michaelsens vorgebliche Selbstzufriedenheit zu karikieren.

»... dass es mir leidtut. Ich trauere aus tiefstem Herzen um die Verstorbenen, die durch zwei gemeine, antidemokratische und menschenverachtende Angriffe auf unser Land ihr Leben lassen mussten. Mein Beileid gilt ihren Angehörigen. Und ich bedauere die Unruhe und die Angst, in die wir alle, als Nation und als Bürger, versetzt wurden, und möchte mich in aller Demut für das mir erwiesene Vertrauen bedanken.«

Sofort bildeten die vier Leibwächter einen Kreis um ihn.

Während die Fragen nur so auf ihn einprasselten, wurde er aus dem Sitzungssaal zu einem wartenden Dienstwagen geleitet.

Weinend, würden viele später behaupten, obwohl niemand auch nur auf einem einzigen Foto eine Träne erkennen konnte.

Das Foto war grobkörnig und unscharf. Man konnte aber dennoch drei Gestalten mit Rucksäcken erkennen, die direkt von oben in einer typisch norwegischen Landschaft aufgenommen worden waren. Wald, Baumstümpfe, ein frühlingsstarker Bach und hier und dort noch ein Schneefleck. Die Wanderer waren soeben von einem Waldweg abgebogen. Sie gingen hintereinander über einen Pfad, einer etwa dreißig Meter vor den beiden anderen.

»Haben die Amerikaner wirklich ein solches Satellitenbild rausgerückt?«, fragte Silje, ohne den Blick von dem Foto zu heben.

Håkon Sand zuckte mit den Schultern.

»Keine Ahnung, es kann auch eines von unseren Bildern sein. Heute Morgen kam es vom Büro der Ministerpräsidentin mit dem Hinweis, es höchst vertraulich zu behandeln und wieder zurückzuschicken. Es wurde am Freitag, dem 4. April, abends aufgenommen, unmittelbar vor Einbruch der Dunkelheit.«

»Am Freitag? Jørgen Fjellstad ist irgendwann zwischen Samstag und Sonntag gestorben«, sagte Silje.

»Ja. Das Bild ist nur zwei Kilometer von der Fundstelle entfernt aufgenommen worden. Sie können es also durchaus sein.«

»Aber man kann die Gesichter nicht erkennen.«

»Nein. Das Einzige, was unsere Leute jetzt nach einigen Stunden sagen können, ist Folgendes ...«

Håkon ging ungebeten zur Kaffeemaschine und drückte auf drei Knöpfe. Die Maschine knurrte als Antwort.

»Erstens ist hier mit ziemlicher Sicherheit die Rede von drei Männern, nicht von Frauen. Sie sind normal schlank. Ihre Größe lässt sich schwer schätzen, es ist schon so dunkel, dass sie kaum noch Schatten werfen. Der Mann ganz vorn ist offenbar in etwas besserer Form als die beiden hinteren.«

Er drückte auf einen weiteren Knopf.

»Zweitens tragen sie schwer. Das sieht man an ihrer gebeugten Haltung. Drittens haben sie alle Kopfbedeckungen, was natürlich daran liegen kann, dass es an dem Abend verdammt kalt war. Eine Mütze kann möglicherweise genauer identifiziert werden.«

Er griff nach seiner Tasse und ging zu Silje zurück.

»Carhartt?«, schlug Silje vor.

»Eine Marke, die wir hierzulande auf jedem zweiten Kopf zwischen zehn und fünfundzwanzig finden. Das ist uns also keine große Hilfe. Es deutet höchstens darauf hin, dass der Bursche jung ist.«

»Tja. Ich leihe mir oft von einem der Kinder eine Mütze aus.«

»Ja.«

»Und das ist alles?« Endlich schaute Silje auf.

»Nein«, sagte er und zeigte noch einmal auf das Bild. »Siehst du diesen Rucksack da?«

»Ja.«

»Das ist ein achtzig Liter Bergans Gaupekollen.«

»Ach.«

»Die Produktion wurde 2007 aufgenommen, aber kaum waren die ersten ausgeliefert, wurden sie zurückgerufen. Etwas stimmte mit dem Traggestell nicht. Ein Teil der Rückenplatte löste sich zu leicht, und bei Hochgebirgstouren war der Rucksack plötzlich nicht mehr zu tragen. Die Kunden bekamen ihr Geld zurück, wenn sie den Rucksack einreichten.«

»Von wie vielen reden wir hier?«

»Zweihundertvier Rucksäcke waren verkauft, als der Rückruf erfolgte. Hundertsechsundachtzig Personen bekamen ihr Geld zurück.«

»Es sind also … achtzehn übrig? Es gibt nur noch achtzehn Exemplare von diesem Typus?«

»Plus oder minus den einen oder anderen, vermute ich.«

»Das ist immerhin ein Ansatzpunkt«, sagte Silje. »Machst du mir auch einen?« Sie deutete auf seine Tasse.

Håkon warf die Maschine sofort wieder an.

»Wir haben überlegt, ob wir wegen der Rucksäcke an die

Öffentlichkeit gehen sollen, aber wir haben beschlossen, dass das verfrüht wäre. Erstens müssen wir sicherer sein, dass das Foto wirklich relevant für den Fall ist und nicht nur ein Schnappschuss von harten Kerlen auf Frühlingstour. Und zweitens verursachen solche Aufrufe immer so viel Wirbel, weshalb wir lieber warten wollen. Bis uns möglicherweise nichts anderes mehr übrig bleibt. Hier.«

Er ging durch den Raum und stellte eine Espressotasse vor sie hin.

»Der arme Roger Michaelsen«, sagte sie und nippte an dem glühend heißen Kaffee.

»Der Kerl braucht dir wirklich nicht leidzutun. Ich finde, er hat gezeigt, dass er Eier in der Hose hat. Es ist ganz schön unnorwegisch, auf diese Weise die Schuld auf sich zu nehmen.«

»Er hat nicht die Schuld auf sich genommen. Sondern die Verantwortung übernommen.«

»Ist doch dasselbe. Kannst du dich an diesen Oberst erinnern? Prag? Pral? Den in Vassdalen.«

»Oberst Pran. Arne Pran, glaube ich. Er hatte in einem lawinengefährdeten Gelände ein Manöver angesetzt. Sechzehn Soldaten kamen dabei um. Doch. Ich kann mich sehr gut erinnern. Das muss gegen Ende der Achtzigerjahre gewesen sein.«

»Er hat Schuld und Verantwortung auf sich genommen. Unser Freund FRP-Roger kann hocherhobenen Hauptes gehen. Er befindet sich in einer kleinen, aber exklusiven Gesellschaft von Menschen, die die Konsequenzen dafür tragen, dass sie ihre Arbeit nicht getan haben. Außerdem wird den Wölfen durch seinen Rücktritt Futter in den Rachen geworfen. Der Druck auf dich und Harald Jensen wird nachlassen. Jedenfalls für einen oder zwei Tage.«

Es wurde leise an die Tür geklopft.

»Herein«, sagte Silje laut.

Bertil Orre war beim Friseur gewesen und trug einen neuen Anzug. Wieso er sich von seinem Gehalt als Sekretär eine dermaßen reichhaltige Garderobe leisten konnte, war Silje ein Rätsel gewesen, bis sie vor zwei Wochen erfahren hatte, dass er noch immer zu Hause bei seiner Mutter wohnte.

»Ja?«, fragte sie und rang sich ein Lächeln ab, um ihre Ungeduld zu verbergen.

»Wir haben wieder *VG* an der Strippe. Auf meinem privaten Handy, ob ihr das glaubt oder nicht. Sie behaupten, Miriam von der Pressestelle hätte ihnen ein Interview mit dir versprochen. Außerdem …«

Sein Telefon piepte. Silje glaubte, eine elektronische Version von »Hello Dolly« zu erkennen. Bertil stellte den Ton ab und steckte das Handy wieder in die Tasche.

»Harald Jensen will mit dir sprechen. In seinem Büro in Nydalen, fürchte ich. Er besteht dringend darauf. So bald wie möglich.«

Silje stand auf und trank ihren Espresso aus.

»*VG* kann diese Woche lange auf das Interview warten«, sagte sie und fuhr sich kurz mit den Händen über den Uniformrock. »Sprich bitte mit Miriam und regle das. Was Harald angeht …« Sie nahm ihre Jacke von einem Kleiderbügel. »… ruf die Fahrbereitschaft an. Bei Harald Jensen bin ich doch sehr viel kooperativer.«

Henrik Holmes warme Gefühle für seine neue Kollegin Hanne Wilhelmsen kühlten gerade ab.

Dass sie sich am Wochenende nicht gemeldet hatte, konnte er natürlich hinnehmen. Jetzt war es jedoch nach drei Uhr am Montagnachmittag, und sie hatte noch immer nicht angerufen. Nach dem schrecklichen Besuch bei Ingrid Knoph am Morgen war er zu einer wärmenden Dusche nach Hause gegangen.

Danach war er unschlüssig gewesen.

Sollte er ins Büro gehen?

Dort hatte er das Gefühl, im Weg zu sein. Außen vor, wie immer, aber noch schlimmer als sonst. Während alle anderen in die Arbeit vertieft waren, schien er nur auf halber Flamme zu kochen, wenn er im Büro saß, ein wenig im Internet recherchierte und ansonsten nur darauf wartete, dass Hanne sich meldete.

Aber zu Hause zu bleiben kam ihm auch nicht richtig vor. Er hatte keinen Urlaub. Irgendetwas musste er unternehmen, und er war auf eine Zwischenlösung verfallen. Er ließ Karinas Fotoalbum zu Hause und fuhr mit dem Taxi zum Polizeigebäude, um zu beweisen, dass er sich nicht drückte.

Das hätte er sich sparen können.

Kaum jemand bemerkte ihn. Die Stimmung im Haus war angespannt. Fast alle liefen durch die Gänge und zeigten deutlich, dass sie seit einer Woche nicht mehr gut geschlafen hatten. Es lachte nicht einmal jemand über ihn, wenn sie glaubten, er würde es nicht bemerken. Niemand klopfte an seine Tür, und als es zwei geworden war, zog er seine Lederjacke an und ging nach Hause. Niemand versuchte, ihn zurückzuhalten.

Jetzt hatte er sich eine große Kanne grünen Tee gekocht, und seine Stimmung hob sich ein wenig, als er daran dachte, was Karinas Fotoalbum wohl enthalten könnte. Er wischte den Tisch sorgfältig mit einem Lappen ab, dann legte er das rosa Album darauf. Aus einem Hängeschrank holte er sich einige Kekse und legte sie auf eine Untertasse. Er wollte nichts schmutzig machen.

Das Telefon platzierte er genau im rechten Winkel über dem Album, mit dem Display nach oben, nachdem er sich zweimal davon überzeugt hatte, dass der Akku aufgeladen und der Ton eingeschaltet war.

Das allererste Bild war ein großes Babyfoto. Henrik war für einen Augenblick verwirrt. Ingrid Knoph hatte gesagt, es gebe viele Alben und dieses stamme aus den letzten beiden Jahren vor Karinas Verschwinden. Rasch blätterte er weiter. Die restlichen Bilder waren viel neuer. Das Babyfoto sollte wohl nur ein Jux sein, eine Art Exlibris, um zu zeigen, von wem das Album stammte.

Henrik fand eigentlich, dass alle Babys gleich aussahen. Sie waren dick und sabberten.

Dieses hier war aber richtig niedlich, dachte er beim Zurückblättern.

Karina hatte als Baby Locken gehabt und auf dem Bild hatte sie zwei Zähne. Sie sah direkt in die Kamera und schien sich vor Lachen ausschütten zu wollen. Ihre Augen waren zwei schmale Schlitze in dem kreisrunden Gesicht über einem soliden Doppelkinn. In der einen Hand hielt sie eine Klapper.

Ein Professor der Polizeihochschule hatte einmal gesagt, sie sollten sich immer ein Babyfoto von allen Opfern und Tätern besorgen. Jedenfalls bei schwerwiegenden Gewaltverbrechen. Das würde sie an Menschlichkeit, Verletzlichkeit und ursprüngliche Unschuld der Betroffenen erinnern. Der Professor konnte durchaus recht gehabt haben. Dieser kleine Troll war einfach alles andere als eine freche Siebzehnjährige mit blauen Haaren.

Aber Karina war nicht nur das gewesen. Auch nicht bei ihrem Verschwinden.

Für ihre Mutter war sie der wichtigste Mensch auf der Welt. Die Mutter hatte so viel in ihrer Tochter gesehen, dass sie nicht mit dem Gedanken leben konnte, dass sie tot war. Sicher hatte auch der Vater Karina geliebt. Man konnte ein Kind sehr wohl lieben, ohne sich besonders gut mit ihm zu verstehen. Henriks Vater war ganz anders als er, und sie hatten einander nie wirklich verstanden. Dennoch bezweifelte er nicht, dass sein Vater ihn liebte, auch wenn sie seit Henriks Kindheit kaum je ein Wort miteinander gewechselt hatten.

Für Frode und Ingrid Knoph war dieses kleine Baby, ein Einzelkind und sicher sehr erwünscht, das Wichtigste auf der Welt gewesen. Auch, als sie mit siebzehn verschwunden war.

Henrik blätterte weiter.

Nur wenige Bilder waren wirklich gut. Schnappschüsse zumeist, in der Regel bewegte sich irgendwer, weshalb Teile der Bilder unscharf waren. Er sah Karina in einer Ferienhütte, Karina auf einem Fest und Karina, wie sie offenbar mit ihren Eltern Ferien in Griechenland machte. Frode Knoph war auf allen Bildern ernst. Ingrid und Karina lächelten. Eine Bilderserie in der Mitte des Albums schien von einer Tour im Hochgebirge zu stammen. Die Rucksäcke ließen Henrik annehmen, dass sie von Hütte zu Hütte wanderten, vielleicht die ganze Familie. Frode war auf keinem Bild zu sehen, vermutlich hatte er fotografiert.

Zwei Konfirmationsfotos waren offenbar beim Fotografen gemacht worden. Das eine war ein Ganzkörperbild und nahm fast eine Albumseite ein. Karina trug Tracht. Henrik war nicht sicher, welche, aber von seiner Mutter hatte er gelernt, dass die Kleidung mit Perlstickerei auf der Brust immer aus Westnorwegen stammte. Eine Hardanger-Tracht war es nicht, die kannte er. Voss vielleicht.

Er fragte sich, welche Verbindung die Familie Knoph nach Voss hatte.

Und blätterte weiter. Auf der dritten Seite fand er das, worauf er gehofft hatte.

Es war so überraschend, dass er fast das ganze Album mit Tee übergossen hätte. Vier Bilder vertikal übereinander, drei Jugendliche, die sich zusammen in eine enge Fotoautomatenzelle gepresst hatten. Karina saß in der Mitte und schnitt Grimassen, während sich zwei dunkle Jungen von den Seiten her ins Bild drückten.

Auf dem untersten Foto hatte der eine Junge den Kampf gewonnen. Er hatte sein Gesicht vor die beiden anderen geschoben, grinste in die Kamera und hob die Finger zu einem V.

Mohammad F., Fawad und ich, im Sommer 1996.

Karina war offenbar Linkshänderin gewesen. Ihre Handschrift neigte sich steil nach links, und hier und da hatte ihre Hand im ganzen Album ein wenig Tinte verschmiert.

Bisher hatte er nur einen Namen gehabt. Einen Vornamen.

Jetzt hatte er einen Vornamen, einen Anfangsbuchstaben und ein ziemlich gutes Bild.

Es war fast nicht zu glauben.

Vor einigen Monaten war die ganze Abteilung zur Kripo eingeladen gewesen, um über neue technologische Hilfsmittel im Kampf gegen die Kriminalität informiert zu werden. Es wurde gerade ein nationales Kompetenzzentrum für Biometrie eingerichtet. Dabei sollten die fast hundertsiebzigtausend Fotos von Kriminellen, die die Polizei bereits in ihren Datenbanken hatte, einkodiert werden, damit man in naher Zukunft ein wirkungsvolles Instrument hätte, um bekannten Verbrechern das Überschreiten von Landesgrenzen zu erschweren.

Gesichtserkennung, und sie waren schon sehr weit gekommen. Das System war bereits in Betrieb. Ein Ermittler, ein kräftig gebauter Mann, der seit dreißig Jahren bei der Polizei war, hatte erklärt, der Durchbruch sei erzielt worden, als die Amerikaner angefangen hätten, ihre Kenntnisse über Biometrie großzügiger zu teilen. Die seien umwerfend, hatte er gesagt und dabei vielsagend die Augen aufgerissen.

Henriks eigenes kleines Programm war durchaus nicht sonderlich avanciert. Er hatte es online für sein iPad gekauft, ohne genau zu wissen, was er damit anfangen wollte. An den ersten Tagen hatte er sich damit amüsiert, Bilder seiner Klassenkameraden aus seinem eigenen Album einzuscannen, um zu sehen, wo in aller Welt diese Leute sich jetzt aufhielten. Es hatte ihn gefreut zu sehen, dass sein ärgster Quälgeist aus der Grundschule jetzt fast zweihundert Kilo wog und von Sozialhilfe lebte. Für Facebook hatte der Kerl daher offenbar endlos viel Zeit, aber sein groteskes Aussehen schien ihm keineswegs peinlich zu sein.

Henriks App für weniger als dreihundert Kronen erkannte Menschen im Internet. Das Programm war daher darauf angewiesen, dass Bilder des Objektes frei zugänglich ins Netz gestellt worden waren. Die meisten fand Henrik in den sozialen Medien, deutlich weniger in irgendwelchen Artikeln.

Das System der Polizei griff auf Datenbanken zu, in denen Verbrecher gespeichert waren. Wenn Mohammad F. sich dort einen Platz gesichert hatte, könnte Henrik am nächsten Morgen bei der Kripo anrufen und den freundlichen Hauptkommissar um Hilfe bitten.

Aber zuerst wollte er es mit der App ausprobieren.

Das iPad lag auf der Fensterbank. Henrik holte es und richtete die Kamera des iPad auf das Bild, das er überprüfen wollte.

Nach nur knapp dreißig Sekunden tauchte eine ganze Serie von Bildern auf.

Die meisten stammten von Instagram. Der Nick war @Fawadman.

Henrik hatte sich geirrt. Nicht Mohammad hatte sich auf dem letzten Bild vorgebeugt und die anderen verdeckt. Sondern Fawad.

Das spielte aber kaum eine Rolle.

Bald würde er den vollständigen Namen eines der Freunde von Karina aus dem Sommer vor ihrem Verschwinden haben. Schon an diesem Abend, wenn er Glück mit der Suche hätte, die er von zu Hause aus durchführen konnte. Spätestens morgen, wenn er auf die Datenbanken der Polizei zurückgreifen müsste.

Spätestens morgen.

Es war kaum zu glauben, und er nahm sein Handy und tippte damit gegen seine rechte Schläfe, während er murmelte: »Ruf an. Ruf doch endlich an.«

Aber das Telefon blieb weiterhin stumm.

Dass Silje sich so leicht zu dem Ausflug zum PST und zu Harald Jensen oben in Nydalen hatte überreden lassen, hatte viele Gründe. Der nächstliegende war, dass ihr das Polizeigebäude inzwischen vorkam wie ein Gefängnis. Hunderte von Menschen mühten sich verzweifelt ab, um eine Art Muster in zwei Terroraktionen und einem Mord zu finden, die vielleicht zusammenhingen.

Jedenfalls wollte sie raus. Ein wenig Luft schnappen.

Aber das hatte sie nicht erwartet.

»Kann ich den Schluss noch einmal sehen?«, fragte sie, nachdem sie beide bemerkenswert lange schweigend das erstarrte Bild von Jørgen Fjellstad alias Abdullah Hassan betrachtet hatten. »Ich vermute, dieses Gerät ist nicht mit dem Netz verbunden?«

»Wofür hältst du uns?«, fragte Harald Jensen pikiert und ließ zwei Minuten zurücklaufen. »Im Justizministerium haben sie sich das nicht einmal angesehen. Haben es gleich zu uns geschickt, als sich herausstellte, dass es sich bei der Sendung um einen Speicherstick handelte. Wir haben sie natürlich sofort über den Inhalt informiert.«

Der Hintergrund war derselbe wie auf den früheren Videos. Jedenfalls war er weiß und neutral. Jørgen trug dieselbe Kleidung und das Tuch vor dem Mund, und seine Stirnnarbe leuchtete ebenso lächerlich ungetarnt wie bisher.

Die Zeit der Kafirn ist zu Ende. Unsere Schwestern werden von Kafirn vergewaltigt. Statt dagegen zu protestieren, statt Al-Quds zurückzuerobern, lassen wir uns in Kuwait demütigen, in Saudi-Arabien, in Ägypten. In der gesamten westlichen Welt. Wir lassen Norweger und Dänen den Propheten verspotten, Friede sei mit Ihm. Aber die Zeit ist reif. Wir haben Norwegen gezeigt, wozu wir imstande sind. Sucht nicht die Freundschaft der Kafirn, denn deren Zeit ist vorüber. Norwegen hat noch nicht gesehen, was kommen wird. Was kommen wird, was ist, alles ist Dschihad. Ein jeder ist zur Rache verpflichtet, und die Rache kommt. Allahu akbar.

»Kafirn sind die Ungläubigen«, sagte Silje. »Aber was bedeutet Al-Quds?«

»Jerusalem. Das übliche Dschihadistengewäsch. Jerusalem soll zurückerobert werden.«

»Solche Floskeln finden wir auf allen drei Videos. Aber sonst gibt es Unterschiede zwischen den Filmen. Fjellstad protzt hemmungslos mit Details. Der Film auf YouTube ist dagegen ein reines Drohvideo.«

Sie schniefte. Ihre Halsentzündung war zum Glück vorüber, hatte aber eine kräftige Erkältung hinterlassen.

»Fjellstad droht allerdings auch mit einem weiteren Angriff.«

Sie schloss die Augen und holte Luft, als müsste sie niesen. Aber es ging nicht.

»Und diesmal sollen wir uns offenbar vor etwas Größerem fürchten«, fügte sie hinzu.

»Sehe ich auch so. Das ist ...«, Harald Jensen erhob sich von seinem Schreibtischsessel und drückte sich die Hände ins Kreuz. »Es ist unvorstellbar beängstigend«, sagte er leise. »Egal, wer hinter all dem steckt, die Planung ist unheimlich präzise und von einer Art, wie ich es noch nie erlebt habe.«

»Die Bombe beim ISAN war allerdings kräftiger.«

»Sicher. Und auch geschickter angebracht. Wisst ihr inzwischen übrigens genauer, wann die Sprengsätze montiert wurden und wie?«

Silje sah ihn an. Er hatte dunkle Tränensäcke unter den Augen, und seine Lippen waren farblos und feucht. Sein Haar wirkte schlaff und ziemlich fettig, und sein Hemdkragen hatte innen einen dunklen Rand.

»Können wir später darüber reden?«, fragte sie bittend.

Er zuckte mit den Schultern.

»Von mir aus. Für mich ergibt das alles keinen Sinn. Warum wurde Jørgen Fjellstad ermordet und zerstückelt? Wieso zum Teufel wusste er so genau, was passieren würde? Und warum um Himmels willen finden wir nichts, nicht den kleinsten ...«

Er schlug mit beiden Fäusten auf den Schreibtisch.

»... Scheiß über diese Gruppe, nirgendwo? Und was diesen Arfan Olsen angeht, von dem wir angenommen hatten, dass er etwas mit der *Wahren Umma des Propheten* zu tun hat, der ist geradezu krachsauber. Wir waren in seiner Wohnung. Nichts von Interesse. Er hat noch nicht mal einen Computer. Nur Mobiltelefon und iPad, das er nur sehr begrenzt benutzt. Seine E-Mail-Korrespondenz ist eher als Schlafmittel geeignet denn als Anregung für einen Terroristen. Er verlässt morgens seine Wohnung, ist den ganzen Tag bei den Juristen und jobbt zu allem Überfluss noch in einer Bibliothek. Wandert in Wald und Feld. Geht früh schlafen. Die zwei Freunde, die er zu Besuch hatte, sind ganz normale junge Norweger.«

»Und was ist, wenn diese Gruppe einfach nicht online ist?«
Harald Jensen musterte sie skeptisch.

»Wie meinst du das, nicht online?«

Silje schnäuzte sich in ein Kleenex und beugte sich vor.

»Dein Vorgänger musste dafür büßen, dass er ABB vor dem Terrorakt am 22. Juli nicht entdeckt hatte.«

Sie riss ein leeres Blatt von einem Block auf seinem Schreibtisch und zog einen Stift aus ihrer Handtasche. Sie legte das Blatt auf den Tisch zwischen ihnen und zeichnete einen Längsstrich.

»Ihr hattet damals zwei mögliche Informationsquellen«, sagte sie und zeigte auf die eine Seite. »Vor allem die offen zugängliche Information. Die Aktivitäten des Kerls auf allerlei Websites, seine Diskussionsbeiträge. In alten und neuen Medien. *Gates of Vienna. Document.no.* Und so weiter. Das Problem, vor dem ihr bei solchen Informationen steht, ist bekannt: Meinungsfreiheit.«

Sie schrieb auf die linke Seite des Blattes OFFENE UND HALBOFFENE INFO.

»Meinungsfreiheit«, wiederholte sie mit Nachdruck. »Man darf fast alles äußern, was man will, in unseren westlichen Gesellschaften. Außerdem, wie du selbst kürzlich erst betont hast, bellen diese Leute in der Regel mehr, als sie beißen. Und es sind leider deprimierend viele. Für euch hingegen gibt es Grenzen, wie weit ihr die Leute im Auge behalten könnt, die sich im Netz extremistisch äußern.«

Harald Jensen deutete ein Nicken an.

»Und dann habt ihr die halboffenen Informationen«, fuhr Silje fort und zeigte auf die leere Seite des Blattes. »Die du erwähnt hast, als wir bei Michaelsen waren. Die vielen Suchbegriffe, auf die eure Maschinen reagieren sollen. Die Kontrolle über Waren, die ein- und ausgeführt werden. Reiserouten. Flugtickets, Anträge auf Visa. Aufgesuchte Websites.«

Sie versuchte, seinen Blick einzufangen, aber der war starr auf das Blatt gerichtet.

»Querverbindungen«, sagte sie dann. »Überblick darüber, wer mit wem redet. *Suspicion by association*, hat das ein amerikanischer Kollege von dir genannt. Wer Kontakt zu Krekar hat, muss damit rechnen, dass man auch ihm auf die Finger schaut, nicht wahr?«

Sie schrieb ALARM auf die leere Hälfte des Blattes.

»Ihr nennt das sicher anders, aber nimm das jetzt nicht zu genau. Ihr habt eure eigenen Systeme, und ihr seid vernetzt, auch mit der internationalen Antiterrorabwehr Global Shield.«

Harald kratzte sich langsam die Bartstoppeln. Noch immer hatte er den Blick auf das Blatt geheftet.

»Was ABB angeht, so hat dein Vorgänger behauptet, der hätte nur einen einzigen beunruhigenden Einkauf getätigt. Online, aus Polen, für etwas mehr als einen Hunderter. Zu wenig, mit anderen Worten.«

»Ja ...«

»Gerade das hat sich ja später als Irrtum erwiesen. Der Kerl hat gleich danach von einem anderen Händler in Polen hundertfünfzig Kilo Aluminiumpulver gekauft. Hundertfünfzig Kilo, Harald, von einer von nur vierzehn Chemikalien, die Global Shield im Auge zu behalten versucht. Sie waren ein wichtiger Bestandteil der Bombe, die ABB klugerweise auf mehrere Pakete verteilt hat und die er dann selbst im Büro einer schwedischen Spedition abgeholt hat.«

»Worauf willst du eigentlich hinaus?«

Zum ersten Mal wirkte er eher irritiert als frustriert.

»Drei Faktoren, Harald. Die ihn hätten aufhalten können.«

Sie hob drei Finger.

»Erstens hätten seine schrecklichen Posts im Internet Alarm

auslösen müssen. Zweitens, dass er eine Partie Chemikalien aus Polen gekauft hat, über die ihr von der Zollbehörde sogar informiert worden seid. Aber ihr hieltet die Menge damals für zu gering, um darauf zu reagieren. Und dann gab es noch den Einkauf einer ziemlich großen Menge Aluminiumpulver, von dem ihr nichts erfahren habt. Einerseits, weil sie auf mehrere Pakete verteilt wurde, andererseits, weil er sie selbst aus Schweden abgeholt hat. Da Schweden und Polen beide in der EU sind, gab es keine Deklaration beim Zoll, und ihr wurdet nicht verständigt, da er unbehelligt über die Grenze gelangte.«

»Ich verstehe noch immer nicht, worauf du hinauswillst.«

»Was ist, wenn jemand von ihm gelernt hat?«

»Gelernt? Der sitzt für den Rest seines Lebens hinter Gittern. Und die ganze Welt hasst ihn.«

»Leider nicht die ganze Welt«, entgegnete sie. »Aber darum geht es hier nicht, sondern darum, dass sich im Nachhinein mindestens drei Punkte festmachen lassen, an denen man ihn hätte aufhalten können. Wenn nun diese ...« Sie griff zu dem Blatt Papier, das sie beschrieben hatte. »Wenn nun diese *Wahren Ummas*, oder wer nun verantwortlich ist, gelernt haben, jede Spur im Internet zu vermeiden? Dort nichts zu kaufen. Keine E-Mails zu versenden, sich nicht an Diskussionen zu beteiligen. Nicht laut und prahlerisch ihre Meinungen kundzutun. Keine Flüge online zu buchen. Nicht ...«

»Aber ...« Er hob beide Hände, um sie zum Schweigen zu bringen. »Wie sollten sie dann kommunizieren? Planen? Oder von mir aus: Wie um alles in der Welt sollen sie Gleichgesinnte gefunden haben?«

Silje zeigte auf den Bildschirm, wo noch immer Jørgen Fjellstad zu sehen war.

»Erstens: per Post, zum Beispiel. Keine westliche Gesellschaft kann umfassende Briefkontrolle betreiben. Es ist verboten und zudem ungeheuer arbeitsintensiv. Der Stick ist mit der Post gekommen. Und die Videos wurden auch nicht elektronisch zugestellt. Nichts kann zurückverfolgt werden. Siehst du hier denn kein Muster, Harald? Von einer Gruppe von Individuen, die ganz einfach ... «

Sie zögerte einen Augenblick. Feuchtete sich die Lippen an und räusperte sich.

» Die ganz einfach beschlossen haben, offline zu arbeiten? «

Offline sein zu müssen, konnte sie wahnsinnig machen. Das Internet war Hanne Wilhelmsens Periskop; so sah sie die Welt, ohne von der Welt gesehen zu werden. Jetzt war die Verbindung seit einer halben Stunde zusammengebrochen. In der ersten Viertelstunde hatte sie ihre eigenen Systeme neu hochgefahren. Als klar war, dass die Schuld beim Provider lag, fühlte sie sich zunächst hilflos und sehr allein, dann wurde sie so wütend, dass sie den Deckel des Laptops schwungvoll zuknallte. Der Bildschirm zerbrach.

Sie hatte zum Glück noch zwei weitere Rechner.

Schlafen war unmöglich.

Es war jetzt halb zwölf, und Nefis und Ida waren schon seit einer Weile im Bett. Es war schön gewesen, das Wochenende nur mit ihnen zu verbringen. Am Samstag waren sie in einem Restaurant gewesen, einem Sushi-Lokal in Majorstua. Es war Hannes erster Restaurantbesuch seit vier Monaten. Wenn sie auch nicht gerade entspannt war, so hatte ihr das Essen doch köstlich geschmeckt, und sie waren nur knapp zwei Stunden geblieben. Am Palmsonntag hatte Ida darauf bestanden, Ostereier zu färben, obwohl Hanne betont hatte, das sei erst zu Ostern fällig. Sie hatten gewetteifert, wem das schönste Ei gelingen würde, und Nefis hatte wie immer gewonnen. Einstimmig; sie hatte nie einen Grund gesehen, Kinder einfach aufgrund ihres jungen Alters gewinnen zu lassen.

Ein schönes Wochenende zu dritt war es gewesen.

Hanne war nicht sicher, was ihre Unruhe verursachte. Natürlich hatten die Terroranschläge sie ebenso betroffen gemacht wie alle anderen, aber Hanne besaß viele Jahre Erfahrung darin, sich vom Kummer und Schmerz anderer zu distanzieren. Bei der Polizei war das bisweilen absolut nötig gewesen, danach war es eine Voraussetzung zum Überleben geworden.

Billy T. wiederzusehen, hatte sie zusätzlich aufgeregt, aber viel weniger, als sie befürchtet hatte. Jetzt hatte sie nichts mehr von ihm gehört, seit er sie am Freitag nach der Auseinandersetzung mit Linus nach Hause gefahren hatte. Erstaunlich, dass sie das ganze Wochenende über kaum an ihn gedacht hatte. Seit sie Nefis von dem Besuch erzählt und beschlossen hatte, dass die Sache für sie nun erledigt war.

Billy T. war jetzt nicht mehr wichtig für sie. Einmal hatte er ihr so viel bedeutet, dass es schließlich gefährlich geworden war. Niemals hatte ein Mensch außerhalb der Familie ihr so nahekommen können. Aber das war jetzt vorbei. Die Jahre hatten sie stärker gemacht, und die kleine Schwachstelle in ihren Verteidigungsmauern, die Hanne bei seinem ersten Besuch bemerkt hatte, war endgültig versiegelt.

Das war ein gutes Gefühl.

Was es ihr zudem möglich machte, ihm weiterzuhelfen, falls das nötig sein sollte. Was wohl kaum der Fall sein würde. Wenn Billy T. noch immer glaubte, sie könnte ihm helfen, den Grund für Linus' auffälliges Verhalten herauszufinden, dann hätte er sie nicht das ganze Wochenende über in Ruhe gelassen.

Billy T. konnte nicht die Ursache dafür sein, dass sie nicht schlief.

Es musste die Arbeit sein.

Der Fall.

Früher an diesem Abend hatte sie einen Blick in die anderen Ordner geworfen, die Henrik mitgebracht hatte. Aber die interessierten sie nicht. Was ihr zusetzte, war das Verschwinden von Karina Knoph, und manchmal dachte sie so intensiv darüber nach, dass Ida lachen musste.

Tagsüber saß Hanne meistens mit dem Laptop und all ihren Geräten an dem großen Esstisch im Wohnzimmer, oft war auch der riesige Fernsehschirm eingeschaltet. Sie nahm gern viele Eindrücke gleichzeitig in sich auf, und sie konnte ein Buch lesen und gleichzeitig Musik hören und dabei einen Film ansehen. Nur wenn es sein musste, um die anderen nicht zu stören, zog sie sich in ihr Arbeitszimmer zurück. Dessen Tür ging auf die Diele hinaus, und es war am weitesten von den Schlafzimmern entfernt.

Dort fühlte sie sich nicht wohl.

Nefis hatte das Zimmer aus irgendeinem Grund in einem Stil eingerichtet, den sie wohl für polizeitypisch hielt. Die Wände waren hellgrau, und an der einen stand ein Aktenschrank in einem dunkleren Grauton, mit Schubladen und Schranktüren aus lackiertem Metall. Einige Türen hatten zudem kleine Schlüssel, als ob Hanne es jemals für nötig befinden könnte, etwas vor Nefis und Ida zu verstecken. Die Vorhänge waren blaugrau mit dünnen Streifen, und sie waren aus einer Wollqualität, die sich kein Polizeibezirk in Norwegen leisten könnte, wirkten aber durchaus streng und offiziell.

Sogar der Schreibtisch war kühl. Eine riesige Platte aus heller Birke und vier Beine aus gebürstetem Stahl.

Das Schlimmste war das Gemälde an der Wand ihm gegenüber. Es stammte von einem Amerikaner, von dem Hanne noch nie gehört hatte. Als Nefis vor zwei Jahren eine Art Enthüllung arrangiert hatte, hatte Hanne sich ein Lächeln abringen können. Vielleicht hatte sie sogar begeistert gewirkt. Als sie sich später im Internet informierte und feststellte, dass das Bild mit den beiden Streifenwagen im nächtlich erleuchteten Las Vegas offenbar mehrere Hunderttausend Kronen gekostet hatte, war sie so empört gewesen, dass sie fast laut geworden wäre.

Aber nur fast.

Sie mochte dieses Zimmer nicht, aber Nefis hatte es ihr geschenkt. Und nun saß sie hier, von der Welt abgekoppelt und unfähig zu schlafen.

Zum Glück hatte sie zwischendurch immer wieder Ausdrucke angefertigt. Sie fuhr zum Drucker hinüber und nahm sich einen Packen. Fuhr zurück, legte ihn auf den fast kahlen Schreibtisch und fing an zu sortieren.

Solange sie Netzzugang gehabt hatte, hatte sie sich über Gunnar und Kirsten Ranvik informiert. Jedenfalls hatte sie es versucht; die kleine Familie in Korsvoll war im Netz so gut wie nicht vorhanden.

Dass Gunnar in sozialen Medien nicht auftauchte, war vielleicht nicht so überraschend nach dem, was Henrik Holme ihr über die Behinderung des Mannes erzählt hatte. Vor achtzehn Jahren, als er beim Maridalsvann niedergeschlagen und hilflos zurückgelassen worden war, musste es etliche Zeitungsberichte über ihn gegeben haben. 1996 hatte das Internet jedoch noch dermaßen in den Kinderschuhen gesteckt, dass Hanne keine Artikel hatte finden können. Sie hatte Gunnar nur auf Teilnehmerlisten von Taubenwettflügen der letzten Jahre entdeckt. Er machte seine Sache ziemlich gut, stellte sie mit leichter Überraschung fest und legte vier Bögen auf einen eigenen Stapel.

Sie hatte auch nach der Adresse von Kirsten Ranvik gesucht.

Nur ein einziger Telefonanschluss war registriert. Ein Festanschluss.

Ohne Ida würde Hanne hervorragend ohne Mobiltelefon auskommen Doch sie war für einen Großteil des Tagesablaufs der Tochter zuständig und musste schnell Mitteilungen an Mütter und ab und zu einen Vater von Idas Freundinnen schicken können. Aber sonst benutzte sie ihr Handy nicht. Dass hingegen eine voll berufstätige Frau mit Verantwortung für einen offenbar pflegebedürftigen Sohn ohne Mobiltelefon lebte, war auffällig.

Hanne legte das Blatt mit der Adresse, der Telefonnummer und den Informationen über die Steuerverhältnisse in eine Schreibtischecke. Oben auf den Zettel schrieb sie: *HH soll evtl. Geschwister checken.*

Auch Kirsten Ranvik war in den sozialen Medien nicht vertreten, jedenfalls nicht unter ihrem eigenen Namen. Auf den Facebook-Seiten der Osloer Bibliotheken fand Hanne dagegen ein Foto von ihr. Es stammte von einer Veranstaltung in der Filiale Nordtvet, wo sie offenbar arbeitete. Hanne musterte das Bild, das sie heruntergeladen und ausgedruckt hatte.

Kirsten Ranvik war eine kleine Frau. Sie wirkte auf dem Bild angespannt, fast ängstlich, wie sie die Hände gefaltet und an die Brust gedrückt hatte. Sie stand ganz links in einer Gruppe von fünf Personen, und während die anderen in die Kamera lächelten, war Kirsten Ranvik ernst und schaute schräg zu Boden. Sie schien sich vor allem weit weg zu wünschen.

Ein Foto von einer Krimilesung in Nordtvet im Jahr 2013 war die einzige Spur von Gunnar Ranviks Mutter in den sozialen Medien.

Und auch das war seltsam.

Hanne hatte in den vielen Jahren mit elf fiktiven Accounts auf Facebook, zwei auf Twitter und außerdem je einem auf Instagram und Snapchat festgestellt, dass es dort von Bibliothekarinnen nur so wimmelte. Bücher zu lieben war im Cyberspace ein Adelszeichen. Jedenfalls unter denen, die sich ebenfalls als bibliophil ausgaben.

Kirsten Ranvik musste doch Bücher auch lieben, dachte Hanne, aber sie prahlte nicht im Netz damit. Sie war dort nicht vorhanden.

Aber sie war Mitglied der FRP gewesen.

Das ging aus einem PDF-Dokument hervor, das Hanne gefunden hatte. Der Artikel hatte 2003 in der Mitgliederzeitschrift der Partei gestanden. Ein kleiner munterer Sommerbericht, aus dem hervorging, dass Kirsten Ranvik Vögel und Wiesenblumen liebte. Selbst gebackenes Brot und Wanderungen in Gottes freier Natur. Natürlich auch Bücher, vor allem die alten Klassiker. Sie war bei *Alles oder Nichts* einmal bis zur letzten Frage gekommen.

Die drehte sich um Knut Hamsuns »Segen der Erde«. Kirsten Ranvik hatte es fast geschafft. Ärgerlich, bei der letzten Frage alles zu verlieren, weil sie den Nachnamen der Magd Barbro nicht gewusst hatte. Aber dennoch, so weit zu kommen sei schon toll gewesen, hatte Kirsten Ranvik lächelnd neben einem Rosenstrauch in ihrem Garten erklärt.

Der Artikel war geschrieben worden, um das treue Fußvolk vorzustellen, wie der Journalist es nannte. Mit anderen Worten, das Füllmaterial auf den Listen, wie Hanne schnell feststellte. Vor der Gemeindewahl 2003 hatte die Partei Kirsten Ranvik um ihre Kandidatur gebeten. Auf Platz 12, meilenweit entfernt von jeglicher Möglichkeit, einen Posten zu erhalten. Was sie dann auch nicht tat.

Mehr gab es nicht von Kirsten Ranvik im Netz. Seltsam, dachte Hanne und blätterte weiter.

Die FRP gehörte jetzt der Regierungskoalition an und hatte viele Anhänger. Es war dennoch merkwürdig, dass sich eine Bibliothekarin für eine Partei einsetzte, die sich niemals sonderlich für den Erhalt der öffentlichen Büchereien engagiert hatte.

Aber das schien Kirsten Ranvik offenbar nicht zu stören.

Hanne legte die Unterlagen zusammen und verstaute sie in einem Fach in dem hässlichen, klobigen Aktenschrank. Sie musste versuchen zu schlafen.

Also fuhr sie zurück zu ihrem Mac, um ihn auszuschalten. Vor allem aus alter Gewohnheit versuchte sie, *vg.no* aufzurufen, zwei, drei Zeitungen zu überfliegen war in der Regel das Letzte, was sie vor dem Schlafengehen noch machte.

Das Netz funktionierte wieder.

Gott sei Dank. Hanne empfand eine fast physische Erleichterung darüber, nun wieder in eine Welt hinausschauen zu können, die diesen Blick nicht erwiderte.

Und sie war wacher denn je.

Normalerweise gab es um diese Tageszeit nicht viel zu lesen. Doch hatte *VG* ganz oben auf der Seite einen politischen Beitrag, obwohl es schon auf ein Uhr zuging. Hanne klickte den Artikel an.

Sagt den 17. Mai ab!, schrie die Schlagzeile ihr entgegen.

Der Abgeordnete Fredrik Grønning-Hansen schreibt heute Abend auf Facebook, dass das 200-Jahres-Fest für die Verfassung abgesagt werden sollte. »Es wäre ein zu großes Risiko, Hunderttausende, darunter sehr viele Kinder, nach den zwei unaufgeklärten Terroranschlägen in unserer Stadt durch die Innenstadt marschieren zu lassen«, schreibt er unter anderem. Des Weiteren behauptet er, »die Muslime, seit Jahren von naiven Gutmenschen hergebeten, haben uns durch diese Angriffe die Möglichkeit genommen, diese größte Kundgebung für Frieden, Freiheit und liberale Ideale abzuhalten«.

Sein sozialdemokratischer Parlamentskollege Alfred Skoggesen bezeichnet das in einem Kommentar als Panikmache niedrigster Art.

»Gerade in solchen Zeiten müssen wir doch zeigen, dass wir als Nation zusammenstehen, Christen und Muslime, Atheisten und alle anderen Landsleute. Es besteht kein Grund zu der Annahme, dass die Feierlichkeiten in diesem Jahr einer größeren Gefahr ausgesetzt sind als früher.

Das Leben ist schließlich nicht ohne Risiko.«

Hanne starrte das Bild von Fredrik Grønning-Hansen an. Sie fand, dass er einem Gestapo-Offizier ähnelte, aber das lag vielleicht nur daran, dass sie ihn nicht leiden konnte. Seine Haare waren jedenfalls ordentlich in der Mitte gescheitelt, und er sah immer aus, als käme er geradewegs von einem Militärfriseur. Seine Augen waren schmal und schielten ein wenig. Hanne hatte noch nie ein Bild von ihm gesehen, auf dem er auf irgendeine Weise zufrieden aussah. Fröhlich. Und sie hatte nie gehört, dass er etwas Nettes gesagt hätte. Egal über wen.

Der 17. Mai, dachte sie kurz, ehe sie den Mac ausschaltete und auf die Tür zufuhr. Kinderumzug und Chaos in Oslo. Eis und verirrte Kinder. Ballons, Flaggen, Blaskapellen und die Königsfamilie auf dem Schlossbalkon. Honoratioren, die dem Umzug voranschritten.

Sie musste zugeben: Grønning-Hansen hatte ausnahmsweise nicht ganz unrecht.

KAPITEL 7

Ostern war gekommen und gegangen, und Henrik Holme hatte keinen Grund gesehen, in Oslo zu bleiben. Da Hanne Wilhelmsen sich bis Gründonnerstag noch immer nicht gemeldet hatte, hatte er seine Mutter glücklich gemacht, indem er trotz vorheriger Absage zu Hause aufgetaucht war.

Es war schön, die Zeit nur so zu verbringen. Sein Vater war für vier Tage zur Wildschweinjagd an die schwedische Grenze gefahren, und er kam erst zwei Stunden vor Henriks Aufbruch zurück. Für zwei Stunden reichte ihr Gesprächsstoff gerade aus.

Norwegen war fast nicht wiederzuerkennen.

Zu Ostern wirkten auch die seriösen Zeitungen sonst fast wie vorproduzierte Klatschillustrierte. In diesem Jahr arbeiteten die Journalisten jedoch die ganzen Feiertage hindurch. Am Karsamstag schloss sich *Dagbladet* in seinem Leitartikel der von *VG* bereits mehrmals vertretenen Meinung an: Silje Sørensen und der PST-Chef Harald Jensen sollten dem Beispiel von Roger Michaelsen folgen und ihren jeweiligen Hut nehmen. Wörter wie Skandal, Katastrophe und Unfähigkeit wurden in allen Redaktionen in die Tasten gehämmert. Sogar der *NRK* wirkte ungewohnt aggressiv. Am Karfreitag bat die Zeitung die neue Justizministerin zu einem elf Minuten langen Revolverinterview.

Die Ministerpräsidentin war auf Nummer sicher gegangen, als sie innerhalb weniger Stunden Roger Michaelsen ersetzen musste. Sie hatte eine Vertreterin aus ihren eigenen Reihen ernannt, was das hauchdünne Gleichgewicht in der Mitte-rechts-Regierung ein wenig zur Mitte hin verschoben hatte.

Vermutlich ein bewusster Zug.

Die FRP befand sich in einer brenzligen Lage. Es gab Grund zu der Annahme, dass die Parteiführung gerade die Kontrolle über die vielen Auswüchse in der brauneren Landschaft verlor.

Die neue Justizministerin Tove Salomonsson dagegen war dafür bekannt, dass sie niemals die Kontrolle verlor. Sie war einundfünfzig Jahre alt und vor langer Zeit Vorsitzende der Konservativen Jugend gewesen. Seither hatte sie sich mit einer Wahlperiode im Parlament begnügt. Dennoch war sie wiederberufen worden als Verteidigungsministerin und Staatssekretärin im Gesundheits- und Sozialministerium. Zwischen diesen Amtsperioden hatte sie sich in allen politischen Lagern Respekt für ihre Arbeit für Menschenrechte erworben. Sie war Vorsitzende des Helsinki-Komitees und des norwegischen PEN gewesen und hatte zudem vier Jahre im Hauptbüro des Roten Kreuzes in Genf gearbeitet. Bis zum Montagnachmittag um halb drei war sie Generalsekretärin im internationalen Hauptbüro von Amnesty International gewesen. Als sie am selben Abend aus London zurückkam, war sie so zugänglich für die Presse, dass den Journalisten die Fragen ausgingen.

Ihre Ruhe und ihr erfahrener Umgang mit den Medien hatten die Gemüter vermutlich ein wenig beruhigt. Aber nicht ausreichend. Salomonsson war seit knapp fünf Tagen Justizministerin, und es konnte ihr wirklich nicht zum Vorwurf gemacht werden, dass weder die Osloer Polizei noch der PST einer Aufklärung der Terroranschläge auch nur einen Schritt näher gekommen waren. Dennoch wurde sie am Karfreitag wütend gefragt, wie lange sie ihr Amt noch behalten wolle, wenn nichts passiere. Ungerecht, fanden Henrik und seine Mutter, während sie Tacos aßen und Pepsi light tranken.

Als er zu seiner Mutter fuhr, hatte Henrik bereits herausgefunden, wer Karinas Freund Fawad war. Es war einfach gewesen.

Fawad hieß mit Nachnamen Sharif und war schon als Kind kriminell gewesen. Im zentralen Register der Polizei schien er allein mehrere Gigabytes zu belegen. Noch ehe er strafmündig war, hatte man ihn bereits in verschiedenen Institutionen untergebracht. Er hatte sogar drei Tage in Untersuchungshaft verbracht, was bei Kindern nur selten passierte. Später hatte er mehrfach im Gefängnis gesessen.

Jetzt war er vierunddreißig Jahre alt und saß in Ullersmo eine vierjährige Haftstrafe wegen Drogendelikten ab.

Henrik brannte darauf, mit Hanne zu sprechen. Vor allem wollte er zu dem Gefängnis fahren, um mit Fawad Sharif zu reden.

Aber es war nicht sicher, dass Hanne ihm das erlauben würde. Vielleicht wollte sie das Gespräch ja selbst übernehmen. Sie wirkte zwar nicht sonderlich mobil, aber man wusste ja nie. Immerhin hatte sie diese unaufgeklärten Fälle übernommen, und Henrik hatte bisher vor allem als Laufbursche fungiert.

Wenn sie nur endlich anriefe!

Sollte sie sich bis zehn Uhr noch immer nicht gemeldet haben, würde er sich von der Fahrbereitschaft ein Auto zuteilen lassen und nach Ullensaker fahren, wo das düstere Gefängnis lag.

Henrik mochte Gefängnisse nicht. Er erlitt immer einen leichten Anfall von Klaustrophobie, wenn er durch die Sicherheitskontrolle geschleust wurde. Herzklopfen und Ohrensausen.

Aber er würde beides hinnehmen, wenn er nur mit Fawad Sharif sprechen könnte. Und endlich klingelte das Telefon.

Inzwischen war es halb neun, und ihm wäre fast das Handy auf den Boden gefallen, als er danach griff und es an sein Ohr hielt.

»Wo hast du dich denn rumgetrieben?«, hörte er Hanne. »Solltest du mich nicht anrufen? Wenn wir zusammenarbeiten wollen, musst du aber zuverlässiger werden.«

Henrik ertappte sich dabei, dass er von einem Ohr zum anderen lächelte.

»Entschuldige«, sagte er schnell.

Er hätte schwören können, dass sie ebenfalls grinste.

Irgendetwas stimmte nicht mit diesem dämlichen Grinsen, dachte Billy T.

Doch erst als er zum dritten Mal innerhalb einer Stunde möglichst unauffällig an dem heruntergekommenen Tor zu dem Grundstück am Waldrand vorbeischlenderte, ging ihm auf, dass mit dem ganzen Mann etwas nicht stimmte.

Er hatte sich die Adresse vorher im Internet herausgesucht. Dort waren zwei Menschen registriert. Gunnar und Kirsten Ranvik. Billy T. war von einem Ehepaar ausgegangen. Das konnte aber nicht richtig sein. Zum einen wirkte der Mann zu jung für Kirsten, trotz seines ungeschickten, watschelnden Gangs. Zum anderen war da eben dieses merkwürdige Grinsen. Billy T. hatte es mehrmals beobachtet, als der Mann zwischen dem Haus und einem Gartenschuppen hin- und hergegangen war. Vielleicht dachte er die ganze Zeit über an etwas Komisches.

Aber auch seine Körperhaltung war merkwürdig.

Es dauerte eine Weile, bis Billy T. aufging, dass der Mann offenbar keine Arbeit hatte. Vermutlich war er zurückgeblieben.

Billy T. hatte sich das Grundstück schon von allen Seiten angesehen. Er war vom Wald her gekommen, wo nur ein wackeliger Lattenzaun den Garten von dem Naturschutzgebiet Nordmarka abtrennte. Im Schutz der Apfelbäume hatte er gesehen, dass Kirsten Ranviks Haus offenbar nur Stück für Stück renoviert wurde.

Die Haustür war neu, aber sie war noch nicht vollständig eingefasst. Das galt auch für das große Panoramafenster nach Nordosten.

Auf der Rückseite des Hauses, zum Wald hin, waren zwei von drei Kellerfenstern neu. Das dritte war offenbar entfernt, aber nicht durch ein neues ersetzt worden. Die Öffnung war von einem schwarzen Müllsack verdeckt, der mit einem weißen Klebeband befestigt war. Als der Mann, den Billy T. für Gunnar Ranvik hielt, zum vierten Mal über den Schieferweg von der roten Tür zum Schuppen ging, sprang Billy T. über den Zaun. In Sekundenschnelle war er außerhalb von Gunnar Ranviks Blickfeld und eine knappe Minute darauf bereits durch das Loch unter dem Müllsack ins Haus gestiegen. Sicherheitshalber zog er den Müllsack von innen wieder zurecht.

Im Tageslicht, das durch die neuen Fenster drang, sah er sich im Keller um. In seinen Jahren bei der Polizei hatte Billy T. viele Keller durchsucht. Ebenso Schuppen, Lagerhäuser und Container. Aber noch nie hatte er so viele derart systematisch gelagerte Einzelgegenstände gesehen wie hier. Nicht einmal beim Fundbüro der Polizei. Der Raum war vielleicht dreißig Quadratmeter groß, offenbar der größte der Kellerräume. Er war fast rechteckig, und eine Treppe an der hinteren Wand führte nach oben. In der einen Längswand gab es drei Türen. Der Raum war wie ein Archiv mit sechs doppelten, parallel gestellten Regalen eingerichtet, die alle genau gleich weit voneinander entfernt waren. Sie hätten den Raum in sieben Kammern unterteilt, doch keines reichte bis an die Wand.

In den Regalen lagen Gegenstände. Große und kleine, in Plastikdosen und Kartons, andere standen offen da oder hingen an Plastikhaken. Hier lagen alte Damenhandtaschen und vier Paar Wasserstiefel. Sechs Waschschüsseln in verschiedenen Farben waren ineinandergestapelt, allen fehlte der Griff. Billy T. drehte den Lichtkegel der Lampe größer und schaute in einige Schachteln. Damenschuhe, die seit den Achtzigerjahren nicht mehr modern waren, und ein ganzer Kasten mit Schienen für eine Eisenbahnanlage, die groß gewesen sein musste. Eine Blockflöte lag in ihrem Futteral auf vier zusammengefalteten Regenjacken, drei blauen und einer dunkelgrünen. Eine riesige Trommel stand neben einem scheinbar unbenutzten Surfbrett ganz unten in einem breiten Fach neben der Treppe. Ein altes Tretauto war das Einzige, was nicht in die Regale gepasst hatte. Es stand neben der Treppe und sah ziemlich einsam aus.

Ihm fehlte das linke Vorderrad.

Billy T. ging leise zur ersten der drei Türen und legte die Hand auf die Klinke. Die Tür war nicht abgeschlossen. Der Raum dahinter war leer. Absolut leer, sah er, als er die vielleicht zehn Quadratmeter ableuchtete. Und sauber obendrein, es roch nach frischer Farbe. Billy T. schloss die Tür und versuchte es bei der nächsten.

Die war abgeschlossen. Billy T. zog den Dietrich aus der Gesäßtische. Nach fünfzehn Sekunden konnte er die Tür vorsichtig öffnen. Der Raum war fensterlos und stockfinster. Aber Billy T. fand gleich neben der Tür einen Lichtschalter und wagte es, ihn zu betätigen.

»Jesus«, flüsterte er.

Der Raum war möbliert.

Ganz hinten stand ein riesiger Schreibtisch, der von einer Wand zur anderen reichte, darüber hingen Bücherregale. Die Konstruktion sah selbst gebaut aus. Gute Arbeit, stellte er fest, als er näher trat. Die Möbelstücke waren hier vor Ort gebaut worden, und zwar vor langer Zeit, nach der Patina des Holzes zu urteilen.

Die Regale und zum Teil der Schreibtisch waren voll von Dingen, die Billy T. auf den ersten Blick rätselhaft erschienen. Offenbar Elektronik, aber auch überaus antiquarisch. Vieles war auf dunklem, poliertem Holz befestigt, sorgfältig bearbeitet und gut in Schuss. Viele Leitungen waren mit Stoff überzogen, wie das Telefonkabel seiner Großmutter.

Plötzlich ging ihm auf, dass er hier eine Funkausrüstung vor sich hatte. Eine Amateurfunkausrüstung, wie er sie eigentlich nur aus alten Spielfilmen kannte.

Ein Heizkörper neueren Datums war an der Längswand angebracht. Hier war es um einiges wärmer als im restlichen Keller. Als Billy T. tief durch die Nase einatmete, merkte er, dass die Luft zudem trockener war. Hier roch es nicht nach Keller.

Wozu sich jemand in der Zeit der Digitalisierung als Amateurfunker betätigte, konnte er sich nicht vorstellen, aber dieser Raum sah einwandfrei so aus, als werde er benutzt. Hoch oben in die Außenwand war ein Loch gebohrt worden, durch das eine Leitung zum Schreibtisch in der Ecke führte. Die Antenne, vermutete Billy T. und ging in die Hocke, um nach einer Steckdose zu suchen. Richtig, gleich zwei waren unter dem Schreibtisch angebracht. An beide waren Stecker angeschlossen.

Langsam ging er weiter.

Die Ausrüstung sah zwar alt aus, aber auch gepflegt. Er fuhr mit der Hand über einen Satz Kopfhörer. Staubfrei. Ein seltsamer kleiner Gegenstand erregte seine Aufmerksamkeit. Er hob ihn hoch und betrachtete ihn.

Ein Morseschlüssel.

»Großer Gott«, murmelte er. »Was mache ich eigentlich hier?«

Der Morseschlüssel lag schwer in seiner Hand. Er war aus Messing und auf eine schöne Platte aus lackiertem Holz montiert, an deren einer Seite eine Reihe von Zahlen und Buchstaben eingebrannt war.

Vorsichtig legte er ihn an die Stelle zurück, wo er ihn entdeckt hatte.

Kirsten Ranvik war also Amateurfunkerin.

Oder aber der Behinderte.

Es musste ihr Sohn sein.

Billy T. schaute sich ein letztes Mal in dem Raum um.

Er hatte keine Ahnung, was er zu finden gehofft hatte. Eine geheime Moschee vielleicht. Ein Rechtsextremistenversteck mit Hitler an der Wand und braunen Hemden in einem Schrank. Anti-Dschihad-Propaganda. Tempelritterplakate. Er hatte wirklich keine Ahnung und kam sich vor wie ein Idiot.

Er hätte von seinem blödsinnigen Besuch bei Andreas Kielland Olsen lernen können. Der war ihm so unglaublich wichtig erschienen, und dann war er mit dem Handy voll Bilder nach Hause gekommen, ohne auch nur im Geringsten zu ahnen, was er damit anfangen sollte. Der Einbruch im Rødbergvei hatte ihm lediglich gezeigt, dass der Bewohner ebenso pedantisch veranlagt war wie Linus. Und wie Kirsten Ranvik.

Billy T. verließ leise den Funkraum und staunte wieder über das bewundernswerte Ordnungssystem für die vielen Dinge, die eigentlich doch nur Schrott waren. Er schüttelte den Kopf. Vor allem über sich selbst. Der Drang, irgendetwas zu tun, um Linus' Geheimnissen auf die Spur zu kommen, hatte ihn nicht nur zu Gesetzesbrüchen verleitet, sie waren obendrein sinnlos gewesen. Dennoch fotografierte er die aufgeräumten Regale, ehe er das Handy wieder in die Jackentasche steckte.

Er brauchte anderthalb Minuten, um den Keller auf dem Weg zu verlassen, auf dem er gekommen war. Auf dem Rasen neben dem Haus blieb er einen Moment stehen und lauschte. Er war allein. Sorgfältig schob er den Plastiksack wieder vor das Fensterloch und erreichte ungesehen die Straße, wo der Opel zweihundert Meter weiter stand.

Amateurfunker, dachte er und schüttelte den Kopf, in einer Welt, in der andere Menschen einen Tastendruck entfernt waren und so viele Satelliten im All schwebten, dass man Angst haben musste, sie könnten kollidieren.

Unfassbar, dass irgendjemand daran Spaß hatte.

»Diese Brutalität ist unfassbar«, sagte Håkon Sand und seufzte tief. »Sie haben eine Motorsäge benutzt. Auf den Wundflächen sind Spuren von Kettenöl gefunden worden.«

Er blätterte in dem vorläufigen Bericht über die Obduktion von Jørgen Fjellstad.

»Aber da war er schon tot«, merkte Silje Sørensen an. »Und wenn ich das richtig verstanden habe, wurde er eher ... human getötet?«

»Tja. Die Verabreichung von Cyanid wird in einzelnen US-Staaten als Hinrichtungsmethode benutzt. Ich würde das trotzdem nicht als besonders human bezeichnen. Aber es ist offenbar schnell gegangen, steht hier. Die Blausäurekonzentration war hoch.«

»Blausäure«, sagte Silje, ließ sich auf dem Sessel zurücksinken und schaute an die Decke. »Wo in aller Welt bekommt man die denn? Ich meine, wenn man sich nicht in einem Roman von Agatha Christie befindet. Oder in einem Bunker in Berlin.«

»Es lässt sich zum Beispiel herstellen«, antwortete Håkon trocken. »Sogar in einem bescheiden ausgestatteten Labor. Man destilliert eine Mischung aus Kaliumhexacyanoferrat und verdünnter Schwefelsäure. Das Problem dabei ist, dass es leicht verdampft. Und auch der Dampf ist extrem giftig.«

Er seufzte resigniert und legte den Obduktionsbericht auf Siljes Schreibtisch.

»Oder man kauft es online. Zum Teufel, was weiß ich denn? Mittlerweile kann man sich ja alles problemlos besorgen.«

»Aber wir können jetzt mit Sicherheit sagen, dass Jørgen Fjellstad ermordet worden ist?«

»Ja. Falls er nicht freiwillig eine große Dosis Cyanid eingenommen hat. Um sich dann zu zerteilen und die Stücke auf eine längere Wanderung durch Nordmarka zu schicken.«

»Hör doch auf.«

»Würde ich gern«, entgegnete er verzweifelt. »Um ehrlich zu sein, habe ich schon ernsthaft mit dem Gedanken an Kündigung gespielt. Um diesen verdammten Druck loszuwerden. Dann könnte Karen die nächste freie Stelle beim Obersten Gericht antreten. Und ich könnte eine kleine Kanzlei eröffnen und netten kleinen Verbrechern helfen, die nicht Oslo in die Luft sprengen oder Afrikanern aus Lørenskog Blausäure eintrichtern.«

Er kam ihrem Tadel zuvor und hob beide Hände.

»Ich nehm es zurück«, sagte er. »Und ich werde erst gehen, wenn das hier zu Ende ist. Falls es jemals zu Ende sein wird. Im Moment überprüfen wir Verkehrsdaten. Blitzanlagen, Mautschranken und Überwachungskameras. Wir sehen uns alle denkbaren Orten an, wo man ein Auto abstellen kann, um dieses Versteck in der Geröllhalde im Norden von Øyungen zu erreichen. Es ist ungeheuer viel Material und ...«

»Wenn die Täter von Norden kamen und die Geschwindigkeitsbegrenzung eingehalten haben, sind sie nicht erfasst worden.«

»Ja, ich weiß.«

Er sah Silje an. Sie war bleich. In diesem Jahr waren weder er noch sie bisher zum Skilaufen gekommen.

»Der Sprengstoff?«, fragte sie kurz.

»Einwandfrei von der Armee. Vergleichende Analysen zeigen, dass er aus der Partie stammt, die im Sommer 2011 in Åmot verschwunden ist. Wir arbeiten mit Hochdruck daran, aber einem Verbrechen auf die Spur zu kommen, das vor fast drei Jahren passiert ist, ist natürlich nicht so einfach.«

»Gibt es in den Archiven der Armee irgendetwas, das uns helfen könnte?«

»Nicht viel. Als den Militärs aufging, dass sie die Sache nicht allein würden aufklären können, haben sie alles versucht, um den Vorfall unter den Teppich zu kehren.«

»Die Zündhütchen?«

»In den letzten fünf Jahren sind drei größere Diebstähle von Zündhütchen von hoher Qualität gemeldet worden. Der aktuellste geschah auf einer Baustelle an der E18, der neuen Schnellstraße zwischen Tønsberg und Sandefjord. Der Abgleich dauert noch.«

»Und der rote Rucksack?«, fragte Silje.

Håkon erhob sich und fing ungeniert an, sein Uniformhemd abzustreifen, nachdem er zuerst den Schlips gelockert und über den Kopf gezogen hatte.

»Ich meine noch immer, dass wir öffentlich danach fahnden sollten«, sagte er.

»Wenn du ganz sicher sein willst, dass der Besitzer ihn sofort verschwinden lässt, dann können wir das gern machen. Ich glaube aber, wir sollten warten. Wir haben schon drei Käufer ausfindig machen können, das hast du ja heute Morgen gesagt. Die alle unverdächtig sind.«

»Dann bleiben uns ja nur noch fünfzehn.«

Håkon zog ein T-Shirt aus der Tasche, die er neben der Tür abgestellt hatte.

»Lass uns den Rucksack noch einige Tage unter Verschluss

halten«, sagte Silje. »Wenn wir öffentlich danach suchen, werden wir nur in einer Flut von Hinweisen ertrinken, und der richtige Rucksack verschwindet, fünf Minuten nachdem wir das Bild veröffentlicht haben.«

Håkon zog sein T-Shirt an und stopfte es in die Uniformhose, ehe er einen Kapuzenpullover aus der Tasche holte.

»Ich bin um fünf wieder da. Und überleg dir das mit dem Rucksack, ja?«

Als sie keine Antwort gab, zuckte er mit den Schultern, griff sich mit der einen Hand seine Uniformjacke und lud sich mit der anderen die Tasche auf die Schulter.

»Um dich aufzumuntern«, sagte er mit düsterem Lächeln, »immerhin war da einer, der nicht einfach den Mund gehalten hat, als 2011 auf dein Manövergelände siebzig Kilo C4 verschwunden sind. Erinnerst du dich an den Hauptmann, den ich neulich erwähnt habe? Im Auto, als ich dich nach Hause gefahren habe?«

Sie nickte müde und zog eine Schreibtischschublade auf.

»Aus den Papieren, die ich von Gustav Gulliksen bekommen habe, geht deutlich hervor, dass die hohen Herren sich heftig über ihn geärgert haben«, fuhr Håkon Sand fort. »Als sie beschlossen hatten, die Sache unter den Teppich zu kehren, hat er gewaltig Krach geschlagen.«

»Ach.«

Silje las bereits den Obduktionsbericht und machte sich am Rand Notizen. Håkon redete unangefochten weiter.

»Er hatte offenbar mehrere Theorien darüber, was passiert sein könnte. Peder Ranvik heißt er, und ich habe ihn für Montag zur Vernehmung bestellt.«

Eigentlich hatte er erst am Montag einen Termin mit Fawad Sharif. Bis dahin kam es ihm wie eine Ewigkeit vor, und Henrik

Holme schlug sich vor Begeisterung fünfmal gegen die linke Schläfe, als das Gefängnis anrief und ihm mitteilte, dass er bereits am Donnerstag um zehn kommen könne.

Fawad Sharif entsprach nicht seinen Erwartungen.

Er hatte sich einen ziemlich hübschen Mann vorgestellt. Auf dem Bild, das im Sommer 1996 in einem Passbildautomaten aufgenommen worden war, hatte der norwegisch-pakistanische Junge ein strahlendes Lächeln und Rehaugen gehabt. Seine Wimpern waren jetzt noch immer lang, aber die Zähne hatte seit damals wohl kein Zahnarzt mehr angesehen. Das schmale Gesicht wirkte eingesunken, und Sharif hatte Pickel, obwohl er fünfunddreißig Jahre alt war. Sein eines Ohrläppchen war abgerissen. An der linken Seite des Halses verlief eine mindestens sechs Zentimeter lange Narbe im Zickzack.

Henrik Holme hatte sich unwohl gefühlt, sowie er das Gefängnistor hinter sich gebracht hatte, und das wurde mit jeder Sicherheitsschleuse schlimmer. Jetzt, in diesem Besucherraum mit kalten Wänden und zu hoher Temperatur, lief ihm der Schweiß in Strömen herab.

»Wie gesagt«, hob er erneut an und räusperte sich, »es geht um eine Serie von Autodiebstählen im Sommer 1996.«

»Versteh nur Bahnhof«, entgegnete Fawad Sharif und sah ihn feindselig an.

Das hatte er noch nicht getan, als Henrik gekommen war. Er hatte eher ein wenig neugierig gewirkt, jedenfalls nicht direkt abweisend. Jetzt trommelte er mit den Fingern auf die Tischplatte und schaute alle fünf Sekunden auf die Wanduhr.

»Na gut. Das ist natürlich ein Schuss in den Nebel, aber diese Diebstähle sind in Zusammenhang mit einem neuen und wichtigeren Fall aufgetaucht.«

»Bei den Terrorbomben?«

Abermals leuchtete in seinen Augen eine Art Interesse auf. Henrik zögerte gerade lange genug, ehe er lächelte und den Kopf schüttelte.

»Darauf kann ich natürlich keine Antwort geben.«

Sharif grinste. »Ich wette«, sagte er. »Aber da hab ich das beste Alibi aller Zeiten. Ich sitze hier.«

»Genau. Und Sie stehen auch nicht wegen der Autodiebstähle unter Verdacht. Außerdem wären die ja ohnehin verjährt, Sie haben also nichts zu befürchten.«

»Ist denn ein Auto aufgetaucht, oder was?«

Henrik räusperte sich und beugte sich ein wenig über den Tisch vor.

»Sie verstehen sicher, dass ich ...«

Er kniff die Lippen zusammen und zog darüber einen imaginären Reißverschluss zu. Sharif sah ihn an, als ob Henrik sich soeben als Vollidiot entpuppt hätte.

»Was zum Teufel wollen Sie dann?«

»Mohammad.«

»Mohammad?«

»Ja. Er ist ein Freund von Ihnen. Oder war es jedenfalls. In jenem Sommer.«

Fawad Sharif rutschte noch weiter vor auf seinem Stuhl und zuckte mit den Schultern.

»Ich kenne mindestens zehn Mohammads.«

»Aber im Sommer 1996, als Sie ...«

»Ich kann mich an diesen Scheißsommer 1996 nicht mehr erinnern. Auch nicht an '97 oder '98 oder '99. Wie alt war ich da?«

Seinem Blick konnte Henrik entnehmen, dass er nicht einmal versuchte, es auszurechnen.

»Sie waren siebzehn. Gingen Sie da noch zur Schule?«

»Weiß ich nicht.«

»Das war das Jahr, in dem Diana und Charles geschieden wurden.«

»Hä?«

»Und Deutschland wurde Europameister im Fußball«, fügte Henrik rasch hinzu. »Sie haben nach Verlängerung Tschechien mit zwei zu eins geschlagen. In Wembley.«

»Sie sehen nicht aus wie einer, der sich für Fußball interessiert.«

»Sie aber wohl.«

Sharif kniff die Augen zusammen. Henrik konnte seinen Blick nicht genau deuten. In den dunkelbraunen, trüben Augen mochten Interesse oder auch Skepsis liegen.

»Ich war ein ziemlich guter Spieler«, sagte Fawad. »War mit vierzehn in der Kreisliga. Aber an dieses Spiel kann ich mich nicht erinnern. Ich kann Deutschland nicht leiden. Deshalb vielleicht.«

»Was ist Ihre Mannschaft?«, fragte Henrik und bereute diese Frage sofort.

»Und Ihre?«

Henrik war entlarvt. »Hören Sie«, sagte er rasch. »Realistisch gesehen, was vermissen Sie hier drinnen am meisten?«

»Einen eigenen Computer«, war die Antwort. »Meiner funktioniert nicht mehr.«

»Wenn ich einen neuen besorge ...«

»MacBook.«

»Wenn ich Ihnen einen neuen Rechner besorge, können Sie dann freundlicherweise versuchen, sich zu erinnern, was Sie und Mohammad damals in jenem Sommer und Herbst getrieben haben?«

»Mohammad ist tot. Er ist '97 krepiert. Hatte ein Motorrad geklaut. Ist auf der Teisen-Kreuzung umgekippt und von einem Lastwagen zermalmt worden.«

Henrik schluckte.

»Sie haben einen verdammt großen Kopf«, stellte Sharif fest. »Ist das ein Wasserkopf, oder was?«

»Nein. Wenn Mohammad 1997 gestorben ist, müssten Sie sich doch an das Jahr davor gut erinnern können. Ihren letzten gemeinsamen Sommer. Versuchen Sie es.«

Der Mann zuckte wieder wortlos mit den schmalen Schultern.

»Sie möchten also keinen Rechner?«

»Doch, aber was zum Teufel wollen Sie wissen?«

»Erzählen Sie von Ihrer Familie.«

»Meiner Familie?«

»Ja.« Henrik lächelte. »Wie es war, als Sie Teenager waren.«

»Mein Alter war Straßenbahnfahrer. Meine Mutter war zu Hause und hat gequengelt und geheult. Meine beiden Schwestern waren bescheuert. Eine kam in eine Pflegefamilie. Ich auch. Hat aber nicht viel geholfen. Mein Bruder ...«

Jetzt lächelte Sharif.

»Imran ist Maurer. Er ist drei Jahre älter als ich. Wollte eigentlich Automechaniker werden, gab aber keinen Ausbildungsplatz. Also wurde er Maurer. Jetzt hat er ein super Haus in Mortensrud. Er ist mit einer Norwegerin verheiratet. Drei Kinder. Hat sich gerade einen Tesla S gekauft. Letzte Woche war er damit hier, aber ich durfte nicht rausgehen und ihn mir ansehen.«

»Wenn er drei Jahre älter ist als Sie, muss er in dem Sommer schon mit der Schule fertig gewesen sein«, sagte Henrik. »Hatte er damals bereits seine Lehrstelle?«

Fawad war vielleicht ein erfahrener Verbrecher. Oder vielleicht auch nicht, jedenfalls hatte er seit seinem achtzehnten Geburtstag mehr Zeit hinter Gittern verbracht als in Freiheit. Ein Schauspieler war er hingegen nicht. Sein Gesicht verschloss sich und wurde deutlich bleicher. Ihm war offenbar etwas eingefallen. Eine graue Zungenspitze fuhr immer wieder über die noch graueren Lippen.

»Weiß nicht mehr«, sagte er zu schnell.

»An so etwas erinnert man sich ja auch selten«, sagte Henrik so freundlich er konnte. »Aber Ihr Bruder muss eine Lehre gemacht haben, wenn er Maurer ist. Vermutlich zu der Zeit, über die wir hier reden. Sie können also einfach schlussfolgern, was Ihr Bruder damals gemacht hat. Er war zwanzig.«

»Hab keinen Bock«, entgegnete Fawad und erhob sich.

»Es war der Sommer, ehe Karina verschwunden und nie wiederaufgetaucht ist«, fügte Henrik laut hinzu. »Hilft Ihnen das weiter?«

Fawad ging bereits auf die grüne Tür zu. Er klopfte und drückte zugleich mit der anderen Hand auf den kleinen, schulterhoch angebrachten Knopf im Türrahmen.

»Sie haben Karina doch gekannt?«, fragte Henrik halblaut.

»Nein.« Er klopft wütender.

Henrik erhob sich ruhig und ging zu Sharif hinüber. Dabei zog er eine Kopie der Automatenfotos aus der Hosentasche.

»Doch«, sagte er leise. »Sie haben Karina sehr gut gekannt.« Er war einen halben Kopf größer als Fawad Sharif und beugte sich über dessen Ohr. »Sehen Sie her«, sagte er eindringlich und hielt dem schmächtigen Mann das Bild vor die Augen. »Karina, Mohammad und Sie. Sommer 1996. Die Verjährungsfrist für Mord endet erst in sieben Jahren, Sharif, und ich habe vor, diese Jahre auszunutzen.«

Die Tür wurde so rasch aufgerissen, dass Fawad Sharif fast auf den Gang hinausfiel.

»Alles in Ordnung?«, fragte der Wächter und packte den Häftling an seinem dünnen Oberarm.

»Alles in schönster Ordnung«, erklärte Henrik Holme und lächelte. »Vielen Dank, Sharif.«

Fawad Sharif gab keine Antwort. Er folgte dem Wächter willig und wirkte jetzt noch kleiner als vorhin, als er gekommen war. Henrik dagegen hatte einen so hohen Puls, dass er in Ohnmacht fiel.

Er ging einfach zu Boden.

Zum Glück konnte er gerade noch einen Schritt zurück in das Besucherzimmer machen, und niemand sah ihn. Nur die Überwachungskamera. Als ein weiterer Wächter angelaufen kam, war Henrik wieder zu sich gekommen, hatte seinen Pony über eine rasch wachsende Stirnbeule gezogen und lächelte abwehrend auf das Angebot, einen Arzt zu rufen.

Jetzt war er sich seiner Sache sicher, und das war doch die Kopfschmerzen wert, die allerdings über mehrere Tage andauern würden.

»Natürlich kann ich nicht sicher sein«, murmelte Billy T. »Aber ich finde doch, dass sich hier langsam ein Bild abzeichnet.«

»Du musst dich bald entscheiden, was dieses Bild vorstellen soll«, sagte Hanne Wilhelmsen gereizt. »Ist Linus jetzt Dschihadist oder Anti-Dschihadist? Das ist doch ein ziemlicher Unterschied, nicht wahr?«

Sie stellte zwei Teller in die Spülmaschine.

»Ja«, antwortete er. »Und ich weiß nicht, was schlimmer ist.«

Er hatte sich auf die tiefe Fensterbank in der Küche gesetzt. Noch immer trug er die schmutzige Jeansjacke, die jetzt nicht mehr ganz so eng saß, und der über zwei Wochen alte Ketchupfleck war mittlerweile schwarz.

»Und hast du keinen Job, zu dem du gehen musst?«, fragte Hanne.

Sie starrte ihn mit einer Miene an, aus der er nicht ganz schlau wurde. So viele neue Mienen hatten diese Jahre ihr gegeben. Sie war gleichzeitig eine liebe Freundin und eine Wildfremde.

»Ich bin krankgeschrieben. Und vielleicht ist es einfach Blödsinn.«

»Was denn?«

»Mit dir zu reden. Ich muss das selbst klären.«

»Billy T. Komm her. Jetzt hör mir mal gut zu.«

Ihre Stimme klang ein wenig resigniert, aber jedenfalls nicht wütend. Er ging hinter ihr her ins Wohnzimmer, wo sie sich mit einer beeindruckenden Geschmeidigkeit auf einen Sessel hinüberzog und auf den anderen daneben zeigte. Er gehorchte und setzte sich.

»Lass uns mal sehen, was du eigentlich hast«, sagte sie ruhig. »Zunächst die unangenehme Tatsache, dass Linus' Uhr, die die Polizei für deine hält, im Büro des ISAN gefunden wurde. Dafür kann es eine natürliche Erklärung geben.«

»Aber das ...«

»Pst. *Hear me out.* Es kann eine natürliche Erklärung geben. Sie kann gestohlen worden sein. Oder er hat sie verkauft. Er kann sie auch beim Poker verzockt haben. Okay?«

Billy T. deutete ein Nicken an.

»Was das andere angeht ...« Sie hüstelte, schluckte und fing noch einmal an. »Was, wenn Linus sich ganz einfach zusammengerissen hat? Was, wenn er mit zweiundzwanzig festgestellt hat, dass er so langsam erwachsen werden muss? Sich um eine Ausbildung kümmern, sein Zimmer aufräumen. Sich die Haare schneiden lassen und sich ordentlich anziehen. Was, wenn er die Wahrheit sagt? Dass sie in der Schule über den Koran gesprochen haben? Was, wenn ...«

Sie lehnte sich zum Rollstuhl hinüber und zog eine Flasche Mineralwasser aus dem Fach unter dem Sitz.

»Wenn du etwas trinken möchtest, dann kannst du zum Kühlschrank gehen.«

Er blieb sitzen. Stumm.

»Um ehrlich zu sein«, fuhr sie fort, »hat es den Anschein, als ob ... «

»Er ist Rassist geworden.«

»Rassist?«

Hanne Wilhelmsen lachte.

Billy T. merkte, dass es ihm eiskalt über den Rücken lief. Vor langer Zeit einmal hatte er sie zum Lachen gebracht. Er war einer der wenigen, denen das gelungen war. Nicht oft, sie war ein ernster Mensch, diese Hanne Wilhelmsen, aber wenn sie lachte, dann, weil er etwas Witziges gesagt hatte. Oder etwas Liebevolles, irgendetwas, das auf die Bindung zwischen ihnen anspielte, eine Bindung, von der er lange geglaubt hatte, dass sie alles ertragen würde.

»Was in aller Welt meinst du damit, dass er Rassist geworden ist?« Sie sprach das Wort »geworden« aus, als ob sie Essig im Mund hätte.

»Deshalb ist er bei Grete ausgezogen. Ich habe mit ihr gesprochen.«

»Ich verstehe noch immer nicht ... «

»Es gab Streit. Es fing an mit ... na ja, Alltagsrassismus, hat Grete gesagt. Zuerst ein bisschen FRP, dann klang er plötzlich wie die Schlimmsten bei denen. Wie dieser Grønning-Hansen.«

Er beugte sich vor und stützte die Ellbogen auf die Knie. Einen Moment lang schlug er die Hände vors Gesicht.

»Keine Ahnung, verdammt«, stöhnte er. »Aber Grete hat gesagt, dass ... « Er sprang auf und lief zur Küche.

Er fühlte sich elend. Ihm war schlecht. Vor allem wollte er weglaufen. Auf und davon. Kündigen und das wenige, was er besaß, zu Geld machen. Weggehen, irgendwohin. Wohin, spielte keine Rolle, wenn es nur weit genug weg war. Als er die Kühlschranktür öffnete, erstarrte er.

Hier wohnte eine Familie.

Es gab Milch und Saft und Käse. Eine Packung Fischfrikadellen und eine Schüssel mit einem Salat unter Plastikfolie. Möllers Tran und Blaubeerextrakt und eine Tafel Milchschokolade, die sicher bis zum Samstag warten musste. Außerdem fettarme Margarine und Salami, gekochten Schinken und eine große Packung frische Äpfel.

Hier gab es Ordnung.

Als er am Morgen seinen eigenen Kühlschrank geöffnet hatte, hatte ihm der faulige Geruch den Appetit verschlagen. Dort gab es nur fünf Bier, ein halb verkommenes Stück billigen Lachs und eine Colaflasche, die Linus hineingestellt hatte. Sowie eine Tüte Kartoffeln, die bereits keimten.

Billy T. hatte allmählich nichts mehr im Griff.

Im wahrsten Sinne des Wortes. Er klammerte sich an die Kühlschranktür. Stützte sich mit der anderen Hand auf den Küchentisch. Er spürte, wie sein Puls bedrohlich hämmerte, und er atmete so heftig und flach, dass er kurz davor war, in Ohnmacht zu fallen.

»Stimmt was nicht?«, hörte er Hannes Stimme von weit her.

Dabei war sie ganz nah. Sie saß wieder in ihrem Rollstuhl und war in die Küche gefahren.

Billy T. rang nach Luft. Seine Brust war wie zugeschnürt. Er wollte sich ans Herz greifen, an das Herz, das offenbar streikte, aber er wagte es nicht, den Kühlschrank und den Tisch loszulassen, aus Angst umzufallen.

»Billy T.«

Ihre Stimme übertönte das Pfeifen in seinen Ohren knapp.

»Ich glaube, das ist ein Infarkt«, brachte er heraus.

Wie sie einen Stuhl packen und hinter ihn schieben konnte, würde er später nicht begreifen.

»Setz dich«, hörte er.

Er tat es.

»Sieh mich an!«

Er sah sie an.

Sie saß weit entfernt in einem Tunnel aus Licht, obwohl er ihre Hand auf seiner Wange spüren konnte.

»Du bist blass um den Mund. Prickelt es in deinen Händen? In den Füßen?«

Langsam hob er die linke Hand vor die Augen. Sie zitterte und war von unsichtbaren Ameisen übersät.

»Hier«, sagte Hanne und hob eine Plastiktüte an seinen Mund.

Willenlos ließ er sie gewähren.

»Langsam atmen«, sagte ihre Stimme. »Tief ein. Pause. Tief aus. Pause.«

Er gehorchte.

Die Ameisen krochen von seinen Fingern. Der Puls sank. Das Pfeifen in den Ohren nahm ab. Schließlich schob er ihre Hand mit der Plastiktüte beiseite und sog tief die frische Luft ein.

»Danke«, sagte er. Und dann fing er an zu weinen.

»Sag mir alles«, bat sie.

Er wusste nicht, wo er anfangen sollte. Dennoch strömte alles aus ihm heraus, wild durcheinander.

Er erzählte von dem Einbruch bei Arfan, der eigentlich Andreas hieß, von dem sinnlosen Besuch in einem Keller in Korsvoll. Von Konvertiten und von Linus' Wut, als Billy T. endlich ein Gespräch mit ihm gewagt hatte. Darüber, dass der PST Andreas beschattete. Darüber, dass Linus unmöglich Muslim sein konnte, da er Muslime doch hasste und vielleicht zu einer Terrorgruppe im entgegengesetzten Lager gehörte. Und Billy T. riss das Handy aus der Tasche und zeigte Hanne die Bilder, die nichtssagenden Bilder aus Kirsten Ranviks Keller und Andreas Olsens steriler Wohnung. Er erzählte von seinem Besuch in der Bibliothek bei der Reitschule in Nordtvet und von seinem Kühlschrank, der den tristesten Anblick der Welt bot. Er hatte Lust, nach Neuseeland durchzubrennen und sich wieder ein Motorrad zu kaufen, und könnte Hanne nicht bitte, bitte an ihre schönen gemeinsamen Touren denken, nur sie beide, mit Hannes Harley und seiner Honda Goldwing mit dem integrierten Faxgerät, mit dem sie so viel Spaß gehabt hatten.

Könnte sie nicht bitte so lieb sein?

Er weinte und weinte. Dann schlief er ein.

Und wurde davon geweckt, dass sie ihn daran hinderte, vom Stuhl zu fallen.

»Du hattest einen Angstanfall«, sagte sie leise und öffnete den Kühlschrank. »Hier.«

Er nahm die Wasserflasche und trank sie in einem Zug leer.

»Danke.« Er fuhr sich mit dem Ärmel über die Oberlippe. »Ich weiß wirklich nicht, was ich machen soll.«

»Jetzt musst du erst mal schlafen«, sagte Hanne. »Wir haben ein Gästezimmer mit gemachtem Bett. Aber vorher musst du mir zwei Fragen beantworten.«

»Ich glaube, ich habe alles gesagt, was ich weiß«, murmelte er.

Das stimmte nicht. So hoffnungslos, wie er gewesen war, so ohne Kontrolle, wie er sich gefühlt hatte und noch immer fühlte, hatte er doch Darth Vader nicht erwähnt. Mit keinem Wort. Davon sollte niemand etwas erfahren.

Nicht einmal Hanne Wilhelmsen.

»Diese Bibliothek«, sagte sie. »In Nordtvet.«

»Ja.« Er flüsterte fast.

»Du bist also in das Haus dieser Bibliothekarin eingebrochen?«

»Ein Einbruch war das nicht gerade. Das Kellerfenster war herausgenommen worden. Ich brauchte nur einen alten Müllsack beiseitezuziehen.«

»Und wie heißt sie, hast du gesagt?«

»Kirsten Ranvik.«

Hanne wurde still. Sie saß ganz ruhig in ihrem Rollstuhl, die schmale Hand noch immer auf seinem Oberschenkel. Er spürte ihre Wärme durch seine Hose, die angenehme Wärme einer Freundin, die er einmal gehabt hatte.

Abermals wäre er fast eingeschlafen.

»Verdammt«, rief er und sprang auf. »Die Meldepflicht! Ich steh doch noch unter Meldepflicht.« Verzweifelt starrte er auf sein iPhone. »Ich muss in zwanzig Minuten da sein. Ich muss ...«

Er lief los. Hanne blieb sitzen.

Stumm und mit so vielen Gedanken im Kopf, dass sie nicht einmal hörte, wie die Tür hinter ihm ins Schloss fiel.

KAPITEL 8

Der Ermittler hatte widersprechen wollen, gab aber doch nach und verschwand sichtlich verärgert, als der Hauptmann zu dem stellvertretenden Polizeidirektor in das Vernehmungszimmer gebracht wurde.

»Wie schön, dass Sie kommen konnten«, sagte Håkon Sand zu dem uniformierten Mann und deutete auf den Stuhl auf der anderen Seite des Tisches. »Setzen Sie sich.«

Peder Ranvik lächelte so zackig, wie er auftrat.

Seine Uniform war tadellos. Sein Haar akkurat geschnitten, mittelblond und dicht, wie auch sein kurz getrimmter Bart. Er setzte sich und legte sein weinrotes Barett auf den Tisch.

»Stellvertretender Polizeidirektor«, sagte er beifällig mit einem Blick auf Håkons Rangabzeichen. »Ich wusste ja gar nicht, dass Leute mit Ihrem Rang noch Vernehmungen durchführen.«

»Ich bin auch Leiter der Kriminalabteilung. Und war Ermittler, ehe ich Polizeijurist wurde. Zudem bin ich Unteroffizier der Reserve. Im Moment herrscht Ausnahmezustand, um es vorsichtig zu formulieren. Und dieser Fall ist für mich von großem Interesse.«

»Ich verstehe«, entgegnete Peder Ranvik und nickte. »Keine Aufgabe zu groß und keine zu klein. So ist es richtig.«

Dieser Mann war Håkon eindeutig unsympathisch.

Die Antipathie stellte sich so heftig und jählings ein, dass er nicht wusste, wie er das Gespräch beginnen sollte. Er spielte mit einem Kugelschreiber herum und testete das Aufnahmegerät. Dann schob er sich einen Finger unter den Kragen, um ihn zu lockern, überprüfte noch einmal das Aufnahmegerät und räusperte sich.

»Bitte, nennen Sie mir Ihr derzeitiges Aufgabengebiet«, sagte er schließlich. »Ganz kurz nur.«

»Ich bin Hauptmann beim Sonderkommando der Armee.«

Sie schwiegen einige Sekunden. Håkon bohrte sich verstohlen mit dem Kugelschreiber im Ohr. Der Hauptmann starrte an ihm vorbei, als wäre er hier beim Feind zum Verhör.

»Tut mir leid«, sagt er dann. »Mehr darf ich nicht sagen. Bitte das zu respektieren.«

Håkon nickte zerstreut und beugte sich über seine Unterlagen.

»Und am Dienstag, dem 26. Juli, auf dem Manövergelände in Åmot. Was waren da Ihre Aufgaben?«

»Ich will hier keine Schwierigkeiten machen. Aber auch diese Frage darf ich nicht beantworten. Geheime Information.«

Jetzt sah der Mann ihn immerhin an, und in seinem Blick schien sogar ein gewisses aufrichtiges Bedauern zu liegen. Håkon fand ihn deshalb nicht weniger unsympathisch, aber er begriff noch immer nicht, was diese starke Antipathie bei ihm auslöste.

»Ich mache Sie darauf aufmerksam«, sagte er und legte die flache Hand auf den Ordner in Tarnfarben, den er von Gustav Gulliksen bekommen hatte, »dass die Armee uns bereits etliche Unterlagen über den Fall ausgehändigt hat. Und dass daraus hervorgeht, dass Sie für eine Sprengung verantwortlich waren ...«

Er zog die Blätter aus dem Umschlag und schob sich seine Brille von der Stirn auf die Nase.

»... von zwei alten Kränen, einer Scheune und einem Panzerfahrzeug. Die Werftkräne sollten provisorisch als Brücken dienen.«

»Tut mir leid«, wiederholte Peder Ranvik. »Ich bezweifle durchaus nicht, dass Sie diese Information auf legalem Wege erhalten haben. Aber ich meinerseits bin durch meine Vorgesetzten keineswegs von meiner Schweigepflicht entbunden worden.«

»Aber ich sage Ihnen doch ...«

»Ich will Sie ja nicht unterbrechen«, unterbrach ihn der Hauptmann. »Aber es spielt für mich wirklich keine Rolle, welche Art von Unterlagen Sie in der Hand halten. Solange es sich nicht um eine von der zuständigen Stelle unterschriebene Freistellungserklärung handelt.«

Er schlug ein Bein über das andere.

»Und selbst dann würde ich nicht unbedingt geheime Informationen preisgeben. Ich bin dazu verpflichtet, selbst zu entscheiden, was der Armee schaden kann. Und dem Land.«

Håkon versuchte, seine Verblüffung zu unterdrücken. Was ihm aber nicht gelang.

Er beugte sich vor und richtete den Kugelschreiber auf Peder Ranvik. »Sie sind nach Absprache mit Ihren Vorgesetzten hierhergebeten worden. Sie haben also genau gewusst, worüber wir uns Klarheit verschaffen möchten. Da können Sie doch nicht ...«

»Abermals«, der Hauptmann hob die rechte Hand, »muss ich Sie leider unterbrechen. Dass Sie oder Ihre Vorgesetzten die Formalitäten für diese Vernehmung nicht geklärt haben, ist wirklich nicht mein Problem. Ein Problem wäre es, wenn ich mit Außenstehenden offen über meine Tätigkeiten als Hauptmann im Oberkommando der Armee spräche, ohne dass mir dazu die Befugnis erteilt wurde. Von höchster Warte. Ich glaube doch, dass Sie das ...«

Er deutete ein Lächeln an, aber in seinen Augen funkelte etwas, das Håkon als Verachtung deutete.

»... als Unteroffizier der Reserve vielleicht verstehen.«

»Und mein Problem ist, dass mindestens siebzig Kilo C4 von NATO-Qualität in die Hände von Terroristen gefallen sind. Und davon mindestens fünfunddreißig Kilo noch immer im Umlauf sind, nachdem die anderen fünfunddreißig neunundzwanzig Menschen getötet und ich weiß nicht wie viele verletzt haben.«

»Das ist Ihr Problem«, sagte der Hauptmann und nickte zustimmend. »Und da gilt Ihnen mein uneingeschränktes Mitgefühl. Wir alle sind besorgt über diese Situation.«

Håkon zog seine Tabakdose hervor. Er legte sie vor sich auf den Tisch und ließ sich sehr viel Zeit, während er mit geübten Bewegungen einen Priem zusammenpresste und ihn unter seine Oberlippe schob. Danach drückte er den Deckel auf die Dose, steckte sie in die Hosentasche und rieb sich die Hände, den Blick starr auf den Tisch gerichtet.

»Sie hatten mehrere Verdächtige im Blick«, erklärte er leise.

»Wie gesagt, ich kann nicht ...«

»Fresse halten!«

Es wurde sofort totenstill im Raum. Håkon glaubte zu sehen, dass Hauptmann Ranvik den Rücken noch gerader hielt als zuvor.

»Aus diesen Papieren geht hervor, dass Sie als Einziger Widerspruch eingelegt haben, als beschlossen wurde, die Polizei nicht zu verständigen. Sie waren lästig für das Oberkommando, wenn ich das richtig verstanden habe. Dafür gebührt Ihnen alle Ehre. Es gab damals rund zehn Personen, auf die Sie die Blicke der militärischen Ermittler zu lenken drohten.«

Håkon zog so energisch an seiner Kragenspitze, dass der oberste Knopf abriss und auf den Boden fiel. Er achtete nicht darauf, sondern redete weiter.

»Ein gewisser Sverre Brande. Unteroffizier im Ingenieurskorps. Warum der? Nein, übrigens ...«

Er öffnete die Manschettenknöpfe seines Uniformhemdes.

Krempelte die Ärmel langsam bis zu den Ellbogen hoch. Faltete danach die Hände und starrte den widerborstigen Hauptmann an.

»Sie werden natürlich nicht antworten. Und Sie werden natürlich nicht sagen, wie Sie auf die anderen Hauptverdächtigen kamen. Abhai Singh war einer davon.«

Hauptmann Ranvik schien sich immer weniger wohl in seiner Haut zu fühlen.

Håkon öffnete noch einen Knopf an seinem Uniformhemd. Nun war das weiße T-Shirt darunter zu sehen. Es hatte über dem Schlüsselbein ein kleines Loch.

Er merkte, dass jetzt der Tabaksaft aus dem Priem strömte. Unternahm aber nichts dagegen.

»Der Mann ist ein norwegischer Sikh«, fuhr Håkon fort und legte den Kopf schräg. »Mit tadellosem Leumund. Heute bekleidet er beim militärischen Nachrichtendienst einen Rang, der Ihrem und meinem weit voraus ist.«

»Davon haben Sie keine Ahnung.«

»Na ja. Der gute Abhai Singh ist als Cosmic Top Secret eingestuft. Ich möchte zu gern wissen, warum Sie versucht haben, auf einen solchen Mann die Hunde zu hetzen.«

»Ich hielt es für begründet, ihn und Sverre Brande genauer zu untersuchen. Mehr kann ich nicht dazu sagen.«

»Nein.«

Håkon lächelte und hob die Tasse mit dem längst kalt gewordenen Kaffee. Ganz bewusst bekleckerte er sich die rechte Brustseite, ehe er mit zufriedenem Schmatzen den Rest in sich hineinkippte. Der Fleck hatte die Umrisse von Afrika.

Hauptmann Ranvik räusperte sich und rutschte nervös auf seinem Stuhl hin und her. Er griff nach seinem Barett und fuhr mit dem Daumen über die Metallmarke mit dem Monogramm des Königs, dann legte er es wieder hin.

»Sie erweisen Ihrer Uniform nicht den gebührenden Respekt«, sagte er.

Håkon glaubte, in seiner Stimme einen angespannten Unterton zu hören.

»Deswegen?« Håkon schlug sich leicht auf die Brust, gleich über dem Afrikafleck. »Diese Polizeiuniform ist doch nur Staffage. Jedenfalls für diejenigen unter uns, die nicht draußen im Feld sind. Da hat sie ihre Funktion. Hier drinnen? Albern. Viel lieber würde ich Jeans und Flanellhemd tragen. Ich glaube an Intelligenz, nicht an Textilien.«

»So kann man das natürlich sehen.«

»Ja. Scheiß auf die Uniform. Außerdem ist heute Montag. Da kann man es ein bisschen lockerer nehmen.«

Er lächelte so breit, dass sich der Tabaksaft als trüber Belag über seinen Zähnen verbreitete.

Hauptmann Ranvik griff nach seinem Barett und legte es auf seinen Schoß, als befürchtete er, Håkon könnte es als Spucknapf benutzen.

»Kann ich jetzt gehen?«

»Nein. Noch nicht.«

Er lockerte seinen Schlips noch weiter und zog ihn sich über den Kopf. Ließ sich Zeit dabei und knöpfte schließlich sein Hemd ganz auf.

»Sie glauben an das System?«, fragte er dann.

»Ja.«

»Warum?«

»Weil sonst die Gesellschaft zusammenbrechen würde. Wir sind alle auf Ordnung angewiesen. Auf Systeme und Gehorsam. Loyalität den Vorgesetzten gegenüber.«

Håkon hob die Hände.

»Ganz meine Meinung. Darf ich mal Ihre Mütze anprobieren?«

»Nein.«

»Sie sind nicht unbedingt kooperativ, Hauptmann Ranvik.«

Jetzt erhob Håkon sich. Er knöpfte sein Hemd zu, steckte die Zipfel in die Hose und zog den Gürtel straff. Danach krempelte er seine Ärmel wieder herunter und schloss die Manschettenknöpfe. Von einem Stuhl am Tischende nahm er seinen Uniformrock, zog ihn an und befestigte die Messingknöpfe. Der hässliche Fleck auf seiner Brust war jetzt versteckt. Auch der Schlips wurde wieder stramm gezogen. Am Ende griff er nach seiner Dienstmütze.

»Die Sommermütze kommt in ein paar Tagen an die Reihe«, sagte er und lächelte. »Zum 1. Mai. Die gefällt mir besser. Weiß. Die schwarze Wintermütze stimmt mich immer so düster. Ihre gefällt mir besser. So ein schönes warmes Rot.«

Er stand noch immer.

»Lassen Sie mich die doch mal anprobieren.«

»Nein.«

Der Mann fühlte sich offenbar noch weniger wohl in seiner Haut. Das tadellose Hemd wurde am Kragen ein wenig dunkler und das Barett durch den Schweiß seiner Handflächen feucht.

»Wie Sie meinen«, sagte Håkon Sand und setzte sich wieder. »Was war also das Problem mit diesem Abhai Singh?«

Peder Ranvik gab keine Antwort.

»Sie wissen, dass König Olav persönlich dafür sorgen musste, dass norwegische Sikhs ihren Wehrdienst ableisten konnten?«, fragte Håkon und beugte sich vor wie zu einem vertraulichen Zwiegespräch. »Das Oberkommando war dagegen. Das lag natürlich am Turban. So ein Turban lässt ja auf dem Kopf keinen Platz mehr für ein Barett oder irgendwelche anderen feschen Mützen. Wissen Sie, was damals passiert ist?«

Hauptmann Ranvik schwieg noch immer.

»Der damalige Verteidigungsminister Johan Jørgen Holst war

so stocksauer über die Verweigerungshaltung der Generäle, dass er direkt zum König ging. Der lachte. Sie wissen ...«

Håkon versuchte, das typische schrille Lachen des verstorbenen Königs nachzuahmen.

»Er lachte«, wiederholte er und wurde dann plötzlich ernst. »Und fragte, ob die Herren Generäle denn nie von der Sikh Light Infantry gehört hätten. In der britischen Armee. Die Turbane waren ihnen kein nennenswertes Hindernis. Das brachte die Generäle dann auf Trab. Was also war mit Abhai Singh?«

»Ich gehe jetzt«, sagte Peder Ranvik.

»Das glaube ich nicht«, entgegnete Håkon freundlich.

Peder Ranvik erhob sich.

»Setzen«, forderte Håkon.

»Ich kann gehen, wann immer ich will. Und das ist jetzt.«

»Es fällt mir schwer, Ihre Verweigerungshaltung zu begreifen. Fast vierzig Kilo Ihres C4 sind noch immer auf Abwegen. Man sollte meinen, es wäre Ihnen ein Bedürfnis, behilflich zu sein ...«

»Es war nie mein C4. Aber ich stimme Ihnen zu. Es ist ein Grund zur Besorgnis, dass es in die falschen Hände gefallen ist. Wie Sie selbst gesagt haben, habe ich mir damals alle Mühe gegeben, den Fall aufzuklären, als es eben noch mein Fall war. Was es heute nicht mehr ist.«

Er schob den Stuhl ordentlich an den Tisch und ging auf die Tür zu. Dort drehte er sich um.

»Vor uns liegt eine Reihe von Gedenktagen«, sagte er ausdruckslos. »1. Mai, 8. Mai. Ganz zu schweigen vom ...«

»17. Mai«, fügte Håkon hinzu. »Das Verfassungsjubiläum. Darüber sind wir uns im Klaren.«

»Ihr habt ein großes Problem. Mein Problem ist das allerdings nicht mehr.«

Der Hauptmann öffnete die Tür und wäre fast mit einem Polizisten zusammengestoßen, der hereinwollte. Der Polizist ließ Peder Ranvik vorbei und knallte dann die Tür hinter sich zu. Er schien außer Atem zu sein, als er sich über den Tisch zu dem stellvertretenden Polizeidirektor hinbeugte.

»Neue Bombe! Noch nicht detoniert. In Sandefjord, unter einem Einkaufszentrum mitten in der Stadt. Das nimmt einfach kein Ende. Bisher gibt es noch kein weiteres Video, soweit der PST, die Kollegen in Sandefjord und wir wissen. Aber noch eine Bombe an einem viel besuchten Ort?«

Er holte tief Luft.

»Das kann ja wohl kein Zufall sein!«

»Ich gehöre zu denen, die an Zufälle glauben«, erklärte Hanne. »Das meiste wird durch pure Zufälle bestimmt. Aber es ist schon seltsam, das muss ich zugeben.«

Sie hatte Henrik eben eine Kurzfassung von Billy T.s Geschichte geliefert. Nicht sonderlich detailliert und außerdem ziemlich abgeschwächt. Hatte sie als den Bericht eines besorgten Vaters dargestellt, eines alten Freundes, der fürchtete, sein Sohn sei in schlechte Gesellschaft geraten. Sie hatte weder die frühere Befürchtung erwähnt, Linus könne konvertiert sein, noch seine auffällige Entwicklung im vergangenen halben Jahr. Zudem hatte sie die Tatsache unterschlagen, dass eine Uhr, die der Junge geerbt hatte, sich während der Bombenexplosion in den Räumlichkeiten des ISAN befunden hatte.

»Hier«, sagte sie und schob Henrik eine Schüssel mit Rosinenbrötchen hin. »Ida hat gestern Nachmittag gebacken. Ein bisschen trocken, aber nimm Marmelade dazu.«

Henrik griff sich ein Brötchen, schnitt es auf und bediente sich gierig an den kalt gerührten Erdbeeren.

»Das sehe ich auch so«, sagte er und nahm einen Bissen. »Dass dieselbe Bibliothekarin rein zufällig in seinem und in unserem Fall auftaucht, ist doch sehr unwahrscheinlich. Ist dieser Freund von dir Polizist?«

»Warum willst du das wissen?«

Henrik kaute, schluckte und nahm noch einen Bissen.

»Na ja, du wirkst nicht gerade ... mobil. Nicht sehr sozial vernetzt. Genau wie ich.« Er lächelte. »Ich dachte deshalb, es könnte ein Kollege sein. Aus deinem früheren Leben sozusagen. Als du noch nicht in dem Rollstuhl gesessen hast. Ist das so?«

»Du bist gar nicht so dumm, Henrik.«

»Aber wenn wir mit dem Gedanken spielen ...«

»Henrik ...«

»Ich weiß schon«, sagte er, noch immer mit vollem Mund. »Wir spielen nicht mit Gedanken. Wir stellen erst Hypothesen auf, wenn wir eine breitere Grundlage haben. Aber wenn wir uns ein kleines Gedankenexperiment gestatten ...«

Sie schaute ihn wieder über den Brillenrand hinweg an, sagte aber immerhin nichts.

»Wenn es kein Zufall ist, dass diese Frau in einen Fall verwickelt ist, bei dem es um Rechtsradikalismus geht ...«

»Mutmaßlich um Rechtsradikalismus geht«, korrigierte Hanne. »Ich habe keinen Grund zu der Annahme, dass die Vermutungen meines Freundes zutreffen.«

»Okay. Aber wenn er recht hat. Dann wäre es doch interessant zu überprüfen, welche eventuellen Parallelen es zwischen unseren Fällen gibt. Unserem und dem dieses ... wie heißt dein Freund doch gleich?«

»Das spielt hier keine Rolle.«

»Okay. Tut mir leid.«

»Keine.«

»Was?«

Henrik legte das letzte Stück Rosinenbrötchen weg und schob die Hände unter die Oberschenkel.

»Es gibt keine Parallelen«, sagte Hanne.

»Doch.«

»Welche denn?«

Henrik wagte es, sich rasch den letzten Bissen zu schnappen, dann schob er die Hände schnell wieder in ihr Versteck.

»Weißt du noch, dass ich gesagt habe, Gunnar Ranvik sei Rassist?«

»Er ist zurückgeblieben, Henrik. Und wenn es ausreicht, Pakistani nicht zu mögen, um als Rassist bezeichnet zu werden, sind wir ja eigentlich eine Nation von Rassisten.«

»Sind wir ja auch. Fast jedenfalls.«

Er hätte sie gern zurechtgewiesen, weil sie »zurückgeblieben« gesagt hatte, traute sich aber doch nicht. Auch wenn er sich Hanne gegenüber viel sicherer fühlte als zwölf Tage zuvor, hatte er noch immer Angst, sie könnte seiner überdrüssig werden und ihn wegschicken, wie sie es immer früher oder später tat.

Er wollte, dass dies später passierte, und deshalb sagte er nichts.

Hanne bückte sich und zog eine dünne Mappe in einem roten Plastikumschlag unter ihrem Rollstuhl hervor. Jetzt wusste Henrik endlich, dass es unter dem Sitz ein Fach gab, einen flachen Korb mit Platz für einen Laptop und noch vieles andere.

»Ich glaube, du solltest dieser Kirsten Ranvik ein wenig genauer in die Karten schauen«, sagte Hanne. »Das Internet kannst du dabei leider vergessen. Ich habe da schon jeden Winkel durchsucht, und mehr habe ich nicht gefunden.«

Sie schob die Mappe zu ihm herüber.

»Dein Besuch in Ullersmo hat uns ja auch nicht viel gebracht«, fügte sie hinzu. »Das hier ist vermutlich auch Zeitverschwendung, aber widme dich der Dame für ein oder zwei Tage. Sie wird jetzt langsam interessant. Dass ihr Junge von zwei Norwegisch-Pakistanern, die ungeschoren davongekommen sind, zum Invaliden geschlagen wurde, wäre für viele Alltagsrassisten Grund genug, um deutlich fanatischer zu werden. Sieh mal nach, ob es noch andere Dinge in ihrem Leben gibt, die dazu beitragen könnten.«

»Aber wenn im Netz nicht mehr zu finden ist, wie soll ich dann ...«

»Henrik. Du bist Polizist. Wir haben auch früher schon Fälle gelöst. Vor den Zeiten des Internets. Es hat sogar Spaß gemacht. Versuch es mal.«

Auf ihrem Telefondisplay leuchtete ein Lämpchen auf. Sie rief *VG.no* auf.

»Oh shit«, sagte sie nach zwei Sekunden leise.

»Was denn?«

»Noch eine Bombe. Mitten in Sandefjord. Ganz Vestfold ist in voller Alarmbereitschaft.«

Endlich war das Schrillen der Alarmanlage verstummt. Es war so durchdringend gewesen, dass viele losgestürzt waren, um diesem Geräusch zu entkommen, ohne einen Gedanken daran, was ihn ausgelöst haben könnte.

So gesehen erfüllten die Sirenen ihren Zweck.

Der Hvaltorv war menschenleer.

Das Einkaufszentrum, das Ende der Achtzigerjahre errichtet worden war, stand mitten in der Innenstadt. Ein unattraktives, gesichtsloses Gebäude über einer Tiefgarage mit Zufahrt von Süden her. Als die Polizei eintraf, hatten sie alle Mühe, die Leute davon abzuhalten, zu ihren Autos zu laufen. Zwei Männer Mitte vierzig mussten mit Gewalt davon abgebracht werden, mehr an ihr Fahrzeug zu denken als an sich selbst. Jetzt saßen sie in einem Polizeiwagen außerhalb der großräumigen Sicherheitszone, die die Polizei mit Absperrband und Holzböcken markiert hatte.

Glücklicherweise hatte die Polizei von Sandefjord gerade bei Torp, dem nur zehn Kilometer entfernt im Nordosten der Stadt gelegenen Flughafen, eine größere Übung geplant. Sie hatte um zwölf Uhr beginnen sollen, nur eine Viertelstunde nachdem auf dem Hvaltorv Alarm gegeben worden war.

Ein Familienvater hatte die Bombe um kurz nach halb zwölf entdeckt, als er seinen trotzigen und schnellfüßigen Dreijährigen, der kein sonderliches Verständnis dafür zeigte, in welche Gefahr er sich brachte, durch die dunkle Tiefgarage verfolgte. Beim Aufgang zum Einkaufszentrum holte er den Sohn hinter drei Autos ein, die so dicht nebeneinanderstanden, dass das Einsteigen den Besitzern Schwierigkeiten machen würde. Der Vater atmete erleichtert auf, bis er sah, worauf sich sein Kleiner gesetzt hatte. Ein schwarzer Metallkasten mit an einem digitalen Zählwerk befestigten Leitungen ließ ihn einen neuen persönlichen Rekord im Zweihundertmetersprint mit einem Kind auf dem Arm aufstellen.

Ein voll ausgerüstetes Bombenentschärfungsteam von der Osloer Polizei war aufgrund der Übung bei Torp schon eine Viertelstunde später vor Ort.

Seit zwanzig Minuten untersuchten zwei Mann die Bombe jetzt.

»Verdammt«, sagte der eine und setzte den Helm ab.

Der andere sagte nichts, er richtete sich auf und nahm ebenfalls den Helm vom Kopf.

Der Erste setzte den Deckel wieder auf den Metallkasten und hob ihn dann auf.

»Hilfst du mir, oder was? Der ist verdammt schwer.«

»Moment noch«, sagte der Kollege, zog sich die Handschuhe von den Fingern und holte eine Plastiktüte aus einer seiner vielen Taschen. »Wir können nur hoffen, dass dieser Brief interessanter ist als der Rest hier.«

Er steckte die Nachricht in die Tüte und verschloss sie.

»Ich möchte nicht wissen, wie oft wir in der nächsten Zeit noch falschen Alarm erleben werden. Drei alte Autobatterien. Also echt. Und ein Wecker.«

»Das hat uns immerhin eine ziemlich realistische Übung beschert«, entgegnete der Kollege und seufzte. »Das ist doch auch schon was. Na, komm. Bringen wir diesen harmlosen Schrott ans Tageslicht.«

Draußen war es noch hell.

Der Frühling ließ weiterhin auf sich warten, aber die Tage wurden jetzt immer länger. Es war neun Uhr abends, und Ida konnte nur einschlafen, wenn die Rollos in ihrem Zimmer weit heruntergezogen worden waren.

»Kari Thue sieht wirklich jeden Tag besser aus«, murmelte Hanne und nahm sich einen Apfel aus der Obstschale auf dem Couchtisch. »Rosige Wangen und strahlende Augen. Aber sie ist auch die Einzige.«

»Die Polizeipräsidentin sieht jedenfalls wie ausgekotzt aus«, sagte Nefis und setzte sich an das andere Ende des Sofas. »Möchtest du eine Decke?«

»Nein, danke. Ist ja auch kein Wunder, dass sie erschöpft ist.«

Sie zeigte auf den Bildschirm. Caroline Bae war zwar immer schon groß und kräftig gewesen, aber jetzt wirkte sie geradezu aufgedunsen. Sogar die Maskenbildnerinnen des *NRK* hatte nicht viel an den Tränensäcken unter den Augen und den zwei tiefen Falten zwischen Nase und Mundwinkeln ändern können.

»Unter solchen Umständen die Polizei leiten zu müssen, ist doch sicher die pure Hölle. Denk nur an all die Leute, für die sie zuständig ist.«

Hanne lachte leise und fast schadenfroh.

»Bis heute konnte sie mit einem gewissen Verständnis rechnen, wenn sie Beamte aus Kleinstädten und Bezirken nach Oslo beordert hat. Aber auch wenn die Bombe in Sandefjord nur eine Attrappe war, hat sie vermutlich dennoch bewirkt, dass kein einziger Polizeichef oder Lensmann im ganzen Land in der nächsten Zeit freiwillig auch nur eine Büroklammer hergeben wird. Es ist schon schwer genug, in ruhigen Zeiten die verschiedenen Polizeidistrikte zur Zusammenarbeit zu bewegen. Bei einer Truppe, die außer sich vor Angst ist, muss es so gut wie unmöglich sein.«

»Sind sie außer sich vor Angst?«

»Wärst du das nicht? Pst!«

»Ich sag doch nichts.«

Man wird ja wohl eine Antwort verlangen dürfen, sagte Kari Thue wütend und starrte Caroline Bae an. *Mehrere Zeitungen berichten, dass bei der Bombenattrappe in Sandefjord ein Brief gefunden worden ist. Ist das ein Brief, der uns Grund zur Sorge gibt?* Ehe die Polizeipräsidentin antworten konnte, fügte Kari Thue hinzu: *Sollte das Schauspiel in Sandefjord uns alle in Angst und Schrecken versetzen? Ist dies das Ziel der Islamisten? Stehen wir vor ...*

Die Moderatorin hob die Hand.

Das waren jetzt viele Fragen auf einmal. Frau Bae, können Sie die erste beantworten? Enthielt der Brief in Sandefjord irgendeine Form von Drohungen?

Caroline Bae schob das Kinn vor und blinzelte.

Ich bitte um Verständnis dafür, dass wir hier nicht ins Detail gehen können. Ich kann auch nicht bestätigen, dass ein Brief gefunden wurde. Im Moment lässt sich nur festhalten, dass die Bombe sich als

... Sie hielt für einen Augenblick den Atem an, und ihr Blick irrte umher, dann riss sie sich zusammen und korrigierte sich: *Es kann wirklich nicht die Rede von einer Bombe sein.*

Wollen Sie abstreiten, dass es einen Brief gibt?, warf Kari Thue dazwischen. *Wenn* VG, Dagbladet *und* Aftenposten *behaupten, aus sicherer Quelle davon zu wissen?*

Wie gesagt, wir können aus ermittlungstechnischen Gründen nicht ...

Moment! Kari Thue verdrehte die Augen und hob die Hände. Sie redete so laut, dass es in den Lautsprechern widerhallte. *Norwegen befindet sich also im Belagerungszustand. Als Norweger sind wir gefangen von unserer eigenen Angst, einer Angst, die der Islam ausgelöst hat, das größte Übel unserer ...*

»Sie ist einfach unvorstellbar«, flüsterte Nefis.

»Sie ist gerissen«, meinte Hanne knapp. »Oder vielleicht böse.«

»Durch und durch böse Menschen sind sehr selten, Hanna.«

... und bei dem wir, die norwegische Bevölkerung, nicht einmal erfahren dürfen, ob wir bei der heutigen Farce in Sandefjord abermals von einer Gruppe bedroht worden sind, deren Glaube und Ideologie ...

Direkt neben ihr stand der Osloer Bürgermeister. Gelassen legte er ihr die Hand auf den Unterarm. Thue erstarrte und verstummte.

Liebe Kari, sagte er und lächelte breit. *Ich glaube, es ist jetzt der richtige Moment, um tief durchzuatmen. Wir werden nicht belagert. Wir sind das unabhängige Königreich Norwegen. Wir haben schon ...*

Kari Thue schüttelte seine Hand ab, ließ ihn aber immerhin weiterreden.

... Schlimmeres durchgemacht. Vielleicht steht uns auch noch

Schlimmeres bevor. Das Wichtigste ist jetzt, dass wir Ruhe bewahren und unsere grundlegenden Werte nicht vergessen in einer Zeit, in der ...

Hier ist doch gerade die Rede von den grundlegenden Werten, fiel ihm Kari Thue ins Wort. *Unseren grundlegenden Werten. Und keinen Vorstellungen von ...*

Hanne griff nach der Fernbedienung und stellte den Ton ab.

»Ida geht jedenfalls nicht mit bei dem Umzug«, sagte sie und verzehrte den letzten Bissen des Apfels.

»Natürlich geht sie mit beim Kinderumzug. Sie freut sich doch schon so darauf.«

»Kommt nicht infrage«, erwiderte Hanne. »Ihr beide werdet am 17. Mai das Haus nicht verlassen. Sie kann einladen, wen sie will. Aber alle bleiben im Haus. Hier. Bei mir.«

»Das hast du aber gar nicht zu entscheiden, meine Liebe.«

Nefis erhob sich und beugte sich über sie.

»Geh weg«, sagte Hanne lächelnd. »Das ist mein Ernst.«

»Weiß ich«, antwortete Nefis ruhig und gab ihr einen Kuss. »Aber dass etwas dein Ernst ist, bedeutet noch lange nicht, dass es so geschehen wird. Ich möchte ein Glas Wein. Was ist mit dir?«

»Danke, ja. Weiß.«

Nefis ging zur Küche.

Hanne starrte den lautlosen Bildschirm an. Eine Frau von Mitte fünfzig mit altmodischer Frisur sagte etwas. Hanne hatte keine Ahnung, wer sie war, aber dann teilten die Untertitel mit, dass sie Sabina Knutsen hieß und Bürgermeisterin von Sandefjord war. Hanne wollte dieser Frau zuhören und griff wieder zur Fernbedienung.

... zu Beginn nächster Woche entscheiden. Wenn wir darum ersuchen, den 17. Mai in unserer Stadt abzusagen, dann hat der Stadtrat darüber abzustimmen.

Jetzt schwenkte die Kamera auf den Bürgermeister von Oslo.

Der 17. Mai kann nicht abgesagt werden, erklärte er mit ernster Miene. *Der 17. Mai kommt, ob wir das wollen oder nicht. Egal, was irgendein Stadtrat beschließt, mit dem bevorstehenden Nationalfeiertag begehen wir die Zweihundertjahrfeier für unsere Verfassung. Und es wäre eine grausame Ironie, wenn wir uns von Terroristen davon abhalten ließen ...*

»Ich glaube, Ida ist ein bisschen böse auf uns.« Nefis war zurückgekommen und reichte Hanne ein Glas. »Ihr die Feier zu verbieten, würde die Sache vermutlich nicht besser machen.«

»Böse? Warum denn?«

»Sie will zum Beispiel wissen, warum sie nicht meinen ursprünglichen Nachnamen hat, warum ich ihn aufgegeben habe.«

»Das ist doch wohl leicht zu erklären? Ich habe es ihr schon so oft gesagt. Wir wollen alle drei denselben Namen haben. Und mein Nachname ist leichter zu buchstabieren.«

»Und norwegischer«, fügte Nefis leise hinzu, legte die Beine aufs Sofa und nippte am Wein. »Das glaubt sie jedenfalls. Dass wir ... die Tatsache verbergen wollen, dass sie halbe Muslimin ist.«

»Was für ein Unsinn. Halbe Muslimin? Man kann doch wohl keine halbe Religion haben. Sie ist, wer sie ist. Mit achtzehn kann sie dann selbst entscheiden, wie sie heißen will.«

»Sie ist knapp elf, Hanna. Ihr achtzehnter Geburtstag liegt noch ein ganzes Leben in der Zukunft. Vielleicht könnten wir ...« Sie unterbrach sich und trank noch einen Schluck. »Eigentlich hat sie ein bisschen recht«, meinte sie dann.

»Nein.«

»Doch. Ich will, dass sie norwegisch ist. So norwegisch wie möglich.«

»Du fährst zweimal im Jahr mit ihr in die Türkei. Wenn ich dich richtig verstanden habe, spricht sie ziemlich gut Türkisch.«

»Nicht mehr so gut wie früher. Es kommt immer seltener vor, dass ich mit ihr in meiner Muttersprache rede.«

»Das ist dumm«, sagte Hanne aufrichtig und verflocht ihre Finger mit denen von Nefis. »Ihr dürft die Sprache nicht vernachlässigen. Aber dieses ganze Gerede über Muslime und Norweger ...« Sie stellte ihr Glas weg und ließ Nefis' Hand los.

»Das macht mich krank«, stöhnte sie. »Wenn diese Welt etwas braucht, dann weniger Nationalismus. Weniger Religion. Ida Wilhelmsen ist Ida Wilhelmsen. Ihr Pass ist rot. Den Rest entscheidet sie selbst. Wenn sie alt genug ist. Übrigens ... könnten wir am Samstag einen Gast einladen?«

»Einen Gast? Billy T.?«

»Nein. Henrik Holme. Den jungen Polizisten, von dem ich dir erzählt habe.«

»Natürlich. Wie schön, Hanna. Das freut mich wirklich.«

»Ida kennt ihn schon. Hat ihn auch schon beleidigt, aber ich glaube, das hat er verkraftet.«

»Ihn beleidigt? Ida?«

»Ja. Er sieht ein bisschen ... auffällig aus. Aber weißt du was?«

»Nein?«

»Er gefällt mir. Sehr gut sogar. Und ich glaube, er ist ziemlich einsam.« Sie hob das Glas und starrte in den Wein. »Ja«, sagte sie, fast zu sich selbst. »Er ist einsam, und ich habe das bestimmte Gefühl, dass er ungeheuer gescheit ist.«

»Mit anderen Worten«, sagte Nefis lächelnd, »er hat Ähnlichkeit mit dir.«

»Nein. Ich habe dich und Ida. Henrik hat nur seine Mutter, glaube ich.«

Auf dem Bildschirm schien Kari Thue wie üblich das letzte Wort zu führen.

»Gib mir doch die Decke«, murmelte Hanne. »Ich friere.«

KAPITEL 9

Nach einigen Tagen, die einen Vorgeschmack auf den Frühling geboten hatten, war es jetzt wieder kalt geworden.

Henrik Holme war den ganzen Weg von Grünerløkka nach Korsvoll gelaufen und stand abermals vor dem alten schmiedeeisernen Tor im Skjoldvei.

Der 1. Mai war gekommen und gegangen.

Ohne Bomben.

Die Mai-Demonstration war lange nicht mehr so groß gewesen wie in diesem Jahr. Der Youngstorg war bis in die Seitenstraßen gefüllt, als der scheidende Vorsitzende der Sozialdemokraten eine Rede hielt, in der es mehr um Zusammenhalt und Freiheit ging als um die Rechte der Arbeiter. Die einzigen unangenehmen Zwischenfälle waren fünf Festnahmen. Dunkelhäutige Norweger, die eine nervöse und bewaffnete Polizei verdächtig fand und sofort nach Grønlandsleiret fuhr, obwohl keiner von ihnen auch nur eine Strafe für falsches Parken auf dem Buckel hatte. Einer war ein siebzehn Jahre alter Junge namens Torstein Gundersen. Er kam aus Sri Lanka und war mit vier Monaten adoptiert worden, was er verzweifelt der Polizei zu erklären versucht hatte. Er war auf taube Ohren gestoßen. Erst als sein Vater drei Stunden später seinen Pass brachte, wurde er freigelassen.

Die Berichte über Schikanen und unberechtigte Festnahmen waren jetzt fast schon Alltagskost. Henrik hatte jedoch das Gefühl, dass niemand mehr richtig zuhörte, wenn jemand öffentlichen Protest erhob. Es war, als ob eine neue Alltagsrealität während der siebzehn Tage nach dem ersten Angriff im Land Einzug gehalten hätte. Als ob Norwegen einen Preis bezahlte, bei dem kein Feilschen möglich war.

Aber es sind ja meistens nicht die Norweger, die diesen Preis bezahlen, dachte Henrik, als er am Frühstückstisch in *Aftenposten* einen Artikel mit der Überschrift »Die Kosten der Freiheit« las.

Nicht wir bezahlen.

Sondern sie.

Erst auf dem Weg nach Korsvoll hatte Henrik angefangen, sich Sorgen zu machen, Kirsten Ranvik könnte sich diesen Brückentag freigenommen haben. Aber zum Glück kam sie um halb acht aus dem Tor und ging in Richtung Maridalsvei. Vermutlich zur Bushaltestelle.

Gunnar hatte sich noch nicht blicken lassen. Henrik hatte beschlossen zu warten, bis er aus dem Haus käme. Das würde vermutlich weniger bedrohlich wirken. Irgendwann würde er sich ja um seine Tauben kümmern müssen.

Das war auch der Fall.

Um zwanzig vor neun wurde die rote Haustür geöffnet Gunnar kam mit einer Plastiktüte in der Hand heraus. Er blieb unter dem kleinen Vordach bei der Treppe zum Kiesweg stehen und schaute in den Himmel. Es regnete seit einer Viertelstunde nicht mehr, und die seltsame Grimasse, die einem Lächeln ähnelte, erschien auf seinem Gesicht, als er losging.

Henrik öffnete das Tor und betrat den Vorgarten. Der Kies knirschte unter seinen Schuhen, und Gunnar blieb stehen.

»Nicht du«, sagte er und starrte Henrik an. »Nicht du. Du solltest doch nicht zurückkommen.«

»Du erinnerst dich an mich«, erwiderte Henrik lächelnd und

blieb zwei Meter vor dem Mann stehen. »Wie schön. Dann weißt du sicher auch noch, dass ich von der Polizei komme?«

»Die Polizei hat ihre Arbeit nicht gemacht. Die Polizei macht ihre Arbeit nicht. Du musst gehen.«

Henrik hob beide Hände und trat einen halben Schritt zurück.

»Ich gehe ja gleich, Gunnar. Ich wollte dir nur ein Bild zeigen, das ich gefunden habe. Ein Bild, über das du dich bestimmt freust.«

Er griff rasch in seine Jackentasche und zog ein zusammengefaltetes Blatt Papier heraus.

»Können wir unter das Dach gehen, Gunnar? Ich will nicht, dass das Bild nass wird.«

»Es regnet nicht mehr.«

»Nein, aber es nieselt ein bisschen, das merkst du doch sicher.«

Gunnar machte zögernd kehrt und stieg die vier Stufen zur Haustür hinauf. Henrik folgte ihm und hielt dabei das Blatt gebieterisch in der Hand. Oben angekommen, setzte er sich auf das Geländer und faltete das Papier auseinander.

»Sieh mal«, sagte er und lächelte wieder.

Gunnar starrte darauf. Aber sein Gesicht war vollkommen ausdruckslos, als er rief: »Karina! Karina mit den Taubenhaaren!«

Seine Augen jagten plötzlich nach links, dann öffnete sich sein Gesicht zu einem strahlenden Lächeln.

»Sie war meine Freundin«, erklärte er und griff nach dem Blatt. »Ich hab kein Bild von Karina. Nur im Kopf. Im Kopf. Im Kopf.«

Er hielt sich das Blatt so dicht vor das Gesicht, dass Henriks Verdacht wuchs, die Misshandlungen hätten auch seine Sehfähigkeit geschwächt.

»Ich weiß«, sagte er leise und sprang vom Geländer.

Vorsichtig legte er Gunnar die Hand auf die Schulter. Die Hand durfte liegen bleiben.

»Sie ist hübsch«, fügte er bedächtig hinzu. »Und die Haare finde ich richtig toll.«

»Sie ist ins Wasser gefallen. Die haben sie gestoßen.«

Gunnar fing an, sich langsam hin und her zu wiegen. Henrik schwieg. Er ließ die Hand auf der Schulter des kleineren Mannes liegen, bis er dessen Körperwärme durch das Sweatshirt spürte.

»Mohammad«, sagte er schließlich. »Mohammad und Fawad. So hießen sie. Die Jungen. Freunde von Karina. Nicht wahr?«

Das Wiegen hörte sofort auf.

»Pakis«, sagte Gunnar. »Die Pakis haben Karina gestoßen. Sie wollten ...«

Seine Hände zitterten, als er versuchte, das Blatt wieder zusammenzufalten. Es gelang ihm nicht. Henrik griff vorsichtig danach und half ihm.

»Was wollten sie, Gunnar?«

»Du musst gehen. Karinas Vater wird so böse. Krieg ich das Bild?«

»Natürlich kriegst du das Bild. Karina ist deine Freundin, nicht meine. Ich habe gewusst, dass du dich darüber freuen würdest. Wenn ich eine Freundin hätte, würde ich viele Bilder von ihr haben wollen.«

»Du hast keine Freundin.«

»Nein. So viel Glück habe ich nicht. Was wollten Mohammad und Fawad, Gunnar?«

»Mohammad und Fawad«, wiederholte Gunnar.

Sein Blick war starr, fast glasig. Er schaute Henrik an, schien ihn aber gar nicht zu sehen.

»Ich wollte nicht da hin«, sagte er. »Ich mag so was nicht. Mama mag so was nicht. Aber Karina wollte, und Karina ...«

Er streckte vorsichtig die Hand nach dem zusammengefalteten Bild aus. Henrik gab es ihm.

»Ging es um Drogen, Gunnar? Hatte Karina Hasch aufgetrieben, das sie mit dir da oben probieren wollte? Und das Mohammad und Fawad euch wegnehmen wollten?«

Henrik war verblüfft. So etwas hatte er noch nie erlebt. Gunnars Pupillen wurden blitzschnell kleiner, wie wenn bei einer Kamera die Blende gewechselt wurde.

»Du musst gehen«, flüsterte Gunnar. »Karinas Papa ist so böse.«

Jetzt fing er an zu weinen. Er drückte Karinas Bild an sich und schluchzte.

»Soll ich wirklich gehen?«, fragte Henrik leise. »Bist du ganz sicher? Ich kann noch eine Weile bleiben, damit du nicht allein sein musst, wenn du so traurig bist.«

»Geh weg. Ich muss das Bild verstecken. Mama darf das nicht sehen. Du musst gehen. Du darfst nicht mehr herkommen. Die Tauben.«

Henrik ging rückwärts die Treppe hinunter. Erst als er unten in der Auffahrt stand, hob er die Hand zu einem Gruß.

»Mach's gut, Gunnar. Pass auf das Bild auf.«

Dann drehte er sich um und machte sich auf den Weg zurück in die Innenstadt.

Gunnar Ranvik tat ihm entsetzlich leid, aber Henrik lächelte dennoch fast den gesamten Weg über. Er war überaus zufrieden mit der ersten Erledigung dieses Tages.

»Wir können jedenfalls glücklich sein, dass der 1. Mai so gut verlaufen ist«, sagte der Bürgermeister und ließ den Blick zwischen den fünf anderen Personen im großen Besprechungszimmer im Westturm des Rathauses hin und her wandern.

»Im Moment haben wir aber verdammt wenig Grund zum Glücklichsein«, murmelte PST-Chef Harald Jensen. »Ich würde eher sagen, dass der gestrige Tag die Lage noch erschwert hat. Es waren ungeheuer viele Menschen in der Innenstadt. Die Leute haben einfach nicht Verstand genug, um zu Hause zu bleiben. Am 17. wird das genauso sein.«

»Eher im Gegenteil«, sagte der Bürgermeister. »Was wir gestern gesehen haben, war eine klare und deutliche Kundgebung. Die Bürger lassen sich ihre Stadt nicht nehmen. Darauf bin ich stolz. Am Nationalfeiertag erwarten wir hundertfünfzigtausend Zugereiste. Und die sechzigtausend Schulkinder beim Umzug.«

Für einen Moment schwiegen alle.

Die neue Justizministerin schien über irgendetwas nachzudenken. Silje Sørensen schielte verstohlen zu einer Mitteilung hinüber, die sie vom Chef des Königlichen Begleitdienstes erhalten hatte, ein Dokument, das offenbar auch Oberhofmeister Knut Damsgaard gern genauer angesehen hätte. Er saß neben ihr und war nicht sonderlich diskret, als er sich zu ihr hinüberbeugte. Sie steckte das Blatt in einen Ordner und zog ihre Jacke gerade.

Polizeipräsidentin Caroline Bae räusperte sich.

»Am 17. Mai wird also alles ablaufen wie geplant«, sagte sie. »Trotz allem.«

»Es ist nicht richtig zu sagen, trotz allem«, korrigierte der Bürgermeister. »Wir würden uns einer eventuellen Auflage der Justizbehörden selbstverständlich beugen. Oder einer der Polizei. Was ich eben klarstellen wollte, war, dass die große Mehrheit im Stadtrat wünscht, den Tag wie vorgesehen zu begehen, mit allen Sonderveranstaltungen.«

Er faltete die Hände auf dem Tisch und lächelte Silje an. Sie erwiderte das Lächeln nicht.

»Wie sieht es aus, Frau Sørensen? Werden Sie und Ihre Leute unsere Bürger an diesem großen Tag beschützen können?«

Silje hätte ihn gern zusammengestaucht. Außerdem hätte sie

den ganzen Nationalfeiertag am liebsten abgeblasen. Wenn es nach ihr ginge, würde für alle Hausarrest angeordnet werden, bis Ende Mai.

Und nach dem, wie es jetzt aussah, war der Monat Mai noch ein viel zu optimistischer Zeitrahmen.

»Natürlich kann niemand vollständige Sicherheit garantieren«, sagte sie und zwang ihre Stimme in eine tiefere Tonlage. »Das liegt auf der Hand. Aber wir haben das Versprechen der Polizeispitze«, sie nickte kurz zu Caroline Bae hinüber, »dass wir gut ausgestattet werden, was Personal und Budgets angeht. Die Polizei wird bis auf Weiteres bewaffnet sein ...«

»Soll der Kinderumzug mit Maschinenpistolen bewacht werden?«, rief der Bürgermeister. »Das wäre ...«

Justizministerin Salomonsson schaltete sich energisch ein: »Für den Augenblick kommt es nicht infrage, die Polizei wieder zu entwaffnen. Diese Entscheidung treffe alleine ich auf der Grundlage von Empfehlungen der Polizei und Informationen des PST. Es hat keinen Sinn, an dieses Thema wertvolle Zeit zu vergeuden.«

Wie um ihre Geduld zu betonen, schaute sie ziemlich demonstrativ auf ihre Armbanduhr.

»Na gut«, sagte der Bürgermeister, jetzt etwas weniger verbindlich. »Dann kommen wir zur königlichen Familie. Wie sieht es aus, Herr Damsgaard? Allesamt auf dem Balkon? *Same procedure as every year?*«

»Das können wir aus sicherheitsmäßigen Gründen nicht bekannt geben.«

»Soll das heißen ...«

»Der Terminplan der königlichen Familie wird bereits seit dem 8. April vor der Öffentlichkeit geheim gehalten. Das Königspaar, das Kronprinzenpaar und teilweise auch die Prinzessin nehmen weiterhin ihre Verpflichtungen wahr. Aber unter strikteren Sicherheitsvorkehrungen als bisher. Es kann sein, dass sie auf den Balkon treten werden. Es kann auch sein, dass sie es nicht tun. Es ist nicht einmal sicher, dass sie sich im Schloss aufhalten werden. Wir stehen in engem Dialog mit dem polizeilichen Begleitdienst.«

Damsgaard nickte Silje zu. Die wusste, dass sich das Königspaar gerade in den USA aufhielt, während auf der Website des Schlosses zu lesen war, dass sich die Familie auf einem ihrer Landsitze befände.

»Na gut«, sagte der Bürgermeister und ließ abermals seinen Blick über die kleine Versammlung von sechs Menschen wandern, die die Verantwortung dafür trugen, dass der 17. Mai 2014 nicht mit einer furchtbaren Katastrophe enden würde. »Dann können wir uns ja freuen.«

Aber da war er offenbar der Einzige.

Nur er selbst konnte in so kurzer Zeit so viel herausfinden, ohne das Internet zu benutzen. Davon war er überzeugt. Henrik Holme war so stolz, dass er das Gefühl hatte, sein Adamsapfel bewege sich im Kreis, als Hanne die Tür öffnete und mit ihm in ihr Arbeitszimmer ging, statt zum Esstisch im Wohnzimmer.

Das Arbeitszimmer war ziemlich groß und ungeheuer elegant.

Die Schränke mit den Türen aus grauem Metall waren etwas so Besonderes, dass er sie einfach anfassen musste. Das Beeindruckendste aber war ein riesiges Gemälde an der Wand. Es stellte Las Vegas bei Nacht dar. »The Strip«, Neonlichter und eine Kaskade von Farben vor dem schwarzen Himmel. Im Vordergrund zwei fahrende Streifenwagen.

»Wow!«, rief er. »Das ist das schönste Bild, das ich je gesehen habe.«

»Findest du?«, fragte Hanne.

Sie wirkte nicht sonderlich begeistert und forderte ihn auf, sich zu setzen.

»Ida hat Freundinnen zu Besuch«, sagte sie dann. »Deshalb müssen wir hier arbeiten. Was hast du herausgefunden?«

Henrik hatte sich inzwischen daran gewöhnt, dass Hanne ihre Zeit nicht mit Geplauder vergeudete. Aber er wollte ihr noch nicht sofort erzählen, dass er Gunnar ein weiteres Mal besucht hatte. Schließlich hatte er sie nicht um Erlaubnis gefragt und gedachte, ihr erst mit dem zu imponieren, was er in Erfahrung gebracht hatte. Damit er etwas zu seiner Verteidigung anführen könnte, wenn sie böse würde. Das hatte er sich im Taxi auf dem Weg in die Kruses gate überlegt.

»Ich habe beim Einwohnermeldeamt angefangen«, sagte er und machte es sich in dem prachtvollen graublauen Besuchersessel bequem. »Ich wollte erst mehr über die weiteren Familienverhältnisse wissen. Danach habe ich mit ...«

»Scheiß drauf. Über deine Methoden kannst du einen Bericht schreiben. Ich will wissen, was du gefunden hast.«

Er ließ seinem Erröten freien Lauf und schlug sich dreimal mit der rechten Faust auf die linke Schulter.

»Himmel«, murmelte er und starrte seine Hand an.

Dieser Tic war neu.

»Kirsten Ranvik«, sagte er dann eilig. »Geboren am 14. November 1950 in der Frauenklinik Josefines gate. Oder der Frauenklinik der Gemeinde Oslo, wie der eigentliche Name lautete.«

Er hatte seine Notizen nicht aufgeschlagen, sie lagen noch immer in dem kleinen Rucksack, den er auf dem Gang vergessen hatte, als er Schuhe und Lederjacke ausgezogen hatte. Das spielte aber keine Rolle.

»Sie hatte zwei ältere Brüder. Arne, geboren 1948, und Walter, geboren 1946. Als sie sechzehn Monate alt war, bekam sie noch einen Bruder, Simon. Heute sind die Geschwister in ganz Norwegen verstreut. Einer in Tromsø, einer in Ålesund und einer in Sandefjord.«

Zu seinem Erstaunen stellte er fest, dass Hanne zu Stift und Papier gegriffen hatte und sich Notizen machte.

»Äh …«, stotterte er. »Entschuldigung?«

Sie schaute auf.

»Ich habe einen gründlichen Bericht für dich geschrieben. Der liegt im Gang.«

»Na und? Weiter.«

Der Stift kratzte leise über das Papier, als sie weiterschrieb.

»Die Geschwister hießen mit Nachnamen Kalvefjord. Das heißt, 1976 hat Kirsten einen gewissen Trond Ranvik geheiratet und seinen Namen angenommen. Er war zehn Jahre älter als sie und hatte einen Lebensmittelladen in Lilleborg. Oder Torshov, wie heute die korrekte Bezeichnung lautet. Sie bekamen 1977 ihr erstes Kind. Einen Jungen namens Peder.«

Hanne schaute wieder auf.

»Gunnar hat also einen älteren Bruder?«

»Ja. Er ist Berufssoldat. Hauptmann. Es war nicht so leicht festzustellen, wo er dient, im Netz gibt es fast nichts über ihn.«

Er trommelte heftig mit den Fingern auf dem Tisch.

»Aber ich habe bei Facebook ein Bild von ihm gefunden. Bei einer gleichaltrigen Frau, er ist selbst nicht in den sozialen Medien aktiv, soviel ich weiß. Auf dem Foto trägt er ein weinrotes Barett. Das Sonderkommando der Armee, mit anderen Worten. Bei denen gibt es allerlei Geheimniskrämerei, also … ich habe das Internet benutzt. Aber nicht intensiv.«

Sie sah ihn an. Hatte aufgehört zu schreiben.

»In der Familiengeschichte gibt es ein paar Dinge, die für uns interessant sein könnten«, fuhr er unsicher fort. »Willst du die jetzt hören?«

»Ja.«

»Der Vater von Kirsten, Albert, Walter und Simon hieß Birger Kalvefjord. Er war im Krieg im Widerstand und gehörte zu der Gruppe um Max Manus und Kjakan Sønsteby, bis er im September 1943 von den Deutschen verhaftet wurde. Knapp zwei Jahre später kam er mit den Weißen Bussen zurück und erhielt Auszeichnungen. Nach dem Krieg eröffnete er den Laden in Torshov, den dann sein Schwiegersohn Trond übernommen hat.«

Jetzt schaute sie endlich von ihrem Papier auf.

»Ach«, sagte sie, ein wenig interessierter.

»Und wenn ich einen großen Sprung in der Geschichte machen darf: Trond ist 1986 in Konkurs gegangen.«

»Da hatten die kleinen, unabhängigen Lebensmittelläden schon lange Probleme wegen der großen Supermarktketten«, merkte Hanne an.

»Ja. Aber Tronds Verhängnis war keine Kette, sondern ein türkischer Laden. So einer, in dem die ganze Familie von früh bis spät schuftet und der älteste Sohn um drei Uhr morgens zum Einkaufen zu den Bauern fährt.«

»Wo sich der Besitzer engagiert, mit anderen Worten. Seine Arbeit macht und von seiner Familie unterstützt wird.«

»Die Ausländer haben Trond das Geschäft kaputt gemacht. Sie eröffneten gegenüber einen Laden mit jeder Menge frischem Gemüse, Oliven und Käse und Vorspeisen. Außerdem billig. Lauter Dinge, von denen Trond keine Ahnung hatte und die ihm auch nicht schmeckten.«

Wieder wurde er rot.

»Vermute ich. Ich weiß es nicht«, fügte er hinzu.

»Ach?«

Sie verschränkte die schlanken Arme über der Brust. Heute saß sie auf ihrem Bürostuhl, so, wie sie oft aus dem Rollstuhl auf andere Sitzmöbel überwechselte. Henrik fragte sich, ob die Bewegung für sie wichtig war und sie Schmerzen hatte, wenn sie zu lange im Rollstuhl war.

»Jedenfalls ist er in dem Jahr gestorben.«

»Woran denn?«

Henrik zuckte mit den Schultern.

»Das habe ich nicht feststellen können, aber ich war im Archiv von *Aftenposten* und habe eine Todesanzeige gefunden. Die könnte auf Selbstmord hinweisen. Es wird zwar nicht klar formuliert, aber selbst ich konnte da etwas zwischen den Zeilen lesen. Und ich glaube, für dich wäre das ganz deutlich.«

Er lächelte verlegen. Sie musterte ihn streng aus zusammengekniffenen Augen.

»Und aus welchem Grund ist das interessant?«

»Der Rassismuskram«, antwortete er kleinlaut. »Motiv für ...«

»Henrik. Wir informieren uns nicht über Kirsten Ranvik, um herauszufinden, ob sie Rassistin ist. Wir informieren uns im Grunde gar nicht über Kirsten Ranvik. Wir versuchen herauszufinden, was mit Karina Knoph passiert ist. Da sind wir uns doch einig?«

Hanne wirkte nicht so gereizt, wie ihre Worte annehmen ließen. Henrik zupfte an seinem Kragen und spielte an seinen Manschetten herum.

»Jetzt bist du ungerecht«, sagte er leise.

»Ich?«

»Ja. Ich sollte mich doch über Kirsten Ranvik informieren. Du hast gesagt, ich soll feststellen, ob es in ihrem Leben etwas gibt, dass die Theorie deines ...«

Endlich wagte er, aufzublicken. Hanne verzog keine Miene.

»... Freundes stützt, dass sie junge Männer beeinflusst. Durch diese Lesegruppe. Ob es einen Grund gibt, sie für rechtsextrem zu halten. Das hattest du mir aufgetragen.«

Ihr Schweigen verwirrte ihn, deshalb redete er einfach weiter, ohne wirklich mehr zu sagen zu haben.

»Als Kirsten Ranvik in beiden Fällen aufgetaucht ist, wurdest du neugierig. Und ich natürlich auch. Danach habe ich genau das getan, was du mir aufgetragen hattest.«

»Du hast recht.«

»Was?«

»Ich war ungerecht. Das tut mir leid. Ich weiß deine Arbeit zu schätzen. Es ist beeindruckend, was du da herausgefunden hast. Du bist beeindruckend, Henrik. Aber im Moment will ich mich auf Karina konzentrieren.«

Sie hatte ihn »beeindruckend« genannt. Seine linke Faust schoss dreimal zu seinem rechten Schlüsselbein hoch, ehe er die Hände unter die Oberschenkel schieben konnte.

»Ich glaube, ich weiß genau, was mit Karina passiert ist«, erklärte er glücklich. »Oder ... nicht ganz genau, meine ich. Aber fast.«

»Lass hören.«

»Ich war noch einmal bei Gunnar.«

»Ach?«

»Heute Morgen. Als seine Mutter zur Arbeit gegangen war. Ich habe ...«

Er stand auf und holte seinen Rucksack. Nahm ein Blatt Papier heraus, faltete es auseinander und legte es vor sie hin.

»Hier, eine Art Bericht«, sagte er. »Wir haben uns ja noch nicht geeinigt, wie wir das in diesem Fall mit der Papierarbeit machen wollen, aber ich ...«

Jetzt hörte sie nicht mehr zu. Sie las. Rasch, wie es ihm schien. Er biss sich in einen viel zu kurzen Zeigefingernagel, während er wartete.

»Gute Arbeit, Henrik.«

Sie legte das Blatt weg und setzte die Brille ab.

»Du hast es übers Herz gebracht, ihn zu verlassen?«

Henrik glaubte, um ihre Augen eine Andeutung von Lachfältchen zu sehen.

»Nur mit Mühe«, gab er zu. »Aber ich war auch ein bisschen … froh. Weil er so viel erzählt hat.«

»Dazu hattest du auch allen Grund. Lass es uns mal zusammenfassen. Aufgrund des Gesprächs mit Abid Khan im Frognerpark, zweier Gespräche mit Gunnar Ranvik und des Besuchs in Ullersmo sieht es für dich so aus: Karina und Gunnar hatten eine Art Beziehung, aber das Interesse seinerseits war um einiges größer als ihres. Sie probiert Drogen, jedenfalls Hasch, und geht am 3. September 1996 mit Gunnar zum Maridalsvann. Zwei Kumpel von ihr, Fawad und Mohammad, sind entweder dabei oder tauchen dann auf.«

»Sie sind aufgetaucht, glaube ich.«

»Auch sie wollen Hasch. Es kommt zu einem Streit. Entweder weil Karina nicht freigebig ist oder weil sie meint, dass es nicht für alle reicht. Es kommt zu einem Handgemenge. Karina stürzt in den Fluss und …« Sie stützte die Ellbogen auf den Tisch und legte das Kinn in die Hände. »Weiter reicht meine Fantasie nicht.«

»Sie stürzt in den Fluss«, griff Henrik den Faden eifrig auf. »Die Strömung da oben ist stark. Die Ufer sind aufgemauert.«

»Es ist aber auch ziemlich seicht. Kann man da nicht sogar stehen?«

»Im Akerselv sind schon viele Leute ertrunken.«

»Weiter.«

»Die Jungs geraten in Panik. Sie ziehen sie aus dem Fluss, vielleicht machen das alle drei gemeinsam. Aber wenn sie nun tot ist? Sie kann mit dem Kopf aufgeschlagen oder schon erfroren sein, oder ... «

»So schnell erfriert man nicht.«

»Dann ist sie mit dem Kopf aufgeschlagen. Wie gesagt, ich war ja da oben, und die Kanten sind steil und ziemlich hoch. Sie ziehen sie also heraus.«

Er legte eine kleine Pause ein. Hanne starrte ihn noch immer an.

»Sie ist tot. Gunnar will Hilfe holen. Aber die anderen hindern ihn daran. Er bedroht sie, wird hysterisch. Da schlagen ihn Fawad und Mohammad tot.«

»Gunnar lebt aber noch, Henrik. Sie haben ihn nicht totgeschlagen.«

»Aber was, wenn sie das geglaubt haben?«

Hanne wirkte immer skeptischer, aber sie nickte kurz. Er nahm das als Aufforderung weiterzureden.

»Gunnar liegt bewusstlos und schwer verletzt da. Karina ist tot. Fawad und Mohammad müssen zwei Leichen beiseiteschaffen.«

»Da oben ist eigentlich immer Betrieb. Henrik. Sie mussten damit rechnen, dass sie jeden Moment von Spaziergängern überrascht werden könnten.«

»Umso wichtiger war es doch, die Leichen loszuwerden. Außerdem war es Herbst, abends und kalt. Da waren nicht mehr viele Leute unterwegs. Sie ... «

Jetzt schien Hanne plötzlich nicht mehr mitgehen zu wollen. Sie schob das Papier über den Tisch und spielte mit ihrem Kugelschreiber.

»... mussten Hilfe holen«, fügte er dennoch hinzu. »Und

während sie unterwegs waren, konnte Gunnar sich aufrappeln, ins Gestrüpp taumeln und sich so weit schleppen, dass sie ihn danach nicht wiederfanden.«

Hanne lächelte.

Es war ein nettes Lächeln, fand er. Ein Lächeln wie für ein tüchtiges Kind, das aber doch nicht tüchtig genug war. Sie öffnete den Mund, um etwas zu sagen, aber da kam ihm plötzlich ein neuer Gedanke.

»Warte!«, rief er und sprang auf. »Hast du die Unterlagen? Den Polizeibericht über den Überfall auf Gunnar?«

Hanne zeigte auf die hinterste Schranktür. Er ging hinüber und sah sie fragend an. Sie nickte.

Er holte die Akten, setzte sich und legte sie sich auf die Knie. »Weißt du noch, dass wir beide fanden, dass damals bei den Ermittlungen arg geschludert worden ist?«, begann er. »Nach Karinas Verschwinden hat die Polizei erbärmliche Arbeit geleistet, aber sie hat sich große Mühe gegeben, den Überfall auf Gunnar aufzuklären. Unter anderem wurde in der Nachbarschaft herumgefragt, ob jemand etwas Auffälliges gesehen oder gehört hätte. Sie wollten etwa wissen ... «

Henrik blätterte eifrig in den Papieren. Hanne sagte noch immer nichts. Endlich zog er ein einzelnes Blatt heraus.

»Bingo. Fremde Autos. Die Nachbarn in Kjelsås hatten insgesamt sechs Autos dort stehen sehen, die da eigentlich nicht hingehörten.«

Wieder sprang er auf, lief um den Tisch herum und legte das Blatt vor Hanne hin.

»Dort.« Er zeigte mit dem abgenagten Zeigefingernagel darauf. »Zwei Autos konnten nie zugeordnet werden. Die Beschreibungen waren zu vage. Die anderen vier schon. Drei gehörten Gästen von Leuten im Myervei und im Midtoddvei. Das vierte Auto war ein Lieferwagen. Und der gehörte einem Handwerker.«

Der Finger trommelte auf einen Namen.

»Einer Maurerfirma namens Eilif Andersens Nachf. Der war der Nachbarin aufgefallen, weil sie das Logo auf der Wagenseite komisch fand. Es zeigte die drei kleinen Schweinchen, mit Maurermütze und Kelle in der Hand.«

Hanne schaute schräg zu ihm hoch.

»Jetzt komme ich wirklich nicht mehr mit.«

»Maurer! Das Auto wurde nicht für verdächtig angesehen, weil die Firma gerade einen neuen Boden verlegte, und zwar im Midtoddvei 34 C. Eine Maurerfirma, Hanne!«

Blitzschnell zog er sein Handy aus der Tasche und gab irgendetwas ein. Nur Sekunden später erstarrte er und ließ die Arme sinken.

»Fawads Bruder«, sagte er langsam und merkte, dass er ausnahmsweise einmal blass wurde. »Imran Sharif. Er arbeitet bei der Maurerfirma Eilif Andersens Nachf. Jetzt jedenfalls. Was, wenn er schon 1996 dort war? Dann war Hilfe jedenfalls nicht weit, Hanne. Dann konnten Fawad und Mohammad auf einen Lieferwagen für den Leichentransport zurückgreifen.«

Sie gab keine Antwort. Aber sie sah ihn erneut an. Und überlegte.

»Genau bei diesem Thema ist Fawad verstummt«, sagte Henrik und ging langsam zu seinem Stuhl zurück. Ohne sich zu setzen. »Als ich ihn gefragt habe, was Imran 1996 gemacht hat, wollte Fawad keinen neuen Rechner mehr.«

Es wurde ganz still im Raum. Lange.

»Ich glaube, du solltest mal nach Mortensrud fahren«, sagte Hanne endlich. »Ich glaube wirklich, das könnte interessant sein.«

Junge Leute interessierten sich einfach nicht mehr für Philatelie. Das merkte man bei Auktionen und Vereinstreffen, das Durchschnittsalter wurde immer höher. Jetzt waren nur noch Action und Computer wichtig. Die Enkelkinder sah er nur selten, aber er hatte deutlich den Eindruck, dass eine Kindheit heutzutage ganz anders aussah als in den Fünfzigerjahren.

Er selbst hatte mit fünf Jahren angefangen zu sammeln, als er seine erste Postkarte aus dem Ausland erhalten hatte. Aus Amerika, mit Grüßen von einem Onkel, der Seemann war und ihm danach Postkarten aus aller Welt geschickt hatte. Das war der Beginn einer lebenslangen Leidenschaft gewesen. Wenn die Sammlung vielleicht auch nicht viel wert war, gemessen an der Zeit, die er in sie investiert hatte, war sie für ihn selbst wertvoll. Und sie enthielt ja doch den einen oder anderen Schatz.

Nach einem ganzen Erwachsenenleben in Ålesund, die letzten siebzehn Jahre als Abteilungsleiter auf der Werft Fiskarstrand, hatte er als frischgebackener Rentner mit dem Gedanken gespielt, nach Oslo zurückzuziehen. Seine Frau war tot, und die beiden Kinder hatten die Kleinstadt verlassen, sowie sie alt genug gewesen waren. Beide wohnten in der Nähe von Oslo, und wenn er auch dorthin zog, könnte er jedenfalls seine Enkelkinder häufiger sehen.

Und vielleicht auch seine Schwester, selbst wenn sie ganz bewusst in den letzten Jahren nur sporadisch Kontakt gehabt hatten. Peder wollte das so. Lediglich knappe Grüße, zu Weihnachten und zum Geburtstag. Ein kurzer Besuch im Haus im Skjoldvei war ihm immerhin vergönnt, wenn er ein seltenes Mal in der Hauptstadt war.

Eine Weile kam es ihm verlockend vor, aufzubrechen und nach Hause zu ziehen. Aber Oslo war nicht mehr sein Zuhause, das hatte er in den letzten Jahren eingesehen.

Als Kind war er auf die Sagene-Schule gegangen. Vor zwei Jahren hatte er einen Spaziergang am Akerselv gemacht und bei der Schule vorbeigeschaut, sie lag nur einen Steinwurf entfernt von den alten Hjula-Webereien. Jetzt wimmelte es auf dem Schulhof von Mädchen mit Kopftuch und unverschämten dunkelhäutigen Rotzbengeln, die wie die Raben stahlen. Er hatte in der disziplinlosen Schar den einen oder anderen Blondschopf erspäht und war von Mitleid ergriffen worden. Ein kleiner Wicht am Schultor, schmächtig und mit laufender Nase, hatte so allein in der Menge gewirkt, dass Simon ihm einen Hunderter zugesteckt hatte. Kaum hatte er sich dann umgedreht, waren sie da gewesen. Die großen Jungs, schon mit zwölf Jahren mit dem ersten Bartflaum. Sie rissen den Schein natürlich an sich. Simon wollte ihn zurückholen, aber da schellte es zum Unterricht. Die Horden verschwanden im Schulgebäude wie Kakerlaken unter der Badewanne, wenn das Licht eingeschaltet wird.

Er war kein Rassist.

Simon Kalvefjord war Nationalist. Er glaubte an Norwegen. An Rot, Weiß und Blau und an das christliche Kreuz in der Flagge. Sein Onkel, der mehr als dreißig Jahre zur See gefahren war, hatte witzige Geschichten über die Menschen in aller Welt erzählt. Aber die sollten da bleiben, wo sie hingehörten.

Vor allem die Muslime.

Es war seltsam, dass die Leute das nicht begriffen. Nicht erfassten, auf was für ein wahnwitziges Experiment sie sich da eingelassen hatten. Dass sie nicht verstanden, dass hinter allem ein klarer Plan lag, der so leicht zu erkennen war, wenn man nur genau hinschaute. Er hatte nicht sein Leben lang für muslimische Ministerinnen und Afrikaner im Parlament geschuftet. Nicht für Moscheen und Gebetsrufe für Menschen, die nicht einmal den Anblick eines Schweins ertragen konnten, ohne andere in die Luft zu sprengen.

Norwegen, das wahre Norwegen, sah nicht, was sein eigenes Bestes war.

Aber langsam fielen ihnen jetzt die Schuppen von den Augen. Sie bekamen die Sache satt. Das merkte er, nicht nur im Laden und im Briefmarkenklub. Im Radio und im Fernsehen und bei zwei Treffen des Rentnerverbandes; überall kippte jetzt die Stimmung. Die meisten begriffen nun, was ihm und seiner Familie seit Langem klar war.

Die Fremden würden das Land ruinieren, wenn nichts passierte.

Simon Kalvefjord platzierte die neueste Briefmarke an der richtigen Stelle in seinem Album.

Dieser 17. Mai würde in die Geschichte eingehen.

Die Gründerväter hatten damals in Eidsvoll ein selbstständiges und norwegisches Norwegen ausgerufen. Sie hatten sich keinen fremden Pöbel vorgestellt, der bei den Norwegern schmarotzte und am Ende alle besiegen würde, wenn niemand eingriffe.

Peders Plan war genial. Die Opfer, die Simon für die Sache bringen musste, waren nichts im Vergleich zu der Gefahr, die sein Vater ertragen hatte, als er damals gegen die Besatzungsmacht kämpfte.

Er erhob sich und stellte das Album zurück ins Bücherregal. Dann schaute er auf die Uhr. Fünf vor halb fünf.

Zeit, die Nachrichten des Tages zu senden. Die Sache in Sandefjord war absolut nach Plan verlaufen. Die erste Mitteilung sollte ein Glückwunsch sein und an seinen Bruder gehen.

Imran Sharif war das genaue Gegenteil seines Bruders.

Auch er war schmächtig gebaut, doch er war sehr viel besser in Form. Das T-Shirt spannte über seinen Oberarmen. Im Gesicht sah er seinem Bruder sehr ähnlich, aber Imrans Haut war rein, und seine Zähne waren gepflegt.

Er hatte Henrik mit redseligem Erstaunen empfangen und ihn hereingebeten. Das Haus in Mortensrud war groß und gut in Schuss, im Garten stand das obligatorische Trampolin, und unten an der Straße gab es eine Dreifachgarage. Am Gartentor lehnten zwei Kinderfahrräder, und Henrik fragte, ob sie ihr Gespräch draußen führen könnten. Ungestört. Imran Sharif hatte gegrinst und angemerkt, dass die Polizei doch selten Hausbesuche für ihre Vernehmungen mache. Nicht, dass er damit Erfahrung hätte, aber wie Herrn Holme möglicherweise bekannt sei, habe er einen Bruder, der die Familienquote in dieser Hinsicht bereits erfüllt habe. Oder sogar übererfüllt.

»Es ist nicht ganz üblich«, gab Henrik zu und nickte. »Aber ich wollte Ihnen so wenig Umstände machen wie möglich. Es geht eigentlich um eine Bagatelle.«

Es stellte sich heraus, dass Imran Sharif oben in der riesigen Garage ein Arbeitszimmer hatte.

»Setzen Sie sich«, sagte er, als sie die steile Treppe hinter sich gebracht hatten. »Kann ich Ihnen etwas anbieten? Im Kühlschrank habe ich alle möglichen Kaltgetränke. Ich kann auch Kaffee aufsetzen, wenn Sie möchten.«

Henrik lehnte dankend ab und setzte sich auf ein kleines Sofa. Sharif entschied sich für einen Sessel und legte die Füße auf den Tisch.

»Es geht sicher um meinen Bruder«, begann er. »Und ich kann Ihnen auch gleich sagen: Er kann nicht hier wohnen, wenn er rauskommt. Das haben wir versucht. Es war die pure Hölle. Er kommt und geht, wie er will, und bezahlt keinen Öre. Ich liebe meinen Bruder wirklich sehr, aber Sie wissen schon ... für die Kinder ist es nicht gut, wenn er hier ist. Und meine Frau kriegt schon beim bloßen Gedanken daran Zustände. Ich habe mich bei der Bewährungshilfe erkundigt, und die sagen ...«

»Nein, nein, es geht nicht um Ihren Bruder. Oder doch, irgendwie schon, aber ich ...« Henrik versuchte, den Kragen seines Pullovers an seinem Hals höher zu ziehen. »Es geht um etwas, das im Herbst 1996 passiert ist.«

»Ach ja?«

Sharif zuckte nicht mit der Wimper.

»Waren Sie damals viel mit Ihrem Bruder zusammen? Sie waren da wohl um die zwanzig, und Fawad war siebzehn.«

»Nein.«

»Äh ... warum nicht?«

»Unterschiedliche Interessen.«

Der Mann, der eben noch geredet hatte wie ein Wasserfall, war zu überaus schroffen Antworten übergegangen.

»Keine gemeinsamen Interessen? Fußball zum Beispiel? Wenn ich Fawad richtig verstanden habe, war er ziemlich gut.«

»Nein.«

»Nicht?«

Es war eine bekannte Taktik, bei Vernehmungen so kurz zu antworten wie überhaupt nur möglich. Da Imran Sharif keinerlei Vorstrafen aufwies, musste er dieses Wissen seinem Bruder verdanken.

»Wieso sind Sie Maurer geworden?«

»Auf der Schule hab ich zwei Jahre Bautechnik als Leistungskurs gehabt. Dann noch zwei Jahre Lehre.«

»Das bedeutet ...« Henrik gab vor nachzudenken. »Dass Sie damals in der Lehre waren. 1996.«

»Sicher. Wenn Sie meinen.«

»Waren Sie die ganze Zeit bei derselben Firma? Bei Eilif Andersens Nachf.? Denen mit den witzigen Schweinen auf dem Auto?«

»Was wollen Sie eigentlich?«

Sharif nahm die Füße vom Tisch. Er beugte sich vor, die

Unterarme auf die Oberschenkel gelegt, und faltete die Hände. Noch immer wirkte er ruhig. Aber angespannt. Nicht nur sein Wortschwall war verstummt, sowie Henrik die Jahreszahl 1996 erwähnt hatte, sondern der ganze Mann war jetzt wachsam, aber sehr beherrscht.

»Nur ein paar Antworten«, antwortete Henrik und lächelte. »Eine Kollegin und ich sollen uns alte, unaufgeklärte Fälle ansehen. *Cold Cases*, Sie wissen schon. So wie im Fernsehen.«

»Ich war nie in kriminelle Dinge verwickelt. Weder 1996 noch vorher oder nachher. Worum geht es wirklich?«

»Es gab damals eine gewisse Karina.«

Imran Sharif zuckte noch immer nicht mit der Wimper. Sein Blick wich nicht für den Bruchteil einer Sekunde von Henrik.

»Den Namen hab ich noch nie gehört.«

»Er ist nicht so schrecklich häufig, aber man kennt doch ...«

»Karine«, fiel Sharif ihm ins Wort. »Das habe ich gehört. Und Katrina. Aber Karina nie. Und jetzt muss ich übrigens los. Ich muss meine Frau von der Arbeit abholen.« Er erhob sich ruhig und ging zur Tür. »Wenn Sie noch mehr wissen wollen, dann müssen Sie mich ganz offiziell einbestellen. Wie sich das gehört. Dann kann ich mir überlegen, ob ich einen Anwalt einschalten will. Das hier kommt mir ja doch ...«

Jetzt sah er Henrik an, als müsste er ein ungehorsames Kind zur Ordnung rufen.

»... dilettantisch vor, um ganz ehrlich zu sein. Eigentlich müsste ich Sie anzeigen. Aber für so was hab ich keine Zeit.«

»Wissen Sie«, sagte Henrik und erhob sich, »diese Fernsehserien vermitteln ein ziemlich verzerrtes Bild über Vernehmungen. Im Fernsehen brechen die Leute viel zu oft zusammen und gestehen. Ich habe den Verdacht, dass es daran liegt, dass eine Episode nur eine knappe Stunde dauern soll.«

»Kommen Sie«, forderte Sharif und öffnete die Tür.

»In Wirklichkeit«, fügte Henrik hinzu, »ist es ganz anders. In der Regel gesteht niemand, es sei denn, er wurde auf frischer Tat ertappt oder die Beweise sind dermaßen überwältigend, dass Leugnen einfach nur noch blödsinnig wirkt. Es geht uns aber auch gar nicht um schluchzende Geständnisse. Jedenfalls nicht sofort. Wir tasten uns vor. Sehen uns die Reaktionsmuster der Leute an. Die können uns viel er zählen. Auch mir, selbst wenn Sie im Grunde recht haben. Ich bin nicht gut im Umgang mit Menschen. Eigentlich ein Dilettant. Aber Lügen kann ich ziemlich leicht durchschauen. Seltsamerweise.«

»Das war mein Ernst«, entgegnete Sharif. »Gehen Sie jetzt. Sie wirken doch total verrückt.«

»Nur ein bisschen seltsam. Durchaus nicht verrückt.«

Er ging zur Tür.

»Danke für dieses Gespräch«, sagte er, als er die steile Treppe hinuntergestiegen war.

Sharif gab keine Antwort.

Als Henrik sich am Gartentor umdrehte, war der Mann schon verschwunden. Das war ein voller Erfolg, dachte er zufrieden.

Ein überaus erfolgreicher Ausflug nach Mortensrud. Und am nächsten Tag würde er zum zweiten Mal, seit er nach Oslo gezogen war, zum Essen eingeladen sein.

Das würde ja vielleicht ein Wochenende werden!

KAPITEL 10

Die Osloer Polizeidirektorin wusste nicht, wann sie sich je dermaßen vor einem Wochenende gefürchtet hatte.

Es war jetzt Freitag, der 16. Mai, um halb zehn Uhr morgens. Sie war seit vier Uhr früh im Dienst. Håkon war soeben zurückgekehrt, nachdem er kurz nach Mitternacht zum Schlafen nach Hause gegangen war.

Sie traten nach wie vor auf der Stelle. Die Polizei wusste noch immer nicht im Geringsten, wer am 8. April auf der Gimle terrasse eine gemäßigte, demokratisch gesinnte Organisation norwegischer Muslime in die Luft gesprengt und dabei dreiundzwanzig Menschen getötet hatte. Selbst wenn alles darauf hinwies, dass es dieselben gewesen waren, die zwei Tage später einen Koffer mit C4 in ein überfülltes Restaurant in Grünerløkka gestellt hatten, konnten die Ermittler doch nicht sicher davon ausgehen.

Mehrere Hundert Polizisten arbeiteten seit mehreren Wochen rund um die Uhr und kamen doch nicht weiter.

An Jørgen Fjellstads Leichnam hatten die Techniker zwei Fremdelemente isolieren können. Die Analyse des Kettenöls zeigte jedoch nur, dass es sich um das meistverkaufte Öl in Norwegen handelte. Da fast vierzig Prozent des Königreiches von Wald bedeckt waren und für den Erwerb einer Motorsäge keine Lizenz benötigt wurde, war jeder Versuch, die hier benutzte Säge genau zu bestimmen, bisher vergeblich gewesen.

Zudem hatten sie an dem Leichnam zwei winzige Fragmente

eines schwarzen Kunststoffs gefunden. Der stammte jedoch von einem ganz normalen Müllsack, der in der Supermarktkette Rema 2000 verkauft wurde. Daher waren weder Verkäufer noch Käufer zu ermitteln.

Kein fremdes Haar war bei dem Toten gefunden worden. Kein Hautfetzen und kein Speicheltropfen.

Nichts.

Immerhin hatten sie Antwort auf die Frage erhalten, wann die Bombe auf der Gimle terrasse angebracht worden war. Am Montag, dem 17. April, hatte nachmittags ein Techniker beim ISAN einen Kopierer repariert. Bei der Vernehmung hatte er erzählt, er habe das Gerät von der Wand schieben müssen, um die richtigen Stellen zu erreichen. Da die eine Sprengladung hinter dem Kopierer angebracht gewesen war, hätte er sie sehen müssen, wenn sie da schon vorhanden gewesen wäre. Der letzte Angestellte hatte das Büro um zwanzig nach sieben an diesem Abend verlassen. Der erste war am nächsten Morgen um zwanzig vor acht eingetroffen.

Die Terroristen hatten also etwas über zwölf Stunden gehabt.

Was die Explosion im Grüneren Gras anging, so hatte es sich herausgestellt, dass der dort verwendete Koffer zu einer Serie gehörte, die zwischen 2001 und 2004 in einer Menge von insgesamt 1670 Stück bei COOP verkauft worden war. Mit anderen Worten, es war unmöglich, mehr darüber herauszufinden.

Die Datenmengen nahmen inzwischen kosmische Ausmaße an. Hunderte von Polizisten im Polizeidistrikt Oslo bei der Kripo und beim PST waren rund um die Uhr mit der Beschaffung, der Bearbeitung und der Analyse beschäftigt gewesen. Bisher waren über sechshundert Personen vernommen worden. Die Armee hatte mit ihrem Spezialwissen geholfen, aber auch das hatte bisher nichts erbracht. Der PST tappte noch immer im Dunkeln.

Andreas Kielland Olsen wurde nicht mehr überwacht. Über ihn hatten sie lediglich herausfinden können, dass er ein ungewöhnlich langweiliger und pflichtbewusster junger Mann mit erstaunlich wenigen Interessen war.

Fünf Tage zuvor hatte Silje ernsthaft mit dem Gedanken gespielt, die Justizministerin zu bitten, sie solle ein Hilfsangebot des FBI annehmen. Aber Harald Jensen hatte sie daran gehindert.

Wenn das FBI erführe, wie wenig sie wirklich hatten, würde das den Amerikanern große Sorgen machen, hatte der PST-Chef sie nach einer ihrer vielen Besprechungen leise gewarnt. Und das könnte schädliche Folgen für das zukünftige Vertrauensverhältnis haben.

Die Welt draußen musste glauben, dass sie den Tätern auf der Spur waren. Auf irgendeiner Spur.

Trotz ständiger Kritik am gesamten Justizsektor hatte Silje doch den Anschein erwecken können, dass es vorwärtsging. Es schien zwar niemand wirklich zu glauben, aber Silje wusste aus Erfahrung, solange sie Fragen » aus Rücksicht auf den Stand der Ermittlungen« zurückweisen könnten, könnten sie auch den Eindruck erwecken, sich einer Lösung zu nähern.

Der einzige wahre Lichtblick einen Tag vor Norwegens großem Jubiläum war, dass es seit dem 10. April keine weiteren Angriffe gegeben hatte. Die Bombenattrappe in Sandefjord hatte aus einem Metallkasten aus Kriegszeiten bestanden, der mit leeren Autobatterien aus den Sechzigerjahren gefüllt gewesen war. Die Kripo arbeitete wie besessen daran, die Herkunft zu ermitteln, hatte aber schon zwei Tage nach dem Zwischenfall auf dem Hvaltorv feststellen müssen, dass an dem bleischweren Teil nicht eine einzige biologische Spur zu finden war. Auch nicht an dem Brief, der ihnen viel größere Sorgen machte als das ungefährliche Paket, in dem er gesteckt hatte.

Der Text war mit einem billigen blauen Bic-Kugelschreiber geschrieben worden, wie er jahrelang überall verkauft worden war. Außerdem war ein breites Plastiklineal mit Buchstabenschablonen verwendet worden, wie Kinder es gern benutzen. Deshalb war es auch unmöglich, die Handschrift zu analysieren. Immerhin gab es Hinweise darauf, dass der Brief von einer rechtshändigen Person stammte. Er war fehlerfrei, was auf einen norwegischen Verfasser schließen ließ, aber sicher war das auch nicht. Das Papier war vor der Verwendung in Chlor getaucht und abgetrocknet worden, weshalb, wussten die Techniker allerdings nicht.

Der Brief war unterzeichnet mit: *Die Wahre Umma des Propheten.*

Und enthielt eine religiös verbrämte Tirade darüber, wie leicht sich Norwegen in die Knie zwingen ließ. Und dass nichts vorüber sei. Und dass Allah groß sei.

Das war alles.

Der Inhalt war zum Glück nicht durchgesickert, obwohl die Medien schon unmittelbar nach dem Zwischenfall von der Existenz des Briefes erfahren hatten. Daran war keine undichte Stelle bei der Polizei schuld, sondern die Tatsache, dass sich ein neugieriger Sechzehnjähriger nicht hatte abweisen lassen. Er hatte sich Zugang zu einem Auto verschafft, das nur zehn Meter von der Stelle entfernt stand, an der die Bombenexperten die Bombenattrappe und den Brief dem Einsatzleiter ausgehändigt hatten. Zwei Stunden später war er zwanzigtausend Kronen reicher, denn er hatte ein scharfes Foto an vier verschiedene Redaktionen verkauft.

Der Brief war auf dem Bild zum Glück nicht zu lesen.

Den C4-Diebstahl auf dem Manövergelände unter dem Deckel zu halten, war ihnen hingegen nicht gelungen. *VG* hatte auf vier Seiten berichtet, wobei die Schlagzeile auf der ersten dermaßen reißerisch gewesen war, als wäre ihnen die Enthüllung des Jahrzehnts gelungen.

Was nicht ganz so weit von der Wahrheit entfernt war.

Obwohl Silje Sørensen nach zwei Monaten als Polizeidirektorin schon wusste, dass undichte Stellen im Haus ihr wohl die größten Kopfschmerzen bereiten würden, kam ihr dieser Geheimnisverrat eigentlich nicht ungelegen. Das musste sie zugeben, wenn sie es auch nicht laut sagte. Für den Moment hatten die Haie es jetzt auf das Militär abgesehen. Seit *VG* den Skandal von Åmot so groß herausposaunt hatte, war Silje nicht ein einziges Mal zum Rücktritt aufgefordert worden.

Es wurde an die Tür geklopft, und Håkon kam wie üblich herein, ohne die Antwort abzuwarten.

»Bitte«, sagte Silje. »Bring eine gute Nachricht mit. Eine winzig kleine gute Nachricht, genau das brauche ich jetzt.«

»Tut mir leid«, antwortete Håkon und setzte sich. »Ich habe keine Neuigkeiten. Alle sind an der Arbeit, aber bisher hat keiner etwas Neues gefunden. Es gibt nur das hier.«

Er legte ein Dokument auf ihren Schreibtisch.

»Die Anweisungen für morgen. Die vorläufige Fassung ist ja schon vor einer Woche bekannt gegeben worden. Diese hier, die endgültige, geht gerade jetzt raus.«

Silje starrte das Papier ein.

»Bitte, sag mir das Wichtigste.«

»Kein Parken innerhalb ...« Er beugte sich vor und blätterte bis ganz nach hinten in den Unterlagen. Eine Karte, auf der sich eine rote Linie durch die Straßen zog. »Das da ist doch ...«

Sie griff nach der Karte. »Ganz Oslo«, stellte sie trocken fest.

»Tja. Jedenfalls die gesamte Innenstadt. Eine autofreie Stadt, Silje, davon träumen doch viele. Alle müssen die öffentlichen Verkehrsmittel nehmen. Oder zu Fuß gehen. An einigen großen

Parkplätzen am Stadtrand fahren Sonderbuslinien ab, zum Beispiel am Sognsvann und weiter oben in Maridalen.«

»Und keine Taschen.«

»Man darf nichts Größeres mitnehmen als eine normale Damenhandtasche. Auch keine Kinderwagen, Kindertragesitze oder Bauchtragen. Ich habe in *Aftenposten* gelesen, dass diese Sicherheitsmaßnahmen laut einer Umfrage rund zehntausend Menschen davon abhalten werden, in die Innenstadt zu kommen.«

»Das hilft auch nicht viel weiter.«

»Außerdem melden die Schulen eine geringere Beteiligung am Kinderumzug als sonst. Selbst wenn man für die Innenstadt mit mehr Erwachsenen als in früheren Jahren rechnet, sind die Leute offenbar doch besorgt um ihre Kinder Die letzten Listen zeigen, dass an die dreißigtausend Kinder mitgehen werden. Offenbar sind vor allem die Muslime eifrig, ich glaube, wir werden in diesem Jahr viele kleine Trolle in Tracht und mit schwarzen Haaren und braunen Augen sehen.«

»Großer Gott«, murmelte Silje. »Ich würde meine Kinder nicht mitgehen lassen.«

»Gut, dass dich niemand hört«, entgegnete Håkon. »Sag das lieber nicht in der Öffentlichkeit.«

Sie gab keine Antwort, sondern vertiefte sich wieder in die Karte.

»Der Rucksack vom Satellitenbild«, sagte Håkon.

»Was ist damit?«, fragte sie, ohne aufzublicken.

»Er ist im Moment unsere größte Hoffnung. Wir müssen öffentlich danach fahnden. Ganz ehrlich, Silje, wir haben diese Möglichkeit jetzt seit mehreren Wochen. Wir müssen sie endlich nutzen. Das wird mit jedem Tag deutlicher.«

»Dann tu's.«

»Was?«

»Wir veröffentlichen die Nachricht. Aber ich brauche dich hoffentlich nicht daran zu erinnern, wie wichtig es ist, die Suchmeldung vorsichtig zu formulieren. Ich will sie sehen, ehe sie rausgeht.«

Håkon richtete sich auf und grinste breit.

»Die ist schon fertig. Ich hole sie sofort.« Er stemmte die Handflächen auf den Tisch und beugte sich zu Silje vor.

»Endlich passiert etwas. Endlich.«

»Wir wollen hoffen, dass du recht hast«, sagte Silje resigniert und winkte ihn aus dem Büro, während sie hinzufügte: »Lass uns zu den Göttern beten, dass endlich etwas passiert.«

Endlich war ein Glaser in der Kruses gate gewesen und hatte die gesprungene Fensterscheibe ausgewechselt. Die Wohnung von Hanne und Nefis war nicht die einzige, die nach der Explosion vom 8. April neue Fensterscheiben brauchte, deshalb hatte die Eigentümergemeinschaft die Versicherungsgesellschaft gebeten, alle Schäden auf einmal zu beheben.

Das Verhalten der Handwerker war typisch gewesen. Trotz mehrerer schriftlicher Versicherungen, dass die Entsorgung von Abfällen und Glasscherben zum Service gehörte, hatte Hanne soeben auf dem Teppich vier ziemlich große Glasscherben gefunden.

Sie fuhr zum Kamin hinüber.

In einem Holzkasten aus Stahl lagen zahlreiche alte Zeitungen. An sich sollte Ida den Kasten zweimal pro Woche leeren. Nur zwei oder drei Zeitungen sollten jeweils zum Feueranzünden bereitliegen. Hanne war ziemlich gereizt, als sie nun zu dem Zeitungsstapel griff. Sie legte ihn auf ihre Knie und fuhr hinaus auf den Gang, um ihn direkt vor der Wohnungstür zu platzieren. Hoffentlich würde das als Erinnerung ausreichen, wenn die Kleine aus der Schule nach Hause käme.

Sie nahm die beiden untersten Zeitungen mit zu dem neuen Fenster, wo gefährlich viele Scherben auf dem Boden lagen.

Die eine Zeitung war bei den Todesanzeigen aufgeschlagen. Hanne fiel ein bekannter Name ins Auge, und sie schaute auf das Datum.

Montag, der 14. April.

Eine knappe Woche nach der ersten Terrorbombe, und in der Anzeige ging es um ein Opfer.

> *Unsere liebe Mutter, Großmutter, Schwieger-*
> *mutter, Schwester, Schwägerin und Tante*
> *Ranveig Ranvik*
> *Geboren 2. Januar 1934*
> *wurde am 8. April jählings von uns gerissen.*

Darauf folgte eine Reihe von Namen. Die letzten drei vor der obligatorischen Floskel »für Freunde und Verwandte« waren Hanne bekannt.

Kirsten, Peder und Gunnar

Hanne starrte die Anzeige an.

Lange.

Dann riss sie die Seite aus der Zeitung, faltete sie zusammen und verstaute sie im Korb unter ihrem Sitz. Danach bückte sie sich und las die Glasscherben auf, um sie in den Rest der Zeitung zu packen. Als sie alles in den Mülleimer in der Küche geworfen hatte, fuhr sie in ihr Arbeitszimmer.

Ausnahmsweise einmal zog sie die Tür hinter sich zu.

Sie suchte sich die Kopien des alten Falles über Gunnar Ranvik und einen roten Ordner mit Kopien von Henrik Holmes

Berichten heraus. Beides legte sie auf den Schreibtisch, ließ die Unterlagen aber ungeöffnet.

Was, wenn.

So durfte man nicht denken. Man sollte eine Theorie auf Tatsachen aufbauen. Und nicht eine Theorie aufstellen und sie dann untermauern.

Was, wenn.

»Tatsachen«, sagte sie leise zu sich selbst, griff zu Papier und Stift und schrieb oben auf das Blatt:

Kirsten Ranvik
Früher FRP.

Früher, nicht jetzt.

Hanne schauderte es ein wenig, als sie weiterschrieb:

Familiengeschäft in Konkurs.
Ehemann tot (Selbstmord? Wg. Konkurs?)
Zu starke türk. Konkurrenz.
Sohn zusammengeschlagen (fast getötet) von Norw.-Pak.
(nach eigener Aussage)
Sohn im Erwachsenenalter (mental Kind) überaus skeptisch
gegenüber Pakistanern / Einwanderern. Benutzt negative
Wörter.

Hanne biss in ihren Stift und las das Geschriebene zweimal. Und ein weiteres Mal, auf der Suche danach, welche Schlüsse sie aus den Tatsachen, die sie hatte, mit gutem Gewissen ziehen konnte.

Sie nahm sich ein neues Blatt und legte es neben das erste

Politisch weit rechts.
Gunnars negative Wortwahl kann von der Mutter beeinflusst
sein.

Das war im Grunde alles, woraus sie Schlüsse ziehen konnte.

»Shit«, sagte sie leise.

Sie zog den Inhalt aus dem roten Ordner und suchte sich Henriks Bericht über die Familienverhältnisse im Skjoldvei heraus. Eine körnige Kopie des Facebook-Bildes von Peder Ranvik war auf der Rückseite befestigt.

Weinrotes Barett. Sonderkommando der Armee.

Sie holte den Laptop hervor und klickte *nrk.no* an. Am Vorabend war der C4-Diebstahl auf dem Manövergelände bei Åmot wieder die Hauptmeldung gewesen. Hanne klickte sich zu den gestrigen Fernsehnachrichten durch, wo der Fall mit Archivbildern illustriert war. Von einem anderen Manöver. An einem anderen Ort.

Aber mit mehreren uniformierten Männern mit weinrotem Barett.

Sie klickte rasch weiter.

Das Sonderkommando der Armee ist eine flexible und operative Einheit mit hoher Reaktionsfähigkeit. Die Abteilung unterstützt die Polizei bei der Terrorbekämpfung, etwa bei Öl- und Gasförderanlagen auf dem Meer, Schiffen in norwegischem Fahrwasser und Einrichtungen an Land.

Peder Ranvik bekämpfte Terror.

Er kannte sich mit Terror aus.

»Henrik«, sagte Hanne leise. »Was würde Henrik jetzt denken?«

Was, wenn. Henrik würde denken, was, wenn.

Sie warf einen kurzen Blick auf ihr Mobiltelefon, dann verwarf sie die Idee, ihn anzurufen. Stattdessen suchte sie sich den Bogen mit den Informationen über Kirsten Ranviks Leben heraus.

Die wenigen Informationen, die sie hatten.

Was, wenn Billy T. recht hat, dachte sie plötzlich. Was, wenn seine Sorge um Linus begründet ist? Ihr Stift jagte über das Blatt.

Was, wenn Linus wirklich einer rechtsextremen Gruppe angehört, die hinter dem Terror steckt? Was, wenn Linus' Uhr in den Lokalen des ISAN war, weil er sie dort verloren hatte? Was, wenn Kirsten Ranvik ihre Stellung ausnutzt, um wurzellose, ethnisch norwegische junge Männer mit unterschiedlichen Erfahrungen mit Ausländern (Groruddalen) zu rekrutieren? Was, wenn Kirsten anfänglich ausländerkritisch war und durch das tragische Schicksal ihrer Familie rechtsextrem geworden ist? Was, wenn Peder Ranvik die Ansichten seiner Mutter teilt? Was, wenn er Zugang hatte zu ...

Sie unterbrach sich und nahm sich wieder die Liste mit den Informationen über die Frau aus Korsvoll vor. In der Zeitung hatte gestanden, dass die Terroristen durch den Keller in die Büros eingedrungen waren, ein schwerwiegendes Sicherheitsmanko, für das der Vorsitzende des ISAN die Verantwortung übernommen hatte. Hanne fügte noch eine Tatsache hinzu.

Kann sie durch ihre Schwägerin Ranveig Ranvik Zugang zu den ISAN-Lokalen gehabt haben? Wurde die alte Dame belogen?

Nein. Das konnte einfach nicht stimmen.

Hanne Wilhelmsen war kein spekulativer Mensch. So arbeitete sie nicht. So durfte man nicht ermitteln. Außerdem arbeitete sie nicht an diesem Terrorfall. Und auch nicht an dem Fall Gunnar Ranvik. Sie war bis auf Weiteres von der Osloer Polizeidirektorin angeheuert worden, um festzustellen, was mit der 1996 spurlos verschwundenen siebzehn Jahre alten Karina Knoph passiert war. Ein Mysterium, das Henrik Holme noch an diesem Tag lösen würde, wenn alle guten Mächte ihnen beistünden.

Kirsten Ranvik ging sie nichts an.

Billy T. war nach seiner heftigen Panikattacke nicht wieder in die Kruses gate gekommen. Und der Anfall war jetzt eine Weile her. Hoffentlich würde Billy T. nie wiederauftauchen.

Weder Linus noch Billy T., der Terror oder Kirsten Ranvik gingen sie etwas an. Sie schloss den Laptop, knüllte die beschriebenen Blätter zusammen und warf sie in den Papierkorb.

Dann wollte sie den Raum verlassen. Auf halber Strecke blieb sie stehen. Zögernd zog sie das Telefon aus der Tasche. Starrte es einen Moment an, dann fing sie an zu schreiben.

Silje. Ich hab da was über den Terror, worüber ich gern mit dir reden würde. Sicher keine Hilfe, aber ruf mich an, wenn du kannst. Hanne W.

Es kann doch nicht schaden, Bescheid zu sagen, dachte sie und fuhr in die Küche, um sich etwas zu essen zu machen.

Er hatte seit einem Tag nichts mehr gegessen. Eigentlich seit zwei Monaten nicht mehr richtig. Er hatte abgenommen. Und seine Kräfte auch.

Billy T. hatte aufgegeben.

Er konnte kein schlimmes Knie mehr vorschützen. Also war

er wieder im Dienst und tat genau das, was er musste, dann ging er nach Hause in die fast immer leere Wohnung. Linus schaute ab und zu kurz vorbei, vor allem, um zu schlafen. Billy T. schlug abends vor dem Fernseher die Zeit tot und hatte den Plan aufgegeben, wieder in Form zu kommen.

Die Panikattacke bei Hanne war zu einem Wendepunkt geworden. Das fremde Gefühl, vollständig die Kontrolle zu verlieren, machte ihm noch immer Angst. Die ganze Zeit hatte er Angst vor einem weiteren Anfall, was ihm seine letzten Kraftreserven raubte.

Es war nicht die Angst vor dem Tod, die ihm so zugesetzt hatte.

Das Schreckliche war gewesen, dass er gestorben war.

Er wusste, dass in diesem Moment, vor dem Kühlschrank von Hanne und Nefis, sein Herz fast stehengeblieben war. Der Tod hatte sich als sehr konkret und unmittelbar bevorstehend dargestellt, nicht als eine drohende Möglichkeit. Er hatte gehört, wie sein Herz versagt hatte. Gespürt, wie sein Gehirn leer wurde. Wie seine Lunge nicht mehr mitmachte. Gewusst, dass ihm nur noch Sekunden blieben.

Angstanfall, hatte Hanne das genannt.

Panikattacke, so hieß das, wie er festgestellt hatte.

Aber er hatte sich nur im Internet informiert, er hatte es nicht gewagt, es dem Arzt zu sagen, als er versucht hatte, die Krankmeldung wegen seines angeblich schmerzenden Knies verlängern zu lassen. Im Gegenteil, als die Ärztin ihn leicht besorgt gefragt hatte, ob sonst alles in Ordnung sei, hatte er sich ein optimistisches Lächeln abgerungen und beteuert, er freue sich schon auf die Arbeit.

Die Angst vor einem neuen Anfall machte ihn passiv und raubte ihm die Initiative. Zwei Bier zu irgendeinem Fernsehfilm, dann zu Bett. Um sich stundenlang von einer Seite auf die andere zu wälzen, bis er gegen Morgen endlich einschlief.

So vergingen die Tage, und Linus schwieg.

Es war halb zwölf, und normalerweise hätte er jetzt einen Mordshunger gehabt. Statt in die kleine Kantine zu gehen, um etwas zu essen, öffnete er die dritte Flasche Cola Zero des Tages und surfte träge durch die Nachrichten.

Dagbladet brachte das Bild eines roten Rucksacks.

So einen suche die Polizei, hieß es.

Im Zusammenhang mit der Terrorermittlung, stand dort zu lesen. Einfach so und ohne weitere Auskünfte.

Billy T. merkte, wie das Blut aus seinem Kopf verschwand. Für einen Moment glaubte er, in Ohnmacht gefallen zu sein. Aber er saß noch immer aufrecht auf dem Stuhl. Das Bild vor ihm zeigte noch immer einen roten Rucksack, und noch immer war die Typenbezeichnung *Bergans Gaupekollen*.

So einen, wie Billy T. ihn für Linus zur Konfirmation gekauft hatte. Wie er jetzt in Billy T.s Kellerraum lag; er hatte ihn beiseiteräumen müssen, als er Darth Vader zerschlagen wollte, um sich für immer dieser Figur zu entledigen.

Genau so einen Rucksack suchte die Polizei jetzt.

Sie suchte nach Linus' Rucksack, das war eindeutig.

Und er lief los.

Henrik Holme stand in der Türöffnung und hielt sich die Ohren zu.

Der Pressluftbohrer machte einen Höllenlärm, und in dem Kellerraum mit seinen Steinmauern hallte es fast unerträglich.

»Hier«, rief der Mitarbeiter im Overall und setzte ihm rote Ohrenschützer auf.

Die waren effektiv.

Genau wie Henrik es gewesen war.

Er hatte in vierzehn Tagen geschafft, was sich sonst oft monatelang hinzog: Vor genau zwei Wochen hatte er begriffen, dass Imran Sharif etwas verbarg. Und bereits heute war er dabei, einen Steinboden aufzubrechen, um zu sehen, ob hier der Hund begraben lag.

Oder eben Karina.

Er durfte nicht an sie als an einen Hund denken, und er berührte beide Nasenflügel dreimal. Blitzschnell.

Zugegeben, Henrik hatte das Glück auf seiner Seite gehabt. Das Gericht hätte es ihnen wohl kaum erlaubt, den Boden aufzubrechen, da waren Hanne und er sich jedenfalls einig. Dazu waren die Indizien zu schwach. Als Henrik trotzdem den Hausbesitzer gefragt hatte, ob die Polizei seinen Boden zerstören dürfe, hatte sich der Mann zu Henriks großem Erstaunen gefreut.

Er habe das Haus erst kürzlich gekauft, sagt der Besitzer, und wolle im Keller eine Einliegerwohnung einrichten. Da die Decke für eine Genehmigung vier Zentimeter zu niedrig war, musste er also den Boden aufbrechen. Dass die Polizei ihm diese Arbeit abnehmen wollte, noch dazu auf Staatskosten, war für ihn wie ein Geschenk. Die Freude wurde allerdings ein wenig gedämpft, als er hörte, dass Henrik nach einer Leiche suchte. Andererseits wäre es dann ja auch gut, die los zu sein.

Um die Kosten hatte Hanne sich gekümmert.

Entweder hatte Hanne die Polizeidirektorin gut im Griff, oder Silje Sørensen war dermaßen überarbeitet, dass sie zustimmte, um sich neben dem Terror nicht noch mit anderen Dingen beschäftigen zu müssen. Jedenfalls erhielt Hanne die Erlaubnis, bis zu fünfzigtausend Kronen auszugeben, nur eine Viertelstunde nachdem sie die E-Mail mit der Anfrage abgeschickt hatte.

Henrik hatte den Männern am Vormittag erklärt, wonach sie

zu suchen hatten und was sie tun sollten, wenn sie etwas fanden. Dann war er zu einem längst vereinbarten Zahnarzttermin gegangen. Jetzt war er wieder da.

Aber das hier sah nicht gut aus.

Mehr als die Hälfte des größten Kellerraumes war bereits aufgebrochen. Der ältere der beiden Arbeiter bediente den Pressluftbohrer, während der jüngere die großen und kleinen Stücke des zerstörten Bodens untersuchte und sie dann in zwei Eimern zu einem Container trug.

Gefunden hatten sie bisher nichts, teilte der Mann mit.

Bis jetzt war Henrik fast aufgekratzt vor Aufregung gewesen. Er hatte in der vergangenen Nacht kaum schlafen können.

Es war gefährlich, so sicher zu sein.

Henrik hatte leicht herausfinden können, dass Imran schon seit seiner Lehrzeit bei Eilif Andersens Nachf. angestellt war. Leider kamen Auftragsbücher und Rechnungen nach zehn Jahren in den Reißwolf, deshalb konnte ihm die freundliche Sekretärin in der mittelgroßen Baufirma nicht mitteilen, welche Angestellten im September 1996 die Arbeiten im Midtoddvei 34 C ausgeführt hatten. Es konnte durchaus jemand gewesen sein, der schon längst nicht mehr bei ihnen war.

Ziemlich große Fluktuation, vor allem bei den Jüngeren, hatte sie vertraulich geflüstert und unzufrieden das Gesicht verzogen. Nicht alle besaßen die Loyalität der alten Jungs. Imran sei übrigens ein wunderbarer Bursche, konnte sie Henrik versichern, ob es Probleme gebe? Durchaus nicht, hatte er lächelnd geantwortet und war danach sofort zu Hanne Wilhelmsen gegangen, um sich die Erlaubnis zum Aufbrechen des Kellerbodens zu holen.

Hanne war sofort dazu bereit gewesen. Sie habe früher schon auf dünnerer Grundlage gehandelt, sagte sie.

Die Grundlage wirkte zusehends dünner, dachte Henrik missmutig, als mehr als drei Viertel des Estrichs entfernt worden waren. Der Gehilfe trug einen Eimer nach dem anderen mit Betonschutt nach draußen.

Der Pressluftbohrer dröhnte.

Die Stille, die plötzlich eintrat, war dann ihrerseits ohrenbetäubend. Henrik nahm den Gehörschutz ab.

»Hier ist was«, sagte der ältere Arbeiter und bückte sich.

»Nichts anfassen«, rief Henrik. »Gehen Sie weg da, bitte.«

Langsam trat er näher. Er hatte eine kleine Kamera aus dem Büro mitgebracht und ging am Rand der aufgebrochenen Bodenfläche in die Hocke.

Es waren Haare, glaubte er. Angewachsen an einem Schädel, der noch immer teilweise von Beton bedeckt war. Henrik machte vier Bilder aus unterschiedlichen Blickwinkeln, dann zog er Plastikhandschuhe an und löste vorsichtig eine Strähne mit einem Finger.

Er blies darauf. Unter dem grauen Staub kam die Farbe zum Vorschein, die Haare waren von einem matten Blau.

»Verdammt«, rief der ältere Mann. »Da hatten Sie ja wirklich recht. Das ist eine Leiche.«

»Ja«, sagte Henrik Holme ernst. In seinem ganzen Leben hatte er sich noch nicht so wichtig gefühlt.

»Wichtig ist doch, dass du Kuchen und Eis kriegst, Gunnar. Davon habe ich eine Menge gekauft. Es wird zu anstrengend, in die Stadt zu kommen, bei all den Verboten, die die Polizei verhängt hat.«

Kirsten Ranvik streichelte die Wange ihres Sohnes.

»Aber wir waren doch immer in der Stadt«, jammerte er. »Wir sehen uns immer den Kinderumzug an. Und die Gardesoldaten. Ich möchte so gern die Gardesoldaten sehen, Mama.«

»Wir machen es uns vor dem Fernseher gemütlich. Das haben wir noch nie getan, das kann doch auch mal schön sein. Da können wir auch besser sehen, weißt du. In unserem eigenen gemütlichen Wohnzimmer. Kriegen alle Nüsse?«

»Alle«, murmelte Gunnar unzufrieden und sah zu Ingelill hinüber.

Ihre Küken wurden jetzt groß. Das eine hatte die schönen Bruststerne des Vaters geerbt. Es hieß Kleiner Oberst und sollte nicht verkauft werden. Die anderen waren schon vergeben. In einer guten Woche würden sie flugtüchtig sein und ausgeliefert werden können.

»Schön sind sie, deine Tauben.«

Kirsten hatte jetzt einen hellgrauen Jungvogel auf der Hand sitzen.

»Wie heißt der?«

»Cher Ami. Nach einer heldenhaften Taube aus dem Ersten Weltkrieg. Cher Ami hat fast zweihundert Soldaten gerettet und einen Orden bekommen.«

»Wunderbar.«

Sie strich der Taube mit zwei Fingern über den Rücken.

»Ich will morgen in die Stadt, Mama. Bitte.«

»Darüber wird ab sofort nicht mehr gesprochen.«

Jetzt hatte sie die laute, schrille Stimme, vor der er solche Angst hatte. Mürrisch und gereizt mistete er weiter den Taubenschlag aus.

»Was hast du mit meinen Tauben gemacht?«, fragte er nach einer Weile.

»Die haben trainiert.«

»Was denn?«

Sie lächelte und setzte Cher Ami wieder auf eine Stange hoch unter der Decke.

»Fliegen natürlich. Die brauchen Training.«

»Aber wer hat sie ausgesetzt? Sie sind sehr viel später nach Hause gekommen als du und Peder, also muss jemand anderes sie losgelassen haben. Aber wer?«

Er stand jetzt mitten in dem frisch gefegten Raum und fing an, sich langsam hin- und herzuwiegen, während er zur Decke hochschaute.

»Hör doch auf«, sagte seine Mutter streng. »Das waren ein paar junge Männer. Richtig nett, höfliche junge Männer, und sie waren lieb zu deinen Tauben.«

»Warum hast du sie denen gegeben?«

Er hörte, wie jämmerlich er klang. Seine Mutter konnte seine Stimme nicht leiden, wenn er traurig war, aber er begriff einfach nicht, warum andere seine Tauben fliegen lassen sollten.

»Weil Brieftauben eben Brieftauben sind. Und jetzt hör auf, Gunnar. Sie haben mir Nachrichten gebracht, dazu sind sie doch da. Das weißt du. Du hast mir die Nachrichten gebracht, als die Vögel zurückgekommen sind.«

»Aber habt ihr sie denn einfach abgestellt? Habt ihr sie irgendwo versteckt, damit die Männer sie finden konnten? Mussten sie da allein im Käfig warten? Sie sind so spät nach Hause gekommen, Mama. Sie sind so spät nach Hause gekommen.«

»Jetzt gibt es Essen«, sagte seine Mutter mit scharfer Stimme.

»Haben die Tauben was mit deiner Arbeit zu tun, Mama?«

Kirsten Ranvik griff zum Besen und lehnte ihn neben der Tür an die Wand. Sie schloss ein Fenster und strich sich mit der Hand über den Rock.

»Ja. Sie haben mit meiner Arbeit zu tun. Mit meiner Arbeit für unser Land. Damit wir auch in den kommenden Jahren den 17. Mai feiern können. Sei stolz darauf, dass deine Tauben helfen können, dein Land zu verteidigen.«

»Pakis mögen wir nicht, Mama.«

»So was sagen wir nicht, Gunnar. Nur Idioten sagen so was. Komm. Wir essen jetzt.«

Jetzt hatte ihre Stimme einen Beiklang, den er noch nie gehört hatte. Sie war nicht laut und streng, wie dann, wenn sie böse war, aber auch nicht quengelig, wie oft im Alltag. Es klang, als ob eine andere redete, als ob in Mama eine Fremde steckte. Eine, die ihn eigentlich nicht leiden konnte.

Das machte ihm Angst, und er beschloss, jetzt erst einmal nicht mehr darauf zu bestehen, morgen zum Umzug zu gehen.

Vielleicht könnte er am nächsten Morgen noch einmal fragen.

Sie musste am nächsten Morgen so früh wieder im Polizeigebäude sein, dass es fast sinnlos war, nach Hause zu fahren. Für einen Moment spielte sie mit dem Gedanken, auf dem Sofa im Büro zu übernachten, entschied sich dann aber dagegen. Sie wollte in ihr eigenes Bett, und sei es nur für zwei Stunden. In ihr eigenes Badezimmer. Nach Hause.

Silje Sørensen sortierte jetzt die vielen Unterlagen, die im Laufe des Tages auf ihrem Schreibtisch gelandet waren. Leider konnte sie nur wenige als erledigt ablegen, sie hatte kaum das Allernötigste geschafft.

Auch an diesem Tag nicht.

Einen winzigen Lichtblick hatte der Nachmittag immerhin gebracht.

Gegen fünf hatte sie erfahren, dass Hanne Wilhelmsen eine Leiche gefunden hatte, bei der es sich aller Wahrscheinlichkeit nach um die einer jungen Frau handelte, die in den Neunzigerjahren spurlos verschwunden war. Beeindruckend und erfreulich, und an diesem Abend hatte dieser Fall wirklich in den meisten Medien alle anderen Nachrichten verdrängt.

Jedenfalls für eine halbe Stunde.

Hanne wollte nichts mit der Presse zu tun haben, und dieser seltsame Polizist, den Silje ihr aufgehalst hatte, wäre im Fernsehen eine Katastrophe. Daher hatte sie den Ball an Håkon Sand weitergereicht, der hervorragende Arbeit geleistet hatte. Was ja auch einfach war, wenn man gute Nachrichten überbringen und zudem die meisten Fragen damit abtun konnte, dass noch sehr viel zu klären sei.

Silje steckte ihr Diensttelefon in die Handtasche und zog ihr privates hervor. Sie hatte es seit dem Morgen kaum angesehen.

Elf verpasste Anrufe. Drei SMS.

Die eine war eben von Hanne Wilhelmsen gekommen. Sie war um 10.49 Uhr abgeschickt worden und ziemlich kurz.

Silje las sie zweimal, begriff sie aber nicht ganz. Als sie Hannes Namen gesehen hatte, war sie sicher gewesen, dass es um den Leichenfund ging, und ihr Gehirn schien sich nicht umstellen zu können. Hanne wollte mit ihr über den Terrorfall sprechen.

Dass eine Frau im Rollstuhl, die ihre Wohnung kaum je verließ, der Osloer Polizeidirektorin etwas über den Terror zu sagen hatte, war ja doch seltsam. Andererseits hatte Hanne in fünf Wochen fast allein einen Mordfall aufgeklärt, bei dem achtzehn Jahre lang sonst niemand weitergekommen war.

Es war zwanzig vor zwölf. Zu spät, um anzurufen.

Silje wollte das Telefon schon wieder in die Tasche stecken, die anderen Mitteilungen könnte sie auf dem Heimweg lesen. Doch dann blieb sie mit dem Telefon in der Hand stehen.

Hanne Wilhelmsen war eine Legende. Es lohnte sich bestimmt, zwei Minuten zu opfern, um zu hören, was sie zu sagen hatte.

Silje drückte mit dem Daumen auf die Anruftaste.

»Hallo«, hörte sie nach nur zweimaligem Klingeln.

»Hallo, Hanne. Hier ist Silje. Tut mir leid, dass ... «

»Schon gut. Danke, dass du anrufst.«

»Glückwunsch!«

»Danke.«

»Und dann ganz allein. Ich habe noch nicht alles lesen können, aber ... «

»Von ganz allein kann wirklich keine Rede sein.«

»Was? Gut, jemand hat den Boden aufgebohrt ... «

»Dein Kollege Henrik Holme hat einzigartige Arbeit geleistet. Ihm kommt hier alle Ehre zu. Ich kann nicht verstehen, wie du Håkon zum Protzen losschicken konntest. Henrik hatte einen Fernsehauftritt verdient.«

Silje setzte sich.

»Er wirkt eben ein bisschen ... «

»Seltsam? Ja, er ist seltsam. Aber er ist der beste Ermittler, der mir jemals über den Weg gelaufen ist. Er ist fast so gut wie ich damals und kann besser werden als ich. Ich behalte ihn. Und er hätte die Interviews geben können. Denk beim nächsten Mal daran.«

»Na gut. Okay. Alles klar.«

Silje hatte plötzlich Durst und hielt Ausschau nach etwas zu trinken.

»Aber nicht deshalb wollte ich mit dir sprechen«, sagte Hanne jetzt.

»Ach ... «

Silje fand nur eine halbe Tasse mit zimmerwarmem Tee.

»Ich weiß nicht, wie ich es erklären soll«, fuhr Hanne fort. »Und natürlich kannst du mir nur sehr wenig über den Terrorfall sagen. Ganz schön heftig, so etwas gleich nach Dienstantritt vor den Latz geknallt zu kriegen.«

»Ja.«

Hanne schwieg.

»Hallo?«, fragte Silje.

»Ich bin hier. Hör mal ... «

Knistern. Fließendes Wasser, glaubte Silje und wurde noch durstiger.

»Ich gehe davon aus, dass ihr Dschihadisten im Visier hattet«, sagte Hanne. »Wegen dieses ganzen *Wahre Umma*-Blödsinns. So eine Gruppe gibt es offenbar nicht. Es ist ein Deckname. Ziemlich raffiniert, und ich vermute, dass ihr keine Ahnung habt, wer wirklich dahintersteckt. «

»Dazu darf ich nichts sagen. «

»Natürlich nicht. Das sollst du auch gar nicht. Aber hör bitte zu. Was, wenn es nicht um Dschihadisten geht, sondern um Rechtsextreme? Nationalisten? Rassisten? «

Silje schwieg, als ob sie auf Antwort wartete.

Ehe die Pause zu peinlich wurde, fügte Hanne hinzu: »Dieser Gedanke ist euch natürlich nicht neu, auch wenn ihr damit noch nicht an die Öffentlichkeit gegangen seid. Ich wette, dass Harald Jensen sich die Haare rauft, weil es so viele Netztrolle und Tastenritter gibt, die mit dem Fall eigentlich gar nichts zu tun haben. «

»Ich kann wirklich nicht ... «

»Dann lass es doch. Aber ich bin auf dem Laufenden, Silje. Ich meine, ich bin wirklich absolut auf dem Laufenden. «

Ihr Tonfall erlaubte keinen Zweifel, und Silje ertappte sich bei einem Nicken.

»Und was ich sehe, ist, dass ihr blufft. Ihr habt rein gar nichts, Silje. Nichts über den Mord an diesem Konvertiten. Nichts darüber, wer hinter den beiden Terrorbomben steckt. Ihr tappt im Dunkeln. Nach fünf Wochen ist das mehr als deutlich. «

»Ich bitte um Verständnis dafür, dass wir aus Rücksicht auf die Ermittlungen ... «

Hanne lachte. »Du redest hier mit mir«, sagte sie. »*Save your breath*. Ich bin auf deiner Seite, Silje. Vergiss das nicht. «

Silje stand auf und ging zur Kaffeemaschine, wo sie versuchte, mit einer Hand den Wassertank zu lösen.

»Während Henrik und ich versucht haben, Karina Knophs Verschwinden aufzuklären, ist ...«

Jetzt war Hanne diejenige, die nach Worten suchte. Der Wassertank löste sich endlich, und Silje trank gierig das lauwarme Wasser.

»... so allerlei aufgetaucht«, fuhr Hanne fort. »*A long story.* Aber da es schon spät ist und du morgen einen schrecklich anstrengenden Tag hast, komme ich direkt zur Sache.«

Silje ging mit dem Plastiktank zum Schreibtisch und setzte sich.

»Du solltest deine Leute einen Namen überprüfen lassen« erklärte Hanne. »Oder genauer gesagt, eine Familie.«

Siljes Ohr am Telefon war jetzt glühend heiß.

»Drei Dinge«, sagte Hanne kurz. »Notierst du?«

»Äh ... Moment.« Silje legte das Telefon auf den Tisch, steckte sich Ohrstöpsel in die Ohren und griff zu Stift und Papier. »Ich bin so weit«, sagte sie müde. Und war plötzlich genervt. Sie war Oslos Polizeidirektorin. Hanne war eine ehemalige Hauptkommissarin. Es war mitten in der Nacht.

»Es gibt da eine Frau«, sagte Hanne kurz.

Silje schluckte und schrieb »Frau« oben auf das Blatt.

»Sie ist Bibliothekarin.«

Silje schrieb »Bibliothekarin«.

»Ich habe Grund zu dem Verdacht, dass ihre politischen Sympathien weit rechts liegen.«

»Das geht vielen so«, entgegnete Silje.

»Ja. Aber da ist noch mehr. Sie hat eine Schwägerin ...«

Hanne schien zu niesen.

»Oder genauer gesagt, sie hatte eine Schwägerin. Die in einer der Wohnungen über dem ISAN-Büro gewohnt hat. Und ums Leben gekommen ist.«

Silje legte den Kugelschreiber weg. »Ach«, sagte sie und trank noch einen Schluck Wasser.

»Das wäre eine Möglichkeit, in den Keller des ISAN zu gelangen.«

»Zu dem Keller hatten leider sehr viele Zugang«, entgegnete Silje und schob das Blatt beiseite. »Wir arbeiten konzentriert daran, uns ein Bild der Bewegungen ...«

»Silje! Du redest hier mit mir! Ihr habt nichts. Lass mich ausreden, ja?«

Silje nickte. Hanne schien das hören zu können.

»Diese Bibliothekarin hat ein Netzwerk aus Jungen«, sagte sie dann. »Jungen Männern. Scheinbar eine lobenswerte Aktion, um Müßiggänger auf den geraden Weg zu bringen. Ausbildung. Literatur. Bewerbungen und solche Dinge. Aber einige von diesen Jungen ...«

Jetzt folgte eine lange Pause. Silje wartete. Jetzt fühlte sie sich jedenfalls nicht mehr müde.

»Sagen wir es so«, fing Hanne nun wieder an. »Einzelne Eltern haben sich große Sorgen über die Entwicklung dieser Knaben gemacht. Zu der Zeit, als sie unter dem Einfluss dieser Bibliothekarin standen, meine ich. Eine Entwicklung nach rechts. Weit über die FRP hinaus.«

»Diese Elemente hat der PST sehr genau im Auge.«

»Der PST?«

Wieder dieses leise, halb ironische Lachen.

»Die Typen da oben sitzen vor ihrem Bildschirm und glauben, die Welt befinde sich darin. Das ist für einen Teil auch der Fall, aber nicht für alles. Und einer der auffälligsten Züge an dieser Knabenschar von Frau Bibliothekarin ist, dass sie einen Bogen um das Netz machen. Sie scheinen ganz einfach offline gegangen zu sein. Kluger Zug in unserer Zeit. Wenn du nicht die Aufmerksamkeit des PST erwecken willst, meine ich.«

Jetzt waren nicht nur Siljes Ohren glühend heiß. Sie hatte das Gefühl, sich selbst vor einigen Tagen zu hören, bei der Besprechung im Büro des PST-Chefs. Sie zog das Blatt an sich heran und griff zum Kugelschreiber. Ihre Hand zitterte.

»Genau«, sagte sie tonlos.

»Und dann kommt noch ein Element dazu«, fuhr Hanne fort. »Die Bibliothekarin hat einen Sohn. Beim Sonderkommando der Armee, das, wenn ich es richtig verstanden habe, zu dem Teil der Armee gehört, bei dem die größte Heimlichtuerei herrscht. Es wird nicht einmal öffentlich gemacht, wie viele Soldaten diesem Kommando unterstehen. Und da der Sprengstoff dieser Terroristen offenbar aus einem Manöver der Armee stammt, dachte ich, dass ...«

»Wie heißt diese Familie?«

»Schätzungsweise habt ihr inzwischen so an die tausend Personen vernommen. Ihr habt so viele Informationen und Tipps, dass ich nur hoffen kann, dass die Polizei jetzt Datenverarbeitung besser beherrscht als zu meiner Zeit.«

»Wie heißt diese Familie?«, wiederholte Silje mit scharfer Stimme.

»Sucht nach Ranvik. R-A-N-V-I-K. Die Mutter heißt Kirsten, der Offizier Peder. Wenn ich recht habe, dann ist es zu schön, um wahr zu sein, aber ich dachte doch, es könnte sich lohnen, euch diesen Tipp zu geben.«

»Ranvik«, wiederholte Silje.

Der Stift fiel auf den Boden.

»Ja. Peder und Kirsten. Wie gesagt ...«

Sie sagte noch mehr, aber Silje hörte schon nicht mehr zu.

KAPITEL 11

Das Allererste, was Hanne Wilhelmsen am 17. Mai 2014 hörte, war eine misstönende und holprige Ausgabe des »Alten Jägermarschs«. Die Schulblaskapelle konnte nicht weit entfernt sein. Durch sie war sie wach geworden. Hanne wechselte in ihren Rollstuhl und war gerade rechtzeitig am Fenster, um es zu schließen, ehe auch Nefis aufwachte.

Nefis grunzte irgendetwas, drehte sich auf die andere Seite und schlief weiter. Hanne warf sich eine Decke über die nackten Beine und fuhr leise in die Küche.

Am Vortag hatte Nefis endlich nachgegeben. In diesem Jahr würde der Nationalfeiertag im Haus begangen werden. Nach einer halben Stunde der Auseinandersetzungen, während denen dann auch noch Ida aufgetaucht war und für Nefis Partei ergriffen hatte, war Hanne wütend geworden.

Was nur ganz selten vorkam. Sie war entschieden und ab und zu energisch. Aber fast niemals wütend.

Schließlich hatten Nefis und Ida nachgegeben. Ida hatte fast ängstlich gewirkt, als Hanne in die Luft gegangen war. Erst nach einer halben Stunde Kartenspielen hatte sie sich wieder beruhigt. Und ihr außerdem das Versprechen abgerungen, dass sie im Wohnzimmer sackhüpfen dürften und Ida einladen könnte, wen sie wollte.

Henrik würde jedenfalls kommen.

Er war gestern so glücklich gewesen. Nachdem im Keller der blauhaarige Leichnam entdeckt worden war, war er postwendend in der Kruses gate aufgetaucht. Sie hatte ihn jedoch gleich wieder weggeschickt. Er musste Berichte schreiben und Vorgesetzte informieren. Beides erledigte er so ausgezeichnet, dass Håkon Sand bei dem Fernsehinterview so gut informiert wirkte, als hätte der stellvertretende Polizeidirektor den Fall eigenhändig gelöst.

Hanne ärgerte sich noch immer, weil Henrik übergangen worden war.

Mit heftigen Bewegungen kippte sie Kaffeebohnen in die Mühle. Draußen rückte die Blaskapelle an, und als der Kaffee gemahlen war, hörte sie die Nationalhymne in einem Tempo, das sich besser für eine Beerdigung geeignet hätte als für die Feier einer genau zweihundert Jahre alten Verfassung.

Hanne konnte Blaskapellen nicht ausstehen.

Ihre Eltern hatten sie die ganze Grundschulzeit über gezwungen, Kornett zu spielen. Sie spürte noch immer das eiskalte Metall an erfrorenen Fingern und Lippen, an frühen Maimorgen mit Regen und Hagel. Die weißen Fingerhandschuhe aus Nylon hatten alles nur noch schlimmer gemacht.

Ihr schauderte, als die Kapelle unten auf dem Frognervei einem weiteren Spielmannszug begegnete.

Dieser absolut unerwartete Gedanke kam ihr so plötzlich, dass sie erstarrte. Sie lauschte der Musik und schloss die Augen.

Billy T.

Er hatte sie ihr vor mehreren Wochen gezeigt, als er die Panikattacke erlitten hatte, gerade hier, vor dem Kühlschrank. Eine Serie von Bildern, die er in Kirsten Ranviks Keller und in Arfan Olsens Wohnung in Årvoll gemacht hatte. Die Geschichte, die er erzählt hatte, war ein wildes Chaos gewesen, zusammenhanglos und nicht ganz nachzuvollziehen. Warum er überhaupt dort eingebrochen war, war ihr noch immer ein Rätsel. Und vielleicht irrte sie sich ja, aber irgendetwas stimmte da ganz und gar nicht.

Billy T. hatte nicht die Wahrheit gesagt.

Er hatte gelogen, weil er sich schämte.

Sie musste diese Bilder noch einmal sehen, und zwar sofort. Hanne griff zum Telefon.

Es war zehn vor sieben, aber es war eine Frage von Leben und Tod, dass sie Billy T. erreichte.

Es war zehn vor sieben, als er endlich die Tür hörte. Billy T. erhob sich und ging auf den Gang.

»Wo kommst du her?«, fragte er und drängte sich an seinem Sohn vorbei.

»Ich geh gleich wieder weg. Heute ist der 17. Mai, falls du das vergessen haben solltest.«

Der Angriff kam für den jungen Mann so überraschend, wie Billy T. es an einem langen Abend und in einer nicht enden wollenden Nacht geplant hatte.

Er hatte die Zeit genutzt, um sich zu sammeln.

Um der zu werden, der er einmal gewesen war.

Zu einer letzten Kraftanstrengung war er noch immer fähig, und er schob Linus mit einer Energie ins Badezimmer, die er sich kaum noch zugetraut hätte. In dem fensterlosen Raum zwang er Linus durch einen Tritt in die Kniekehlen zu Boden. Danach bog er ihm die Arme auf den Rücken und ließ die Handschellen zuschnappen, ehe der Junge so richtig begriff, was hier passierte.

Linus heulte auf. Billy T. packte ihn am Haar und presste seinen Kopf in die Toilettenschüssel.

»Papa, spinnst du! Verdammt, Papa, lass mich los!«

Die Rufe gingen in Stöhnen über, als Linus versuchte, sich zu wehren. Billy T. drückte Linus' Hinterkopf mit aller Kraft nach unten. Sein Gesicht näherte sich dem Wasser, in das Billy T. in dieser Nacht zweimal gepisst hatte, ohne danach abzuziehen.

»Der Rucksack«, fauchte Billy T. und riss den Kopf seines Sohnes wieder hoch, ehe er dessen Gesicht zur Duschkabine hindrehte.

Dort stand der rote Rucksack, eingesunken und leer.

»Die Polizei sucht nach diesem Rucksack, Linus. Deinem Rucksack. Was hast du damit gemacht? Leichenstücke in den Wald geschafft? Was?«

Er presste Linus das Knie in den Nacken, ehe er dessen Kopf wieder in die Kloschüssel drückte. »Und jetzt erzählst du alles. Absolut alles. Was du getan hast, was du vorhast und mit wem du das zusammen machst.«

»Verdammter Arsch«, stöhnte Linus. »Scheiße, du bringst mich noch um!«

Billy T. drückte das Gesicht des Jungen so tief in die Pisse, wie er konnte.

»Eins«, fauchte er. »Zwei, drei, vier, fünf.«

Und er riss den Kopf seines Sohnes wieder hoch. Linus schrie nicht mehr. Er rang nach Atem, spuckte und würgte. Billy T. griff nach dem großen Messer, das er ins Waschbecken gelegt und unter einem Handtuch versteckt hatte. Mit einer einzigen Bewegung klemmte er Linus' Oberkörper zwischen seine Knie, dann hielt er ihm das Messer an den Hals.

Und drückte zu. Ein dünner Blutfaden sickerte schräg unter dem Adamsapfel hervor.

Linus war ganz still geworden. Sein Kopf war nach hinten gepresst, und er steckte zwischen der Wand, den Beinen seines Vaters und der Kloschüssel fest wie in einem Schraubstock.

Billy T. keuchte. Zum ersten Mal sah Linus ihn an.

Als er die Angst in den Augen seines Sohnes bemerkte, presste Billy T. ihm das Messer noch fester gegen den Hals.

»Du bringst mich um«, würgte Linus hervor.

»Ja. Wenn du mir nicht sofort sagst, wo du da hineingeraten bist, dann bringe ich dich um. Das kannst du mir glauben.«

Jetzt rannen Linus Tränen über die Wangen. Als er seinen Vater wieder anblickte, wusste Billy T. zwei Dinge.

Erstens, dass der Plan, die Wahrheit aus seinem Sohn herauszuprügeln, gelang.

Und zweitens, dass sein eigenes Leben bald vorüber sein würde.

Gerade am 17. Mai war das Leben gar nicht so schlecht, fand der Mann, der unter dem Spitznamen Schuh bekannt war. Der Zugang zu Lebensmitteln war jedenfalls besser als sonst. Es war unglaublich, was die Leute alles wegwarfen. Die Kinder waren heutzutage außerdem unvorstellbar verwöhnt. An Tagen wie diesem bekamen sie beinahe alles, was sie wollten. Schon vor zehn Uhr morgens waren sie pappsatt, wollten für den Tag über aber trotzdem immer mehr. Bei den riesigen Menschenmengen in der Innenstadt war es zudem leichter, irgendwo etwas mitgehen zu lassen, von für den Tag aufgestellten Buden und den vielen Kiosken, die geöffnet hatten. Schuh stahl nicht gern und tat es nur selten, aber ab und zu war die Versuchung einfach zu groß.

Die Stimmung war übrigens nicht ganz so wie sonst.

Die Menschen hatten etwas Wachsames. Es waren weniger Kinder als sonst unterwegs, und wenn er es sich genau überlegte, dann hatte er keinen einzigen Kinderwagen gesehen.

Dafür schien es im Zentrum von Muslimen nur so zu wimmeln.

Lars Johan hatte absolut nichts gegen Muslime. Er schwärmte auch nicht gerade für sie, aber er mochte Menschen eigentlich generell nicht besonders. Nicht einmal sich selbst, und Muslime waren nicht besser und nicht schlechter als andere.

Nur gaben sie Bettlern niemals etwas. Aber das taten auch so immer weniger. Die verdammten Zigeuner, die jetzt plötzlich

Roma heißen sollten, nachdem sie viele Jahrhunderte lang Zigeuner gewesen waren, hatten dieses Geschäft total ruiniert.

Für Zigeuner hatte er nicht besonders viel übrig. Muslime dagegen waren schon in Ordnung, und Himmel, wie die sich für das Fest schön gemacht hatten! Die Frauen trugen die buntesten Kleider und die Männer die dunkelsten Anzüge. Sie hatten die längsten Schleifen in den norwegischen Farben und die größten Flaggen und schwenkten sie eifriger als alle anderen.

Aber in diesem Jahr wurden keine Flaggen als Antwort geschwenkt. Schuh war schon aufgefallen, dass die in Trachten gekleideten Pakistanerkinder am 17. Mai oft von wildfremden Leuten fotografiert wurden. Alte Damen lächelten und knipsten, und Touristen von außerhalb schienen dunkelhäutige Kinder in norwegischer Tracht entzückend exotisch zu finden.

Heute hatte er so etwas nicht beobachtet. Im Gegenteil. Auf dem Stortorg, wo er in einem Mülleimer eine ungeöffnete Flasche Cola gefunden hatte, hatte er gehört, wie sich zwei Frauen über einen schwarzhaarigen kleinen Wicht in dunkelblauem Trachtenanzug und Kniestrümpfen echauffierten.

»Die ruinieren die Trachtentradition«, hatte die eine empört zu der anderen gesagt.

Dass sie keine echten Trachten trugen, konnten die Damen ebenso in trauter Eintracht feststellen. Billiger Jux aus dem Billigkaufhaus Bogerud, das müsste doch verboten werden.

Es ist anders als sonst, dachte Schuh, und damit meinte er nicht nur das große Polizeiaufgebot. Überall waren Polizisten. Obwohl es in der Innenstadt sonst keine Autos zu geben schien, hörte er das durchdringende kurze Kläffen der Sirenen immer wieder, wenn ein Streifenwagen Probleme damit hatte, sich einen Weg durch die Menschenmenge zu bahnen.

Jetzt hatte er die Kreuzung an der Kongens gate erreicht. Die ganze Zeit über hatte er Angst, jemand könnte ihm auf die wehen Füße treten. Das war schon zweimal passiert, und er versuchte, so dicht wie möglich an den Hauswänden entlangzugehen. An den Bordsteinen wurde um die Plätze gekämpft, von denen aus man den Umzug sehen würde.

Beinahe wäre Schuh mit einem Ballonverkäufer zusammengestoßen. Der Mann hatte eine Clownsnase auf und hielt einen großen Strauß Aluminiumballons in der Hand. Schuh verlor das Gleichgewicht, als ein Mädchen von zehn oder zwölf Jahren versuchte, seinen Vater zu dem Ballonverkäufer zu ziehen.

Schuh konnte sich nur mit Mühe auf den Beinen halten. Er entdeckte eine unerwartete Stütze in einigen Instrumenten, die offenbar eine Blaskapelle abgestellt hatte. Ein uniformierter Musikant stand als Wächter daneben, aber es wäre ein Leichtes, in diesem Chaos etwas zu entwenden. Doch während Schuh noch überlegte, was ein Trödelladen wohl für so eine große Trommel geben würde, legte sich eine riesige Hand auf seine Schulter.

»Du da«, sagte eine tiefe Stimme, und Schuh drehte sich resigniert um.

»Nicht heute«, flehte er jämmerlich. »Es ist doch ein Feiertag, verdammt noch mal! Nicht heute!«

»Die Taschen umstülpen«, befahl der Polizist und schob ihn an die Hauswand. »Sofort.«

»Bitte! Ihr müsstet doch heute etwas anderes zu tun haben, als gerade mich zu quälen!«

»Die Taschen umstülpen, und zwar sofort!«

Schuh hatte den Mann noch nie gesehen, aber seit die verdammten Bomben hochgegangen waren, ließ die Osloer Polizei die seltsamsten Gestalten Streife laufen. Manchmal erblickte er tagelang kein bekanntes Gesicht. Die Achselklappen machten deutlich, dass der Bursche noch auf die Polizeischule ging. Vermutlich war er zum ersten Mal im Einsatz. Wollte hier den starken Mann markieren und wagte es nicht, andere als einen armen Junkie mit wehen Füßen zu schikanieren.

Obwohl er ein riesiger Brocken war.

»Okay, okay. Nicht rumnerven.«

Schuh versuchte, ein kleines Aluminiumpäckchen mit seiner einzigen Tagesdosis zwischen Zeigefinger und Mittelfinger zu verstecken. Als er die Hand in die Tasche schob, fiel es trotzdem zu Boden.

»Was haben wir denn hier?«, fragte der Polizeischüler und hob das unscheinbare Päckchen auf. »Und jetzt die andere Tasche.«

Schuh zog ein Schweizer Messer hervor. Es war von der dicksten Sorte, mit zahllosen Werkzeugarten, für die er niemals Verwendung hatte.

»Du läufst in aller Öffentlichkeit mit einem Messer herum?«

Der uniformierte Riese streckte gebieterisch die Hand aus.

»Das darf ich immer behalten«, sagte Schuh verzweifelt. »Es ist fast das Einzige, was ich habe.«

»Her damit. Sofort.«

»Was ist denn hier los?«, fragte eine befehlsgewohnte Stimme.

»Gott sei Dank«, seufzte Schuh.

»Eine mutmaßliche Tagesdosis Heroin und ein in aller Öffentlichkeit mitgeführtes Messer«, antwortete der Polizeischüler mit dröhnender Stimme. »Nehmen wir ihn mit, oder soll ich den Kram nur beschlagnahmen?«

»Schuh mitnehmen? Am 17. Mai? Da haben wir doch Besseres zu tun. Zeig mal das Messer, Schuh.«

Lars Johan Austad legte das schwere Taschenmesser in die Hand des Hauptkommissars.

»Ich hab dich noch nie in Uniform gesehen«, murmelte er.

»Doch. Das hast du. Vor Gericht bin ich immer uniformiert. Schönes Messer.«

Er ließ den Daumen über die glatte rote Oberfläche mit dem Schweizer Kreuz fahren. Danach drehte er es um. Auf der anderen Seite war in Gold und Hellblau das Logo des Landesverbandes der UN-Veteranen eingeprägt.

»Ich finde, das darf Schuh behalten«, sagte er und reichte es ihm. »Aber steck es in deine tiefste Tasche, ja?«

»Klar doch.«

Das Messer verschwand blitzschnell in Schuhs Hosentasche.

»Das ... äh ... ich hatte nur Geld für die eine Dosis.«

Er sah den Hauptkommissar an, und der überlegte kurz und hielt dem Polizeischüler dann fordernd die Hand hin.

»Mach lieber, dass du aus der Innenstadt wegkommst, Schuh«, sagte er und steckte ihm das Päckchen in die Brusttasche. »Es ist nicht sicher, ob der nächste Kollege, dem du begegnest, auch so umgänglich ist wie ich. Wie du siehst, sind wir heute hier ganz schön viele.«

»Vielen Dank«, antwortete Schuh und lächelte breit. »Das werde ich dir nie vergessen. Ich geh jetzt zur U-Bahn und bin wie der Blitz verschwunden.«

Er hatte das zwar durchaus nicht vor, aber sicherheitshalber fügte er noch einige fantasievolle Ehrenworte hinzu, ehe er sich einen Weg durch die Menschenmenge bahnte und verschwand.

Billy T. war spurlos verschwunden.

Hanne hatte mindestens zwanzig Mal versucht, ihn anzurufen. Vor einer halben Stunde hatte sie sich den Kopf zermartert, um sich an Gretes Nachnamen zu erinnern. Zuerst hatte er ihr einfach nicht einfallen wollen, dann wusste sie plötzlich, dass Linus

Bakken hieß. Er hieß also nicht nach seinem Vater, und als Hanne im Telefonbuch nachsah, fand sie in Oslo drei Grete Bakken. Sie hoffte inbrünstig, dass Linus' Mutter noch immer in der Stadt wohnte, und griff zum Telefon.

Die Erste, die sie erreichte, schien von Stimme und Ausdrucksweise her sehr alt zu sein. Hanne beendete das Gespräch rasch und behauptete, die falsche Nummer gewählt zu haben. Die Zweite wirkte total verwirrt, als Hanne Linus erwähnte. Auch dieses Gespräch fiel kurz aus.

Die dritte Grete Bakken in Oslo ging nicht ans Telefon. Nach fünf Klingeltönen wurde Hanne auf den Anrufbeantworter übergeleitet. Sie erkannte die Stimme nicht. Andererseits hatte sie höchstens fünf- oder sechsmal mit Grete gesprochen, und das war vor mehr als zwölf Jahren gewesen.

Sie hinterließ die flehentliche Bitte um Rückruf.

Das war jetzt zwanzig Minuten her, und inzwischen war es bereits Viertel nach neun.

In einer Dreiviertelstunde würde sich der Kinderumzug in Bewegung setzen.

Aus dem Wohnzimmer waren Gelächter und laute Musik zu hören. Fünf andere Eltern aus Idas Klasse hatten es für eine sehr gute Idee gehalten, die Feier aus den Straßen von Oslo in die Wohnung von Hanne und Nefis zu verlegen.

Henrik war zehn Minuten zu früh gekommen, in blauem Anzug und Schlips. Er war sicher der einzige Polizist in Oslo, der an diesem Tag keinen Dienst tun musste. Die Leitung des Gewaltabschnitts schien nicht einmal zu ahnen, welchen Glückstreffer sie mit ihm gelandet hatte, hatte Hanne gedacht, als sie im Laufe des Morgens wieder und wieder im Netz surfte.

Als das Telefon klingelte, fuhr Hanne zusammen und hätte es fast fallen lassen.

»Hallo?«

»Hallo. Hier ist Grete Bakken, und ich bin von dieser Nummer aus angerufen worden ...«

»Hallo, Grete. Tausend Dank, dass du anrufst. Hier ist Hanne Wilhelmsen. Ich weiß nicht, ob du dich an mich erinnerst.«

»Natürlich erinnere ich mich an dich, Hanne. Du hast Linus ja damals mehrere Male bei mir abgeholt. Und ihn auch wieder abgeliefert.«

»Genau.« Hanne hielt für einen Moment den Atem an »Ich muss dir eine ziemlich seltsame Frage stellen. Und es ist von größter Bedeutung, dass du so präzise wie möglich antwortest. Ich kann dir im Moment leider nicht sagen, warum ich frage, aber ...«

»Frag nur. Ich hab es aber eilig, ich bin bei Freunden zum Mittagessen eingeladen.«

»Es geht um Linus.«

»Ach?«

»Spielt er in einer Blaskapelle?«

»Was?«

Grete lachte angespannt, als habe sie die Frage nicht verstanden und zweifele an Hannes Verstand.

»Spielt Linus in einer Blaskapelle?«, wiederholte Hanne noch einmal. »Oder hat er das je getan?«

»Linus?«

Diesmal klang das Lachen etwas echter.

»Nein, absolut nicht. Er ist der unmusikalischste Mensch aller Zeiten. Nein, für ihn gab es nur Fußball, bis er dann mit sechzehn oder siebzehn nicht mehr gut genug für die erste Mannschaft war. Blaskapelle?« Jetzt lachte sie herzlich. »Warum um alles in der Welt willst du das wissen?«

»Wie gesagt«, antwortete Hanne, »ich darf darüber nicht sprechen. Noch nicht. Vielen Dank und einen schönen Tag noch.«

»War das alles, was du wissen wolltest?«

»Ja. Tausend Dank für den Anruf.«

Hanne drückte das Gespräch weg.

Ihr Puls war jetzt mindestens auf hundertzwanzig, und sie fasste sich an die Brust.

Linus hatte in seinem Schrank eine Spielmannsuniform gehabt. Für Hanne hatte das überhaupt nicht zu dem Linus gepasst, den sie früher gekannt hatte, und sie hatte Billy T. gefragt, welches Instrument sein Sohn spiele. Posaune, hatte Billy T. geantwortet und das nach kurzem Nachdenken noch einmal wiederholt.

Posaune.

Er hatte gelogen, weil er sich schämte.

Billy T. wusste so wenig über seine Kinder, dass er keine Ahnung von ihren Hobbys hatte. Er wollte das nicht zugeben und griff zu dem, was er für eine belanglose Notlüge hielt.

Das Problem war, dass in Andreas Kielland Olsens Wohnung eine ebensolche Uniform gehangen hatte. Hanne hatte sie gesehen, in einem von Billy T. fotografierten Kleiderschrank.

Und in Kirsten Ranviks Keller stand eine große Trommel.

Daran erinnerte sich Hanne genau; die Trommel lag in einem großen Regalfach neben einem blaugrünen Surfbrett in dem ordentlichsten Keller, den sie je gesehen hatte.

In der Osloer Innenstadt verkehrten an diesem Tag ausschließlich Wagen und Motorräder der Polizei. Es gab keine Kinderwagen, Rucksäcke, Umhängetaschen oder Einkaufstrolleys. Nicht einmal elektrische Rollstühle waren gestattet.

Aber ohne Blaskapellen gab es keinen 17. Mai, und im Moment wimmelte es in Oslo davon.

Trommeln.

Tubas.

Bombenverstecke.

»Großer Gott«, flüsterte Hanne und versuchte, ihren Puls unter Kontrolle zu bringen.

Sie hatte keine Ahnung, was sie tun sollte, und Billy T. hatte sich noch immer nicht gemeldet.

Billy T. war zum Sterben unterwegs.

Dahinter steckte keine eigentliche Entscheidung. Kein gründlicher und durchdachter Prozess. Der Beschluss war ganz von selbst gekommen, im Badezimmer, als er die Wahrheit aus seinem Sohn herausgepresst hatte und als er sich dann der erbarmungslosen Erkenntnis stellen musste, was er einem Menschen antun konnte, den er so sehr liebte.

Und den er zugleich überhaupt nicht kannte.

Er hatte die Hände in die Taschen gesteckt. Die Jeansjacke passte ihm jetzt, roch aber nicht mehr gut.

Das spielte keine Rolle, so wie nichts noch irgendeine Rolle spielte.

Sein Verdacht war nicht unbegründet gewesen. Bis zuletzt, bis Linus auf den Knien vor ihm lag und er dem Jungen das Messer weiterhin an die Kehle hielt, hatte er auf ein Wunder gehofft. Auf irgendeine andere Erklärung, als dass sein Sohn die Mitschuld am Verlust so vieler Menschenleben trug. Aber die gab es nicht.

Linus hatte mitgeholfen, Jørgen Fjellstads Leichnam in den Wald zu bringen. Der Junge aus Lørenskog hatte sterben müssen, weil Peder kalte Füße bekommen hatte, nachdem die Videos aufgenommen worden waren.

»Peder« hatte Linus den Mann genannt, seinen Nachnamen kannte er nicht.

Linus war beim ISAN gewesen, als die Bomben angebracht worden waren. Und er hatte von der Bombe im Grüneren Gras gewusst.

Billy T. hätte ihn fast umgebracht.

Er hatte seinen Sohn im Badezimmer eingesperrt. Die Tür wurde von außen nur mit einem einfachen Schlüssel gesichert. Damit Linus nicht entkommen konnte, hatte Billy T. die Tür zusätzlich mit drei groben Brettern verrammelt. Vierzig grobe Nägel hatte er eingeschlagen, sie ragten innen sicher wie auf einem Nagelbrett hervor. Außerdem hatte er Linus' eine Hand von den Handschellen befreit und ihn damit an ein Wasserrohr gefesselt.

Der Junge war so verängstigt, zittrig und erschöpft gewesen, dass er kaum Widerstand geleistet hatte.

Im Badezimmer gab es Wasser,

Linus würde nicht verdursten.

Billy T. hatte Grete eine SMS geschickt und sie gebeten, das Fotoalbum zu holen, nach dem sie schon so oft gefragt hatte. Morgen früh. Ja nicht später, denn Billy T. werde auf unbestimmte Zeit verreisen und wolle die Sache mit dem Album vorher aus der Welt schaffen.

Er hatte die Wohnungstür offen stehen lassen. Wenn Linus nicht rufen könnte, wenn er jemanden kommen hörte, würde die Person sicher auf die verbarrikadierte Badezimmertür reagieren. Sicherheitshalber hatte Billy T. ein Brecheisen auf den Boden gelegt.

Er hatte keine Ahnung, was aus Linus werden sollte.

Er wusste nichts über Linus, das hatte er begriffen, und er weinte über die Geschichte, die er seinem Sohn abgerungen hatte. Sie war unerträglich. Billy T. wusste nicht, was schlimmer war: Dass sein Sohn dazu beigetragen hatte, neunundzwanzig Menschen mit Bomben und einen mit Cyanid zu töten, oder dass er einen alten Freund in den Tod gelockt hatte.

Sie hatten Shazan fünftausend Kronen versprochen, wenn er die Darth-Vader-Figur ihrem rechtmäßigen Besitzer zurückbrachte. Da er sie ein Jahr zuvor Linus für nur fünfhundert abgekauft hatte, war es ein Angebot gewesen, dem er nicht widerstehen konnte. Sie wollten sich auf der Gimle terrasse treffen, wo Linus angeblich eine reiche Tante hatte. Auch Mohammad Awad wollte kommen, und zu dritt würden sie danach zu einem Treffen beim Islam Net gehen.

Während Rotz und Blut flossen, hatte Linus erzählt, dass zwei muslimisch gekleidete junge Männer in der Gegend gesehen werden und damit die Botschaft verstärken sollten, die sie dann später im Namen der *Wahren Umma des Propheten* verschicken wollten. Dass Mohammad in dem Moment gekommen war, als die Bombe hochging, war ein Glückstreffer gewesen. Er war ums Leben gekommen, wie Shazad nur eine Viertelstunde zuvor in der Bygdøy allé.

Zwei Fliegen mit einer Klappe, nuschelte Linus, und Billy T. konnte nur noch schluchzen. Das Messer bohrte sich einen Millimeter tiefer in die Haut am Hals.

»Die sind Idioten«, hatte Linus geschrien. Sie hatten Andreas und ihm blind vertraut. Geglaubt, dass die beiden mit ihnen sympathisierten. Geglaubt, dass Andreas konvertiert sei. Sie waren auf die Lüge mit der *Wahren Umma des Propheten* sofort angesprungen und hatten nicht durchschaut, dass sie nur benutzt wurden. Muhammad, Shazad und Jørgen waren totale Idioten gewesen, mit denen nicht einmal die echten Dschihadisten etwas zu tun haben wollten.

Sie hatten es einfach nicht besser verdient.

Unterwegs kam Billy T. die eine oder andere festlich gekleidete Gruppe entgegen. Solche Gruppen machten jetzt einen Bogen um ihn. Väter nahmen bei seinem Anblick ihre Kinder auf den Arm, als er nun zum Trondheimsvei hochtaumelte. Mütter zogen ihre Kleinen an sich und sahen verängstigt aus.

Er wurde schneller.

Eines musste er noch vor seinem Tod erledigen. Als er sich der Kreuzung zwischen den Studentenwohnheimen und der Trabrennbahn Bjerke näherte, zog er sein Telefon hervor. Während er die Mitteilung eingab, ging er langsamer.

Er fühlte sich jetzt ruhiger.

Auf eine Weise entschlossen.

Die Mitteilung fiel nicht lang aus. Als er fast fertig war, hatte er die Fußgängerbrücke über den Riksvei 4 erreicht, etwa ein Dutzend Meter südlich der großen Autobahnbrücke. Er blieb stehen und beendete seine Nachricht.

Wenn du Linus aus allem raushalten kannst, machst du mir eine Freude. Aber das ist sicher unmöglich. Ich habe ihn wenigstens daran gehindert, bei dem mitzumachen, was heute passieren soll. Ich war nie gut genug für andere, höchstens für mich selbst. Dich habe ich geliebt, seit ich 22 war. Those were the days, Hanne. Alles Gute, dein Billy T.

Er kletterte außen auf das Geländer. Das Telefon hielt er noch immer in der rechten Hand, als er das Gleichgewicht fand und die Arme zur Seite ausstreckte.

Von Süden her näherte sich ein Fernbus. Er war mit norwegischen Flaggen geschmückt, und an den Seitenspiegeln waren Birkenzweige befestigt. Billy T. schickte seine Mitteilung mit dem Daumen ab und wartete kurz, um sicher zu sein, dass sie gesendet worden war.

Er hätte an den Busfahrer denken müssen. An die Fahrgäste, die sicher in Festtagsstimmung waren. Aber er sah nur die Augen seines Sohnes vor sich, den Blick, den Linus ihm zugeworfen hatte, als er wirklich glaubte, sein Vater wäre fähig, ihn zu töten.

Als der Bus noch fünfzehn Meter von der Brücke entfernt war, ließ Billy T. das Geländer los und fiel.

Ein Polizeipferd stolperte und wäre fast gestürzt.

Die Umstehenden schrien auf. Polizeidirektorin Silje Sørensen versuchte, die Zuschauer beruhigend anzulächeln, als der Reiter mit geübtem Griff das Tier ins Gleichgewicht brachte.

Die Stimmung schien auf die Pferde übergegriffen zu haben.

Sogar die Flaggen knatterten lauter als sonst, über Nacht war ein starker Wind aufgekommen.

Silje würde zum ersten Mal an der Spitze des Umzugs gehen, zusammen mit dem Bürgermeister und dem 17.-Mai-Komitee. Sie war in Uniform, anders als die zahlreichen Kollegen in Zivil, die sich jetzt unter die vielen Tausend Kinder hinter ihr mischten.

Dagegen waren die Kollegen bewaffnet.

Das private Handy in ihrer linken Tasche hatte mehrmals geklingelt. So diskret wie möglich warf sie einen Blick auf das Display.

Hanne Wilhelmsen. Ihr vierter Anruf.

Der Zug setzte sich in Bewegung.

Silje schrieb blitzschnell.

Umzug. Kann nicht sprechen. Ruf Håkon an. 0 Ergebnis Ranvik.

Dann steckte sie das Telefon wieder in die Tasche, setzte ihr strahlendstes Lächeln auf und betete im Stillen darum, dass dieser Tag bald ein Ende nähme.

Obwohl es erst zehn Uhr am Vormittag war.

Lars Johan Austad stand vor der Stortingsgata 10 und kratzte sich am Kopf. Das hier war doch wirklich seltsam.

Nach all den Jahren auf der Straße war er nur noch ein Schatten des Elitesoldaten von einst, aber er hatte nie aufgehört, auf der Hut zu sein. Das machte sich bezahlt. Noch nie war er ausgeraubt oder überfallen worden, und er war ein Meister in der Kunst, geeignete Übernachtungsstätten zu finden. Im Sommerhalbjahr verbrachte er oft mehrere Tage im Wald. Er hatte dort drei kleine Depots mit Zelt, Schlafsack und einigen Konservendosen. Das war die beste Zeit des Jahres. Wenn es ihm gelänge, sich ausreichend Drogen für mehr als zwei oder drei Tage zu beschaffen, würde er den ganzen Sommer dort oben umherstreifen. Seine Tagesetappen waren nie lang, unebenes Gelände war nicht gut für seine Füße, aber er kannte überall gute Stellen zum Zelten.

Das hier war ausgesprochen seltsam. Musikinstrumente sollten von Musikanten getragen werden.

Aber er hatte jetzt schon drei Trommeln verwaist herumstehen sehen, hinterlassen auf dem Bürgersteig. Die erste, vor Cubus, wo dieser Polizeischnösel ihm fast den Tag verdorben hätte, wurde immerhin auf irgendeine Weise von einem Typen in Blaskapellenuniform bewacht.

Oder vielleicht doch nicht?

Schuh kratzte sich mit beiden Händen am Kopf.

Vermutlich Läuse. Zeit, die Ärzte in der Urtegata aufzusuchen, die Obdachlose behandelten. Neue Salbe für seine Füße brauchte er auch.

Die Trommel hinter dem Narvesen-Kiosk bei Spikersuppa stand jedenfalls allein da. Schuh konnte sich nicht vorstellen, wie jemand eine so große Trommel vergessen konnte. Und zwei Minuten zuvor, als er in die Stortingsgata abgebogen war, war ihm ein einsamer Trommler des Juniorspielmannszuges Sinsen entgegengekommen und hatte sein Instrument vor dem Laden von Uhrmacher Christensen abgestellt.

Und war dann einfach davongegangen.

Schuh sah sich die Trommel genauer an.

Sie war nicht mehr neu. Das ins Trommelfell eingeprägte Logo des Produzenten war fast nicht mehr zu lesen. Aber sicher würde sie ihm doch einige Kronen einbringen, die Frage war nur, ob er unbehelligt mit einer großen Trommel durch ganz Oslo gehen könnte. Für einen Musikanten würde ihn sicher niemand halten. Außerdem wusste er nicht, wo er einen so großen Gegenstand verstecken sollte, bis er einen möglichen Käufer dafür gefunden hätte.

Aber etwas an dieser Trommel war seltsam.

Er versuchte, sie hochzuheben. Das war kein Problem, aber er beneidete niemanden, der so ein riesiges Teil einen ganzen 17. Mai lang tragen musste. Der Betreffende müsste jedenfalls einen besseren Rücken haben als er.

Es konnte doch nicht sein, dass eine Trommel so viel wog.

Mit großer Mühe kniete sich Schuh vor das Instrument.

Das Fell war repariert worden, wie er jetzt sah. Ein Flicken, vielleicht zehn Quadratzentimeter groß, war deutlich heller als der Rest. So, wie die Trommel da stand, war der Flicken ganz unten. Schuh schob einen Finger darunter.

Der Flicken ging ab.

Vielleicht war die Trommel ruiniert, dachte er. Unbrauchbar. Deshalb war sie einfach abgestellt worden, und vermutlich würde der Besitzer dieses fast wertlose Instrument am nächsten Morgen mit dem Auto holen.

Ohne nachzudenken, riss er den Flicken ab.

Die Trommel war nicht nur ruiniert.

Die Trommel war eine Bombe.

»Bis jetzt sind wir von einer Bombe heute verschont worden«, sagte Håkon Sand zu einer Kollegin, die ihm Kaffee und ein Stück Sahnetorte ins Büro brachte. »Und der Zug ist schon eine ganze Weile unterwegs.«

Sie gab keine Antwort. Doch der Blick, den sie ihm beim Hinausgehen zuwarf, ließ ihn mit dem Mund voll Kuchen und Sahnecreme albern zurücklächeln.

In der Nacht hatte er viele Stunden damit vergeudet, einem Tipp nachzugehen, den ihm Silje erhalten hatte. Das hatte aber nichts erbracht. Eine Frau namens Kirsten Ranvik habe auf irgendeine Weise mit den Terroraktionen zu tun, hatte Silje erklärt.

Håkon musste zugeben, dass er sich dieser Aufgabe eher halbherzig gewidmet hatte. Er hatte sie einem jungen Ermittler übertragen, der sich in den vergangenen Monaten als eher eifrig denn als tüchtig erwiesen hatte. Der Mann war nach anderthalb Stunden zu ihm gekommen und hatte berichtet, Kirsten Ranvik sei Bibliothekarin, kümmere sich um einen pflegebedürftigen Sohn, und es liege nichts gegen sie vor. Das einzige politische Engagement, das sich nachweisen lasse, sei eine lange zurückliegende Mitgliedschaft in der FRP.

Kein Grund also, die Dame festzunehmen.

Außerdem war sie die Mutter eines Hauptmannes beim Sonderkommando der Armee. Auch wenn Peder Ranvik ein Arschloch war.

Nach der ersten, misslungenen Vernehmung hatte Håkon versucht, eine weitere in die Wege zu leiten. Aber genauso gut hätte er versuchen können, mit bloßen Händen einen Hering zu fangen.

Hauptmann Ranvik war einfach nicht mehr ausfindig zu machen. Der Mann hatte zwar eine Mobilnummer, doch unter der antwortete eine metallische Frauenstimme, der Anschluss sei nicht mehr in Betrieb. Als zuerst mehrere Ermittler und dann Håkon selbst sich ans Oberkommando gewandt hatten, hatten sie nur erfahren, dass Peder Ranvik derzeit nicht erreichbar sei.

Håkon war noch nie auf eine Behörde mit so viel Heimlichtuerei gestoßen. Sie konnten ihm weder sagen, wo Hauptmann Ranvik sich aufhielt, noch, wann er zurückerwartet wurde. Sie konnten ihm nicht einmal mitteilen, ob er in Norwegen war. Håkon war so wütend gewesen, dass er um eine Bestätigung gebeten hatte, dass Peder Ranvik überhaupt existierte, aber die hatte er auch nicht bekommen.

Schließlich drohte er, eine Streife nach Rena zu schicken, um den Mann zu suchen, aber da hatte die Person am anderen Ende der Leitung einfach aufgelegt.

Mit Peder Ranvik war er also bis auf Weiteres fertig, und deshalb hatte er in der Nacht keine Zeit mit ihm vergeudet. Ranviks Mutter mochte eine reaktionäre Dame aus Korsvoll sein, aber sie war wohl kaum eine Terroristin.

Gern hätte er gewusst, von wem Siljes Tipp stammte.

Die Sahnetorte war nicht besonders gut gelungen. Der Teig war trocken, die Creme ein wenig zu steif, und die importierten Erdbeeren schmeckten eigentlich nur nach Wasser.

Das Telefon klingelte. Er kannte die Nummer nicht, nahm den Anruf aber an.

»Sand«, sagte er mit vollem Mund.

»Hallo, Håkon. Hier ist Hanne. Hanne Wilhelmsen.«

Er kaute. Schluckte. »Hallo«, würgte er hervor.

»Ich habe versucht, Silje zu erreichen. Die ist beim Umzug und kann nicht reden. Deshalb rufe ich dich an.«

Die Creme fiel in seinem Mund zu einer widerlich süßen Butter zusammen. Er griff nach einem Briefumschlag und spuckte die zähe hellrote Masse in den Papierkorb.

»Na gut«, sagte er und zog eine Tabaksdose aus einer Schublade.

»Überall in der Stadt sind Bomben ausgelegt, Håkon.« Er stopfte sich einen Priem unter die Oberlippe.

»Was?«

»Sie sind in Musikinstrumenten versteckt. Vier Trommeln und eine Tuba, soviel ich weiß. Versucht, die Instrumente zu finden, die von niemandem getragen werden.«

»Wie ... was zum Teufel ...«

»Hör auf mich, Håkon. Bitte.«

Ihre Stimme klang so fremd. Sie wirkte angespannt, schien mit den Tränen zu kämpfen, und er ertappte sich bei dem Gedanken, ob er denn überhaupt mit Hanne Wilhelmsen spreche.

»Dir ist doch sicher klar, dass ich nicht einfach tätig werden kann, nur weil jemand anruft und sich ausgibt als ...«

»Håkon! Jetzt hör mir endlich zu! Wir haben zu Heiligabend 2002 bei mir zu Hause Reispudding gegessen, einige Tage, ehe ich angeschossen wurde. Harry Marry hatte euch hinter meinem Rücken eingeladen. Okay? Hörst du mir jetzt zu?«

»Na gut«, murmelte er und öffnete einen Knopf an seinem Hemd.

»Wir haben furchtbar wenig Zeit. Als Erstes musst du die Meldung rausgeben, dass alle nach Trommeln suchen müssen. Und nach einer Tuba. Dann schickst du eine Streife in den Skjoldvei in Korsvoll und lässt eine gewisse Kirsten Ranvik festnehmen.«

Håkon klappte die Kinnlade herunter, und er schloss hörbar den Mund.

»Auf welcher Grundlage?«, fragte er.

»Denk dir irgendetwas aus. Ich schwöre dir, Håkon, du erfährst nachher alle Details. Ich habe ... Billy T. ...«

Jetzt schien sie wirklich zu weinen. Håkon hatte Hanne Wilhelmsen noch nie weinen hören. Er hätte nie gedacht dass sie dazu in der Lage wäre.

»Ich begreife ehrlich gesagt gar nichts«, sagte er leise.

»Das wirst du schon noch. Kirsten Ranvik leitet eine Gruppe, die hinter beiden Bomben steckt. Billy T. hat mir …«

Wieder fiel ihr das Sprechen sehr schwer.

»Hallo?«, fragte Håkon.

»Tu was!«, schrie sie. »Um Himmels willen. Trommeln und eine Tuba, Håkon! Und holt euch Kirsten Ranvik. Sie hat auch einen Sohn, der in die Sache verwickelt ist. Peder. Peder Ranvik. Diese Leute sind gefährliche Rechtsextreme. Håkon, du musst bitte schnell …«

»Hast du Peder Ranvik gesagt? Der Hauptmann?«

»Ja. Der ist bei einem Sonderkommando, wenn ich das richtig verstanden habe. Er könnte den verschwundenen Sprengstoff gestohlen haben, das weiß ich nicht, aber du musst …«

Peder Ranvik. Håkon ließ den Arm sinken. »Hallo«, hörte er Hanne im Hörer rufen, der jetzt vor ihm auf dem Tisch lag.

Wenn der C4-Diebstahl jemals untersucht würde, würde Peder Ranvik der Einzige sein, auf den keinerlei Verdacht fiel. Er hatte schließlich am lautesten Krach geschlagen. Peder Ranvik hatte verlangt, die Polizei einzuschalten. Er hatte die Wachhunde der Polizei auf zwei namentlich genannte Personen gehetzt.

Peder Ranvik wusste zugleich, dass die Armee es niemals riskieren würde, ihre bestbewahrten und überaus wertvollen Geheimnisse auffliegen zu lassen. Also hatte er sich die ganze Zeit in Sicherheit gewiegt. Und sich eine solide Rückendeckung verschafft, falls später doch noch etwas herauskäme.

Wie zum Beispiel, dass der Sprengstoff für Terroraktionen benutzt wurde.

»Hallo?«, hörte er wieder. »Bist du da?«

Er griff nach dem Hörer.

»Ja. Kannst du herkommen?«

»Wenn du versprichst, zu tun, was ich sage, dann komme ich. Lass mich von einem Dienstwagen abholen. Ich werde alles erklären. Aber du musst mir glauben, Håkon. Diesmal musst du mir ganz einfach glauben.«

Hanne Wilhelmsen kehrt ins Polizeigebäude zurück, dachte er. Zum ersten Mal seit mehr als elf Jahren.

Sie meinte es offenbar ernst, und Håkon begriff, dass sich nun endlich das ganze Bild zusammenfügte.

»Wirklich!«, schnauzte ein wütender Polizist vor der Stortingsgata 10 einen anderen an. »Lass ihn das machen. Er war mal Soldat bei einer Sondereinheit. Konzentriere dich darauf, die Leute fernzuhalten. Mach schon! *Schaff die Leute weg!*«

Er griff sich an die Schulter und kläffte noch einen Befehl ins Mikrofon.

Überall in der Stadt fauchten und knisterten die Funkgeräte. Einzelnen Leuten fiel auf, dass die Polizei in Bewegung geraten war. Unruhe breitete sich aus.

Schuh bemerkte nichts. Er war wieder Soldat.

Die vergangenen vierzehn Jahre schienen nicht mehr zu existieren. Er war wieder derjenige, der er einmal gewesen war und der zu sein er vielleicht niemals aufgehört hatte. Seine Hände waren ruhig, sein Blick klar. Sein Herz schlug rhythmisch. Mit dem Taschenmesser des Veteranenverbandes tat er genau das Richtige, im richtigen Moment und in der richtigen Reihenfolge. Seine Beine schmerzten nicht mehr. Er spürte sie gar nicht, er kniete schon so lange, dass seine Beine taub geworden waren.

Aber das spielte keine Rolle. Nichts spielte noch eine Rolle, außer der Aufgabe, die er ungefragt übernommen hatte.

Der Gegend um ihn herum wurde immer menschenleerer. Der Polizist, der ihn erkannt hatte, war außer Schuh der Einzige, der noch immer auf dem Bürgersteig zwischen der Rosenkrantz' gate und der Universitetsgata stand. Aus einiger Entfernung waren weiterhin Blasmusik und Hurrarufe zu hören, aber es mischten sich immer mehr Sirenen unter diese Geräusche.

Das störte Schuh nicht.

Eine Freude, die er nicht mehr für möglich gehalten hätte, breitete sich wie ein Rausch in seinem Körper aus, als er ohne zu zögern eine letzte Leitung durchtrennte und dann versuchte, wieder auf die Füße zu kommen.

Aber das ging nicht. Er blieb auf den Knien und stützte sich mit den Händen ab.

»Fertig«, sagte er ruhig. »Sie ist entschärft. Hinter dem Narvesen-Kiosk dahinten auf der Kreuzung steht noch eine. Könnten Sie ... Könnten Sie mich hintragen?«

Er hob den Arm und zeigte zum Kiosk hinüber.

Ohne zu antworten, half der Polizist ihm auf die Beine.

»Ich muss Sie huckepack nehmen«, sagte er sachlich und nahm Schuh auf den Rücken.

Das seltsame Paar setzte sich in Bewegung, und noch immer war keine Bombe hochgegangen.

Kirsten Ranvik saß auf dem Weg nach Grønlandsleiret 44 im Streifenwagen und wusste, dass es in wenigen Minuten knallen würde.

Die vier Männer, die sie abgeholt hatten, waren durchaus höflich. Und Kirsten Ranvik hatte sie so empfangen, wie sich das gehörte, mit Würde. Die Polizisten hatten ihr ein Blatt Papier gezeigt, auf dem stand, dass sie wegen Verstoßes gegen § 5-2, vgl. § 12-1 der Steuergesetzgebung festgenommen sei.

Steuerhinterziehung.

Sie hatte über diesen Einfall gelächelt. Einer bei der Stadt angestellten Bibliothekarin ohne zusätzliche Einkünfte Steuerhinterziehung vorzuwerfen, war fantasielos. Noch dazu am Nationalfeiertag.

Aber sie hatten es ja auch eilig gehabt.

Wieder war nicht alles nach Plan verlaufen. Linus war nicht aufgetaucht. Das hatte ihr Sorgen gemacht, aber sie hatten ihn nicht erreichen können. Immerhin hatte seine Abwesenheit den Plan nicht ruiniert. Sie war nur ein Strich durch die Rechnung, ein Fallstrick, wie die Entdeckung des Muslims draußen in der Geröllhalde, mit der sie auch nicht gerechnet hatten. Peder hatte ihr aber versichert, dass diese Leiche keinesfalls mit ihm, Andreas oder Linus in Verbindung gebracht werden könnte. Sie könne also ganz ruhig bleiben.

Die fünf Wochen, die seit der Entdeckung ohne jeden Ermittlungserfolg vergangen waren, ließen sie annehmen, dass er wie immer recht gehabt hatte.

Peder war Elitesoldat und wusste, was er tat.

Die Polizisten hatten ihr keine Handschellen angelegt. Im Gegenteil, der jüngste hatte ihr auf dem Kiesweg zum Auto den Arm angeboten, da sie ihre guten Schuhe trug und die Absätze für diese Art Unterlage nicht geschaffen waren.

Die Vorstellung, dass Gunnar jetzt allein war, beunruhigte sie ein wenig, aber sie tröstete sich damit, dass acht oder zehn Stunden nicht so schlimm für ihn sein würden. Danach würde sie sicher wieder zu Hause sein.

Es lag nichts gegen sie vor. Es gab keine Beweisstücke. Keine Fingerabdrücke oder elektronischen Spuren. Keine Hinweise auf den Einkauf von Bombenbestandteilen, kein idiotisches, an Hunderte Menschen verschicktes Manifest.

Nichts davon gab es.

Sie war eine Bibliothekarin aus Korsvoll mit einem Taubenschlag im Garten und preisgekrönten Rosensträuchern. Sie war weder Terroristin noch Steuerbetrügerin. Bei diesem Gedanken musste sie lächeln.

Das Einzige, was ihnen passieren könnte, hatte Peder eines Abends gesagt, als Gunnar bereits schlief, war, dass einer der Jungen nicht dichthielt.

Aber das würde nicht passieren. Die waren ebenso überzeugt wie sie.

Linus und Andreas, Marius und Theo waren Jungen, auf die Verlass war. Kirsten Ranvik erkannte das sofort, wenn sie solchen Jungen begegnete, zuerst Marius und Theo, vor gut einem Jahr dann den beiden anderen. Sie merkte, wer sich von Ordnung beeinflussen ließ. Von Reinlichkeit und alten Tugenden. Von Disziplin. Die meisten Jungen im Leseprojekt blieben irgendwann weg, einige fanden eine Arbeit, die sie für einen oder zwei Monate behielten, anderen blieb ein gewisses Interesse an Literatur. Aber um die ging es ihr nicht.

Peder war vor allem von Andreas begeistert. Der sei hochintelligent, meinte er, und Andreas war auch auf die Idee mit der *Wahren Umma des Propheten* gekommen. Um die extremen Dschihadisten gegen die sogenannten gemäßigten Muslime aufzuwiegeln.

Gemäßigte Muslime gab es nicht. Die Norweger begriffen nicht, dass die *Taqiyya* die wichtigste strategische Waffe des Islam war, sein unsichtbares trojanisches Pferd. Der Islam war eine organisierte Kriegsmacht. Die getarnten Radikalen mussten entlarvt werden. Linus hatte die Jungen ausgesucht, eine kleine Gruppe von Verlierern, die sich problemlos ausnutzen und noch problemloser loswerden ließen.

Die Menschen mussten erwachen!

Und das taten sie jetzt.

Man könnte nicht einfach beschließen, die ungeraden Zahlen zu ignorieren, das sagte Peder oft. Wenn man sie aus der Mathematik herausließe, weil man sich darüber ärgerte, dass sie sich nicht durch zwei teilen ließen, würde die gesamte Wirtschaft zusammenbrechen. Ebenso wenig dürfe man die Augen vor ethnischen Unterschieden verschließen und glauben, es werde schon gut gehen. Kulturelle Unterschiede. Unterschiede bezüglich der Werte, der Redlichkeit und der Vernunft. Unterschiede zwischen Rassen.

Das taten die Politiker jedoch. Sie verschlossen die Augen. In ihrem naiven Multikulti-Rausch wollten sie die Menschen glauben machen, dass diese Unterschiede nicht existierten.

Aber es gab sie. Das begriffen die Menschen nun langsam.

Peder war erst neun Jahre alt gewesen, als Trond sich das Leben genommen hatte. Sie hatte versucht, die Wahrheit vor den Kindern zu verbergen, aber es hatte Gerüchte gegeben, und Peder war ein aufgeweckter Junge. Die Türken waren schuld, natürlich, sie hielten sich nicht an dieselben Bedingungen wie hart arbeitende und gesetzestreue Norweger. Sie brachen alle Regeln und Bestimmungen und trieben Trond mit Betrug und dem Verkauf von billigem Ramsch in den Tod.

Trond sprach oft darüber, dass sie bei der Abrechnung pfuschten. Er hatte selbst gesehen, dass sie Geld in einen Schuhkarton unter dem Tresen gelegt hatten. Und sie hatten einen Dreizehnjährigen, der jeden Tag nach der Schule fünf Stunden im Laden arbeitete.

Das war nicht erlaubt.

Trond ging in Konkurs, und das war sein Tod.

An dem Tag, an dem Gunnar aus dem Koma erwacht war und erzählt hatte, dass ihn zwei Norwegisch-Pakistaner überfallen hatten, war sein großer Bruder abends losgezogen. Er war erst spätnachts wieder nach Hause gekommen, mit blutiger Kleidung und einem blauen Auge. Er habe einen Pakistaner zusammengeschlagen, sagte er mürrisch und ging zu Bett.

Seit damals hatte Peder nie wieder mit anderen über Politik gesprochen. Er hatte sich bei der Armee beworben, war Berufssoldat geworden und hatte nie geheiratet. Nur seiner Mutter und den drei Onkeln gegenüber sagte er offen, was er dachte. Als Kirsten sich von der FRP umschmeicheln und als Listenfüllerin aufstellen ließ, war er wütend geworden. Sie hatte die Partei sofort wieder verlassen und seither geschwiegen, so wie er.

Der Wagen näherte sich dem Carl Berners plass.

Es waren viele Menschen unterwegs, sogar hier oben, weil entfernt von der Route des Kinderumzugs. Offenbar wehte ein kräftiger Wind, die Flaggen flatterten.

Sie war schön, die norwegische Flagge.

Kirsten Ranvik hoffte, rechtzeitig zu Hause zu sein, um die Flagge vor neun Uhr einholen zu können, wie sich das gehörte. Es waren Regeln, die eine Gesellschaft aufrechterhielten. Allgemeingültige Regeln. Ordnung und System und Einigkeit darüber, wie man sich zu verhalten hatte. Wer das anders sah, sollte dahin gehen, wo es Glaubensgenossen gab.

Sie sah auf die Uhr und lächelte.

Der Wagen fuhr eine seltsame Strecke. Sicher lag das an den vielen Menschen und den Sperren in der Innenstadt. Jetzt ging es jedenfalls in die richtige Richtung.

Das hier war nicht das Ende.

Ihre Brüder waren von Anfang an beteiligt gewesen. Auch sie hatten Verbindungen. Eine namenlose und inzwischen beträchtliche Anzahl von Menschen, die untereinander begrenzten Kontakt hielten.

Nur das Allernotwendigste wurde gesagt, und das nie mit modernen Kommunikationsmitteln. Alle Brüder konnten morsen, und zur Not konnten sie mit der Post Briefe schicken. Gunnars Tauben waren nützlich gewesen, aber niemals unersetzlich.

Aber es war eine schöne Vorstellung. Mit Brieftauben zu kämpfen.

Dem Vogel des Friedens.

Die Menschen änderten jetzt ihre Meinung.

Das hatte sie seit der ersten Explosion feststellen können, in den Medien, aber auch bei der Arbeit. Jetzt sei es aber genug, wurde gemurmelt.

Jetzt war es genug.

Sie hatten den Åkebergvei erreicht.

Offenbar fuhren sie zu einem Hintereingang. Bisher war Kisten Ranvik nur im Polizeigebäude gewesen, um ihren Pass zu verlängern. Und dafür betrat man es von der anderen Seite her.

Sie waren am Ziel, und bald würde sie wieder nach Hause gefahren werden. Sie hatten keine Beweise, denn es gab keine Beweise. Sie würde der Polizei gegenüber höflich sein, denn man begegnete der Ordnungsmacht mit Respekt, aber sehr viel würde sie nicht sagen.

Sie ergriff die Hand des jungen Polizisten, um aus dem Auto zu steigen. Dabei lächelte sie ihn an, und er erwiderte das Lächeln leicht verwirrt.

Als sie den Fuß auf den Boden setzte, hörten sie einen Knall.

Keinen heftigen, nicht so laut, dass der Boden gebebt hätte, es war nur ein kräftiger, scharfer Knall irgendwo in der Innenstadt.

Das Funkgerät verstummte jählings. Kirsten Ranvik fuhr sich mit den Händen über den Rock und zog ihren Mantel gerade.

Das hier war nur der Anfang.

NACHWORT DER AUTORIN

Dieses Buch hätte ohne sehr viel interessante Lektüre nicht geschrieben werden können. Als Romanautorin fällt es mir schwer, eine konkrete Literaturliste aufzustellen, da ich nie genau weiß, was mich alles beeinflusst hat. Ich begnüge mich deshalb damit, allen Journalist:innen, Autor:innen und Forscher:innen zu danken, die ihre Zeit und ihre Kraft einsetzen, um Licht in die allerdunkelsten Seiten unserer Welt zu bringen: Extremismus in jeder Form.

Dieses Buch hätte ohne auch überaus deprimierende Lektüre nicht geschrieben werden können. Ich möchte betonen, dass das, was den Extremist:innen beider Seiten in diesem Roman in den Mund gelegt wird, leicht veränderte echte Zitate sind. Sie stammen aus öffentlich zugänglichen Quellen wie Büchern, Blogs, Websites, Kommentarfeldern und sozialen Medien.

Ich danke allen, die mir durch Gespräche und E-Mail-Korrespondenz geholfen haben. Ihr wisst, dass ihr gemeint seid. Auch diesmal habe ich über Twitter Hilfe bekommen. Danke für begeisterte Antworten auf alle Fragen. Vor allem möchte ich @ v36ar danken. Ich weiß seinen wahren Namen, bin ihm aber nie begegnet. Er verfügt über faszinierende Kenntnisse in vielen Bereichen und hat meine endlosen Fragen auf kluge und großzügige Weise beantwortet.

Eventuelle Fehler und die vielen Vereinfachungen dieses großen und komplizierten Materials fallen natürlich in meinen alleinigen Verantwortungsbereich.

Und wie immer danke ich Tine für zahllose Beiträge, Diskussionen und Ratschläge. Sie und Iohanne haben eine niemals versagende Geduld mit einer anspruchsvollen und zeitweise abwesenden Autorin. Dafür bin ich zutiefst dankbar.

Larvik, 7. Juni 2015

Anne Holt

Und so geht es weiter ...

IN STAUB UND ASCHE

Der zehnte Fall für Hanne Wilhelmsen

Im Jahr 2001 stirbt die dreijährige Dina in einem tragischen Autounfall. Nur wenig später stirbt Dinas Mutter unter mysteriösen Umständen, und ihr Ehemann Jonas Abrahamsen wird für ihren Mord verurteil. Fünfzehn Jahre später ist Kommissar Henrik Holme überzeugt, dass Abrahamsen unschuldig ist. Zusammen mit seiner Mentorin Hanne Wilhelmsen rollt er den alten Fall wieder auf, als eine neue Leiche auftaucht. Es handelt sich um eine prominente Rechtsradikale, die Suizid begangen haben soll. Aber die beiden zweifeln an dieser Theorie und decken schließlich eine Verbindung zu Jonas Abrahamsen auf. Die Zeit drängt, denn der zu Unrecht Verurteilte ist inzwischen auf Rache aus und hat ein kleines Kind entführt ...

ATRIUM